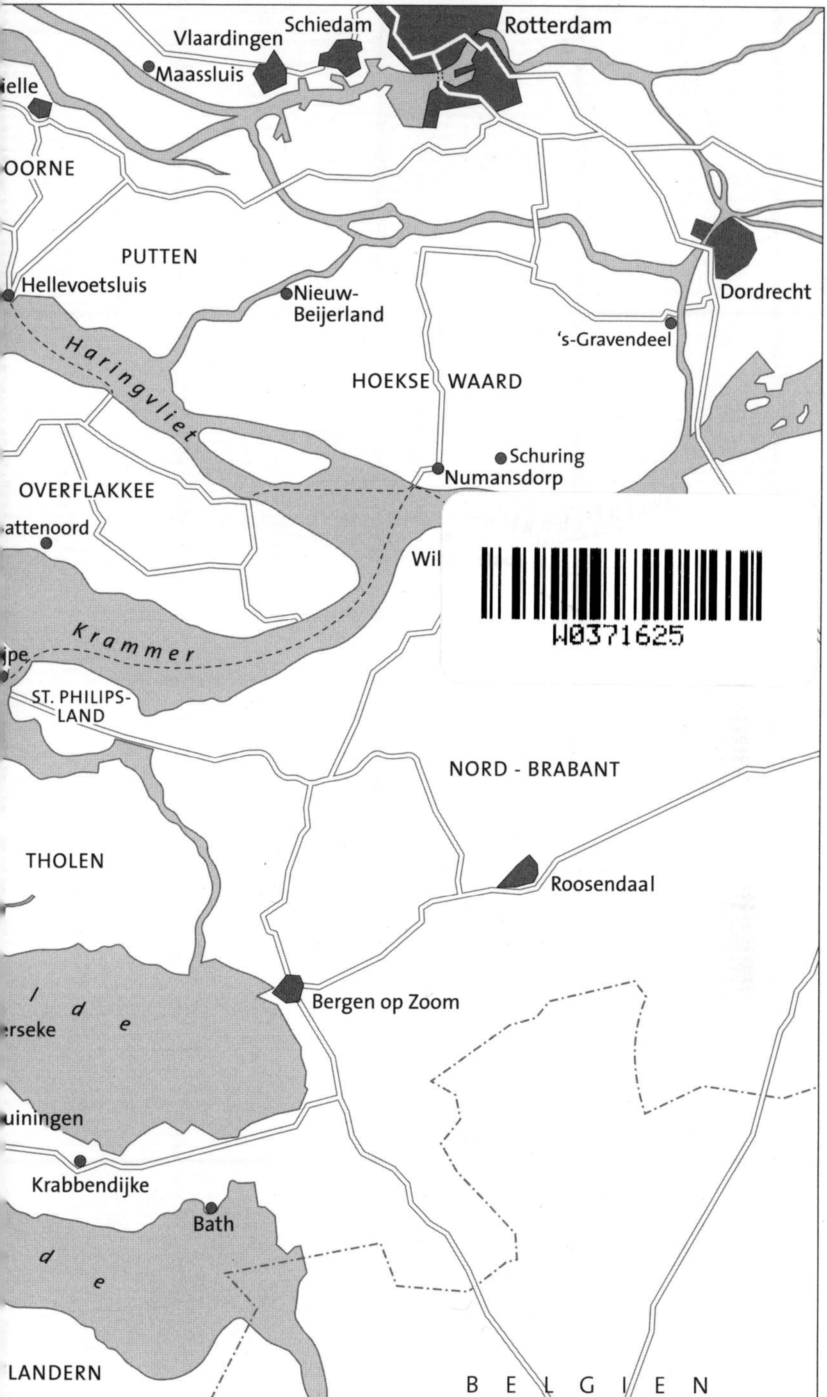

Rotterdam
Schiedam
Vlaardingen
Maassluis
ielle
OORNE
PUTTEN
Hellevoetsluis
Nieuw-
Beijerland
Dordrecht
's-Gravendeel
Haringvliet
HOEKSE WAARD
Schuring
Numansdorp
OVERFLAKKEE
attenoord
Wil
Krammer
jpe
ST. PHILIPS-
LAND
NORD - BRABANT
THOLEN
Roosendaal
Bergen op Zoom
rseke
uiningen
Krabbendijke
Bath
LANDERN
BELGIEN

Margriet de Moor
Sturmflut

Roman

Aus dem Niederländischen von
Helga van Beuningen

Büchergilde Gutenberg

Die Originalausgabe erschien 2005 unter dem Titel
De verdronkene bei Uitgeverij Contact in Amsterdam.

www.buechergilde.de

Lizenzausgabe für die Büchergilde Gutenberg,
Frankfurt am Main, Wien und Zürich
Mit freundlicher Genehmigung des
Carl Hanser Verlags München Wien

Satz: Satz für Satz. Barbara Reischmann, Leutkirch
Druck und Bindung: Friedrich Pustet, Regensburg
Printed in Germany 2006
ISBN 3-7632-5714-4

Für meine Schwestern Bernadien, Maria,
Fridoline, Simone, Josefien und Leida.

Es ist, als laufe die Zeit nicht mehr uns voraus
in abnehmender Linie, sondern in Schleifen
parallel zwischen uns hin (...)

William Faulkner, *Als ich im Sterben lag*

Es bellen die Hunde, es rasseln die Ketten
Die Menschen schlafen in ihren Betten

Wilhelm Müller/Franz Schubert, *Winterreise*

I

Der Wochenendausflug

1
Eines rauhen Morgens nahmen sie Abschied voneinander

Die eine, Lidy, stand am Fenster und schaute hinaus. Es war einer dieser Morgen mitten im Winter, wenn es gerade hell wird und der Sturm der vergangenen Nacht nicht mehr behaglich ist, sondern quengelig und nervend. Sie hielt ihre kleine Tochter auf dem Arm, den Mantel hatte sie bereits zugeknöpft. Im Aufbruch begriffen, zögerte sie diesen Moment noch ein wenig hinaus wie jemand, der gern mal fortwill, wenn es sich so ergibt, ebenso gern aber daheim bliebe. Daß der ganze Plan nicht von ihr stammte, sondern von Armanda, spielte keine Rolle. In diesem Moment dachte sie nur: Ich habe Lust, mal wieder Auto zu fahren. Kümmere du, Armanda, dich heute und morgen um meine Tochter und geh heute abend mit meinem Mann zur Fete deiner Freundin, die zufällig seine Halbschwester ist. Morgen, spätestens am Nachmittag, bin ich wieder zurück.

Die Wohnung nahm das zweite und dritte Stockwerk in einem der herrschaftlichen Häuser an einem kleinen Park in einem einfachen Wohnviertel ein. Gedankenverloren blickte sie über die schwarzen, kahlen Baumwipfel auf das Rechteck der Häuserfassaden. Sie merkte nicht, daß schräg gegenüber in einer Dachrinne eine Männergestalt herumkroch, bis ihren Händen plötzlich eine flatternde Fahne entsprang, die sofort straff zitternd im Nordwestwind stand. Es war der letzte Tag im Januar. Wenn ihr jemand gesagt hätte, daß sie sich, Nadja fest im Arm, alles noch einmal genau ansehen solle, weil ihr Abschied ein Abschied für immer war, hätte sie im Innersten zwar gewußt, daß so etwas jederzeit möglich ist, im Leben, aber sie hätte es nicht geglaubt. Sie war schließlich erst dreiundzwanzig.

Also fragte sie leichthin, ohne sich umzudrehen: »Ob es schneien wird?«

Und Armanda, die mit einem Becher Kaffee in der Hand vom Tisch aufstand, antwortete: »Aber nein, dafür ist der Wind zu stark«, ohne die leisesten Gewissensbisse in der Stimme. Sie begann jetzt auf und ab zu gehen, mit großen Schritten und währenddessen von ihrem Kaffee schlürfend, wie es ihrer Gewohnheit entsprach. Nicht zuletzt, weil sie ihre Schuhe ausgezogen hatte und einen Rock mit einer Strickjacke trug, war sie es, die hier, in den hohen Räumen mit der Stuckrosette an der Decke, zu Hause zu sein schien, und nicht Lidy. Viel Licht gab es nicht. Im hinteren Zimmer standen die Möbel fast im Dunkeln. Im Schein einer grünen Schirmlampe war lediglich ein an die Wand geschobener Tisch zu sehen und auf ihm ein paar Gegenstände, Teekanne, Telefon, eine Mappe, umschlungen von einem Band, sowie die Tür zum Flur und zu den Treppen. Das Haus war heruntergekommen wie die meisten dieser großen Kästen am Park, und auch hier waren die schönen Hartholztüren im Krieg verheizt worden. Doch vor allem an den Räumen im dritten Stock, wo es nach Betten, Kleidern, Seife und Kosmetika roch, konnte man den Stil des Fin de siècle noch immer erkennen. In den Schlafzimmern wurde das Licht von Bleiglasscheiben im oberen Teil der Fenster gefiltert.

Eine Regenbö klatschte an die Scheiben und rann herab. Lidy spähte durch die Tropfen hinaus. Gut, entschied sie, ich nehme den Weg entlang der Küste. Hinter Rotterdam fahre ich nicht über den Moerdijk, sondern bei Maassluis mit der Fähre über den Nieuwe Waterweg. Sie hatte sich noch kaum Gedanken über die Route gemacht, doch sie wußte, im Auto lagen Karten. Ich seh dann schon, was ich mache. Zwischen zwei Böen war es für einen Augenblick so still, daß sie die Bodenbretter unter Armandas Füßen knarren hörte, und als selbst das aufhörte, wußte sie, daß auch die andere in das Sauwetter hinausblickte.

»Doch irgendwie komisch, daß ich die Leute überhaupt nicht kenne«, sagte sie.

»Ihnen wird es nichts ausmachen«, sagte Armanda, jetzt am Fenster nebenan. »Sie haben mich auch ein Jahr lang nicht gesehen.« Sie kicherte spöttisch. »Gut möglich, wenn du in das Hotel kommst, du weißt doch, Hotel Kirke in der Verre Nieuwstraat, daß sie sich dann alle vertun und wirklich nicht gleich daran denken, daß du nicht ich bist, sondern, ähm, eben du.«

Kleines verärgertes Grinsen, bei beiden.

Sie sahen sich ähnlich. Das fanden alle. Sie waren große Mädchen mit schmalen, starken Schultern, immer leicht vorgebeugt, was ihnen etwas Besorgtes gab, das in Wirklichkeit gar nicht da war. Und hätten sie sich in diesem Moment umgedreht, dann hätte das simultane Porträt erst recht frappiert: dunkles, fast schon kastanienschwarzes Haar, das glatt hinter den Schultern verschwand, die zarten kleinen Ohren freiließ und die Stirn mit dem geradegeschnittenen Pony völlig verdeckte. Über diese Stirnen würde kein Mensch je etwas wissen. Aus dem doppelten Augenpaar konnte man dann alles mögliche herauslesen, Fröhlichkeit, Betrübtheit, Spottsucht, Lustlosigkeit, Schwärmerei, und auch, daß all das sehr rasch wechseln konnte, doch was vor allem daraus zu sprechen schien, war, daß das Schwesternpaar die Welt höchstwahrscheinlich mit exakt dem gleichen Blick wahrnahm und beurteilte.

Lidy stellte Nadja auf den Boden und umarmte sie. Täuschende Ähnlichkeit hin oder her, sie war hier die Mutter. »Paß auf, daß sie sich nicht erkältet«, murmelte sie, während sie, am Boden hockend, die Nase an den Hals des Kindes drückte, mit einem gewissen Gefühl des Selbstbewußtseins, das von den zahllosen Malen herrührte, die sie das Mädchen von Babytagen an nachts zu sich ins Bett genommen hatte, während sie ihrem Mann zuflüsterte, ein Stückchen beiseite zu rücken und vielleicht auch etwas leiser zu schnarchen.

Sie stand schon wieder. »Hast du mir jetzt die Autoschlüssel gegeben oder nicht?« Während sie in ihren Manteltaschen kramte, sah sie sich um.

Beide begannen, durch die Zimmer zu gehen. Sie suchten auf den Möbeln, bis Armanda einfiel, daß sie die Schlüssel zu Hause hatte liegenlassen.

»Dann geh ich jetzt«, sagte Lidy. »Ich hol sie mir dort.«

Auf dem Flur sagte Armanda: »Vergiß das Geschenk nicht«, und steckte der anderen ein Päckchen zu. Sie küßten sich flüchtig. Als Armanda sagte: »Grüß schön«, lachten sie beide.

Lidy drückte den Regenschirm an die Brust, hob mit der einen Hand den Mantelsaum an und ging mit ihrem Gepäck die Treppen hinunter. Als sie die Haustür öffnete, trug ihr Gesicht einen etwas feierlichen Ausdruck, Falte zwischen den Augen. Als wüßte sie, daß sie den Rollentausch, auch wenn es nur für einen Tag war, in völligem Ernst annehmen mußte.

An der Ecke, bei der Straße mit den kleinen Geschäften und Cafés, die auf den Markt mündete, sah sie Leute mit Einkaufstaschen durch den schräg herabprasselnden Regen gehen: Alltagsleben, vielleicht banal, aber mit reichlich Arbeit behaftet, da konnte sie mitreden, den größten Teil des Lebens verbrachte man mit Nichtigkeiten. Heute tat sie also einen abenteuerlichen Schritt zur Seite. Sie überquerte die Straße. An der langen Seite des Parks, vor Haus Nummer 77, stand an der gewohnten Stelle das Auto ihres Vaters.

»Jemand zu Hause?«

Sie hatte den Schlüssel benutzt. Jetzt ging sie durch den Marmorflur zur Treppe, wo sie ihre Schritte dämpfte, wie man es unbewußt in einem Haus tut, das von seinen Bewohnern verlassen scheint. Unten stand die Tür zum Wartezimmer offen, und das Sprechzimmer ihres Vaters war wie üblich geschlossen. Wo steckten sie nur alle? Sie vermutete, daß ihr Vater zu dieser Stunde wohl seine Runde entlang den Bettreihen im Binnengasthuis machte. Und ihre Mutter war wohl in der Stadt zum Einkaufen. Als hätte sie alle Zeit der Welt, ging sie jetzt durch die Wohnräume im ersten und zweiten Stock. In Armandas Zimmer, dem Balkonzimmer, das einst das ihre gewesen war, wollte sie gewohnheitsgetreu einen Blick in den Spiegel werfen, doch die Wand neben dem Fenster erwies sich auf einmal als leer, nicht willens, den Ausdruck ihres Gesichts zu reflektieren. Danach konnte sie es aus irgendeinem Grund nicht lassen, schnell auch noch ins Dachgeschoß zu gehen. Dunkel, und was für einen höllischen Lärm der Wind auf dem Dach machte! Und natürlich fand sie dort auf seiner Matratze unter dem niedrigen Spitzboden ihren Bruder, schlafend, wie ein Dreizehnjähriger das kann, als wolle er damit bis in alle Ewigkeit fortfahren. Das kleine Dachfenster war beschlagen. Tageslicht fiel auf das Kopfkissen. Sie betrachtete den flehentlichen Ausdruck auf dem Jungengesicht und dachte derweil: wozu noch länger warten.

Schließlich fand sie die Autoschlüssel auf dem Schreibtisch im Sprechzimmer.

Kurz darauf verließ Lidy in einem schwarzen Citroën das Viertel, in dem sie geboren und aufgewachsen war, sie fuhr die Ceintuurbaan entlang Richtung Amstel. Anfangs mußte sie, unvertraut, mit den Fingern noch suchend über das Armaturenbrett tasten. Sie gab zur Übung ein paarmal Zwischengas, bremste mit dem Motor, gab wieder Gas. Da war die Kreuzung, an der Ecke eine baufällige Kirche, dann nach rechts. Dies alles gehörte zu dem Zusammentreffen verschiedener Umstände, das am vergangenen Montag, dem sechsundzwanzigsten, in Gang gesetzt worden war, als Armanda in einer ihrer spontanen Anwandlungen Lidy angerufen hatte, um ihr einen Vorschlag zu machen.

Diese hatte zunächst gezögert. Auf ihre Fingernägel starrend, hatte sie gemault: »Also, ich weiß nicht …«, worauf Armanda ihr vorhielt, daß ihr so ein ulkiger unerwarteter Ausflug doch auch richtig Spaß machen könnte. Daraufhin war es kurz still geblieben, während beide bereits wußten, die Antwort würde »ja« lauten, denn so war ihre Beziehung. Die Jüngere konnte so überzeugend auf die Ältere einreden, daß aus einer kleinen Angelegenheit schon bald ein Idee wurde und aus einer Idee im folgenden eine tolle Idee.

»Du kannst das Auto von Vater haben, das hab ich schon für dich gedeichselt«, lockte Armanda die flexible Lidy, die im Geiste bereits eine Karte des Westens der Niederlande bis zu den großen Meeresarmen vor sich sah.

Es war am späten Abend gewesen. Lidy war ins Bett gegangen, aber wach geblieben, bis sie ihren Mann nach Hause kommen hörte. Ohne Licht zu machen, hatte er sich im Schlafzimmer ausgezogen und war wie immer sofort dicht an sie herangerückt. Überall ringsum war es ruhig gewesen. Auf der Straße waren keine Verkehrsgeräusche zu hören gewesen, und die Bäume im Park auf der Vorderseite des Hauses standen da, als hätten sie nie im Leben unter einem Nord- oder Südwestwind geächzt. Dennoch hatte sich genau zu diesem Zeitpunkt, Tausende von Kilometern entfernt, ein Tief in Bewegung gesetzt, ein kleines Tiefdruckgebiet. Entstanden oberhalb der Labradorsee, war es ziemlich schnell nach Osten gezogen und hatte ein paar weitere Tiefs mitgerissen.

Als Lidy auf der Schnellstraße Richtung Den Haag fuhr, konnte sie schon nach einer Viertelstunde die Scheibenwischer ausschalten, es war trocken. Allerdings spürte sie, daß es wie verrückt windete. Der Wind, der in der vergangenen Nacht mit Orkanstärke über Schottland gerast war, ganze Wälder entwurzelt hatte und gegen Morgen die Ostküste Englands verließ, für sie war er nur: ein anhaltender Druck, der sie zwang, die ganze Zeit ein wenig nach rechts gegenzusteuern. An so etwas hat man sich nach fünf Minuten gewöhnt, und dann achtet man nicht mehr darauf.

Kurz vor Maassluis hielt sie an einer Tankstelle. Ein junger Mann in blauem Arbeitsanzug füllte ihr den Tank und wusch die Scheiben. Lidy folgte ihm in das kleine Büro, wo es nach Kaffee und Zigaretten roch. Im Radio liefen gerade die Nachrichten.

»Wie komme ich zum Fährhafen?« fragte sie, als der junge Mann die Kassenschublade zuschob.

Er bedeutete ihr mit einer Kopfbewegung, ihm zu folgen, und zeigte ihr in der offenen Tür, wie sie fahren mußte. Während Lidy nickte und sich den schnurgeraden Weg mit einer leichten Kurve am Ende und dahinter eine Kreuzung einprägte, begann im Hintergrund der Nachrichtensprecher gerade, nicht ernster oder weniger ernst als gewöhnlich eine Meldung des Sturmflutwarndienstes zu verlesen.

... Kräftiges Hochwasser für die Kreise Rotterdam, Willemstad, Bergen op Zoom und Gorinchem ...

Lidy bedankte sich und trat wieder in den Wind hinaus.

»Sie können es nicht verfehlen!« rief der Tankwart ihr nach.

Sie fand den Weg tatsächlich ganz leicht. Im Nu war sie am Hafen. Sie schirmte die Augen mit einer Hand ab. Das Wasser war nur sehr schmal. Trotzdem war das andere Ufer ein richtiges anderes Ufer, eine graue Linie, die eher dazu bestimmt zu sein schien, ausradiert zu werden, als stehenzubleiben. Den Schal um den Kopf, ging sie zur Anlegestelle, wo eine Tafel mit dem Fahrplan stand. Sie las, daß die Fähre erst in einer halben Stunde von drüben eintreffen würde. In einer Bude, ein paar Stufen hoch, bestellte sie Kaffee. Trübes Licht, wieder das Radio, sie überließ sich der abwartenden Stimmung. Dasitzen, nichts weiter. Ein wenig dösig steckte sie sich eine Zigarette zwischen die Lippen.

Was mache ich hier um Himmels willen? Wer oder was hat mich hierhergeführt?

2
Die Schwestern

Eine Viertelstunde nachdem sie ihre Schwester zum letztenmal lebend gesehen hatte, ging Armanda über den Markt. Sie schob einen Sportwagen. Darin saß, unter einer durchsichtigen Haube, Nadja. Weil sie an diesem Abend zu einer Fete ging, wollte Armanda sich einen Steckkamm für ihr Haar kaufen. Da es so windig war und der Wind immer noch zulegte, waren eine ganze Reihe von Marktleuten dabei, ihre Waren wieder einzupacken und die Planen ihrer Stände einzurollen. Auf Armanda machte das um das Gestänge flatternde Tuch im Kontrast zu den besorgt dreinschauenden Kunden in ihren Wintermänteln den Eindruck wilder, ansteckender Ungebundenheit. Sie kaufte den Kamm und danach auch noch ein paar mit kleinen Perlen bestickte Gummibänder. Sie schob die Haube des Sportwagens hoch, und während sich der syrische Markthändler hinhockte und dem Kind einen Spiegel vorhielt, wand Armanda die Gummibänder um zwei senkrecht in die Höhe stehende Schwänzchen auf Nadjas Kopf, die nun aussah wie ein Pinselaffe.

»Schau mal, wie hübsch du bist ...«

Sie liebte das Kind. Nadja war etwas Unglaubliches, war der freche Streich, mit dem Lidy sie vor ungefähr zweieinhalb Jahren verblüfft hatte. Nackt, im Balkonzimmer, hatte Lidy sich mit dem Zeigefinger sanft in den Unterleib gepiekt. Armanda konnte dieses Bild noch immer jederzeit heraufbeschwören: die lange weiße Lidy, die im Spiegel ihren Blick suchte, während sie erzählte, daß sie am Nachmittag beim Hausarzt gewesen sei, bei dem sie die Knie peinlich weit auseinander über ein paar lächerlich harte Bügel habe legen müssen.

»Oh! Aber ...« hatte Armanda nach einer Pause gestammelt. Und dann: »Hast du nicht aufgepaßt?«

Übermannt von einem sonderbaren Gefühl der Niedergeschlagenheit, etwas für immer verloren zu haben, hatte sie im Spiegel Lidy betrachtet, die sich rasch mit einer Bewegung zu ihr umdrehte, die für sie, Armanda, synonym war mit Hüften, Schultern, weichen Oberarmen, Brüsten: eine Frau, die in einer Liebesaffäre sehr weit gegangen war. Es war zu Sommerbeginn gewesen, Mitte Mai, und gerade als Armanda ausrechnete, daß es demnach wahrscheinlich Anfang März passiert sein mußte, klingelte das Telefon. Sie rannte auf den Flur. Nach dem geräumigen, hellen Zimmer war es dort plötzlich dunkel und wie in einem Tunnel. Mit einemmal unschlüssig, blieb sie vor der Wand mit dem läutenden Apparat stehen, griff dann nach dem Hörer und vernahm die Stimme von jemandem, den sie gut kannte, den sie folglich auch sofort vor sich sah, jetzt aber zum erstenmal so: lang, gutaussehend, blond, er hat ein kräftiges Gesicht mit einer faszinierenden, gescheiten Nase. Ich fand es immer schön, mit ihm und seiner Halbschwester über Politik, Geld und englische Literatur zu reden, daß er mich küßte, verführerisch und gefährlich, wie man es in französischen Filmen sieht, damit bin ich auch einmal einverstanden gewesen, großer Gott: Er küßte mich auf den Hals, stürzte sich mit einem merkwürdigen Schnauben auf meinen Nacken, pustete mir in die Ohren, und nachdem er das alles getan hatte, sah er mir ins Gesicht, wobei mir auffiel, daß seine Augen furchtbar ernst waren. Gut. Aber als sich an den darauffolgenden Tagen nichts tat, kein Brief, kein Anruf, überhaupt nichts … warum habe ich mir da keinen Moment lang Gedanken gemacht?

Es war Sjoerd Blaauw, ein Freund von ihr, der zur Zeit mit Lidy ging. Noch völlig außer Fassung, begrüßte sie ihn mit Worten, die ihr gerade in den Sinn kamen: »Sjoerd, wo ich dich schon mal an der Strippe habe, kannst du mir vielleicht sagen, ob …«

Noch bevor sie hatte fragen können, ob der neue Buñuel schon im Rialto lief, hatte Lidy ihr, in einem offenen karierten Kleid, den Hörer aus der Hand geschnappt. Nun wurde lange atemlos geflüstert, doch Armanda stand bereits auf dem Balkon, blickte auf die Rückseite der Häuser in der Govert Flinckstraat und sah ein, sah ein, was sie wohl einsehen mußte, daß sie bereits neunzehn war. Einen Teil vom Leben verpaßt, dachte sie. Es einfach nicht im Auge behalten, schade, jetzt hat es sich woanders hingewandt. In den Gärten und auf den Innenhöfen unter ihr schien die Nachmittagssonne auf Sandkästen, Schuppen, Hunde, Fahrräder. Und etwas näher, auf dem Lattenrost des Balkons, standen die frisch geweißten Tennisschuhe von Lidy ordentlich nebeneinander zum Trocknen und sahen im Widerschein des Sonnenlichts nicht weiß, sondern orange aus. Die beiden hatten Lust, sich zu verlieben, na schön, sie haben es folglich auch getan und nicht nur ein bißchen. Ich will mir nichts vorlügen: Ich bin gewaltig schockiert! Sie hatte an ihrem Rock herumgefingert, nach oben gestarrt und mit altjüngferlichem Ausdruck in den Augen einen imaginären Vogel verfolgt. Der sehr simple Gedanke derweil lautete: Ich habe mein Leben noch vor mir. Das damit einhergehende Unbehagen hieß im Kern: Okay, die großartigen Dinge erwarten mich vielleicht noch, aber alles deutet darauf hin, daß mir das Talent, sie zu erleben, sie in meiner unmittelbaren Nähe auch nur zu bemerken, leider Gottes fehlt.

Armanda studierte weiter an der Universität, Englisch. Lidy brach ihr Studium der französischen Sprach- und Literaturwissenschaft ab und heiratete ihren zupackenden Liebhaber, der schon damals eine Stelle mit guten Perspektiven bei Mees & Hope hatte. In den darauffolgenden Monaten sagte kein Mensch mehr, die Mädchen glichen sich so sehr, denn Lidy schwoll an. Nicht nur ihr Bauch tat das, auch Arme und Beine verwandelten sich in weiche, gerundete Gliedmaßen. Und ihr Gesicht, in dem die Lider geheimnisvoll herabhingen, nahm etwas Mollig-Schwermütiges an. Zum erstenmal unterschieden sie sich äußerlich sehr.

Einmal unterhielten sie sich über dieses Thema.

»Was bedeutet das eigentlich«, sagte Lidy und schenkte sich ein Glas Sinalco ein, nachdem sie einen wachsamen Blick auf Armandas noch halbvolles Portweinglas geworfen hatte, »was bedeutet das eigentlich, sich ähnlich sehen. Etwa, daß wir dieselbe Augenfarbe haben?«

»Ich denke, schon.«

Sie musterten einander kurz, wobei Lidy langsam, auf eine Weise, die Armanda bedeutungsvoll fand, bemerkte: »Sma-ragd-grün.«

Es war am Ende eines Nachmittags im November. Vom Wohnzimmer an der Schmalseite des Parks, wo Lidy jetzt mit ihrem Mann wohnte, konnte man beinahe das Elternhaus der Mädchen sehen.

Armanda trank ihr Glas aus. Sie sagte: »Jeder findet die Idee der Brüderschaft, der Schwesternschaft schön. Gott, und sie ist natürlich auch schön, aber ... ich meine, warum eigentlich dermaßen schön?«

»Was weiß ich. Nestinstinkt, irgendeine Erinnerung an gegenseitiges Wärmen und so, dem anderen auf die Schliche kommen, auch auf die harmlosesten, du weißt schon …«

»Vielleicht auch: Irgendwann gehen wir alle drauf?«

»O Gott! Wer weiß. Ja, bestimmt auch.«

Armandas Blick fiel auf den alten Perserteppich, der von zu Hause war, mit den blauen Vögeln und den Girlanden, die ihr hier merkwürdigerweise wesentlich vertrauter vorkamen als dort, im übrigen auch wesentlich schöner. Während sie auf die blauen Vögel starrte, sagte sie sich: Es waren einmal zwei Mädchen, die als Kinder die gleichen Kleider trugen, die mit sechs Jahren in dieselbe Schule gingen und mit zwölf wieder in die gleiche Lehranstalt, diesmal eine höhere. Sie sah auf und fuhr laut fort: »Das Vossius-Gymnasium. Weil beide gut in Sprachen waren, entschieden sie sich für den sprachlichen Zweig, und die Lehrbücher der einen konnten zwei Jahre später direkt von der anderen übernommen werden.«

Lidy starrte sie einen Moment lang verdutzt an. »Ha, Schicksalsverbundenheit!« sagte sie dann und goß Armandas Glas so voll, daß diese schnell den Kopf vorstreckte und ein paar Schlucke abtrank.

»Zum Teufel.« Armanda hatte sich wieder gerade hingesetzt, die Hände zu beiden Seiten ihres Glases flach auf dem Tisch. »Deine Unterstreichungen waren noch drin«, sagte sie. »Weisheiten bei Goethe, Rache und Verwünschungen bei Shakespeare, alles schrecklich schön und wahr. Mein Blick wanderte also automatisch zu denselben Dingen wie deiner ein paar Jahre zuvor, ja, wirklich, zu genau denselben erhabenen und grandiosen Dingen.«

Sie spürte, wie ihr der Alkohol in den Kopf stieg.

Ein wenig rauh fuhr sie fort: »Glaub bloß nicht, ich hätte alle diese schönen Dinge auf dieselbe Weise gelesen wie du.«

Die beiden schwiegen eine Weile. Doch Rede und Gegenrede gingen, da sie sich schon so lange kannten, schweigend weiter.

Die dicke Lidy wie ein Götzenbild ihr gegenüber, sagte Armanda etwas traurig: »Man kann nie fühlen, was ein anderer fühlt.« Und als Lidy nur abwesend nickte, im selben Ton: »Die Bewegungen von diesem kleinen Scheusal in deinem Bauch, spürst du das genauso, wie du die Zunge in deinem Mund spürst, nur größer?«

»So ein Quatsch!« Lidy stand so unkontrolliert auf, daß sie sich am Tischrand festhalten mußte.

»Paß doch auf!« sagte Armanda herzlich, ohne sich jedoch auch nur einen Zentimeter zu rühren.

Lidy stapfte schwerfällig aus dem Zimmer.

Als sie nach einigen Minuten zurückkam, war Armandas Stimmung umgeschlagen. Verdutzt, ja, tief gerührt blickte sie auf den Körper von Lidy, die sich mit gespreizten Beinen und auf den Bauch gelegten Armen wieder zu ihr setzte.

Sie beugte sich vor. Sanft und nachdrücklich, wie jemand, der etwas schon sehr lange weiß, aber erst jetzt endlich die Worte dafür findet, sagte sie: »Weißt du, daß ich, ganz objektiv, mich selbst absolut nicht leiden kann?«

»He – was?«

»Wirklich wahr. Wenn ich die Wahl hätte, würde ich lieber nicht allzuviel mit mir zu tun haben wollen.«

»Na, Pech für dich.«

»Lach nicht, es ist wirklich so, schon als Kind hatte ich keine Spur von Sympathie für mich selbst, keine Spur.«

Weil sie ziemlich beduselt war, kamen ihr die Worte nur mühsam, doch ihre Hand gestikulierte derweil beredt genug.

»Diese Kleider mit den gesmokten Vorderteilen standen mir doch überhaupt nicht!«

»Ach, hör auf.«

»Eine viel zu hohe Stirn für ein Kind.«

»Stimmt, ja. Hatte ich auch.«

»Mir stand es nicht.«

»Unsinn«, widersprach Lidy ohne großes Interesse, doch Armanda blieb dabei, daß die meisten Menschen wirkliche Zärtlichkeit für sich selbst empfänden. Sie aber nicht. Und daß es daher gar nicht so schlecht sei, wirklich gar nicht so schlecht, eine ältere Schwester zu haben, die jetzt, in diesem Augenblick, mit einem Körper, wesentlich umfangreicher als der ihre, ihr so selbstzufrieden gegenübersitze, daß es einfach ansteckend sei.

Eine Woge plötzlicher Liebe durchfuhr sie, die sie merkwürdigerweise in erster Linie als Liebe zu sich selbst empfand.

»Gar nicht so schlecht«, wiederholte sie warm und schlug die Augen, die ungeniert feucht wurden, zu ihrer Schwester auf.

Lidy drehte den Kopf zur Seite.

»Sei mal still!«

Auch Armanda spitzte die Ohren. Unten war die Haustür aufgegangen und dröhnend wieder zugefallen. Sie sprang auf. »Ist es schon so spät?«

Das Treppenhaus in dieser Art von Häusern war schmal. Drückte man unten auf den Lichtschalter und machte sich dann auf den Weg nach oben, so konnte man sich darauf verlassen, daß die Lampe auf halber Treppe wieder ausging. Im Stockdunkeln begegnete Armanda, sich den Mantel zuknöpfend, Lidys Mann, der mit einer raschelnden Zeitung in der Hand nach oben kam. Sie mußten beide lachen. Armanda spürte seinen Atem auf ihrem Gesicht.

Nachdem sie ihre Einkäufe erledigt hatte, ging Armanda mit Nadja im Sportwagen wieder zu Lidys und Sjoerds Haus an der Schmalseite des Parks. Während sie Stufe um Stufe mit dem Kind an der Hand die Treppe hinaufstieg, dachte sie über die Fete am Abend nach und murmelte bei sich: nach neun. Er darf mich nicht früher als neun Uhr abholen. Sie wollte diesmal eher spät auftauchen. Betsy veranstaltete häufig Feten in ihrer Dachwohnung am Nieuwezijds Voorburgwal. Anfangs hatte Armanda nicht glauben können, daß Sjoerd der Bruder dieser Freundin war, die ein ganzes Stück älter als sie war und die sie ihres schmalen, klugen Gesichts und des schwarzen lockigen Haars wegen bewunderte. Dann erfuhr sie, daß die beiden Halbgeschwister waren: Sie hatten denselben Vater, aber verschiedene Mütter.

Sie kam keuchend oben an, auf der zweiten Treppe hatte sie das Kind getragen. Warum, durchfuhr es sie kurz, als sie im Wohnzimmer den kleinen Schmuckkamm hervorholte und noch einmal betrachtete, warum hatte sie eigentlich um jeden Preis auf diese Fete gewollt? Obwohl sie wegen eines verabredeten Besuchs in Zierikzee, eines alljährlichen Liebesdienstes, an dem sie bisher immer viel Freude gehabt hatte, wirklich nicht hinkonnte, war sie am Montag abend auf den Flur gegangen. Manche Entscheidungen entscheiden offenbar selbst. Ein festes Vorhaben im Sinn – das blaue Kleid mit dem engen Rock, das sie anziehen wollte –, hatte sie zum Telefon gegriffen und ihre Schwester an den Apparat bekommen.

»Mevrouw Blaauw.«

Sehr komisch, immer noch. Sie hatte sich spöttisch geräuspert. »Hallo, ich bin's.«

Lidy hatte das Ganze zunächst natürlich nicht verstanden und es auch merkwürdig gefunden: Armandas Patenkind wurde sieben und rechnete fest damit, daß die Tante, die liebe Patin, die sie einmal im Jahr besuchte, die weite Reise in die kleine Provinzstadt unternehmen würde, um ihr Ballettschuhe zu schenken. Und nun wolle Armanda, daß sie das übernehme? Oh. Warum denn?

»Also gut, okay, eigentlich habe ich Lust dazu«, hatte Lidy nach fünfminütigem Hin und Her gesagt.

Es war eine plötzliche Regung gewesen, eine bedeutungslose Anwandlung, die ihr letzten Montag, kein Mensch wußte, woher, gekommen war und die sie einfach so, aus gar keinem Grund, diesmal nicht verjagt hatte.

Als Sjoerd kurz nach Mittag nach Hause kam, saß Armanda am mit Papieren übersäten Tisch über ihre Vordiplomarbeit gebeugt. Sie legte den Stift hin und begrüßte ihn mit einem Lächeln, das besagte, sie und Nadja, die am Kopfende des Tisches, zwei Finger im Mund, einen Bären ausmalte, hätten es den ganzen Vormittag über zusammen allerbestens gehabt. Kurz darauf hatte sie Kaffee eingeschenkt. Auf einem Wörterbuch zwischen ihnen ein Teller mit Milchbrötchen. Kameradschaftliche Stimmung, in der Sjoerd ihr gutmütig von der Besprechung zu berichten versuchte, die er an diesem Samstag vormittag, sehr dringend, mit einem Kunden im Büro über ein Hypothekendarlehen von vielen hunderttausend Gulden gehabt hatte, das am Montag wie der Blitz in eine sechsprozentige Hypothekenanleihe umgewandelt werden sollte, doch die Sache interessierte sie nicht, so daß das Gespräch schon bald auf Betsys Fete kam.

»Mir recht.« Er starrte sie einen Augenblick an und sagte dann ziemlich gleichgültig: »Viertel nach neun hol ich dich ab.«

Der Regen hatte aufgehört, aber es stürmte noch immer sehr.

»Scheint schlimmer zu werden«, sagte er, ohne sich zum Fenster umzudrehen.

»Ja?«

Armanda betrachtete sein Gesicht, das vom Hintergrund, von dem es sich abhob, fast verschlungen wurde: scheppernde Fensterscheiben im Westen, und dahinter hin und her schwingende, kraus verästelte Baumkronen. Plötzlich wurde sie von dem Gefühl übermannt, alles passe auf absurd stimmige Weise zu der Geschichte, die sie im Zusammenhang mit ihrer Arbeit den halben Vormittag lang beschäftigt hatte. Denn der Teil, an dem sie gearbeitet hatte, betraf ein Theaterstück, in dem ein Sturm, über eine Insel rasend, auf menschlichen Befehl hin losgebrochen war. So, und warum sollte das eigentlich nicht möglich sein? Auf menschlichen Befehl? Aus Rache, aus heiliger Empörung oder sonst irgendeinem Grund? Das erschien ihr jetzt, während sie noch einmal darüber nachdachte, als absolut nicht undenkbar. Früher – und nehmen wir mal getrost an, daß die Spezies damals nicht dümmer war als heute, vielleicht sogar klüger – hat man schlichtweg geglaubt, es sei möglich, höchstwahrscheinlich möglich, daß die Einfühlung, der Aberwitz der Erfindung, ein Ereignis in die Wirklichkeit mogeln konnte. Gott, und warum auch nicht? Was spricht eigentlich dagegen, daß alles, was unbedingt geschehen soll, erst einmal richtig ausgetüftelt werden muß? Ausgetüftelt und, eventuell, möglichst überzeugend niedergeschrieben? Sie schlug ihre Bücher zu. Während sie darüber nachsann, daß das Ereignis, wenn es sich denn meldet, ein gemachtes Bett vorfindet und daher die Phantasie so vertraut anspricht, daß die Betroffenen, also wir, ein entsprechendes Verhalten an den Tag legen können, schob sie ihre Blätter zusammen. Dialoge, Gesten, Szenen, allesamt vorgekaut von einer Vision des Gedächtnisses!

Sie machte eine unkontrollierte Bewegung. Ihr Stift rollte auf den Fußboden. Er bückte sich schneller als sie.

»Danke dir.«

Sie sah etwas in seinen Augen zu ihr hinblitzen. Was für eine Ehe führen die beiden? dachte sie, und in dem Moment zog sich etwas so Böses um ihr Herz, daß sie gar nicht erst versuchte, es mit dem Verstand zu erfassen. Sie stand auf und begann ihre Sachen in eine Tasche zu schieben.

»Okay«, sagte Sjoerd und erhob sich ebenfalls.

Armanda bückte sich, um ihre Schuhe unter dem Tisch hervorzuangeln. Sie hörte, wie das Haus unter einer Sturmbö knarrte. Mein Gott, dachte sie, abgeklärt wie jemand, der gerade in gar nichts lügt, was für ein spannendes, behagliches Geräusch! Stell dir vor, das Wetter verschlechtert sich im Laufe der Nacht so sehr, daß bestimmte Fährverbindungen ausfallen und die Kapitäne morgen, vielleicht auch noch übermorgen und meinetwegen bis zum Sankt Nimmerleinstag auf den Dienst pfeifen! Stell dir vor!

Mit zerstreuter Miene verabschiedete sie sich.

Als sie und Sjoerd abends am Nieuwezijds Voorburgwal aus dem Taxi stiegen, stand die Eingangstür von Betsys

Haus offen. Sjoerd ging ihr auf vier schmalen, fast senkrechten Treppen so schnell voran, daß sie sich oben vor der Wohnungstür einen Augenblick sprachlos ankeuchten. Er nahm ihr den Mantel von den Schultern. Über dem Treppengeländer hing bereits ein Berg nasser Kleidungsstücke. Betsy entdeckte sie, rief etwas Gastfreundliches und führte sie in den einst als heimliche Kirche benutzten Bodenraum, der sehr hoch war und bereits von Stimmengewirr erfüllt. Armanda fühlte sich äußerst wohl. Es war so angenehm, in Begleitung des unbekümmerten Sjoerd in seinem alten Tweedjackett einzutreten. Und natürlich gab es etliche entferntere Bekannte, die sich auf den ersten Blick vertaten.

»Armanda«, mußte sie ein paarmal sagen. »Ich bin Armanda.«

3
Landschaft?

Zum erstenmal an diesem Tag überquerte sie Wasser. Der Nieuwe Waterweg ist eine tiefe, aber ziemlich schmale Rinne, die Fähre braucht nicht länger als zehn Minuten hinüber. Trotzdem wird von den zuständigen Stellen ein Viertelgulden dafür berechnet. Lidy sah, wie ein erschrekkend altes, bäurisches Männergesicht neben ihrem linken Fenster auftauchte. Sie begriff, kurbelte die Scheibe hinunter und legte den verlangten Obolus in die Pranke. Als die Scheiben daraufhin ringsum beschlugen, stieg sie doch aus und wurde vom Wind überrascht, der ihr hier auf dem Wasser sehr heftig vorkam.

Sie blickte sich um. Amüsiert sah sie oben auf der Brücke einen breitschultrigen Mann in Kapitänsuniform ernst an einem Steuerrad stehen. Ich befinde mich wirklich auf einem Schiff. Ringsum kleine Wellen, schräg vor ihnen nahm ein Ozeandampfer Kurs aufs offene Meer, und links fuhr der Frachter RO 8 in Richtung Rotterdamer Hafen. An das Auto gelehnt, stand sie im verwirrenden Licht eines Regenschauers, der jeden Moment niedergehen konnte. Unter der Überdachung des Gangbords Fahrradfahrer und Fußgänger. Ihr Blick fiel auf einen neben der Reling stehenden Kasten, auf dem in weißen Buchstaben »Rettungswesten« stand, wie um ihr noch einmal zusätzlich klarzumachen, daß sie das Festland tatsächlich verlassen hatte. Bereits wenig später schwenkte das Schiff rasch herum und stoppte auf. Die Laderampe fiel dröhnend auf den Kai. Und dennoch: Als Lidy auf die Insel Rozenburg fuhr, hatte die Überfahrt, so kurz sie auch gewesen sein mochte, es doch geschafft, sie weiter von zu Hause zu entfernen, als sie erwartet und beabsichtigt hatte. Dieser kleine Ausflug hatte doch nur eine Phantasie sein sollen, eine kleine Tyrannei ihrer Schwester Armanda, mit der sie selbst fast nichts zu tun hatte?

Richtig, aber von einer ordentlichen Straße war in der nun folgenden Stunde keine Rede mehr. Ein Labyrinth kleiner Wege, Schleusen und Brücken nahm ihre ganze Aufmerksamkeit in Anspruch. Unmöglich, einstweilen etwas anderes im Leben für wichtiger zu halten als die Route, die sich höchst eigenwillig verhielt und sich nur sehr wenig um die auf dem Beifahrersitz ausgebreitete Karte scherte. Bei Nieuw-Beijerland mußte sie wieder mit der Fähre übers Wasser und kam dann nach einer Viertelstunde zum Seedeich, an dem eine schmale Asphaltstraße entlangführte. Sie hielt an und rannte im Wind zu einem verblichenen Straßenschild, auf dem sie, zum Glück, Numansdorp entziffern konnte. Dort, am Hollands Diep, mußte der Hafen liegen, von dem aus mehrere Fähren die großen Meeresarme überquerten.

Das Meer selbst sah man nicht. Doch sie hatte den unverkennbaren Geruch in der Nase, als sie wieder Gas gab und dicht an der Windschutzscheibe leicht erschrocken auf die Landschaft blickte. Landschaft? Konnte man den Boden hier angesichts des gewaltigen Raums darüber nicht genausogut streichen? Die Regendecke war vom Wind zerfetzt worden. Wolken mit leuchtenden Rändern schoben sich wie Kulissenteile vor- und hintereinander über das Panorama hinter der Autoscheibe. Inwieweit war dieses Panorama eigentlich bewohnt? Nur zweimal überholte sie einen zerzausten Radfahrer mit dem Wind im Rücken, und einmal machte ein an einem Seitenweg mit Pferd und Wagen wartender Bauer eine Armbewegung, als sie hupte. Turmspitze, Gehöft, Mühle mit kreisenden Flügeln, Pferd hinter einem Zaun. Alles unter dem Himmel begraben und alles zum Deich hin liegend, der nicht hoch war, aber trotzdem das Meer den Blicken entzog. Hat etwas Gespenstisches, dachte sie. Käme der Hafen nur endlich in Sicht. Sie würde das Land und das Meer gern mal gleichzeitig sehen. Dies hier war noch immer die Provinz Zuid-Holland, ein Zwischengebiet mit kahlen schwarzen Poldern, das ihr, wie auch immer, wohlbekannt war. Sie hatte vor, im Hafen von Numansdorp die Fähre nach Zeeland zu nehmen, einer Provinz, in der sie noch nie im Leben gewesen war, deren Schatten sie aber schon den ganzen Vormittag spürte, weil sie ihr Reiseziel war. Daß die Nadel ihres Kompasses auf eine Gruppe wildfremder Menschen zeigte, eine

Familie in einer kleinen Provinzstadt, die sie nicht interessierte, es nie getan hatte und zweifellos auch nie tun würde, empfand sie im Laufe dieser wenigen Stunden allmählich als ganz normal.

Um wieviel Uhr erwarteten sie die Patentante eigentlich?

Es wurde zwei. Der Wind an der Küste, der seine Geschwindigkeit gerade auf etwa 30 Knoten pro Stunde mäßigte, was einer Windstärke von reichlich 7 auf der Beaufortskala entspricht, sollte von nun an jede Stunde ein Beaufort zulegen. Lidy erreichte den Hafen und fuhr auf den Platz. Zu ihrer Zufriedenheit sah sie, daß sie ihre Reise genau gemäß ihrem an diesem Morgen gefaßten Plan fortsetzen konnte. Am Kai wartete neben ein paar schaukelnden Frachtern die Fähre *Den Bommel* mit offenem Laderaum. Daß die Landungsbrücke ein Stück weit unter Wasser lag, kam ihr nicht anormal vor.

Und das war es auch nicht. Durchschnittlich zweimal pro Monat stieg das Wasser des Hollands Diep bis zu dem Punkt an, den man als Grenzpegel bezeichnete, und ging auch oft genug über diesen hinaus. Örtlich gab es dann die entsprechende Nässe, kein Mensch, der sich darüber Gedanken machte. Sie stieg aus. Ihr Weg zu der Bude, in der Fahrkarten für die Fähre verkauft wurden, war von einem entwurzelten Baum versperrt. Sie kletterte darüber und sah zu, daß sie in den Windschatten des Hafengebäudes kam. Als sie sich der Schlange anschloß, glühte ihr Gesicht genauso wie das der anderen Passagiere für die Fähre Numansdorp – Zijpe, die alle munter, ja sogar genüßlich vom Wetter sprachen. Man weiß doch, was Sturm ist. Wenn's pustet, dann pustet's, heute ziemlich kräftig, aber wir erinnern uns, daß es manchmal schon schlimmer war!

Zehn Minuten später fuhr sie, ziemlich steil abwärts, über Metallplatten in den Laderaum und stieg aus dem Auto. Über eine eiserne Innentreppe kam sie in den Passagierraum mit Billardtisch und einer Bar. Die Fähren waren stabile Pötte. Die *Den Bommel* hatte 10 000 Bruttoregistertonnen und besaß eine 400-PS-Dieselmaschine, die das Schiff mit einer Geschwindigkeit von zehn Knoten in zwei Stunden nach Schouwen-Duiveland bringen konnte. Schweres Wetter, das heißt, ein West- oder Nordweststurm ab Windstärke neun aufwärts, erforderte in diesem ohnehin tückischen Revier großes Geschick beim Steuern. Windgeschwindigkeiten von vierzig bis sechzig Knoten konnten die Gewässer des Haringvliet, des Volkerak und des Grevelingen in Meere mit steilen, unaufhörlich anrollenden Wellen verwandeln. Ein Boot sollte sich tunlichst nicht quer zu ihnen legen.

Schau auf einen festen Punkt. Das ist ja schlimmer als betrunken zu sein. An einem Tisch mit einem strammen Max und einem Kakao vor sich merkte sie schon bald, daß sie besser an die frische Luft ging. Der schräg geneigte Boden und das Wogen dessen, was hinter den Fensterscheiben war, deckte sich in nichts mit den Wahrnehmungen ihrer Augen oder irgendeines ihrer anderen Sinne. Mit todbleichem Gesicht eilte sie zum Zwischendeck, wo noch mehr Passagiere im Schutz des Maschinenraums standen und starr auf die anrollenden Wassermassen blickten.

Ihr Unwohlsein war sofort verflogen. Da spürte sie, daß sie von der Seite her beobachtet wurde. Ein Passagier neben ihr öffnete bereits den Mund, um etwas zu ihr zu sagen, doch sie hielt den Blick ostentativ in die Ferne gerichtet. In Gedanken die Karte lesend, wußte sie, daß sie auf dem Weg zum schmaleren Arm des Volkerak gerade die Kreuzung von Haringvliet und Hollands Diep überquerte, doch die Flut war im Kommen, und es war deutlich, daß die Nordsee jetzt die Regie übernommen hatte. Wirklich schön. Der Wasserspiegel kam in bleifarbenen Wogen auf sie zu, überzogen von derart weißen Schaumstreifen, daß man einfach nicht verstand, woher sie den Widerschein hatten.

Warum sehe ich keine Ufer, warum keine Turmspitzen, keine Dächer? Überall ringsum muß doch Land sein?

»Sehen Sie sich das an!« ertönte es neben ihr.

Der Mitreisende hatte sie angesprochen. Ein Bär von einem Kerl mit rotem Gesicht machte sie mit ausgestrecktem Arm und wichtiger Miene auf etwas aufmerksam. Sie schaute hin und nickte nachdenklich, als sie zu hören bekam, daß man auf dem Deichvorland ausgezeichnet Kaninchen jagen konnte, normalerweise, daß die Chose jetzt aber unter Wasser stand. Als hätte sie danach gefragt, nannte der Mann ihr seine Funktion. »Chefingenieur bei der Reichswasserbaubehörde.«

Wie? Ah. Eigentlich nicht geneigt, den Anblick des Meeres, endlich, durch eine Plauderei herabzumindern, antwortete sie trotzdem: »Das heißt, diese großartige Ansicht ist ... Ihr Arbeitsgebiet?«

»Ja, genau.«

Der Chefingenieur beugte sich näher zu ihr. Sie roch eine ordentliche Alkoholfahne. »Was Sie da sehen, Mevrouw, ist eine Tide, die den Grenzpegel mehrerer Meßstationen heute deutlich überschreiten wird, das kann ich Ihnen aus Erfahrung sagen.«

Sie schwieg, runzelte die Stirn.

Der andere sah sie jetzt eindringlich an. »Was Sie hier

sehen«, sagte er langsam, insistierend, »ist der ansteigende Meeresspiegel, an sich also nichts Besonderes, denn das passiert bei jeder Flut. Das ist Ihnen natürlich bekannt. Eine Angelegenheit von Sonne und Mond, die das Wasser an sich ziehen.« Er zog instruktionshalber die Hände gekrümmt hoch. »Aber manchmal, ähm, spricht die Flut die Sprache des Windes und nicht die der Astronomie.«

»Wie bitte?«

»Ja. Manchmal ist es der Sturm, der dem Wasser hier an der Küste zusätzlich noch einen ungnädigen Schubs nach oben verpaßt!«

Sie ließ ihren Blick nicht mehr abschweifen. Sie wandte sich ihrem Gesprächspartner halb zu, was noch nicht bedeutete, daß die Wasserfläche, die das Schiff inzwischen hinter sich gelassen hatte, nicht mehr auf sie wirkte, im Gegenteil. Schleichend griff sie ihren Richtungssinn an und versetzte sie in eine Art Narkose, durch die die Stimme des Chefingenieurs so logisch wie eine Traumgeschichte klang …

»Meine Güte«, sagte sie.

»Ich nehme an, daß Sie jetzt ein paar Fakten und Zahlen von mir hören wollen. Oder etwa nicht?«

Sie neigte den Kopf.

»Also« – der Chefingenieur richtete den Blick kurz konzentriert nach oben – »in diesem Jahrhundert hat es schon etliche Sturmfluten gegeben, und die meisten davon waren niedrig, niedrige Sturmfluten haben wir hier fast jedes Jahr, und dann steht überall einiges unter Wasser, tja. Mittlere Sturmfluten, wie wir sie bei der Reichswasserbaubehörde nennen, sind schon ein Stück saftiger, die kommen, sagen wir mal, einmal in zehn bis hundert Jahren vor. Erinnern Sie sich an den Winter 1906, als ein

Orkan die Nordsee bei Vlissingen bis auf beinahe vier Meter über Amsterdamer Normalnull hochgedrückt hat, was gewaltige Verwüstungen angerichtet hat. Wie bitte? Nein, dabei sind keine Menschen ertrunken. Oder vielleicht allenfalls ein paar.«

Der Chefingenieur rieb sich die Hände. Sie sah, daß das Gesicht ihr gegenüber den Ausdruck wechselte, sah, wie niedrige und mittlere Sturmfluten sichtlich etwas Drastischerem Platz machten, und, jawohl: »Die dritte Kategorie, die wir unterscheiden, ist die hohe Sturmflut. Ein häufiges Phänomen? Nein. Tritt lediglich alle hundert bis tausend Jahre auf. Gut, Sie nicken schon. Die haben wir von der Reichswasserbaubehörde in der Tat noch nie als solche gemessen, geschweige denn in einer ordentlichen Statistik untergebracht.«

Er schwieg kurz. Mit einer Begeisterung, die ihr rätselhaft vorkam, erklärte er ihr dann, daß die Wissenschaft schließlich noch eine allerhöchste Sturmflutkategorie kenne, einen Viersternepreis, um eine Katastrophe zu bezeichnen, die, mochte sie vielleicht auch unwahrscheinlich sein, er ihr aber unmöglich verschweigen dürfe, da wir sie doch, sagen wir mal, alle zehntausend Jahre einmal in unserer Region erwarten könnten.

Er streckte den Kopf vor, artikulierte etwas mit den Lippen, aber sie verstand es nicht.

»Bitte?« fragte sie und erhielt eine brüllende Antwort.

»Die extrem hohe Sturmflut! Oh! Können Sie sich die nicht vorstellen? Haben Sie denn noch nie von den teuflischen Katastrophen von früher gehört? Die Sankt-Elisabeth-Flut im fünfzehnten Jahrhundert, die unseren kompletten südholländischen Waard verschluckt hat. Ein Jahrhundert später: Sankt Felix, eine noch bösere, die sich bemüßigt fühlte, alle zwanzig Dörfer rings um Reimerswaal für immer den Muscheln und Krabben zurückzugeben. Und! verflixt, vierzig Jahre später, statistisch gesehen also im Handumdrehen, tritt die Allerheiligenflut ein, und wieder denkt jeder, die Welt geht unter!«

Der Chefingenieur lachte kurz. Dann: »Wutanfälle der Natur, jeder von ihnen verantwortlich für gewaltige Totenzahlen!« Ob sie sich inzwischen klarmachen wolle, daß dieses ganze Spektakel nicht nur durch Zutun der Natur, sondern auch infolge der laxen Instandhaltung der Deiche oft so kraß verlaufen sei. Nur ein Berg halte seine Masse von sich aus zusammen. Ob sie ihm, bitte, glauben wolle, wenn er ihr versichere – es war deutlich, daß er jetzt etwas ganz ungeschminkt sagen wollte, so etwas macht hellhörig –, als Insider versichere, daß die Höhe der Deichkronen auch heute noch keineswegs der Norm entspreche?

Er sah sie mit der Barschheit eines Menschen an, der die Zahlen verdammt genau kennt.

»Ähm ... Sie sind ein sympathisches Mädchen. Ich beunruhige Sie doch nicht?«

Keineswegs, allerdings richtete sie den Blick nun doch auf etwas anderes. Ein kleines Schiff, wahnwitzig klein sogar. Es tuckerte in ungefähr fünfzig Metern Entfernung in die entgegengesetzte Richtung. Sie kniff die Augen zusammen. Mal verschwand es bis zum Ruderhaus in den Wogen, mal konnte sie die schwarze Persenning sehen und den Namen des Schiffes, *Compassion*, lesen, bevor es erneut in die Tiefe tauchte. Lichtbündel, die zwischen den Wolkengebilden herabschienen, gaben dem Ganzen etwas Theatralisches.

»Ich ... finde es wirklich sehr schön!«

»Es ist in der Tat beeindruckend«, gab der Chefingenieur zu. Dann, nach einer Pause: »Kosmische und irdische Kräfte fließen aus unvorstellbar fernen Gebieten genau vor unseren Augen zusammen.«

Sie sah prüfend in seine leicht blutunterlaufenen Augen. Er grinste nicht.

»Erhabene Worte.«

»Langweile ich Sie?«

»Absolut nicht. Ich bin nämlich zum erstenmal hier.« Und wie jemand, der in einem zufälligen Moment erkennt, daß der Himmel unsere ewige, bleibende Urlandschaft ist, sagte sie: »Ja, wir nennen es schön, aber was steckt da nicht alles dahinter, nicht wahr?«

»Gewiß, gewiß.«

Einmütigkeit. Die vom Chefingenieur dazu genutzt wurde, jetzt auf den Strahlstrom zu sprechen zu kommen, das rasende Windband in der obersten Schicht der Troposphäre. In zehn, zwölf Kilometer Höhe fege das Ding über die Kontinente hinweg und sei imstande, die Atmosphäre in einem kompletten Tiefdruckgebiet zusammenzupressen oder ein Hochdruckgebiet wie einen Ballon aufzupumpen.

»Stellen Sie sich eine Fahrradpumpe von gigantischen Ausmaßen vor.«

Das tat sie, spähte aber währenddessen den Horizont weiter ab: Schon seit einiger Zeit fuhren sie an Deichen entlang, auf denen hier und da ein kleines Gebäude stand und über die gelegentlich auch ein Kirchturm ragte. An einem dieser Türme entdeckte sie eine wild flatternde Fahne. Das ist schon die zweite oder dritte heute, dachte sie, bis ihr einfiel, daß Prinzessin Beatrix Geburtstag hatte. Wie alt wurde das Mädchen? Vierzehn, fünfzehn?

»Zum Schluß sind wir beim Wetter angelangt«, sagte

der Chefingenieur. »Regen, Wind, tja, Wetter gibt es immer, nicht wahr. Strenggenommen bilden Wetter und Wind den Hintergrund unseres ganzen Lebens.«

»Eigenartiger Gedanke.«

»Luft, die nichts anderes tut, als von einem Hoch- in ein Tiefdruckgebiet zu strömen.«

Sie lächelte ihn über die Schulter an, fast gesellig. Er bremste das ab. In plötzlich ziemlich autoritärem Ton sagte er: »Ähm ... wie Sie spüren, nimmt die Gewalt des Windes mit jeder Minute zu!«

Inzwischen hatte das Schiff, auf deutlich anderem Kurs, zu stampfen begonnen. Sie merkte, daß sich die Ufer wieder entfernt hatten und daß sie genau gegen den Wind fuhren. Die Stimme des Chefingenieurs, schwer zu verstehen jetzt, war noch immer dabei, seine phantastische Naturlehre an ihr zu exerzieren. Als sie nicht reagierte, tippte er ihr auf den Ärmel.

»Und dieses Getöse, wollen Sie von mir wissen? Nun, Sie können mir ruhig glauben, nur wenn das monströse Herz des Sturms sich über der Nordsee zusammenzieht und dort alles kraftvoll aufbläst – ja? –, nur dann kann man hier ein richtig großes Spektakel erwarten ...«

Damit schien das Gespräch beendet. Schien, denn Lidy, die tatsächlich dachte: Herrgott, alles schön und gut, bloß wie werde ich diesen Mann jetzt los, blieb sekundenlang mit ihrem Blick an dem seinen hängen.

»Ja?« fragte der Chefingenieur.

Sie schüttelte den Kopf und sah weg.

Soweit das Auge reichte, heranrollende Flut. Sie schauten beide darauf, bis der Chefingenieur sich ihr wieder zuwandte. Nachdrücklich, als vertraue er ihr eine Schlußfolgerung an, sagte er: »Vlissingen. Hoek van Holland.«

Ja?

Ob sie sich vorstellen könne, daß er nach diesem Wochenende wahnsinnig gespannt sei, was die Meßstationen dort heute messen würden?

Schlaffes Lächeln. Den Rücken ihm halb zugewandt, erwiderte sie nichts mehr. Der Chefingenieur stellte sich wieder vor sie. Sie rieb sich die gefalteten Hände und hauchte sie an. Was jetzt noch?

»Ich glaube, ich lege mich mal lang!«

Wenn sie gestatte. Er lege sich, sagte er, auf eine der Bänke im Fahrgastraum, die Hochzeit im Hoekse Waard, von der er komme, habe bis zum Morgengrauen gedauert. Für ihn gebe es nichts Herrlicheres, erklärte er, als bei Sturm und Unwetter zu schlafen. Also verschaffe er sich jetzt schon mal einen kleinen Vorgeschmack auf heute nacht. Ob sie noch nicht genug habe von der Kälte und dem Wind? Na schön, er schüttelte ihr die Hand und machte dann im selben Zuge eine weite Armbewegung.

»Dort liegt England, schräg gegenüber Frankreich, da oben haben wir die Westfriesischen Inseln, und in der Mitte sind wir. Stellen Sie sich dazwischen eine Skulptur aus Wasser vor, ein Meeresgebirge, ziemlich niedrig an den Ausläufern, aber in der Mitte monumental in die Höhe steigend, und ziehen Sie eine Senkrechte nach hier!«

Der Chefingenieur ging lachend zur Treppe. Seine Stimme hatte ihr zusammen mit dem Wind laut in den Ohren gegellt.

Dämmerung. Ein Nachmittag im Januar. Lidy, auf einem Fährschiff auf dem Krammer, wußte so ungefähr, wo sie sich befand. Der Krammer ist der südöstliche Teil des Grevelingen, und der Grevelingen ist der Arm der Nordsee, der Zuid-Holland und Zeeland trennt. Bekannte Dinge, die heute absolut nicht gegen das ankamen, was sich dort vor ihren Augen abspielte, und nicht nur vor ihren Augen. Auch unter ihr, in der Tiefe, und hinter ihr war etwas im Gange, das sich unmöglich auf irgendeiner Land- oder Wasserkarte einzeichnen ließe. Es ließ sich nicht einmal richtig betrachten. Groß und lautstark schien es sich selbst umzusehen, mit Absichten, die kein Mensch in Worte fassen konnte aufgrund der simplen Tatsache, daß kein Mensch hier auch nur die geringste Rolle spielte. Man konnte es allenfalls ein wenig umschreiben: Es bläst ein kalter Wind von See – und es dann dabei belassen.

Es flogen noch Vögel. Sie sah die grauschwarzen Klumpen unter der Wolkenschicht hervorsegeln. Die mußten doch triftige Gründe haben, auch nur irgendeine Strecke in diesem Hexenkessel zurückzulegen. Während sie von den Vögeln zu den Wogen blickte, die, obwohl sich meterhoch auftürmend, doch unterhalb ihrer Füße blieben, machte sie die Entdeckung, daß »unten« oder »oben« nicht mehr existierten. Und weil es nun rasch dunkler wurde, erkannte sie bald keinen Raum mehr, auch keine Fläche, sondern nur noch Schaumfetzen. Weißlich, azurgrün. In die die Fähre im zirkuszeltartigen Licht ihrer Scheinwerfer eintauchte, in ihnen verschwand und wieder emporstieg, um eine Fahrt fortzusetzen, die keinerlei Zeitdauer mehr hatte. Nur Umstände.

Sie erschrak und begann schnell an zu Hause zu denken, denn auf einmal hatte sie sich selbst, in ihren Wintermantel eingemummt, auf dem Zwischendeck gesehen. Eine eigenartige junge Frau ohne Gedanken. Ihre Lebensfrage übernommen vom Spektakel ringsum. An einem solchen

Ort muß man sich ein Tuch um die Augen binden und an zu Hause denken. Wo stehen die Stühle und Tische?

Welche? Sie merkte, daß sie die Einrichtung von Nummer 77 und Nummer 36 glatt durcheinanderbrachte. Diese Teppiche liegen hier, jene dort, verwechsle sie nicht. Pro forma begann sie sich Sjoerds Junggesellenappartement am Korsjespoortsteeg vorzustellen, in das sie ihm eines Winternachmittags gefolgt war. Die Gardinen vor den Schiebefenstern hatte sie damals, im Bett nach ihrer ersten Liebesstunde, im Zugwind sacht hin und her wehen sehen, jetzt war es ein Bild ohne Seele. Sehr schnelle Liebe. Erst eine Woche zuvor hatte sie ihn auf einem der Tennisplätze in der Apollohalle, die seit dem Krieg gerade wieder eröffnet worden waren, kennengelernt. Anfang Februar? Im Januar hatte es sieben Tage in Folge kräftig gefroren, doch mit einemmal war an Schlittschuhlaufen nicht mehr zu denken. Sie hatte mit einer kleinen Gruppe auf einer Art Seitenterrasse gesessen und einem gemischten Doppel zugeschaut. Armanda und Sjoerd, Betsys Halbbruder, gegen Betsy und irgendeinen Partner. Als das Spiel aus war, hatte Sjoerd auf den Stuhl neben ihr geschaut, als habe er die ganze Zeit gewußt und das auch gut im Blick behalten, daß der frei war. Danach also die Verabredung. Und Sjoerd, der sie nach einem kurzen Spaziergang bei ungewöhnlich mildem Winterwetter, das den Vorhersagen zufolge noch wochenlang andauern sollte, in seine vertraute Bude im dritten Stock, zur Straße hin, mitnahm, wo er sie keine Minute lang darüber im Unklaren ließ, was er wollte. Dafür war sie zu haben gewesen, das wußte sie noch, und sie wußte auch, daß sie immer dafür zu haben sein würde: die ohne Umschweife zur Sache kommende Männlichkeit. Geilheit, Schmeichelei und näheres Kennenlernen in einem. Seine Hände hatten auf angenehme Weise den Weg unter ihren Rock gefunden.

Sie hielt sich fest. Das Schiff neigte sich plötzlich an die zwanzig Grad zur Seite, wenn nicht mehr. Eine gewaltige See türmte sich rechts vom Bug auf und rollte, ohne zu brechen, massiv dunkelgrün über das Schiff, das wie verrückt aus sämtlichen Speigatts zu spritzen begann.

Es bläst ein kalter Wind von See ...

Und ob ihr das etwas sagte. Hinreißend unwirtliche Welt, hinreißendes Sauwetter! Gab es etwas Unwiderstehlicheres als das? Vor allem in bezug auf die Mutterliebe? Kann man denn jemals verzückter nach seinem schlafenden Kind schauen, als wenn der Wind tobt und die Läden schlagen? Entschlossen, dem Getöse hier etwas Eigenes entgegenzusetzen, dachte sie: Nadja. Sie dachte auch: Seit du da bist, ist alles vollständiger. Aber was sie dabei sah? Ein Foto, einen wenig gelungenen Schnappschuß, auf dem sie, das Kind an ihrem Hals, ins Objektiv schaut, sich mit leeren, überbelichteten Augen entgegenstarrt.

Laß es doch. In dieser Luft und in diesem Meeresarm voll Leben steckt keine Spur von dir. Diejenige, die heute morgen von zu Hause aufgebrochen ist, du, muß sich noch kurz in Geduld fassen, aufs eigene Glück zu starren. Ihre Hände und das Gesicht waren steif vor Kälte. Da – das Schiff hatte einen Schwenk gemacht und flog mit einer Bö genau auf den Fähranleger von Zijpe auf Schouwen-Duiveland zu – wurde sie aus ihren Gedanken aufgeschreckt. Die *Den Bommel* war mit einem Knall, als explodiere eine Mine, gegen die Abweiser gedonnert.

Keiner der Fährkapitäne würde in den kommenden Tagen mehr eine Fahrt über den Meeresarm wagen.

4
Dann fahr doch du

Sie waren gegen eins gegangen. Obwohl die Fete noch lange nicht zu Ende war, hatte Armanda zu Sjoerd gesagt: »Wollen wir gehen?«, wobei sie ihre Finger um seine Jackettaufschläge legte.

»Gute Idee«, sagte er in einem Ton, als habe er eigentlich genau das gleiche gedacht, und daß er sie dabei kurz anfaßte, sie einfach um die Hüften griff, hatte nichts Merkwürdiges, denn sie hatten sich den ganzen Abend außerordentlich wohl miteinander gefühlt und rundheraus intim.

Feten: Feten unterstreichen die Festlichkeit des Lebens, das hatte Armanda von der allerersten Minute dieses Abends an so empfunden. Der Dachboden wurde von einem zylinderförmigen Ölofen mit einem Rohr quer durch den gesamten Raum beheizt, und allein schon das, die glühende Wärme als Kontrast zu dem Hundewetter draußen, hatte sie sofort in Stimmung gebracht, locker, befreit von – sie wußte nicht was. Als die Gastgeberin nach ungefähr zwanzig Minuten dazu kam, sie und Sjoerd zu fragen: »He, wo ist Lidy?«, hatte Armanda schon ziemlich viel gegrüßt und gelächelt und ihr erstes Glas Wein getrunken.

»Lidy?« hatte sie wiederholt.

Durch die Stimmen und die leise Jazzmusik erkundigte sich Betsy noch einmal: »Warum ist Lidy nicht mitgekommen?«

Sie hatten im Kreis gestanden, Betsy, Sjoerd, zwei oder drei andere Gäste und sie. Merkwürdigerweise wurde sie, gerade als sie antworten wollte, von dem roten Samtband abgelenkt, das Betsy um den Hals trug, und eigentlich durch deren ganze Person. Ihre zehn Jahre ältere Freundin war außerordentlich hübsch, stellte sie auch jetzt wieder fest, von einer erwachsenen Hübschheit, und das Kleid mit dem eng anliegenden Oberteil, ganz der diesjährigen Mode entsprechend, stand ihr phantastisch. Sie selbst brauchte sich zum Glück auch nicht zu verstecken, einen Augenblick lang sah sie sich sowohl zu Hause vor dem Spiegel, vor ein paar Stunden, als auch hier in dem von Kerzen erleuchteten Dachgeschoßraum in ihrem Cocktailkleidchen stehen, Rock drei Zentimeter unter dem Knie, runder Ausschnitt, nach einem Schnittmuster aus der *Marion.* Gelegentlich wurde behauptet, sie habe Ähnlichkeit mit Vivian Leigh, heute abend hatte sie das Gefühl, daran könnte tatsächlich etwas sein. Ein kleiner, charakteristischer Hauch von jemand anderem als Ergänzung zu dem, was man bereits war ... leicht verzaubert von ihrem eigenen Bild streckte sie die Hand nach Betsy aus und berührte das rote Samtband.

»Schön!«

Die kleine Gruppe stand neben dem Büffet, auf dem alles mögliche zum Essen bereitgestellt war. Armanda beugte sich zur Seite, nahm sich einen kleinen Toast mit Lachs, so ein quadratisches Ding, das man mit einem ordentlichen Haps recht manierlich als Ganzes in den Mund bekommt, und merkte, während sie kaute, daß die anderen sie interessiert weiter ansahen. Sie schluckte schnell.

»Lidy ist in Zeeland«, sagte sie atemlos.

»Weshalb *das* denn?« fragte Betsy.

»Ach ... ich glaube, sie hatte Lust, mal mit dem Auto loszufahren. Ja, sie wollte mal wieder am Steuer sitzen. Man verlernt es so schnell, nicht?«

Sie sah, wie jemand aus der Gruppe zustimmend nickte.

»Eigentlich hatte ich da was zu tun«, fuhr sie fort. »Ich habe dort ein Patenkind, das wußtest du nicht, nein. Ein kleiner Schatz, wird heute sieben, hatte sich ganz darauf versteift, heute ein Paar Ballettschuhe von ihrer Tante zu bekommen.«

Betsy musterte Armanda lächelnd, zog aber auch eine Augenbraue hoch. Inzwischen hatte jemand die Musik, ein schleppendes Klarinettensolo, lauter gestellt. Armanda erhob deshalb die Stimme, und auch weil sie das Gefühl hatte, sie würde jetzt gleich die richtige Antwort auf die Frage geben, die ihr gestellt worden war.

»Aber als wir Anfang der Woche miteinander telefonierten, Lidy und ich, und die Rede auf diese kleine Tour nach Zeeland kam, war sie sofort Feuer und Flamme. Willst du wirklich nicht lieber zu Betsys Fete gehen, hat meine liebe Schwester so ganz nebenbei gefragt, aber ich kenne sie natürlich. Ich ließ sie erst in aller Ruhe nach der Entfernung in Kilometern fragen, dem Straßenzustand, der Möglichkeit, einen großen Teil dieser abenteuerlichen Fahrt auf einem Schiff zurückzulegen, und gab schließlich nach. Also gut, hab ich gesagt, dann fahr doch du an meiner Stelle.«

So hatte Armanda gesprochen und danach leicht verwirrt an den anderen vorbei in den Raum geschaut, wo ein paar Gäste bereits langsam tanzten, einen kaum wahrnehmbaren Slowfox zu dieser einsamen Klarinette, und als sie die Augen wieder auf die Umstehenden richtete, merkte sie, daß Sjoerd sie mit unbestimmtem Blick, aber ziemlich aufmerksam beobachtete. Sie erwiderte seinen Blick und ertappte sich dabei, wie sie sich kurzerhand das eine Mal in Erinnerung rief, als er sie auf den Mund geküßt hatte, schwarzweiß, als Filmbild. Sehr schnell sah sie, daß sein Gesicht einen ganz weichen Ausdruck annahm.

Mir ist ein bißchen schwummrig, aber das fühlt sich gut an, dachte sie. Daß ich alles um mich herum ziemlich verschwommen sehe, kommt, denke ich, von dem Zigarettenrauch, der in blauen Kringeln und serpentinenartigen weißen Girlanden über den Kerzenflammen in die Höhe zieht. Außerdem ist mir sehr warm. Ist dies das Leben?

Sie hatte ihm ohne Umschweife einen sehr lieben Blick zurückgesandt.

Der Slowfox war dann auf einmal mit einem Kratzer abgebrochen worden – jemand hatte gemeint, es sei noch zu früh für so eine Stimmung –, und erst Stunden später um so umflorter von neuem erklungen. Da waren wie durch einen Zauberschlag alle Gäste bereit gewesen, der Klarinette, die von Verlangen, Einwilligung und der weiß Gott nicht so unerbittlichen Grenze dazwischen erzählte, Gehör zu schenken. Armanda und Sjoerd suchten sich, ohne zu zögern, und preßten sich aneinander. Nachdem sie den ganzen Abend in unmittelbarer gegenseitiger Nähe verbracht hatten, war ihnen jetzt, wie allen anderen, sehr danach, Wange an Wange zu tanzen. Draußen herrschte die stürmische Nacht, es schien keinen von beiden zu interessieren, was jemand denken würde, der sah, daß hier, mitten unter der Balkendecke, ein Mann die Schwester seiner Frau, den Mund an ihrem Ohr, intim in den Armen hielt. Die Stimmung, in der sich das Paar befand, war offensichtlich.

Sie war hinter ihm die Treppen hinuntergestiegen. Er hatte nach einem Taxi angerufen, und da der Stand ganz in der Nähe war, gingen sie schon mal nach unten. Die Tür klemmte. Er langte im Eingang an ihr vorbei und wandte Kraft an. Sofort peitschte ihr Regen ins Gesicht. Das Taxi ließ auf sich warten. Hinter der halbgeschlossenen Tür hervor spähte sie immer wieder kurz auf die dunkle Straße, auf der ein paar triefende Fahrräder an einem Laternenpfahl lehnten und ansonsten gar nichts passierte.

Als sie zehn Minuten später durch die kleine Seitengasse rannten, hielt sie immer noch seine Hand, und sie lachte mit ihm zusammen über das ganze Theater. Am Dam war kein Taxi zu sehen. Sie überquerten ihn schnell und stellten sich in den Eingang eines Bekleidungsgeschäfts, der allerdings durch seine Nordlage nicht viel Schutz bot. Sie fror entsetzlich, zog zitternd den Kragen hoch, hielt sich jedoch einen Schritt von Sjoerd entfernt. Während sie suchend über den Platz blickte, konnte sie sich die glückliche Atmosphäre der Fete schon fast nicht mehr in Erinnerung rufen, voller Verheißungen der Art, die nicht unbedingt Anspruch darauf erheben, auch Wirklichkeit zu werden.

»Da kommt eins!« rief sie und rannte, den Schal über ihrem strähnig herabhängenden nassen Haar, los.

Der Taxifahrer war wie alle Taxifahrer in dieser Stadt ein Schwätzer. Auf der weichen Rückbank des Wagens wieder dicht zueinandergerückt, mußten Armanda und Sjoerd sich anhören, daß die Verkehrslage an diesem Abend äußerst brenzlig war. An der Keizersgracht hatte ein umgewehter Baum die Fahrbahn von der Raadhuisstraat bis zur Berenstraat versperrt, in Bos en Lommer war an einem der noch im Bau befindlichen Apartmenthäuser der Balkon abgerissen und auf die Straßenbahnschienen gekracht, und auf dem Platz vor dem Hauptbahnhof, erzählte der Taxifahrer, der routiniert seine Geschwindigkeit beibehielt, hatte er einem schätzungsweise sechzig Meter hohen Baukran ausweichen müssen, der sich inmitten hin und her rennender Feuerwehrleute in Richtung Wasser an der Offenen Hafenfront zubewegte.

»Gefährliches Wetter«, sagte der Taxifahrer, während er sich einen langen Moment zu ihnen umdrehte, in erwartungsvollem Ton. Während er sie mit Hilfe des Spiegels weiter im Visier behielt, erzählte er von einem tödlichen Verkehrsunfall auf Kattenburg am frühen Abend und wollte gerade von einem Stau auf den Wallen berichten, als er hart auf die Bremse trat und mit einem Schlenker auswich. Der Motor ging aus, der Fahrer knurrte einen Fluch, startete sofort wieder und fuhr, neugierig den Hals reckend, langsam an einem zerknautschten Motorrad mit Beiwagen vorbei, das mitten auf der stockdunklen Vijzelstraat lag. »Eine Zündapp«, sagte er. »Schöne Maschine.« Und setzte, während er wieder auf Touren kam, seinen Bericht über die Verkehrslage auf den Wallen fort, wo sich das betrunkene Pack wegen der durch die engen Straßen segelnden Dachziegel an diesem Abend bis dicht vor die Kneipentüren fahren ließ, weil es aus Vorsicht keinen Schritt gehen wollte.

»Typische Saufboldintelligenz«, sagte der Taxifahrer. »Die tapern ohne die leiseste Warnung aus ihrem Hirn schnurstracks in eine Gracht, aber vor Dachziegeln haben sie einen Heidenrespekt.«

Holzstücke, Glasstücke, Fahrradteile, Äste, Zeitungen, Regenschirme, Kartons, alles in dem mittlerweile nur noch leicht tröpfelnden Regen. Armanda und Sjoerd blickten mit fassungslosen Mienen über die Vorderbank hinweg auf die Stadt, die im Licht der Autoscheinwerfer glitzerte. Die bekannten Brücken. Ein kleiner Umweg am Fluß entlang. Da war De Pijp mit seinen schnurgeraden Straßen. Als sie an der Ecke des Parks ausstiegen, spürte Armanda, wie der Grundriß ihrer Heimatstadt sie lebensbedrohlich, dunkel und klatschnaß umzingelte, und darin, deutlich umkringelt, zwei Hausnummern: 77 und 36. Die eine an der langen, die andere an der kurzen Seite des Parks.

Sie standen voreinander. Armanda gähnte. Durch ein Loch in der Wolkendecke fiel ein Schein vom Vollmond, der selbst verborgen blieb, auf ihr wenig vorteilhaftes Gesicht.

»Ich bin müde.«

»Na, dann geh doch schlafen.«

Sjoerd begleitete sie, den Arm um ihre Schulter, zur Nummer 77, wo die Außenlampe brannte. Sie fragte, ob er Lust habe, morgen zum Frühstück zu kommen. Ein Nicken, ja, vielleicht, aber sie sollten nicht mit ihm rechnen. Um welche Zeit, apropos, solle er Nadja abholen? Sie kramte in ihrer Manteltasche nach dem Schlüssel. Oh, das sei egal.

Er wartete, bis sie drinnen war und die Tür hinter sich geschlossen hatte.

Wie herrlich, bei Sturm und Unwetter im Flanellschlafanzug ins Bett zu schlüpfen! Armanda hatte keine fünf Minuten gebraucht, sich für die Nacht fertigzumachen, war auch noch in das kleine Nebenzimmer gegangen, in dem Nadja, ausgestreckt wie ein Kätzchen, schlief, jetzt schloß sie die Augen. Anfangs dachte sie noch kurz an die Fete zurück, Gespräche, Bilder, und begann sich dann zum soundsovielten Mal zu fragen, ob ihr Leben im Grunde nicht ziemlich farb- und charakterlos war, ein schwacher Abglanz von etwas, das ganz sicherlich in ihrem Herzen, offenbar aber nicht in der Realität existierte. Wie soll ich leben?

Schon einundzwanzig, überlegte sie schläfrig, aber noch immer ohne Lebenserfahrung und, verflixt noch mal, immer noch Jungfrau, ich kenne eine Menge Studienkameradinnen, die das nicht von sich sagen müssen. Dann sah sie, wie beim raschen Durchblättern eines Fotoalbums, die Gesichter einiger Freunde und Bekannten ineinander übergehen, die sich lediglich in Details änderten und sich zu *einem* anonymen Gesicht zusammenfügten, das sie herausfordernd, vor Lebenslust strotzend ansah. Du hältst mich zum Narren, dachte die Träumerin, und genau das dachte sie auch manchmal, wenn sie wach war. *Was*, geht es darum? Sind das die Abenteuer, die hinter euren geheimnisvollen Gesichtern leben und von denen ich mich aus mir unerfindlichen Gründen bisher ausgeschlossen hielt? Fällt, ehrlich gesagt, gegen die Ereignisse ab, die ich vielleicht noch nicht in concreto kenne, aber doch für durchaus möglich halte. Sie drehte sich auf die Seite. Mit dem scharfen Urteil eines schlafenden Menschen löste sie aus der Ansammlung der sie anstarrenden Gesichter eines heraus.

Lidy Blaauw-Brouwer. Die im früh einsetzenden Winter 1950/51 ein Töchterchen, Nadine (»Wir nennen sie Nadja«) Blaauw, zur Welt gebracht und sich damit für ihr ganzes Leben eine reizende Aufgabe gegeben hatte.

Sie schlief jetzt sehr fest. Während sie mit einem Ohr den Sturm genoß, blieb ihr Gehirn noch ein wenig bei Lidy, die eines Winterabends mit einem Säugling auf dem Arm durch ihr Wohnzimmer gegangen war, als käme nichts, absolut nichts auf der Welt auch nur annähernd an dieses Erlebnis heran. Mit ihr im selben Raum zwei Bewunderer: ihr Mann und ihre jüngere Schwester, die gerade zu der Erkenntnis gekommen war, daß dieser Mann, wäre alles ein wenig, nur ein klein wenig anders gelaufen, genausogut von ihr hätte geliebt werden können, und nicht zuwenig.

Die Schläferin dachte lange über diese Wahrheit nach, die sie nicht im mindesten erschreckte, sondern sie im Gegenteil sehnsüchtig und heimlich warten ließ, während die Stunden zeitlos vergingen. Gegen Morgen wurde sie mit einem erotischen Traum belohnt. Sie schrak auf, sehr glücklich, um gleich darauf in die Fortsetzung einzutauchen. Sjoerd packte sie im Dunkeln bei den Schultern und drehte sie herum. Es hatte nichts von einer Umarmung. Er drückte sie vielmehr an den Schultern ein Stück von sich weg, was ihm, da sie keinen Schritt zurücktun wollte, nur teilweise gelang. Daran schloß sich eine Serie ungenierter Details an, die ihr erst zu denken gaben, als sie erneut erwachte, diesmal weil sie die festen Knie eines Kindes an ihrem Bauch spürte. Der Morgen war gekommen, Nadja war zu ihrer Tante ins Bett geklettert. Armanda schlug die Decken zurück und ließ das Kind dicht an sich heranrücken.

Als sie gegen halb elf zum Frühstück erschien, wirkte alles noch ganz normal, behaglich, kleinformatig. Es war Sonntag, dem *Rundfunknachrichtendienst des ANP* wurde nur wochentags um acht Uhr gelauscht. Sie begrüßte ihre Mutter, gab ihrem Vater einen Kuß und lachte Nadja zu, die mit beiden Händen einen mit gestoßenem Aniszucker bestreuten Zwieback zum Mund führte. Sie setzte sich neben ihren Vater an die Seite des Eßtischs, von der aus man aus dem im ersten Stock gelegenen Erker einen größeren Teil der Straße überblicken konnte.

»Ja«, antwortete sie auf eine Bemerkung ihres Vaters

zum Sturm. »Einfach schrecklich.« Sie folgte seinem Blick auf die abgebrochenen Äste auf dem Pflaster und streckte derweil den Arm aus, denn ihre Mutter hatte ihr eine Tasse Tee eingegossen.

Es war ein sanfter Moment, und das Unwetter änderte nichts daran. Armanda trug einen blauen Bademantel, ihre Eltern, nach Rasierseife und Eau de toilette duftend, waren bereits ordentlich angezogen. Jan Brouwer und Nadine Langjouw: Menschen mit festen Gewohnheiten und mit einer Laune, die dank der Anwesenheit des kleinen Mädchens an diesem Tag noch sonniger war als sonst. Armanda konnte sich nicht erinnern, ihre Eltern je mit erhobener Stimme zueinander sprechen gehört zu haben.

Kurz nach elf sahen sie Sjoerd mit flatternden Mantelschößen durch den herumfliegenden Kram auf der Straße anmarschiert kommen.

»In Zandvoort schwappt das Meer über den Boulevard«, berichtete er beim Eintreten. Der Kaffee stand auf dem Tisch. Er setzte sich zu ihnen und erzählte, daß ein Freund angerufen und ihm vorgeschlagen habe, sich das Ganze in IJmuiden anzusehen, wo das Wasser ein paar Schiffe auf den Kai gehoben habe.

Armanda lief unruhig umher, schenkte Kaffee ein, setzte sich wieder, strich mit dem Finger über die Stickerei auf dem Tischtuch und traf, als sie aufschaute, den Blick ihrer Mutter, die sie fragte: »Wann kommt Lidy eigentlich nach Hause?«, als müßte ausgerechnet sie das wissen.

»Das haben wir nicht genau abgemacht«, antwortete Sjoerd an ihrer Stelle. Und, nachdem er seine Zigarette ausgedrückt und sich halb erhoben hatte: »Soll ich sie vielleicht doch mal kurz anrufen?«

Worauf der Rest des Tages folgte, der in Armandas Erinnerung für immer die Form einer Reihe häuslicher Verrichtungen annehmen sollte, die wie in einem Alptraum unter ihrer Einfachheit und Vertrautheit die ganze Zeit etwas sehr Unheilvolles verbargen.

Sjoerd kam vom Flur ins Wohnzimmer zurück. Er hatte keine Verbindung nach Schouwen-Duiveland bekommen können.

»Die Leitung zur Insel ist mausetot.«

Fast im selben Moment sah Armanda ihren Vater bereits in der Ecke vorgebeugt am Radioapparat drehen. Die Skala leuchtete grünlich auf. Sie hörte die Stimme des Nachrichtensprechers, vernahm, daß auf Veranlassung des Generalstabs sämtliche Militärangehörigen aus dem Wochenendurlaub in ihre Kasernen zurückbeordert worden waren, und begrüßte währenddessen mit einer Handbewegung ihren Bruder Jacob, der endlich ausgeschlafen hatte und jetzt ebenfalls den Frühstückstisch aufsuchte, noch etwas blaß, aber schon wach genug, sich die Nachrichten mit anzuhören.

»Oh, es ist Krieg.« Er nahm sich ein Brötchen.

Sjoerd verließ das Haus. Armanda ging sich anziehen und, um etwas zu tun zu haben, ihr Zimmer aufräumen. Während ihre Hände zwischen Bett, Waschbecken und Wandschrank in Bewegung waren, lief das Radio im Wohnzimmer weiter. Die beherrschte Männerstimme meldete gebrochene Deiche, Überflutungen in den Städten Dordrecht und Willemstad, es schienen sogar Menschenleben in Gefahr. Um sechs Uhr begannen sie und ihre Mutter das Abendessen zu machen. Heute war es schon früh dunkel. Eine Beechcraft hatte am Nachmittag vom Fliegerhorst Gilze-Rijen aus einen Erkundungsflug über West-

Brabant, Zeeuws-Vlaanderen, Walcheren und Goeree unternommen. Alles stand unter Wasser.

Über Schouwen-Duiveland: kein Wort.

Nachts lag sie wach, sie hatte die Nase gründlich voll vom Sturm, der noch immer wütete. Lidy hatten sie den ganzen Tag telefonisch nicht erreicht. Es wäre gut, dachte sie ein bißchen böse, wenn du morgen doch mal von dir hören ließest, liebe Schwester, dir ist doch wohl klar, daß wir hier zu Tode beunruhigt sind!

Gegen Morgen fiel die Zeitung durch den Briefschlitz. Sie hörte es und ging nach unten. Beim Lampenlicht in der Diele starrte sie auf die Schlagzeile, groß und fett, »Zeeland von der Karte gefegt«, und las dann einen Bericht, der ihrer Meinung nach kein Bericht war, sondern eine erfundene Geschichte.

»Dicht über den schäumenden Wogen des Krammer flog die Dakota Richtung Schouwen-Duiveland. Die Insel, geschlagen und überwältigt, existiert nicht mehr. Ganze Dörfer lagen wie Treibholz entlang der weggeschobenen Deiche. Zierikzee schrie seinen Untergang heraus. Die Springflut hat den Hafen zerstört, und die hinter ihr heranflutende Nordsee hat das Polderland ringsum in einer hinterhältigen Zangenbewegung an der Flanke angegriffen und wütend zerschlagen.«

Fröstelnd ging sie die Treppe hinauf, dachte kurz: Konnte ich das etwa wissen ... und wollte nicht weiterdenken. Sie kroch wieder in ihr warmes Bett, blieb aber aufrecht sitzen. Verwirrt, sich auf einmal der unendlichen Vielzahl der Orte gegenüber diesem einen, fragilen Pünktchen in der Zeit bewußt, sah sie auf den Wecker neben sich auf dem Nachttisch. Es war halb sieben. Mit zunächst offenen und dann zusammengekniffenen Augen sah Armanda ihre Schwester zum erstenmal so, wie diese sich ihr von nun an ohne Pardon präsentieren sollte. Tragisch, sogar heldenhaft, vor dem Hintergrund eines geschlagenen und überwältigten Gebiets.

Lidy, irgendwo bist du. Aber wo?

5
Dies war die Stadt

Als Lidy am späten Nachmittag auf Schouwen-Duiveland ankam, gar nicht müde, hellwach, hatte die Flut die Grenze des kräftigen Hochwassers bereits überschritten, und der Sturmflutwarndienst hatte soeben beschlossen, eine ziemlich ungewöhnliche Meldung über Rundfunk verbreiten zu lassen. Sie sprach – im Hinblick auf die kommende Nacht – von »gefährlichem Hochwasser«.

Sie hatte mit der letzten Fähre, die dies an dem Tag noch wagte, von Numansdorp nach Zijpe übergesetzt. Das unsanfte Einlaufen in den Hafen hatte kurzzeitig eine Menge Gerenne und Geschrei auf den Decks ausgelöst. Trotzdem hatte sie, keine zehn Minuten später, die Hand grüßend zu dem Jungen erhoben, der die Landungsklappe heruntergelassen hatte, und war ohne zu zögern auf die Insel ihrer Bestimmung gefahren.

Die schwere Bewölkung riß ein wenig auf. Beim Schein des verborgenen Mondes folgte sie einer kleinen Straße, die dem Sturm freies Spiel ließ. Die Insel war während des Krieges von den Deutschen geflutet worden, woraufhin Bäume und Hecken abgestorben waren. Die Entwässerungsgräben links und rechts waren randvoll. Wohin sie auch blickte, auf allen Seiten erstreckte sich naßkaltes, dunkles Land, was sie aber nicht bedrückte. Nach all den Stunden nahm sie den tosenden Wind, die Kälte und Nässe als Charakteristika ihrer kleinen Reise hin. Auch als sie in einer Kurve scharf ausweichen mußte, weil Hasen, ungefähr zehn, in derselben Richtung wie das Auto die Straße entlangrannten, deutete sie das nicht als Zeichen.

»Hasen!« sagte sie verdutzt, während sie zurückschaltete, denn sie hatte die Tiere auf den ersten Blick für riesige Katzen gehalten.

Rechts von ihr liefen Straßenbahnschienen. Fernes Bimmeln machte sie auf eine Bahn aufmerksam, die hinter ihr angedampft kam und ein paar Minuten lang neben ihr fuhr. Wenn sie zur Seite schaute, konnte sie die Fahrgäste in aufgeknöpften Mänteln im hellerleuchteten Wagen Karten spielen und Brot essen sehen. Dann überholte die Bahn sie, um sie kurz danach, in einer kleinen Ortschaft namens Capelle, an der Haltestelle zum Anhalten zu zwingen, da ein paar ausgestiegene Leute die Straße überquerten.

Blick auf ein Dorf. Eine Straßenbahnhaltestelle, eine funkelneue Straßenlaterne, eine Reihe niedriger, geschlossener Häuser und ein Fahrrad an einem Bretterzaun, dies alles sollte einen Tag später weg sein, für immer verschwunden, aber einstweilen war es noch ein ganz normaler Samstagabend, der angenehmste Abend der Woche, im Winter. Noch knapp vierundzwanzig Stunden, und die ersten Hauswände würden nach vorn klappen, es würde unvermindert weiterstürmen, es würde schneien, das alles stand fest. Genauso wie feststand, daß Lidy jetzt wieder beschleunigte, hinter einer kleinen Zichorienfabrik die Bebauung hinter sich ließ und nach fünf Kilometern die kleine Provinzstadt mit ihrem übergroßen Kirchturm im Stil der spätmittelalterlichen Brabanter Gotik vor sich liegen sah.

Sie fuhr durch das Noordhaven-Tor hinein.

Eine spärlich beleuchtete Kulisse. Ein Binnenhafen mit Kais, an denen alte, stattliche Häuser mit von Geländern begrenzten Aufgängen lagen. Im Wasser Wohnboote. Hier und da sah man Fußgänger, die im Wind tüchtig ausschritten oder, wenn sie zu mehreren waren, ihre Schritte verlangsamten, um mit lebhaften Gebärden etwas miteinander zu besprechen. Langsam fuhr sie an den herrschaftlichen Häusern entlang, von denen sich einige gesenkt hatten, mit pechschwarzen Fenstern, und bog am Ende des Hafens in die erstbeste Straße ein. Sie wußte, in dieser Stadt mußte sie sein, wußte eigentlich nicht mehr, warum, und folgte daher ihrem Gefühl, das ihr vorschlug, erst mal eine kleine Runde zu drehen.

Wie eng und dunkel es überall ist, sie sperrte die Augen auf. Die Stadt, wie jede Stadt, in die man bei Dunkelheit zum erstenmal kommt, überrumpelte sie mit einer ungreifbaren Schemenhaftigkeit. Straßen und Gassen kreuzten einander in einem geradlinigen, kompakten Muster, aber jedesmal, wenn sie dachte, jetzt stecke ich fest, jetzt sehe ich wirklich nichts mehr, schuf der Grundriß der Stadt Platz und zauberte ihr eine prachtvolle Kirche oder einen Fischmarkt vor oder präsentierte ein Rathaus aus dem sechzehnten Jahrhundert.

Sie hatte genug vom Autofahren. Und hungrig war sie auch. Als sie sich gerade vorgenommen hatte, irgendwen nach dem Weg zu fragen, es waren genug Menschen auf der Straße, sah sie, wie eine Fußgängerin mit dem Rücken zu den Häusern stehenblieb, als wüßte sie, daß sie gebraucht wurde.

»Die Verre Nieuwstraat!«

Die Angesprochene wiederholte die Frage schreiend, zum Zeichen, daß sie sie trotz des Windes verstanden hatte.

Durch das offene Autofenster sahen die beiden Frauen einander an. Lidy sah eine Handlänge entfernt ein rundes, übermäßig geschminktes Gesicht, das irgendwie genau zu dem Unwetter paßte. Sie wunderte sich eigentlich nicht über die grünen Lider und die feuerroten tragischen Lippen, erhielt aber trotzdem eine Erklärung.

»Wir hatten heute nachmittag Generalprobe. Ich bin die Tochter des Herzogs!«

Die Frau riet ihr, sie solle am besten über den Neuen Hafen fahren.

Dort drohte Gefahr, unmöglich, das nicht zu sehen. Lidy wurde ein munterer, fast vergnüglicher Anblick von Gefahr geboten, als sie an der Hoofdpoortstraat kurz warten mußte, bevor sie auf den Kai einbiegen konnte. Dort waren Männer dabei, die Planken einer Art Bretterzaun aus ein paar Betonschlitzen zu heben, die auf beiden Seiten der Straße an den Hauswänden angebracht waren. Einer von ihnen war so freundlich, der Unbekannten, die, mit beiden Händen ihr Haar festhaltend, in dem rasenden Wind ausgestiegen war, kurz Auskunft zu erteilen: Das Hochwasser würde jeden Moment wieder zurückgehen, hätte das eigentlich schon tun müssen, darum nähmen sie die Bretter bis zur Flut von heute nacht wieder weg. Einen Moment, sie könne gleich weiterfahren!

Verwirrt, durcheinander starrte Lidy in das begeisterte Gesicht des Mannes, das vor einen Hintergrund von Hölle und Verdammnis gebannt schien. Tintenschwarzer Himmel, eine Reihe fragiler kleiner Häuser, und hoch über dem Kai eine Flotte stampfender Schiffe.

»Schau«, sagte sie eine Minute später leise zu sich selbst, »wie spät am Tag die Leute in dieser Stadt noch zugange sind.«

Sie fuhr langsam hinter einem alten Vauxhall den Kai entlang, der wie der in Numansdorp unter Wasser stand. Hier herrschte, fand sie, die Atmosphäre einer Herbstkirmes, wenn ebenfalls alle im feuchtkalten Halbdunkel mit allem möglichen beschäftigt sind.

In der Tat war hier auf der Südseite der Stadt viel los, wo der Tidehafen mit seinen Anlegestellen für Linienschiffe, Kutter und die direkte tägliche Verbindung nach Rotterdam über einen Kanal Zugang zur Oosterschelde hatte. Zu dieser samstäglichen Stunde waren die Kneipen voller Gäste. Durch den Sturm erregt, erhoben viele das Glas in Richtung der Fenster, hinter denen es am bereits finsteren Himmel auf imposante Weise wütete. Vor den Wohnhäusern ein Stück weiter konnte man knieende und kauernde Gestalten sehen. Bewohner der Uferstraße, die sich die Flutbretter, die sie vor ein paar Stunden vor die Schwellen ihrer Haustüren gesetzt hatten, noch einmal ansahen, sie mit einer Handvoll Lehm beschmierten und sich dann aufrichteten, um miteinander zu besprechen, ob die Fenster, unter denen die Flut von 1906 schließlich nur wenige Zentimeter geblieben war, an diesem Abend nicht auch ein Brett gebrauchen konnten. Schräg gegenüber, unter der Laterne, deren gelbes Licht sich gegen den schräg dahinter aufragenden Koloß der Kornmühle mit den festgesetzten Flügeln verloren ausnahm, stand eine kleine Gruppe von Fischern und sah nach den Booten. Sie waren besorgt, selbstverständlich, aber nicht sehr, denn Gott sei Dank drückte der Wind die Boote vom Kai weg. Jetzt erschien rechts im Vordergrund der Hafenmeister. Er hielt seine Hände wie ein Ausrufer vor den Mund. Obwohl alle informiert waren, hielt niemand es für verkehrt, noch einmal von offizieller Seite zu hören, daß sich das Hochwasser an diesem Abend der Pegelmarkierung zufolge nicht um die einsetzende Ebbe kümmerte.

Bizarr, aber jeder wußte, daß das nach dem Gesetz der Fischerphysik häufiger vorkam, das da heißt, wenn keine Ebbe ist, gibt es später auch keine Flut. Wer hätte also ahnen können, daß in dieser Nacht um halb drei die in der Hoofdpoortstraat und den anderen Seitenstraßen des Kais wieder neu eingesetzten Bretter wie Klapptüren aufbrechen würden, sich eine Wand aus schwarzem Wasser mit aschgrauem Schaumkragen herabstürzen und die bescheidenen Häuser hinwegfegen würde und daß fünfzehn Bewohner, tief schlafend in ihren Betten im Erdgeschoß, zu ihrer großen Überraschung ertrinken würden? Dabei hatte die Reichswasserbaubehörde schon mal berechnen lassen, daß sich das Meer, wenn irgendwann sämtliche ungünstigen Faktoren zusammenkämen – Springflut, Windrichtung, Windstärke, Dauer der Windstärke und Wasserstand der großen Flüsse –, von keinem einzigen Deich in diesem Gebiet aufhalten lassen würde, geschweige denn von einem mickrigen Bretterzaun ... Sie hätten es alle ahnen können. Doch dies war der Ort, an dem sie nicht nur geboren, sondern bis zu diesem Tag auch am Leben geblieben waren.

Sie war am Ende des Kais angelangt. Hier konnte man nur nach links einer stark abschüssigen Straße folgen. Vom Deichniveau zum Polderniveau hinabsteigend, fuhr sie erneut in die Stadt und erreichte um Viertel nach sechs dann endlich die Verre Nieuwstraat. Wie alle anderen Straßen war auch sie nicht verlassen, aber doch sehr dunkel. Während sie vorsichtig hinter ein paar Fußgängern her fuhr, entdeckte sie auf halber Strecke der geschlossenen Häuserfront ein Gebäude mit drei Reihen erleuchteter Fenster übereinander. Ein Aushängeschild meldete: Hotel Kirke.

Als Lidy sich am Sonnabend, dem 31. Januar 1953 im vereinbarten Hotel einfand, hatte sie nach einer knappen Tagesreise das Gefühl, sie sei Wochen unterwegs gewesen. Sie betrat das Gebäude durch eine Drehtür und ging mit ihrer Tasche und einem Köfferchen an einer Rezeption vorbei, die unbesetzt war. Das Hotel hatte eine geräumige, gut beheizte Halle. Hier herrschte großer Betrieb. Die Holzdecke reflektierte sowohl den Schein eines alten mattkupfernen Kronleuchters als auch das Geräusch lachender und redender Stimmen. Die Wärme, die Stimmen und die Essensdüfte erweckten in ihr schlagartig den sehnsüchtigen Wunsch nach ein paar an sie persönlich gerichteten Willkommensworten, die sie sich nach dieser gewaltigen Tour doch wirklich verdient hatte. Sie spähte von der Rezeption in die lärmend bevölkerten Räume, die rings um die Halle lagen. Als sie einen vertrauten Namen rufen hörte – »Armanda!« –, drehte sie sich erleichtert um.

»Ja!«

Sie stellte schnell das Köfferchen ab.

6
Die Patentante

Wenn Glücklichsein bedeutet, daß man sich an dem Ort befindet, an dem man sein soll, umringt von Menschen, zu denen man gehören will, dann war sie an diesem Abend glücklich.

Der Tisch stand im Wintergarten und war mit einer blauen Decke, einem geblümten Service und altem, etwas abgenutztem Familiensilber gedeckt. An ihm saß eine zwölfköpfige Gesellschaft, die bester Laune war, hier wurde gefeiert. Und mitten unter ihnen: sie. »Soll ich dir noch mal was einschenken, Lidy«, sagte der sechzig-, fünfundsechzigjährige Mann mit der grauen Mütze und den grauen Augen, an dessen Seite sie zu sitzen gekommen war. Sie nickte bereits, während sie voller Sympathie das magere Gesicht ihres Tischgenossen musterte. Alle hatten sich inzwischen daran gewöhnt, daß sie Lidy hieß. Gleich nach ihrer Ankunft hatte sie die Sache erklärt und gestanden, wer sie war, woraufhin jeder ihren Namen einmal mit größter Herzlichkeit ausgesprochen und an den nächsten weitergegeben hatte. Ein junger Mann hatte sie scherzhaft als Undercover-Agentin bezeichnet.

Unruhig flackernde Kerzenflammen. Sie blickte in den Speisesaal. Die Leute schrien durcheinander, Lachsalven ertönten, es wurde gesungen. Dies war der Abend, an dem die Insel frei hatte. »Ich fühle mich pudelwohl«, sagte sie zu Jacomina Hocke, der Mutter des Patenkinds, die einen Stuhl weiter saß. Die Frau mit dem lockigen Haar und dem fülligen, sommersprossigen Gesicht beugte sich daraufhin zu ihr und bedeutete ihr lächelnd, kurz ihrem Blick zu folgen. Zwischen ihnen lag, im rechten Winkel zum Tisch, auf zwei zusammengeschobenen Armsesseln ein mageres Kind in einem weiten, steifen Röckchen, Ballettschuhe an den Füßen, und schlief. Der geöffnete Mund erinnerte trotz der fehlenden Schneidezähne ein wenig an ein Katzenmäulchen. Ein netter Gast lächelt in so einem Moment zusammen mit der Mutter. Lidy, ganz im Bann der Einzelheiten ihres Abenteuers und ohne jede persönliche Erinnerung, wurde es einen Augenblick lang schwindlig. Als sie gähnte, streckte die andere den Arm aus und faßte sie am Handgelenk.

»Bald, bald darfst du in dem Zimmer oben gemütlich schlafen, aber jetzt noch nicht!«

In der Tat fand sie selbst auch, sie müsse ihre Schläfrigkeit abschütteln. Aufmerksam sah sie sich in der Runde um. Verwandte und angeheiratete Verwandte des schlafenden Mädchens, Freunde, zwei jüngere Brüder, die sich unter dem Tisch verkrochen hatten. Eine Patentante gehört entschieden auch zur Familie. Am Kopfende, nebeneinander, saßen die Großeltern mütterlicherseits. Sie waren die Inhaber dieses kleinen Hotels, das hauptsächlich von den Festen lebte, die man hier feierte, und nicht von dem gelegentlichen Handelsreisenden oder Beamten, der hier für eine Nacht logierte. Es war Tradition, daß beim Geburtstag eines der Enkelkinder die gesamte Familie im Hotel aß und dann auch über Nacht blieb.

Man spürt es, wenn das eigene Gesicht von der Seite her inspiziert wird.

»Ja?« sagte sie und wandte sich Jacomina Hocke wieder zu.

»Ach, ich weiß es noch so gut!« rief diese aus.

Die Mischung aus Worten und Blick, wieder auf das Patenkind gerichtet, machten ihr klar, daß ihr, der Stellvertreterin ohne die passende Vergangenheit, jetzt erst mal die fehlenden Dinge erzählt werden mußten. Also bitte, Lidy, hier hast du, in drei Teilen, eine Erinnerung. Um dich für die Dauer des heutigen Abends mit einem Früher zu verbinden, das eigentlich nicht das deine ist. Eine Sommerfreizeit kurz nach dem Krieg. Und sie, Jacomina, die dort trotz Schwangerschaft eine der Leiterinnen gewesen war. Eine kleine Helferin aus Amsterdam, etwa vierzehn Jahre alt, war ihr vier Wochen lang wie ein Page gefolgt.

Ach ja, natürlich, dachte sie.

»Ein liebes, schüchternes Kind. Tochter eines Arztes.«

Nach ein paar Minuten hörte sie kaum mehr zu. Das Abendessen war sehr mächtig. Wenn sie von ihrem Teller aufblickte, um zu sehen, was um sie herum passierte, tat sie das in einer Stimmung, in der sie sich oft befand, wenn sie unter vielen Menschen war: träge, kurzsichtig, obwohl ihren Augen nichts fehlte. Der Wintergarten ächzte unter den Sturmböen, und jedesmal wurden die leicht schwingenden Hängelampen matter und flammten dann größer und greller wieder auf. Die Leute am Tisch wechselten öfter die Plätze, und auch zwischen Wintergarten und Speisesaal herrschte reges Kommen und Gehen. Die Nachrichten, die dann und wann aus der Stadt kamen, paßten zur Festatmosphäre, die von Natur aus mit der Konsternation des wahren Lebens verbunden ist. In der Meelstraat war ein Schornstein heruntergefallen; am Alten Hafen strömte das Wasser bereits über die blauen Pflastersteine; in der Molkerei Hage war ein Feuer ausgebrochen; die Straßenbahn fuhr nicht mehr. Allerdings merkte sie auch, daß hier und da im Saal Leute aufgestanden und nicht mehr wiedergekommen waren.

Auch der Stuhl neben ihr blieb irgendwann leer. Kleine Isolation inmitten des tosenden Lärms drinnen und draußen. Am anderen Ende des Tischs sah sie Izak Hocke am Objektiv eines klobigen Fotoapparats drehen. Sie hatte erst wenig mit ihm, aber schon über ihn gesprochen. So wußte sie, daß sein Bauernhof zwölf Kilometer von hier entfernt lag. Dies war ein Mann, der erst hatte heiraten wollen, nachdem er eine Frau gefunden hatte, von der er sich sicher war, sie würde sich nicht mit dem Land und dem Betrieb abgeben: Das blieb die Domäne seiner bei ihm lebenden Mutter. Jacomina war bis zu ihrer Heirat Lehrerin gewesen. Heftig, eifersüchtig, prüde war er, hatte sie Lidy von Frau zu Frau anvertraut: Wenn er tagsüber mit ihr ins Bett wollte, spähte er erst auf den Flur, schloß dann die Schlafzimmertür ab und hängte sein Oberhemd über den Knauf, um das Schlüsselloch zu verdecken!

Sie sah, wie er aufstand. Stühle wurden hin und her gerückt, das schlafende Mädchen wurde geweckt; bevor sie und ihre beiden Brüder oben zu Bett gebracht wurden, mußten aber erst noch ein paar Fotos gemacht werden.

Ausgezeichnet. »Und jetzt eins mit dir, Lidy …«

Sie legte ihre Serviette auf den Tisch, ging zu den beiden Sesseln im Wintergarten, die man zu diesem Zweck hingestellt hatte, und setzte sich, die Hände im Schoß, bereitwillig hin. Das Patenkind, neben ihr, war damit beschäftigt, sich die gespreizten Finger abzulecken. Dann kam der Moment, in dem sie lächelnd, aber aufmerksam nicht ins Objektiv des Fotoapparats blickte, sondern ein paar Dezimeter darüber. Sie sah, wie Hocke, das Kabel des Auslösers in der Hand, von dem geöffneten Fenster der Ikoflex auf sie und das Kind starrte, die Entfernung mochte etwa drei Meter betragen haben. Er runzelte die Augenbrauen. Schwarz, borstig, dicht über den Augen, die kugelrund waren und von schweren Lidern halb bedeckt wurden, was dem Gesicht einen melancholischen, nach innen gekehrten Ausdruck gab.

Er sah wieder in den Apparat und löste dann mit Hilfe des Kabels aus.

Plötzlich trat jemand auf ihn zu. Sie sah einen Mann in einer Joppe, durchnäßt, Schlammgeruch verströmend, der den Stuhl am Tisch ausschlug, den Izak Hocke ihm mit einer Armbewegung anbot. Den Rücken ihr halb zugewandt, begannen sie ein Gespräch, das sie, noch in Fotografierpose, zum Teil mitbekam. Der Mann sprach von einer Schleuse in irgendeinem Binnendeich, und die Worte, die er benutzte, wie »Rost«, »Schrott«, »verbrecherische Schlamperei«, verfehlten ihre Wirkung nicht.

Hocke nickte. Er suchte in seiner Jackentasche und reichte dem anderen seine Autoschlüssel.

»Gut, wenn du es für nötig hältst.«

Der andere versprach, das Auto innerhalb der nächsten Stunde wieder zurückzubringen.

Sie ging zu ihrem Platz am Tisch zurück. Hier setzte sich jetzt jemand anders neben sie, ein hochgewachsener junger Mann mit gescheiten, von bleichen Wimpern umrandeten Augen, der das Gespräch mit einem »Nix besonderes!« eröffnete. Sie sah ihn herzlich an und lachte, um das Gespräch über das Meer, das die Ebbe an diesem Abend zur Abwechslung mal ausließ, einfacher zu machen.

»Entschuldigung«, sagte sie nach einer Weile und beugte sich zu dem neuen Tischgenossen, um sich zu erkundigen, wo der vorige geblieben war. Sie war wieder sehr schläfrig und hatte sich schon ein paarmal gefragt, wann sie anstandshalber das Zimmer aufsuchen könnte, in dem sie vor Stunden ihre Reisekleidung gegen ein Kleid getauscht und ihren Schlafanzug auf dem Bett bereitgelegt hatte.

»Wo ist er geblieben?«

»Simon Cau?«

»Ja.«

Der junge Mann sah sich um. Simon Cau, meinte er dann, Deichvogt eines der großen Polder hier, sei sicherlich kurz zum Hafen gegangen, um nach dem Wasser zu sehen. Das Radio habe in den Sechs-Uhr-Nachrichten von »gefährlichem Hochwasser« gesprochen, und das passiere sonst so gut wie nie. Deichvogt, ja, die höchste Autorität am Deich, ein ehrenvolles Amt, das vom einen ernstgenommen werde, vom anderen wiederum gar nicht.

»Ja«, erläuterte er, »was für ein Mensch ist man innerlich, hm, du, ich, wir alle? Hat man da eine Wahl? Aber manchmal schafft einer es doch, der zu sein, der er im Grunde seines Herzens auch sein will.«

Lidy erfuhr, daß Simon Cau der letzte verbliebene von drei Brüdern war, Pächtern, die ihr Leben darauf verwandt hatten, den schönen, aus dem achtzehnten Jahrhundert stammenden Gabriëllinahof zu erwerben. Schließlich war es ihm geglückt, und bis zum heutigen Tag verstand kein Mensch, wie er das Geld zusammenbekommen hatte. Durch Sparen, Leihen und wieder Verleihen, das eine Messer am anderen schärfend? Danach hatte er es geschafft, aus dem Betrieb einen der besten der Gegend zu machen, alles so neumodisch, wie man es sich nur vorstellen konnte, nur in einem weigerte er sich, mit der Zeit zu gehen: Ihm kam kein Traktor auf den Hof. In diesem Mischbetrieb geschah alles, sogar das Binden des Korns, noch mit Pferden. Denn Cau, erzählte der junge Mann, liebte Pferde, Pferde waren sein Gott, und egal, wie die

Nachbarschaft darüber denken mochte, der neue Gutsbesitzer, der einst als Bauernknecht angefangen hatte, baute direkt neben dem Wohnhaus einen zweiten Pferdestall. Und mit einer Partie alter Klinkersteine pflasterte er den Raum von den Scheunentüren bis zur Straße. Zuletzt: zwei neue Stammbuchstuten, Prachtexemplare, die in ihrer Box ein derart dickes Strohlager bekamen, daß sie der Verlockung nicht widerstehen konnten, sich nach der Arbeit, wie Hunde ausgestreckt, auf der Seite zum Schlafen hinzulegen. Obwohl es schwere Tiere der seeländisch-belgischen Rasse waren.

Lidy, die nur halb zuhörte, schluckte ein Gähnen hinunter.

»Schwere Tiere«, murmelte sie mit feuchten Augen, »der seeländisch-belgischen Rasse.«

Und als hätte sie ihn damit zum Fest zurückgelockt, sah sie plötzlich im Spiegel neben der ins Obergeschoß führenden Treppe, wie Simon Cau sich einen Weg durch den Speisesaal bahnte. Die Hintergrundbeleuchtung ließ seine Gestalt deutlich hervortreten: klein und grau, eilig, in einem anthrazitfarbenen Mantel und mit einer Mütze auf dem Kopf, die Menschen seines Schlags eigentlich nur absetzen, um sie sich beim Beten vors Gesicht zu halten. Einer der Anwesenden packte ihn am Arm, um ihn etwas zu fragen. Cau blieb stehen, hörte zu wie einer, der eigentlich weitereilen will, und schüttelte ein paarmal den Kopf.

Lidy, die schon eine Weile den Eindruck hatte, nicht mehr wach zu sein, sondern zu träumen, erhob sich. Das Patenkind und seine Brüder waren bereits von der Bühne verschwunden. Sie verabschiedete sich nett von Jacomina und Izak Hocke, drückte den Großeltern und ein paar ganz und gar willkürlichen Leuten grüßend und dankend die Hand und lag keine Viertelstunde später unter einer tosenden Zimmerdecke im Bett.

In tiefem Schlaf und trotz des lärmenden Orkans oder vielleicht gerade wegen des Orkans, der ja die ganze Zeit dazugehört hatte, träumte sie das Fest im Wintergarten des Hotels weiter. Trotzdem glaubte sie, als sie von einem Getrommel an ihrer Tür aus dem Schlaf schrak, wieder zu Hause zu sein. Sie schaffte es nicht, eins, zwei, drei den Lichtschalter zu finden. Und die Stimme hinter der Tür erkannte sie erst in dem Moment, als sie öffnete – »Ah, Jacomina!« –, wonach ihr Blick sofort auf die beiden Männer gezogen wurde, die hinter der Frau standen. Und in diesem Moment veränderte sich alles, und der Tag schob sich, ausgestattet mit den alarmierendsten Details, in ihre Erinnerung zurück.

Sie wartete.

7
Bist eine andre

Es war einige Tage danach. Armanda zog sich zu Hause in der Diele den Mantel an, setzte sich die Kapuze auf, nahm aus dem Korb, der auf dem Tisch unter dem Spiegel stand, ein Paar Fausthandschuhe und betrachtete sich aus Gewohnheit einen Augenblick lang sehr ernst. Im nächsten Moment fiel die Haustür hinter ihr ins Schloß. Sie überquerte die Straße zum gegenüberliegenden Bürgersteig, der am Park entlangführte. Jemand hatte ihr erzählt, die Wochenschau im Kino an der Ceintuurbaan zeige die aktuellsten Neuigkeiten von den Überflutungen, und das wollte sie sehen.

Später Nachmittag. Es dämmerte, was einer Stadt im Winter leicht etwas Schmuddeliges verleiht. Doch die abgebrochenen Äste und kaputten Dachziegel und Schornsteintrümmer waren bereits weggeräumt.

In leicht verstörter Stimmung ging sie an einer Bäckerei, einer Schuhmacherwerkstatt und einem Brautausstatter vorbei. Ihre Verstörung hing damit zusammen, daß alles sich wieder so normal verhielt, daß man sich zu fragen begann, wozu dieser ganze Tumult denn nun nötig gewesen war. Es wehte noch immer, aber nicht ungewöhnlich stark, und der nasse Schneefall hatte heute aufgehört. Allerdings zeigte sich der Himmel genauso düster wie im vergangenen Monat, eigentlich etwas zu düster für die Jahreszeit. Häufig Nebel tagsüber. Das Wetteramt in De Bilt hatte während des gesamten Januars sage und schreibe fünfundzwanzig Sonnenstunden registrieren können, ein Rekordtief, für das man zu den Tabellen von 1902 hatte zurückgehen müssen. Zudem war es kalt gewesen. Das Quecksilber, ständig vier Grad unter Normal, hatte eine Winterkälte angezeigt, die man in den letzten Jahren nicht mehr gewöhnt war.

Sie drückte die Tür zum Kino auf und wurde augenblicklich von den Lampen, dem Plüschteppich und der Sinnestäuschung willkommen geheißen. Am Schalter fragte sie, ob die Vorstellung schon begonnen habe, und legte ein paar Viertelguldenstücke hin. Die Kassiererin schaute kurz zur Seite, murmelte »gleich« und gab ihr eine Karte fürs Parterre. Eine Platzanweiserin führte sie mit einem kleinen Lichtbündel ins Dunkel. Genau rechtzeitig. Die »Nachrichten aus den Niederlanden« verschwanden gerade von der Leinwand, *Ich hab dich lieb, mein Niederland* verklang ... Da war die Wasserfläche, über die gesamte Breite. Sie sank, den Mantel aufknöpfend, auf einen Sessel.

Ein ertrunkenes Dorf, ein kaputtes Deichstück, zum Filmton eines tosenden Windes sah Armanda eine Handvoll Soldaten in langen Mänteln und mit über die Ohren gezogenen Baskenmützen Sand in Säcke schaufeln. Sie blickte auf das Wasser, das in kleinen Wellen an ihre Stiefel schlug, ganz ohne Zusammenhang mit dem pfeifenden Wind, der im Film zu hören war, und auf den Wasserspiegel, aus dem das ertrunkene Dorf eigenartig gelassen seine Dächer streckte, Wasser, das aussah wie ein normales Meer, von dem man lediglich nicht verstand, wie es hier hingekommen war. Schon bald tauchte aus der den Sturm begleitenden Musik die bekannte Wochenschaustimme auf, die ihr überzeugender als ein Bote im Theater mitteilte, was sie sah und was sie sich dabei zu denken hatte.

»Etwas, das unserem Land in der ganzen Welt traurige Bekanntheit verschafft hat.«

Im Bild erschienen Flüchtlingsgruppen, die in Autobusse geladen wurden, eine Kuhherde, die mit Karacho durch eine Geschäftsstraße stürmte, die zu einem Fluß geworden war, ein von einem traurigen Pferd gezogener Wagen, auf dem ein paar Frauen saßen, die die Kamera so dicht heranzoomte, daß schließlich nur eine übrigblieb, die, die gesamte Leinwand füllend, Armanda aus einer räumlich und zeitlich unendlich weit entfernt scheinenden Welt direkt ansah. Nicht Dutzende von Toten, berichtete die Wochenschau inzwischen weiter, die bisherigen Zahlen müßten leider korrigiert werden, es seien Hunderte. Dies ist Oude Tonge auf Overflakkee – das graue, schmuddelige Bild erschien –, wo dreihundert Menschen in den Fluten umkamen. Dies ist ’s-Gravendeel im Hoekse Waard, wo fünfundfünzig ertranken. Begleitet von eiliger Musik, präsentierten sich jetzt eine Reihe von Unheilsorten, die Armanda so abstrakt vorkamen wie die Orte, an denen sich in alten Geschichten die mythische Handlung vollzieht. Dordrecht, Willemstad, West-Brabant, das Hollands Diep, sie scharten sich mit einer Botschaft, die ihr Auffassungsvermögen weit überstieg, um einen weißen Fleck in ihrem Herzen: sie und Lidy, und ihre Rollen in einem Drama, das seinen eigenen Lauf genommen hatte.

Auf ihre Stirn und Wangen traten Schweißtropfen. Es war sehr warm im Saal, und sowohl die Musik als auch die Stimme wurden immer lauter. Um sich herum spürte sie die anderen Kinobesucher, die, dicht gedrängt, auf die Leinwand starrten, auf der kein einziges Mal etwas über Schouwen-Duiveland kam. So daß sie allmählich zu glauben begann, daß Lidy an einen Ort gefahren war, der gar nichts mit diesen von Blitzen und Streifen durchzogenen Bildern zu tun hatte, sondern daß sie ganz einfach irgendwo herumlief, auf festem Grund mit Gras zwischen den Pflastersteinen, wo Menschen normal in Häusern wohnten, Kühe im Stall standen und Pferde auf grünen Wiesen herumtrabten.

»Helikopter mit amerikanischen, englischen, belgischen und niederländischen Piloten fliegen wie große brummende Wespen …« Sie stand auf.

Während sie den Kinosaal verließ, heulte der Filmwind ihr noch immer in den Ohren, doch als sie auf der Straße war, merkte sie, daß ihr inzwischen ein Lied im Kopf herumging. Es war ein klägliches, unverständliches Lied, dessen Worte »Alles im Wind, alles im Wind, ist ja nur ein Schifferkind …« eine tragische Stimme mitschleppten:

Lidys Stimme. Lidy, die bei ihnen daheim die musikalische Tochter war, die den Flügel mit reichlichem Pedaleinsatz bearbeitete, sich aber in bestimmten Stimmungen noch viel lieber in Schnulzen erging, die sie so hemmungslos mitplärrte, daß die Familie sich das wahrhaftig nicht ohne ironische Mienen anhören konnte.

Sie überquerte die Ceintuurbaan, im Kopf noch immer Lidys Stimme, die das Lied sang, mit dem sie es vor Jahren immer wieder geschafft hatte, in ihr, der jüngeren Schwester, einen unerklärlichen Kummer aufwallen zu lassen. Es handelte, wie gesagt, von einem Kind, das »nur« ein Schifferkind war, und das Lied verstand diesen jämmerlichen Umstand mit einer Melodie breitzutreten und zu vertiefen, daß es Armandas schmerzlichste Aufmerksamkeit erheischte. Auch die ersten Worte trafen natürlich gleich eine empfindliche Stelle, »Alles im Wind, alles im Wind«, indem sie, in hastigem Rhythmus gesungen, das Kind, das ja nur ein Schifferkind war, in äußerst schlechte Witterungsbedingungen versetzten. Wind und noch mal Wind, in sich wiederholenden Stößen. Danach fuhr das Lied mit einem Appell fort, dem gegenüber kein Mensch auf dieser Welt taub ist: »Komm her ...«, das letzte Wort stark betont, wonach Lidy die ohnehin schon dahinschmelzende kleine Schwester noch mit etwas zu treffen verstand, das ebenfalls nie seine Wirkung verfehlt. Ihrem Namen. »Komm her, Manja«, sang Lidy, das Mädchen aus dem Lied also durch Armandas Kindernamen ersetzend, um danach die Verszeile, die nun gleichsam reifer, persönlicher an Erfahrung geworden war, erst mit »Bist meine Schwester, bist meine Schwester« zu beenden und dann, noch etwas heftiger intonierend als beim Windmotiv, einmal zu wiederholen.

Als Armanda den Park betrat, wich sie am Tor einem Mann aus, der, wüst dreinblickend, mit seinen Hökerwaren, Socken und Brillenetuis, auf sie zukam, doch ihr Herz war so weich wie das eines Lämmchens. Zum erstenmal seit Tagen sah sie ihre Schwester in einer altvertrauten Szene vor sich, nämlich mit einer Dose Messingputzmittel in der einen und einem gelben Tuch in der anderen Hand. Während sie den Wasserhahn im Flur poliert, sehr nett von ihr, heute abend kommt bestimmt Besuch, singt sie mit schallender Stimme die zweite Strophe des Schifferkindlieds, die anfängt mit »O verreck, o verreck, jetzt ist meine Schwester weg«, danach erneut zum Kommen auffordert, »Komm her, Manja« und dann eine Wendung nimmt, die Armanda, damals und jetzt, Gänsehaut beschert: »Bist eine *andre*, bist eine *andre*«, zum gleichen verzweifelten Walzer gesungen, der sich gerade noch um »Bist meine Schwester« drehte, der jetzt aber, mit *diesen* Worten, seine wirkliche, allertiefste Intention zu erreichen scheint.

Lidy. Als sie ungefähr zwölf war. Im Arzthaus damit beschäftigt, den Messinghahn zu putzen. Das Lied inzwischen aus voller Brust dem Ende zujammernd, wirft sie Armanda, die auf dem Weg nach oben bei der Treppe an ihr vorbeigeht, einen schikanös-verzweifelten Blick zu, aufgeladen mit einer schwer interpretierbaren Bedeutung, es sei denn schlichtweg dieser: daß dieses Lied eines ist, das *kein* gutes Ende nimmt. Als Armanda die Tür zum Balkonzimmer hinter sich schließt, hallen die Schlußworte des Liedes, doppelt unterstrichen, wie ein Echo in ihren Ohren nach – »Ja! Ja!« –, und ihre Augen stehen voller Tränen.

Sie steckte den Hausschlüssel ins Schloß. In der Diele

lauschte sie kurz. Erst dachte sie, es sei totenstill im Haus, dann hörte sie, daß ihre Mutter oben mit jemand sprach.

Nadine Brouwer-Langjouw und Betsy Blaauw saßen im hinteren Zimmer an einem niedrigen Tisch vor der Seitenwand, die von einer Schirmlampe in der Ecke erhellt wurde. Vor ihnen stand Teegeschirr. Zigarettenrauch hing in der Luft. Als Armanda in der Türöffnung erschien, sah sie, daß beide aufblickten, aber nicht reagierten, das heißt: Betsy, die gerade sprach, fuhr mit ihrem Bericht fort, ein wenig feierlich, als bemühe sie sich nach Kräften, nichts auszulassen.

Armanda hörte: »Er hat mir erzählt, wie sie nachts im Dunkeln mit dem Boot herumgefahren sind und daß man sich nicht vorstellen kann, daß die Gegend dort mal normal bewohnt gewesen ist. Er hat die Leichen von allen möglichen Tieren herumschwimmen sehen, Tische, Stühle, Strohballen, und vor allem hat er gesehen, wie die in den Navigationslampen des Schiffs aufleuchtenden Wellen mit weißen Schaumköpfen zwischen den eingestürzten Bauernhöfen anrollten, als gehörten sie da hin.«

Armanda war weiter ins Zimmer getreten. Sie hatte sich einen Stuhl genommen und fragte ihre Mutter jetzt nachdrücklich, mit der Absicht, das Gespräch zu unterbrechen: »Ist noch welcher da?«

In der nun eintretenden Stille hob Nadine den Deckel von der Teekanne, machte ein bedenkliches Gesicht und sah im Aufblicken die um Erläuterung bittenden Augen ihrer Tochter. Sjoerd, so erklärte sie, habe Betsy heute angerufen und erzählt, es sei ihm am Dienstag gelungen, in Zierikzee an Bord einer Motorschute von ein paar Studenten aus Utrecht zu gelangen. Armanda nickte – verstanden –, erschrak aber zum soundsovieltenmal in dieser Woche über die fürchterliche Vergrämtheit in den Augen ihrer Mutter, etwas ganz Ungewöhnliches, das ihr sehr zuwider war, und über das deutlich sichtbare Pulsieren einer blauen Ader an ihrer Schläfe.

Betsy hatte mit völlig verschlossener Miene gewartet, bis das Gespräch zwischen den beiden zu Ende war. Jetzt holte sie tief Luft. Als sie mit ihrem Bericht eines Berichts fortfuhr, langsam, aber ohne eine einzige Pause, kam das Armanda genauso phantastisch vor wie die Filmbilder, die sie gerade gesehen hatte.

»Sie betätigten das Schiffshorn. Sie spähten auf die aus dem Wasser ragenden Dachgeschosse und Dächer, um auf sie zuzusteuern, falls sich dort etwas oder jemand bewegen sollte. Er sagte, sie hätten in der Nacht insgesamt acht Menschen an Bord genommen, was wegen des an die Schiffswände krachenden Treibholzes und der Strömung höllisch schwer war, daß aber keiner von ihnen Interesse zeigte oder auch nur verstand, wovon er sprach, wenn er nach ihr, Lidy, fragte oder danach, wo der Hof von Izak Hocke lag, wohin sie Samstag nacht gefahren war. Mittlerweile hatten er und die Studenten nicht mehr die leiseste Ahnung, wo im Polder sie sich auch nur ungefähr befanden. Sie brachten die Menschen mit der Schute zum Kutter eines Muschelfischers aus Yerseke, achtzehn Meter lang, der durch ein Loch im Deich in den Polder gefahren und dort vor Anker gegangen war. Es wurde Tag. Der Wind begann auf Ost zu drehen, alles an Bord war weiß gefroren. Er sagte, sie dachten wegen der Kälte über gar nichts mehr nach, sondern handelten nur noch. Sie fuhren auf gut Glück weiter in den Polder hinein, legten an den Dachrinnen der Häuser an, die im Begriff waren auseinanderzubrechen, mit Wänden, die manchmal dreißig oder vierzig Grad aus dem Lot waren. Glaub nicht, sagte Sjoerd zu mir, daß wir an diesem Morgen die einzigen auf dem Wasser gewesen wären. Unter den komischsten Kähnen, die da hin und her fuhren, war sogar ein Stechkahn aus Giethoorn gewesen. Der Skipper schien wie alle anderen über einen bereits gefaßten Plan informiert zu sein, dem alle diese Geisterfahrer gehorchten: Die kleinen Boote übergaben ihre Beute an die großen, zumeist Fischerboote, die daraufhin machten, daß sie in einen Hafen oder aufs offene Meer kamen, denn es wurde Ebbe. Er sagte, man konnte das Wasser von einer halben Stunde zur anderen fallen sehen.«

Armanda wollte den Mund auftun.

»Ja natürlich«, fuhr Betsy rasch fort. »Er hat immer weiter gefragt, in einem fort, unter allen Umständen. Er erzählte mir, daß er wie in einer Art Trance, völlig sinnlos natürlich, eine Bauernfrau ausgefragt hat, die er und die Studenten nur mit größter Mühe hatten überreden können, ihren Spitzboden zu verlassen. Zwei Weckgläser umklammernd, saß sie unter dem Verdeck. Sie war erst bereit gewesen, die Beine über den Fenstersims zu strecken, nachdem er, Sjoerd, die gebratenen Rippenstücke unter der dicken Fettschicht betrachtet und gesagt hatte, sie dürften mit. Während die Studenten auf die Silhouette eines Kirchturms zusteuerten, schüttelte die Frau den Kopf auf seine Fragerei, über die sie ganz genau nachdachte, hat Sjoerd gesagt, nein, sie hätte noch nie in ihrem Leben von jemand gehört, der Lidy hieß. Sie fuhren also auf den Turm zu. Zwei Hubschrauber waren dort gerade dabei, ein paar Menschen zu retten, die sich auf der Galerie des röhrenförmigen Bauwerks drängten, so schmal, daß man sich kaum vorstellen konnte, daß da drinnen eine Treppe Platz fand. Mit seinen tiefen Löchern an der Seite konnte es jeden Moment einstürzen. Von der Kirche selbst war nichts mehr übrig außer den Spitzen von Wrackteilen, Holz und Backstein, in dem sich bis zum Horizont erstreckenden Meer. Sie drehten bei und verfolgten die Rettungsaktion. Ein Mann, irgendein Retter in gelbem Ölzeug und Schwimmweste, befestigte seelenruhig, wie's schien, so sagte Sjoerd, ein aus dem Hubschrauber herabbaumelndes Stahlseil an den Menschen, die einer nach dem anderen an die Reihe kamen, manche in Tracht, und sich dann so gelassen wie Heilige in die Luft erhoben. Als die Maschinen nach einem raschen Schwenk zur Seite weggeflogen waren, entschieden sich drei der Zurückgebliebenen, an Bord des Bootes zu gehen, anstatt auf die Rückkehr der Piloten zu warten. Durch ein kleines Fenster auf halber Höhe des Turms gelang das auch. Am auffälligsten an diesen Menschen, sagte Sjoerd, war das völlige Fehlen von Angst. Sie saßen mitgenommen im Deckshaus, atmeten etwas schwer, gaben aber keinerlei Kommentar von sich. Als er in dem Moment, als sie gerettet waren und wegfuhren, nach Lidy fragte, Lidy Blaauw, hätten sie ihn angesehen, als sei er nicht ganz richtig im Kopf. Schließlich hätte einer den Mund aufgetan. ›Bringt uns zum Rampaartse Deich.‹«

Betsy brach ab, ihre Gesichtszüge erschlafften, als hätte der Bericht sie plötzlich auf etwas ganz anderes gebracht. Sie wandte sich Nadine zu und begann unsicher: »O Mevrouw Brouwer …«

Diese machte zunächst ein verwundertes Gesicht, zeigte dann aber Verständnis für den Moment: den stillen, schwierigen Aufruhr eines Menschen, der zeigen will, daß er mit einem mitfühlt. Sie beugte sich vor und umfaßte das Handgelenk der Besucherin.

Drei. Es waren drei Menschen im Raum und ein bislang noch nicht zur Sprache gekommenes Tier, ein gelber kastrierter Kater, der von der Fensterbank aus hinausschaute. Von diesen dreien gab es eine, deren Mund sehr trocken geworden war, deren Blickfeld ihrem Gefühl nach etwas verschwommen schien, und die meinte, sie dürfe, nicht mehr als ein Gespenst, schon froh sein, daß sie wenigstens überhaupt noch etwas sah. Armanda stand auf, nahm die Teekanne und ging in die Küche, um frischen Tee zu kochen.

Als sie damit zurückkam, auf dem Tablett auch einen Teller mit Broten, belegt mit geräucherter Makrele und Senf, machte Betsy gerade eine Bemerkung, die sehr nach einer abschließenden Bemerkung klang.

»Am Ende des Nachmittags konnten sie nichts mehr ausrichten.«

»Warum?« rief Armanda, mitten im Zimmer stehenbleibend, und ihre Stimme schoß vor Empörung in die Höhe. »Warum konnten sie nichts mehr ausrichten?«

Betsy drückte ihre Zigarette in dem vollen Aschenbecher aus. Sie brauchte lange dafür.

»Weil alle entweder gerettet oder ertrunken waren.«

Einen Augenblick blieb es still. Dann sagte Betsy mit einem fast begütigenden Blick zu Armanda: »Sjoerd hat gesagt, daß jetzt professionelle Helfer die Sache übernommen haben. Die Armee und das Rote Kreuz.«

Armanda setzte sehr behutsam das Tablett auf den Tisch. »Die Armee«, wiederholte sie. »Das Rote Kreuz.«

Sie hatte sich nicht mehr zu den beiden gesetzt. Die Hände um eine Tasse Tee gelegt, ging sie im vorderen

Zimmer langsam auf und ab, wie häufiger, wenn sie nachdachte oder, wie jetzt, sich in sich zurückzog, weil ihr angesichts der Außenwelt wenig anderes übrigblieb.

Inzwischen waren die Lampen auf der Straße angegangen, und Betsy machte Anstalten, sich von der Dame des Hauses zu verabschieden. Sie hatte fast alles erzählt. In drei Tagen würde ihr Bruder die Fortsetzung seines Berichts selbst übernehmen. Zur gleichen, immer leicht magischen Stunde wie jetzt würde er hier, bei Haus Nummer 77, klingeln. Und Armanda würde, sofort vermutend, daß er es sei, nach unten rennen und ihm öffnen.

Doch vorläufig war es noch nicht soweit. Vorläufig stand Armanda, im dunklen Vorderzimmer für die beiden anderen Frauen fast nicht anwesend, noch da, streichelte die Katze und dachte auf der untersten Stufe des Einfühlungsvermögens an Lidy. Ein fernes und fremdes Wesen. Von der Zeitung kommentiert, vom Film dargestellt, von Armee und Rotem Kreuz übernommen. In wahnwitzigen Lebensumständen, über die jeder – außer ihr – das Nötige zu berichten wußte.

Denn auch Nadine und Jan Brouwer waren in dieser Woche in den Südwesten des Landes gereist, um ihre Tochter zu suchen. Sie waren mit einem Urker Fischer nach Schouwen-Duiveland gelangt, hatten in der übel zugerichteten kleinen Hauptstadt erfahren, daß ihre Tochter sich in der Unglücksnacht dort nicht aufgehalten hatte, erfuhren außerdem, daß alle, die man aus den Poldern gerettet hatte, ausnahmslos aufs Festland evakuiert worden waren, und befanden sich am Nachmittag schon wieder auf einem mit Flüchtlingen überladenen Scheveninger Logger mit Ziel Dordrecht und Rotterdam. Jan Brouwer hatte bereits im Hafen begonnen, die im Laderaum zusammengepferchten Menschen ärztlich zu versorgen. Dann war, erst wenige Meilen außerhalb des Kanals, das Schiff erneut aufs Ufer zugesteuert, von wo sich eine Schaluppe löste. Eine Viertelstunde später hatte Nadine ihren Mann, klein und grau auf dem Achterdeck des Ruderboots, im weißen Schraubenwasser außer Sicht verschwinden sehen. Es schneite. Außer einer Reihe Kopfweiden hatte sie in der bleichen Ferne nichts entdecken können, das auf ein Dorf hindeutete, in dem sich das Nothospital befinden sollte, das über Funk einen Arzt angefordert hatte. Sie traf am frühen Abend in Dordrecht ein. Ohne unter den in Schulen und Kirchen untergebrachten Evakuierten eine Spur von Lidy gefunden zu haben, übernachtete sie auf dem Fußboden eines Postamts und fuhr am nächsten Morgen weiter zu den Ahoyhallen in Rotterdam. Auch dort suchte sie nach Lidy, stundenlang, in der Menschenmenge, die sich geräuschvoll in eine von Glas und Stahl überdachte Welt eingefügt zu haben schien, Reihen von Krankentragen auf den Betonfußböden, Dekken, Kissen, zugeschnürte Kartons, steinalte Koffer, ein paar brave Hunde und eine Menge Nothelfer, zumeist sehr nette Frauen des Schlags, der unter allen Umständen weiß, was zu tun ist, Frauen, die mit Kaffee und belegten Broten herumgingen. Als sie zur Dämmerzeit nach Hause gekommen war, war sie zu erschöpft zum Reden gewesen. Doch Armanda, die kaum vor der Tür gewesen war, weil sie auf Nadja hatte aufpassen müssen, hatte nicht warten können und wollte wissen, was ihre Mutter gesehen hatte.

Ob ihr kalt sei, hatte Armanda als erstes gefragt. Ob sie müde sei. Und hatte in der Zwischenzeit bereits vom Gesicht ihrer Mutter abgelesen, daß Lidy, vorerst, noch nirgends gesichtet worden war. Nachdem sie sie ins warme Wohnzimmer gelotst, sie zum Sofa geführt, ihr die Schuhe ausgezogen und gewartet hatte, bis sie Nadja umarmt und begrüßt hatte, hatte Armanda ihre Mutter auffordernd angestarrt.

Als nichts kam: »Ich habe gehört, daß dort geplündert wird. Und daß bereits Menschen erschossen worden sind.«

Ihre Mutter hatte sich im Zimmer umgesehen. »Wo ist Jacob?«

Sie hatte nicht geantwortet. Auf den Dreizehnjährigen achtete in diesen Tagen niemand. Sie sagte: »Ein kompletter Stall, in dem die Kühe noch angebunden waren, soll mit dem Ebbstrom in die Nordsee hinausgetrieben worden sein.«

Armanda hatte ihre Mutter nachdenklich nicken sehen. »Ich habe irgendwo gelesen«, ließ sie nicht locker, »daß die Atmosphäre über einigen von diesen Inseln jetzt so feucht ist, daß die Vögel in der Luft die Lungen voll Wasser kriegen und beim Fliegen einfach ertrinken.«

Darauf erwiderte Nadine, das hätte sie nicht gesehen, dafür aber ein paar andere Dinge.

»Im Hollands Diep …« begann sie, unterbrach sich aber, weil unten die Tür ins Schloß fiel. Während Jacob, ein Lied pfeifend, nach oben kam, erzählte sie Armanda jetzt schnell, als wolle sie das wirklich rasch loswerden, von der Schiffsflotte, die sich auf dem noch immer sehr hohen Wasser, über dem ein Schneeschauer hing, in zwei verschiedene Richtungen bewegt habe.

»Und ganz komisch«, sagte sie, »auf einmal« – sie wandte den Blick ihrem Sohn zu, der gerade ins Zimmer trat – »kletterte eines dieser Boote plötzlich, direkt aus dem

Wasser, einen ziemlich steilen Deich hinauf und fuhr auf Rädern sehr schnell weiter.«

»Ein Amphibienfahrzeug«, lautete Jacobs gelassene Reaktion. »Ein Detroit United von den Amerikanern.«

Später am Abend, als sie, allein in ihrem Zimmer, an die Heimkehr ihrer Mutter zurückdachte, hatte Armanda keinerlei Verbindung, nicht einmal den kleinsten Ansatz, zwischen ihren eigenen, gerade vergangenen Tagen erkennen können und denen ihrer Mutter. Zartgliedrig, in dem grauen Rollkragenpullover, in dem ihr schon bald zu warm wurde, hatte ihre Mutter auf dem Sofa gesessen, auf der Kante, als müßte sie jeden Moment wieder los, und hatte erzählt, daß sie in der Nähe von Moerdijk aus der Gegenrichtung ein Schiff mit Hunderten von Särgen an Deck hatte vorbeifahren sehen.

Unten im Flur setzte Betsy sich vor dem Spiegel die Mütze auf.

»Er hat auch noch erzählt«, hörte Armanda sie zu ihrer Mutter sagen, »daß sie nachts außerhalb des Deiches gelegen haben. Sie hatten das Boot an einem Botter aus Hellevoetsluis festmachen dürfen, der dort mit dem Bug zum Meer ankerte. Sie durften in der Kombüse schlafen und taten das auch trotz Windstärke zehn, Sturmböen, Hagelschauern. Doch kurz nach vier riß sich der Botter auf dem Höhepunkt der Flut los, schoß davon und verschwand, ihr Boot hinter sich, irgendwo auf dem stockdunklen Krammer.«

8
Die Vermißte

Drei Tage später klingelte es am frühen Abend. Sjoerd.

»Gib mir deinen Mantel!« sagte Armanda, die ihm die Tür geöffnet hatte. Aber das wollte er nicht. Und oben, wo die Familie bereits bei Tisch saß, lehnte er freundlich, aber bestimmt ab, als sein Schwiegervater, der an diesem Nachmittag auch wieder heimgekehrt war, ihn zum Bleiben einlud.

»Mensch, setz dich doch!«

»Geh du mal kurz mit, Armanda«, sagte Nadine, als sie sich sicher war, daß Sjoerd nach diesen verstörenden Tagen lediglich sein Töchterchen mal wieder bei sich zu Hause haben wollte. Und sie meinte: Nimm Brot, frische Milch, Kekse und eine ordentliche Portion von dem Schmorgericht mit, das noch im Backofen steht, denn dort ist natürlich nichts im Haus.

In Nummer 36 war es dunkel und kalt. Aber das machte Armanda nichts aus, im Gegenteil. Es war vielmehr gerade schön, während Sjoerd den Ölofen anzündete und die Lampen anknipste, das Essen warm zu machen, Nadja eine zusätzliche Strickjacke anzuziehen, eine ordentlich gebügelte kornblumenblaue Decke aus dem Schrank zu nehmen und den Tisch zu decken.

Nach dem Essen, während Sjoerd Nadja ins Bett brachte, saß sie mit den Füßen auf einem Schemel rauchend da und blickte auf die dunklen Fenster. Gutherzig, mit dem Gefühl, eine einfache, sanfte Frau zu sein, dachte sie: Nein, für mich jetzt keinen Kaffee, ich hätte lieber etwas Stärkeres. Dennoch hatten Sjoerd und sie sich während des Essens immer wieder mit leicht geniertem Blick kurz angesehen, in dem jeder beim anderen das Schuldbewußte erkannte. Was vielleicht auch nicht anders sein konnte, mit Lidy die ganze Zeit im Hintergrund. Was war mit ihr passiert, wo war sie! Und so hatten sie gut gegessen und mit der Kleinen gespielt. Möchtest du noch etwas? Soll ich noch etwas von dem Fleisch aufwärmen? Und ohne es natürlich zu wagen, wirklich, ernsthaft daran zu denken, erinnerte sich Armanda von Sekunde zu Sekunde an die Fete vor gut einer Woche und daß er sie beim Tanzen begehrt hatte. Sie fand den Männerkörper mit dieser Offenherzigkeit wider Willen sehr liebenswert. Und sich selbst äußerst vernünftig, daß sie doch nicht noch kurz auf einen Absacker mit ihm nach Nummer 36 gegangen war.

Als Sjoerd von oben zurückkam, fragte Armanda: »Schläft sie?«, sagte Sjoerd: »Ja« und saßen sie einen Augenblick später auf dem Sofa neben dem Ofen, jeder in einer Ecke, und tranken Cognac aus Genevergläsern. Sjoerd begann zu erzählen, was er alles gesehen und getan hatte. Er nahm sich Zeit dafür, sprach vor sich hin, als zeige er in einem verdunkelten Zimmer Lichtbilder.

»Das war der Rampaartse Deich«, sagte er. »Ein trockenes Stück Straße, das gerade noch aus dem Wasser ragte. Als wir da anlegten, standen dort gut und gern hundert völlig durchfrorene Menschen, einige lagen auf dem Boden, klatschnaß, du mußt dir vorstellen, daß die da schon vor Tagen angespült worden waren und daß es noch immer stark stürmte. Glaub übrigens nicht, daß wir zu diesem Zeitpunkt noch viel tun konnten. Denn gleichzeitig mit uns war das Militär eingetroffen, in diesen praktischen Amphibienfahrzeugen, die sie DUKWs nennen. Ich stand auf dem Deich und hörte, wie sich ein britischer, ein niederländischer und ein amerikanischer Offizier miteinander berieten. Es war der Amerikaner, ein kleiner, total ruhiger Major, der auf die Idee gekommen war, die DUKWs mitzunehmen und ohne viel Federlesens mit einer ganzen Kolonne Hilfskräfte aus dem Rheinland hierher zu tuckern. Und die Mannschaften, ja, das waren Deutsche, ehemalige deutsche Soldaten, die ich keine Minute später den Deich hinaufklettern sah.«

»Waaas?«

»Aber ja. Und verlaß dich drauf, diese halbertrunkenen armen Teufel auf dem Deich waren froh, daß die feindlichen Jungs anmarschiert kamen, in ihren Riesenstiefeln.«

Armanda versank ein wenig, sie zog die Beine unter sich. Allmählich spürte sie, wie sie in eine Art tastender Stimmung geriet, sehr vertraulich, die sie auch oft mit Lidy empfand, wenn sie so redeten, als spännen sie zu zweit an einem Traum. Das war jetzt genauso, obwohl Sjoerd derjenige war, der sprach, und sie nur zuhörte, und dann auch noch hauptsächlich verständnislos, was sie im übrigen genausowenig belastete wie während eines solchen Traums, in dem man auch auf eine andere Erkenntnis aus ist als eine der üblichen Art. Es wurde warm im Zimmer. Armanda lauschte Sjoerd, der sagte, wie schlimm es gewesen sei, als der Himmel auch nach dem dritten Tag »unverrichteter Dinge« wieder ganz schwarz geworden war. Mitfühlendes Kopfnicken. Und hörte gleichzeitig innerlich eine Art indirekten Kommentar mitlaufen, der ihr unter die Nase rieb, daß sie währenddessen, zu Hause, eine süße Zweijährige gehütet hatte, ihre helle Freude an dicken Patschhändchen, einer Puppe, einem Vorlesebuch mit Seiten aus Karton gehabt hatte, daß sie einkaufen gegangen war und ein bißchen gekocht hatte: der gewohnte Gang des für sie bestimmten gewohnten Lebens. Alles andere, das Dramatische, das Große, war meilenweit von ihr entfernt, es hätte nur noch gefehlt, daß sie, während anderswo ein Teil der Landkarte ausgelöscht wurde, ruhig an ihrer Vordiplomarbeit gearbeitet hätte, um sie in der kommenden Woche termingerecht abgeben zu können ...

Und so, während sie sich im Heute und Damals, Hier und Dort verlor, sah sie plötzlich haarscharf vor sich, wie sie, umgeben von Heften und Büchern, zu Hause am Eßtisch im Erker saß. Denn es hatte tatsächlich nicht gefehlt: Am Mittwoch abend hatte Armanda, heiter gestimmt, ihre Arbeit abgeschlossen, *Der Plot in den frühen Shakespeare-Stücken.* Gegen Mitternacht hatte sie sich die Augen gerieben, kurz dem Wind gelauscht und war ins Badezimmer gegangen. Aus beiden Hähnen begann das Wasser die Wanne sehr schnell zu füllen. Sie hatte sich ausgezogen.

Sjoerd stand auf. Sie folgte ihm mit dem Blick, versuchte zu ergründen, was er wollte.

»Okay«, sagte sie lieb, als er mit fragender Gebärde die Flasche hochhielt.

Er schenkte ihr Glas voll. Etwas weiter von ihr abgewandt als vorhin, setzte er sich wieder.

»Ja?« sagte sie.

Verwirrendes Durcheinander von Bildern. Traumbilder, ja, aber alles war real. Auf der Suche nach einem Halt fixierte sie seinen Mund, der über ihr gemeinsames Thema, Lidy, weitersprach, über das sie wissen wollte, was es zu wissen gab. Bedrückt vom Ernst der Tatsachen, zugleich aber auch glücklich, weil Sjoerd hier so sanft und ernsthaft mit ihr sprach, versuchte sie sich Lidys Person in der überfluteten Provinz vorzustellen. Sie schaffte es kaum. Was geschehen mußte, geschah, doch die abendliche Stunde gab der Wahrnehmung einer anderen Person nun absoluten Vorrang. Ihrer, Armandas. Die in jener Mittwoch nacht ohne auch nur einen einzigen Gedanken an die verlorene Schwester ins warme Wasser geglitten und die Hähne aufgedreht gelassen hatte, bis die Wanne bis zum Kinn vollgeströmt war. Um den Blick auf ihren Körper nicht durch Schaumflocken zu behindern, hatte sie sich nicht eingeseift. Ich glaube, sie ist sehr gut geworden, hatte sie gedacht. Immer noch genießend, noch ganz im Bann des pfiffigen Schlusses ihrer Arbeit, hatte sie auf ihren weißen Körper geblickt, der fast gewichtslos unter der Wasseroberfläche in der tiefen Emailwanne schwamm.

Sjoerd blickte zur Seite. Er musterte sie auf eine Weise, die zeigte, daß er auf das, was in seinem Bericht jetzt zur Sprache käme, eine Reaktion von ihr erwartete. Noch ganz in der Atmosphäre ihrer Erinnerung, die unwillkürlich das Gefühl bei ihr auslöste, er teile diese, beugte sie sich voller Wärme zu ihm vor.

»Am nächsten Tag bin ich zu einer Rotkreuzstation gegangen, gleich hinter der Straßenbahnhaltestelle. Dort stand mir eine Frau an einem unter Papier begrabenen Tisch Rede und Antwort, todmüde und mit der Art von Geduld, die einem sofort allen Mut nimmt.«

»So?« sagte Armanda. Und dachte im Grunde nichts anderes als: Rück doch mal ein Stück näher, bitte. Was ist nicht alles passiert, über den Haufen geworfen. Warum umarmen wir uns eigentlich nicht?

»Ja«, sagte er. Und erst nach einer Pause, die einen kleinen Stimmungswechsel bewirkte: »Sie hat mich nach Lidys Personalien gefragt.«

»Lidys Personalien …« begann Armanda und stockte, plötzlich überwältigt von der Bedeutung von allem ringsum, Bildern, aneinandergereiht wie die Bilder eines Rebus, dessen Lösung diesmal kein Wort war, sondern etwas viel Schlimmeres. Das Sofa, die Lampe, Sjoerds Gestalt, Deichfetzen, Wasserfetzen, tintenschwarzer Himmel, ihr eigener Körper, schön flach, wenn sie ehrlich war, und – mitten in all dem – Lidys Körper, dessen Einzelheiten die Mitarbeiterin der Infomationsstelle des Roten Kreuzes ganz präzise auf einem Formular notiert hatte.

Sie richtete sich auf und hörte jetzt mit angespanntem Stirnrunzeln zu.

Sjoerd erzählte, die Frau an dem Tisch habe zunächst Lidys Geburtsdatum und weiteres dieser Art eingetragen und dann nach der Haarfarbe gefragt.

»Ein tiefes Kastanienbraun«, antwortete Armanda prompt. »Lang.« Sie dachte einen Augenblick nach. »Wahrscheinlich zu einem Pferdeschwanz gebunden.«

Sjoerd nickte zustimmend. »Augen.«

»Smaragdgrün.«

»Körpergröße.«

»Ein Meter fünfundsiebzig.«

»Tja, und dann der Zustand des Gebisses. Darüber wußte ich gar nichts.«

»Also, der ist etwas besser als meiner. Ein paar Plomben, sonst nichts. Aber das können wir beim Zahnarzt erfragen.«

»Sie wollte wissen, ob sie sich mal ein Bein oder so gebrochen hat.«

»Nein, nic.«

»Narben, Muttermale.«

»Ähm, diesen Fleck auf ihrem Bauch, den wirst du ja wohl kennen, nicht, ein paar Zentimeter unter ihrem Nabel.«

»Ihre Kleidung. Aschgrauer Wintermantel, soviel ich weiß.«

»Mit Glasknöpfen, ja.«

»Schuhe.«

»Größe neununddreißig.«

»Sie hat wahrscheinlich diesen hellblauen Pullover getragen, hab ich gedacht. Und eine dunkle Hose mit Aufschlägen.«

»Der Pulli gehört mir. Türkisblau, Angora. Man muß ihn vorsichtig mit der Hand waschen und dann auf einem Handtuch trocknen.«

»Sie hat nach der Unterwäsche gefragt. Baumwolle? Seide?«

»Wäre beides möglich.«

»Und nach der BH-Marke. Da hab ich noch nie drauf geachtet.«

»Maidenform.«

»Was ist?«

»Nix.«

»Wirklich nicht?«

»Wir haben … wir haben auch schon mal einen teuren von Triumph gekauft.«

»Willst du was trinken? Bißchen Wasser?«

…

»Ich denke, ich geh jetzt mal.«

II

Dies nennt man schlafen

1
Vor einem Hintergrund aus Mond, eisiger Kälte, Nacht

Schneeböen schlugen gegen die Windschutzscheibe, die von den Wischern nur gerade so eben freigehalten wurde. Sie hatten die Stadt hinter sich gelassen. Izak Hocke hatte bereits den Platz am Lenkrad übernommen, neben ihm saß Lidy und hinten Simon Cau. Lidy blickte interessiert, aber ahnungslos auf die stockdunkle Landstraße und die schwarzen überströmenden Entwässerungsgräben daneben, wo sie nichts zu suchen hatte.

Sie fuhren in nordöstlicher Richtung.

Sie hatte ihren Entschluß ohne zu zögern gefaßt. Als sie vorhin innerhalb von zwei Sekunden die Eingebung hatte, zu sagen: »Moment, ich komme mit!«, war das nur eine Fortsetzung dessen, was schon zuvor entschieden worden war, der kleine Ausflug, der sie anfangs einfach gelockt hatte und ihr jetzt als ein absolut essentieller Lebensumstand vorkam.

Tatsächlich hatte sie sich im Handumdrehen angezogen, Hose und Angorapullover, ursprünglich Armandas, den sie auch tagsüber auf dem Hinweg getragen hatte. In der Eingangshalle bei der Rezeption hatten Izak Hocke und Simon Cau auf sie gewartet. Mit ihren schweren Mänteln und den Kopfbedeckungen, Hocke trug eine Wollmütze, sahen sie ganz anders aus als soeben noch beim Familiendiner, bei dem sie Hocke wie auch Jacomina sofort auf natürliche Weise geduzt, den liebenswürdigen Gutsbesitzer hingegen, der ihr Tischherr gewesen war, weiter mit Sie angeredet hatte. Jetzt standen die beiden mit unergründlichen Mienen an der Rezeption und warteten auf sie. Trotzdem hatte sie keine Verlegenheit empfunden.

Warum sie hatte mitfahren wollen? Warum sie den Autoschlüssel nicht einfach hergegeben hatte, sondern in ihrem Wintermantel, vor Müdigkeit dunkle Ringe unter den Augen, anmarschiert war, als bliebe ihr nichts anderes übrig?

Sie hatten ein Transportmittel gebraucht. Die beiden Männer, befreundete Nachbarn, waren in Hockes Auto zum Fest gekommen, doch Hocke hatte es verliehen und nicht zurückerhalten. Was Jacomina Lidy auf die Schnelle vor der Schlafzimmertür erzählt hatte, war, daß Simon Cau nach einem dringenden Anruf zu einem Deich auf der anderen Seite der Insel mußte und daß Izak Hocke bei diesem fürchterlichen Wetter natürlich längst wieder bei seiner alten Mutter hätte sein sollen. Daraufhin hatte sie den Citroën zur Verfügung gestellt. Natürlich, mit größtem Vergnügen. Und als sie zu erkennen gab – einfach so, weil es ihr selbstverständlich erschien –, daß sie selbst fahren würde, wurde das von den beiden Männern höflich und distanziert akzeptiert. Nur Jacomina hatte noch gefragt: »Willst du das wirklich tun?«

»Ja.«

»Nicht wieder zurück ins warme Bett?«

»Nein.« Und schon knöpfte sie, die Tür offen lassend, ihre Schlafanzugjacke auf.

So war sie in dieser Situation. Geradlinig, nett, und dem Ehepaar Hocke sowie Simon Cau war es recht gewesen. Wer von ihnen hätte auch wissen können, was auf sie zukam? Dieses Land war an Sturm und böse Vorzeichen gewöhnt. Und außerdem war Lidy ein abenteuerlustiges

Mädchen, für die ein zweites Bett, heute nacht im Polder, absolut keine erschreckende Vorstellung war. Als sie hinter den Männern auf die ausgestorbene Straße getreten war, hatte sie nur kurz das Gefühl gehabt, das Auto ihres Vaters, dort am Bordstein, sei überdeutlich etwas von zu Hause.

»Schönes Auto«, hatte Hocke gesagt.

»Ja«, hatte sie geantwortet. »Startet aber schwer.«

Doch sie kannte sich aus, bei der ersten Umdrehung gab man ein bißchen Gas, bei der nächsten sofort viel. Weil der Wind soviel Lärm machte, hatte sie es diesmal nach dem Gefühl anstatt nach dem Gehör tun müssen, nach zweimaligem Versuch klappte es. Die Lichter gingen an, zu dritt waren sie losgefahren. Hocke hatte die beschlagene Scheibe freigewischt. Er erteilte ihr Anweisungen.

»Am Ende nach rechts. Jetzt eine scharfe Kurve. Gleich hinter der Ecke kommt das Nobelpoort. Wenn du die Scheibenwischer mal anmachst?«

Gegen zwei. Die Stadt schlief da noch, und auch sonst hatten die meisten auf der tief unterhalb des Meeresspiegels gelegenen Insel noch geschlafen, wie man es an einem Samstagabend, wenn der Wind übers Dach fegt, nun einmal tut. Lediglich hier und da war bereits etwas im Gange. Einige Menschen, in den Häusern nahe dem Neuen Hafen, waren doch aufgestanden und hatten sich eine Tasse Tee gekocht, weil sich sogar die Tapete an den Wänden bewegte. Und an den Flutbrettern, die die Zufahrtsstraße zum Kai versperrten, hatte der mit einem Pelzmantel bekleidete Bürgermeister verwundert auf das Hafenwasser auf der anderen Seite geschaut, das die oberste Planke jetzt fast erreicht hatte und folglich ganz einfach darüberfluten würde. Jemand in seiner Begleitung hatte daraufhin das Signal gegeben, daß etwas geschehen müsse, und zwar wie der Blitz: beim Zimmermann klingeln, der hundert Meter entfernt wohnte. In dem Moment, als dieser gegen den Wind anschreiend zu erklären begann, daß die morschen Balken nicht einmal mehr einen Ziernagel vertragen würden, hatte der Citroën, immer noch mit Lidy am Steuer, die Korte Nobelstraat erreicht, an deren Ende das Stadttor stand.

Ja, und danach war es der helle Wahnsinn für jemanden, der absolut nicht daran gewöhnt war, unter diesen Umständen ein Auto auf der Straße zu halten. Hatte man die Häuser erst mal hinter sich gelassen, ging einem auf, was das war, Windstärke elf. Bevor Lidy allerdings erschrecken konnte, hatte Izak Hocke sich zu ihr gewandt und ihr ganz ruhig ins Ohr gesagt: »Halt mal an.«

Er war ausgestiegen, die Innenbeleuchtung ging an, sie kapierte sofort, stieg ebenfalls aus, er war bereits ums Auto gegangen, schnell an den Scheinwerfern vorbei, und hatte die Tür festgehalten, während sie an ihm vorbei in den irrsinnigen Wind huschte. Der Fahrerwechsel hatte nur ein paar Augenblicke gekostet, doch als sie neben Izak Hocke wieder ins Auto geschlüpft war, war sie atemlos gewesen, hatte ein paarmal »Mein Gott!« gesagt und gewußt, daß sie mit ihren beiden Gefährten etwas Ungeheuerliches teilte. Sie hatte sich mit einem Blick gegenseitigen Einvernehmens umgedreht. Simon Cau, grau, eingefallene Wangen, saß etwas vorgebeugt in der Mitte der Rückbank. Sein Blick wanderte kurz von der Straße zu ihr und wieder zurück, kein Lächeln.

So bildeten sie zu dritt ein Gruppenporträt.

Das Auto fuhr bereits wieder. Izak Hocke suchte nach dem Griff, um den Sitz weiter zurückzuschieben. »Der ist hier«, sagte Lidy, und sie merkte, wie hart und ungeduldig seine Hand war. Was für eine Nacht, dachte sie. So eine typische Nacht, die einem hinterher als Traum in Erinnerung bleibt.

Aus den trichterförmigen Seegatts donnerte die noch immer steigende Flut überall gegen die Küstenschutzwerke. Auf der Südseite der Insel waren diese niedriger und ein ganzes Stück kümmerlicher als im Norden, wo man wegen des ewigen Nordwestwinds die See nun mal am ernstesten nahm.

Der Citroën fuhr währenddessen nach Norden. Lidy, ganz über den Schlaf und auch über ihre anfängliche Verwirrung hinaus, sah, daß Izak Hocke den Weg gut kannte und sich, den Wind genau von vorn, nur auf das Fahren konzentrierte. Sie spürte seine Anspannung, doch keineswegs Angst oder Panik. Aber er hatte es eilig, genau wie Simon Cau, so etwas merkt man sogar, wenn man die Hand vor Augen nicht sieht. Das heißt: Verärgerung, als das Auto plötzlich anhalten mußte. Der Motor ging aus. Gefluche von Hocke. Quer über der Straße lag ein Strommast und auch noch alles mögliche angewehte Zeug, darunter ein Stück orangerote Plane, die sich darin verfangen hatte.

Schade, gerade jetzt, wo wir fast da sind, dachte sie.

Grell aufleuchtend in den Scheinwerfern, sprang die Plane ihnen entgegen. Wie ein Hund an der Kette. Sie starrte in den Tumult. Sie wußte, daß irgendwo dahinter, vielleicht zwanzig, dreißig Meter von hier, zwei Bauernhöfe einander schräg gegenüberlagen. Links der von Simon Cau, von dem weder das Haus noch eines der Nebengebäude zu sehen war, doch rechts von der Straße, wo Izak

Hocke mit Frau, Kindern und Mutter wohnte, entdeckte sie Licht. Ein Fenster im Obergeschoß zeigte an, daß die alte Frau, allein zu Hause, noch wach war.

Sie beugte sich dem neben ihr Sitzenden zu, doch bevor sie ihn etwas fragen konnte, war er bereits ausgestiegen, ebenso Simon Cau.

Was können sie denn tun? fragte sie sich. Die beiden Gestalten standen nach einigem vergeblichen Gezerre an der Sperre da und beratschlagten. Simon Cau, das Gesicht ihr zugewandt, nickte, während Hocke, den Kopf mit der tief heruntergezogenen Mütze vorgestreckt, die Arme ausbreitete und dabei die Schultern hochzog. Sie schaltete die Scheibenwischer aus. Es regnete kaum mehr. Neugierig wanderte ihr Blick zu dem kleinen, leuchtenden Viereck in der Ferne, und plötzlich wußte sie genau: Er läßt das Auto lieber mitten auf der Straße stehen, als sie noch fünf Minuten länger allein zu lassen.

Von diesem Moment an spürte sie, daß sie in Gefahr war.

Sie hatte gesehen, wie Izak Hocke auf die andere Seite der Barrikade kletterte und, ohne auch nur einen Blick zurückzuwerfen, im bodenlosen Dunkel verschwand. Simon Cau war zum Auto zurückgegangen, er kroch hinters Steuer, startete und schaltete, als der Motor ansprang, unbeholfen in den Rückwärtsgang.

»Was jetzt?« fragte Lidy, die meinte, auf einmal habe der Sturm ordentlich zugelegt.

»Wir fahren hinter dem Entladehafen längs. Dort biegen wir nach rechts ab. Dann kommen wir von der anderen Seite dorthin, wo wir hinmüssen.«

»Wie lang wird das dauern?«

Sie bekam nicht gleich eine Antwort. Es war nicht

leicht, auf einer unter Wasser stehenden Straße mit Gräben auf beiden Seiten zu wenden.

»Zehn, zwölf Minuten.«

Lidy warf einen Blick zur Seite. Eine schwer zu erkennende Gestalt. Simon Cau, jetzt also ihre einzige Verbindung zu dem abstrakten Bett, das irgendwo inmitten dieser Gewalt für sie bereitstand und ihr winkte, in zehn, zwölf Minuten warm eingekuschelt schlafenzugehen.

Dämmerschwarze Landschaft unter der leicht aufreißenden Bewölkung. Hier und da ein Hindernis, ein Haus oder eine Scheune. Lidy, noch immer an dieses Bett glaubend, war nicht verrückt. Überall schliefen hier Menschen im vollsten Vertrauen, obwohl sie wußten, obwohl sie als gegeben hinnahmen, daß dies ein Gebiet sehr alter und damit sehr tiefliegender Polder war. Je älter die Deiche, desto tiefer das Land. Rational oder irrational, im Laufe vieler Generationen war bei den Menschen dieser Region die unerschütterliche Überzeugung gewachsen, daß, wer hier lebte, in diesem triefend nassen, selbst angelegten Terrarium, hier selbstverständlich wohnte und auch nie mehr fortgehen würde. Ganz in der Nähe würde der Seedeich in dieser Nacht an mehreren Stellen brechen. Nicht nur Lidy, die hier fremd war, hatte diesbezüglich keinerlei Vorahnung. Dieses Land war ein Land, das sich bereits seit Jahrhunderten verschob und seine Form ständig, manchmal sehr drastisch veränderte, weil es zwischen Meeresarmen eingebettet lag, die taten, was Arme gewöhnlich tun: sich verlagern. Daß ihre Dörfer und Weiler etwas Flüchtiges hatten, wie die See selbst, wurde von keinem der Bewohner so empfunden. Unbeirrt zogen sie die Gemeindegrenze ihrer Polder bis weit über den Seedeich hinaus. Neere, Untiefen und schwer befahrbare Rinnen zählten sie, zusammen mit den ertrunkenen Kirchtürmen, Mühlen, Gehöften und Ställen auf dem Meeresboden konsequent weiter zum Wohngebiet.

Der Umweg, den Simon Cau machte, führte sie jetzt direkt zum Seedeich, wo an einer Bucht des Grevelingen ein paar kleine für die Landwirtschaft genutzte Häfen lagen. Lidy, die schon längst nicht mehr wußte, wo sie war, und auch kein Zeitgefühl mehr hatte, richtete sich irgendwann auf: Sie glaubte, links von der Straße eine Spukerscheinung auftauchen zu sehen, die im Licht der Scheinwerfer auf sie zugerannt kam. Simon Cau bremste. Er wußte genau, wo er war, und auch den Jungen, der da angeirrt kam, kannte er, trotzdem brachte er das Auto in einer Art Trance zum Stehen.

»Das Wasser *kommt*!«

Es war sein Neffe, Marien Cau, der nun den windzerzausten Kopf durchs offene Wagenfenster streckte. Der Junge hatte eine höhere Landwirtschaftsausbildung absolviert, doch das einzige, das für den kinderlosen, verwitweten Onkel zählte, war, daß er sich als perfekter Pferdeknecht erwiesen hatte.

»Bist du auf dem Weg zu den Ställen?«

»Ja.«

Die beiden beratschlagten kurz, wobei Cau, Opfer irgendeiner wachsenden, rasenden Ungeduld, immer wieder durch die Frontscheibe in Richtung Deich schaute, der hier, direkt am Grevelingen, noch immer eine Höhe von gut sechs Metern über dem Amsterdamer Normalnull hatte. Der Junge, so sprachen sie sich ab, sollte seinen Weg zum Hof des Onkels unverzüglich fortsetzen. Der Mischbetrieb zählte außer den zehn Pferden, die die Freude sowohl des Onkels als auch des Neffen waren, noch dreißig

Kühe. Es ging auf halb drei zu, die Flut hatte den Höchststand noch nicht erreicht, und Simon und Marien Cau hatten beide das Wasser noch nicht über den Deich kommen sehen. Trotzdem sprachen sie ab, daß der Junge die Kühe sicherheitshalber losbinden sollte. Der Stall lag tief. Die Straße, zugleich auch Binnendeich, verlief etwa eineinhalb Meter höher. Es war ein impulsiver Gedanke und auch keineswegs unlogisch, doch keiner der beiden hatte diese Notmaßnahme je erprobt. Tatsächlich würde Marien die Kühe in dieser Nacht auf den Deich treiben, und sein Onkel, der seinen Hof nicht mehr hatte erreichen können, würde von einem Fenster auf der gegenüberliegenden Seite feststellen können, daß er es getan hatte. Trotzdem würden die Tiere, alle dreißig, einige Wochen später von ein paar Männern, die man das Kadaverteam nannte, als aufgedunsene Leiber aus dem Schlamm gezogen werden. Sie würden, im Kopf nichts anderes als den Stall, den sie kannten, in der Dunkelheit zurückgeschwommen sein. Die Pferde ...

Pferde, das ist etwas anderes. Fest steht, daß Simon Cau mit dem Neffen, der sein Nachfolger werden sollte, absprach, daß dieser gleich, sobald er den Bauernhof erreicht hatte, als erstes zu den Pferden gehen, beruhigend auf sie einreden und bei ihnen Wache halten sollte, bis sein Onkel von seiner Mission zurückkam. Es sollte alles anders laufen. Zwei der Pferde, die schönsten und schwersten, würden ein paar Tage später von einem Boot aus von einem Journalisten fotografiert werden. Sie würden dann mehr als fünfzig Stunden im Wasser gestanden haben, zunächst bis zu den Nüstern, später immerhin noch bis zum Widerrist. Das Foto, das sehr gut werden sollte, sollte am Tag darauf in die Zeitung kommen. Die beiden Tiere stehen, zwanzig Meter voneinander entfernt, vom Objektiv abgewandt im grauweißen Viereck einer endlosen See. Daß sie intelligent genug waren, auf dem Deich zu bleiben, ist an einigen vor ihnen aus dem Wasser ragenden Zweigen und einem Brückengeländer zu erkennen. Die beiden Pferde scheinen sich auf rätselhafte Weise in Harmonie mit der aussichtslosen Situation zu befinden. In genau derselben Haltung, Köpfe in Windrichtung etwas nach links, starren sie aufs Wasser, unabhängig voneinander von denselben Gefühlen bewegt, von derselben tiefen Trauer, die letzten Überlebenden zu sein.

»Bis gleich!« »Bis gleich!«

Als der Citroën weiterfuhr, hing in der Atmosphäre in seinem Inneren nichts, das noch nach der Absicht aussah, so schnell wie möglich nach Hause zu fahren und ins Bett zu gehen. Das Auto mit dem Ziel Entladehafen wurde von einem Mann gesteuert, der fieberhaft über praktische Dinge nachdachte. Neben ihm eine junge Frau, die, nochmals, hier nichts zu suchen hatte. Dennoch spürte auch sie die eigenartige oder vielleicht nicht so sehr eigenartige als vielmehr konzentrierte Atmosphäre der Gefahr, in der Menschen wissen, daß sie etwas tun müssen. Nach etwa fünf Minuten tauchte der Deich auf, sich bucklig gegen das Mondlicht abzeichnend. Bog man hier nach rechts, kam man einen knappen Kilometer weiter zum Entladehafen, nicht mehr als eine Anlegestelle, wo der Deichdurchgang zum Kai den Vorschriften zufolge bei Hochwasser mit Flutbrettern geschlossen werden mußte.

Doch das Auto bremste und stoppte bereits hier. Noch einen Augenblick, und Simon Cau rannte gebückt auf den Deich zu, um zu versuchen, auf Händen und Füßen nach oben zu klettern. Ein unmöglicher Anblick. Was wollte er, sich am Unkraut des armseligen, aus Kostengründen so steil wie möglich angelegten Deichs hochziehend? Immer wieder in den mit Wasser vollgelaufenen Maulwurfgängen einsackend, die die gesamte Konstruktion von innen her aushöhlten, erreichte er die Krone. Stehen konnte man, den Orkan direkt von vorn, auf diesem kaum einen halben Meter breiten Katzenbuckel nicht. Cau drückte den Bauch an den Boden, hielt mit beiden Händen seine Mütze fest und hob den vom durch die Luft fliegenden Wasser klatschnassen Kopf ein wenig. Was sind Angstvisionen? Unwahre Dinge vor einer unwahren Kulisse? Simon Cau sog den Atem laut ein. Was er, nahezu auf Augenhöhe, sah, war eine anrollende Wassermasse, die kein Ende nahm.

Auch Lidy war kurz ausgestiegen. Da stand sie, neben der Böschung, aus deren Innerem ein sonores Brummen drang. Man konnte es durch den Wind hören. Sie lauschte einen Augenblick, ohne zu wissen, was da brummte: eine Sandanhäufung mit einer dünnen Kleischicht darüber, die infolge des schon seit Jahren überschwappenden Seewassers keinen Pfifferling mehr wert war. Auf der äußerst schmalen Krone ein paar Mäuerchen, die nach der Überflutung von 1906 hier und da errichtet worden waren, mit Durchlassen für die Schafe. Die Innenseite war auch damals schon so brüchig gewesen, daß man es eigentlich als Wunder bezeichnen kann, daß sie sich erst in dieser Nacht, in eineinhalb Stunden, unter dem gewaltigen hydraulischen Druck auf der anderen Seite losreißen und einfach in den Binnendeichgraben sacken wird. Die unterhöhlte Außenseite wird der See danach noch rund eine Viertelstunde Widerstand leisten können und dann endgültig brechen.

Lidy zog ihre Füße aus dem Schlamm und rannte zum Auto zurück. Sogar auf der befestigten Straße konnte man noch spüren, wie der Boden bebte.

2
Sie sehen

Der April hatte regnerisch begonnen, aber seit gestern konnte man den Frühling riechen. Armanda spazierte den Kloveniersburgwal entlang, nachdem sie den ganzen Nachmittag über Vorlesungen besucht hatte. Die Sonne schien ihr ins Gesicht, den Mantel hatte sie aufgeknöpft. Das Wetteramt in De Bilt hatte mäßigen Westwind vorhergesagt, doch statt dessen war der von Nordost auf Südost gedrehte Wind so abgeflaut, daß die Fahnen des Hôtel de l'Europe schlaff herabhingen.

Von der Amstelbrücke aus sah sie Sjoerd näher kommen, aus der Richtung des Muntpleins, was kein großes Wunder war, da sich die Bank, in der er arbeitete, auf dem Rokin befand. Sie hob den Arm, sah, daß er sie bemerkt hatte, und wartete. Nichts war logischer, als daß sie jetzt auf dem Weg nach Hause zusammen weitergingen. Es war Montag. Unter der Woche aß Sjoerd Blaauw abends bei den Brouwers, seiner Schwiegerfamilie, die sich auch seiner zweijährigen Tochter angenommen hatte, liebevoll und mit Verständnis für seinen Wunsch, daß das Kind am Wochenende daheim bei seinem Vater lebte. Armanda, das ergab sich so, hielt sich dort dann auch meist eine Weile auf.

Sie sah ihn näher kommen, mit langen Schritten, er

blickte ohne die leiseste Spur eines Lächelns in ihre Richtung. Ihre Bücher in einer Tasche an die Hüfte gedrückt, blieb sie stehen, auf beiden Seiten gingen andere Fußgänger an ihr vorbei, es war viel los zu dieser Stunde. Ohne eine Ahnung zu haben, wie sie sich zueinander verhalten würden oder sollten, wartete sie an der Ecke der Brücke auf ihren Schwager. Sie würde es auf sich zukommen lassen. Was sonst? Zwischen ihr und Sjoerd standen seit einiger Zeit die Umgangsformen nicht mehr fest. Würde heute noch die gleiche Eisigkeit zwischen ihnen herrschen wie gestern?

Plötzlich war seine Stimmung umgeschlagen, erinnerte sie sich. Er starrte auf unangenehme Weise in mein Gesicht. Da hatte sie eben zurückgestarrt. Witwer … das Wort drängte sich ihr auf, ohne daß sie etwas dagegen tun konnte. Witwer, doch seine Tote ist noch immer nicht gefunden worden.

Das war gestern in Nummer 36 gewesen. Sonntag nachmittag, die Türen zum kleinen Balkon an der Vorderseite hatten offen gestanden, und durch das schmiedeeiserne Gitter strömte die Luft aus dem Park herein. Im sonnendurchfluteten Zimmer donnerte Nadja auf einem roten Holzpferd mit Rädern über den Boden, tüchtig vorankommend, indem sie sich mit beiden Füßen zugleich abstieß. Durch den Lärm hindurch hatten Sjoerd und sie sich unterhalten.

»Sie ist noch irgendwo«, hatte er nach einem Moment des Schweigens gesagt.

Sie hatte nach seiner Hand greifen wollen, doch er rückte von ihr fort, wechselte die Sitzposition, sah sich um. Im verschwenderischen Sonnenlicht sahen die Möbel, zum überwiegenden Teil alt, Familienstücke, etwas schäbig aus, und über dem Klavier in der Ecke neben den Schiebetüren tanzten Staubteilchen in einem Fächer aus Licht. Sie folgte seinem Blick und spürte, daß er im Herzen wußte, was ihre Augen feststellten: Hier jedenfalls ist sie nicht.

Aber sie hatte genickt. »Ja.« Und danach, um etwas für sie beide Tröstliches zu sagen: »Sie ist ganz bestimmt nicht einfach, ohne eine Spur zu hinterlassen, aus ihrem Haus und ihrem Leben verschwunden.«

Hörte er, was sie sagte? Bemerkungen, Gedanken, Bemerkungen, Gedanken, in kurzer Zeit kann man sich meilenweit voneinander entfernen.

Ausdruckslos, fast formelhaft, hatte er wiederholt: »Sie ist noch irgendwo.« Aber als er sich Armanda zuwandte und mit Blicken ihr Gesicht abtastete, als suche er etwas, veränderten sich seine Worte, dieselben Worte, und erhielten für sie einen eisigen, feindseligen Beiklang, als habe er sagen wollen: Skandalös, unverzeihlich, wie ähnlich du ihr siehst, Schwägerin!

Jetzt wartete sie auf ihn, an der Ecke der Brücke, und wußte, während er geradewegs auf sie zukam, bereits, daß ihr gestriges Gespräch noch im Gange war. Sie lächelte, nichts natürlicher als das. Weniger natürlich, vielleicht, war, daß sie *sah*, wie sie lächelte, sah, wie sie ihn da in ihrem weiten blauen Mantel unter dem Pony hervor anlächelte, der Rest des glatten dunklen Haars hing links und rechts neben dem Gesicht herab.

Sie begrüßten sich. »Hallo!« Und sagten, ihren Weg bereits wieder fortsetzend: »Wie war's heute?« Gut, gut. Sie überquerten die Fahrbahn.

»Schönes Wetter«, sagte sie ein paar Minuten später.

Worauf er nicht reagierte.

Ein Stück weiter entlang der Amstel wurde es deutlich ruhiger auf der Straße. Der Fluß glitzerte wie ein Silberband.

»Wollen wir einen kleinen Spaziergang machen?«

Erleichtert antwortete sie: »Ja, laß uns das tun!«

Sie gingen die Keizersgracht entlang. Um ihr Schweigen zu durchbrechen, fragte sie: »Hast du neue Nachrichten? Hast du wieder einen Aufruf bekommen?«

Sie spielte auf die Identifizierung an. Lidys Identifizierung, derentwillen Sjoerd schon häufig ins Katastrophengebiet gefahren war, ein Unternehmen, das in Armandas Augen mit jedem Tag gespenstischer und abstrakter wurde. Lidy gehörte zu den Hunderten Vermißter, nach denen noch immer gesucht wurde. Sjoerd rief an und wurde angerufen. Er, der Ehemann, war der Ansprechpartner. Allmählich aber wurden die Aufrufe des Roten Kreuzes, sich in den Leichenhäusern von Goes, Zierikzee oder Dordrecht umzusehen, immer spärlicher, und es geschah auch nur noch selten, daß er eine Mitteilung von der Polizei erhielt, er solle sich ein Foto ansehen. An den Gesichtern der Toten, die jetzt noch angespült wurden oder aus dem Schlamm auftauchten, war nichts mehr zu fotografieren.

Sie gingen dicht nebeneinander über den bröckligen, schmalen Bürgersteig entlang den Häusern, dann über einen Brettersteg unter einer Landungsbrücke hindurch und schließlich mitten auf der Straße. Die Gracht sah durch die Sonne auf dem jungen Laub der Bäume sehr freundlich aus.

Sie warf einen Blick zur Seite. Er schien in Gedanken versunken. Ob sie wohl je aus dem Wasser auftauchte? Ob das noch je geschah? Hastig begann sie zu sprechen.

»Als du mich vorige Woche nach diesem Pullover gefragt hast …«

Er sagte sofort: »Lidys Pullover.«

»Ähm, eigentlich meinem.«

Sie sah, wie er unbehaglich mit den Achseln zuckte.

»Am Ende hat er keinem von euch beiden gehört.«

Vorige Woche hatten sie ihn wieder einmal angerufen. Ein Ermittlungsbeamter hatte ihm von der Leiche einer jungen Frau berichtet, in deren Personenbeschreibung ein blauer Rollkragenpullover aus dünner, flauschiger Wolle vorkam. Kragen und Ärmel waren von einem eingearbeiteten Ziermuster in hellerem Blau gesäumt, und eine der Helferinnen vor Ort, die selbst gern strickte, hatte das Modell des Pullovers aus der Zeitschrift *Die Frau und ihr Heim* wiedererkannt.

»Ziermuster? *Die Frau und ihr Heim?*« hatte Armanda wiederholt, als Sjoerd sich bei ihr nach den Details erkundigte. »Unser Pullover war einfarbig. Angorawolle. Ich hatte ihn bei Vos gekauft.«

Jetzt sagte sie: »Vielleicht findest du das ja verrückt, aber es hat mir gutgetan, es hat mir richtig gutgetan, so, na ja, so normal über den Pullover zu reden, den Lidy sich unter den Nagel gerissen hat.«

Er packte sie fest am Arm. Sie erschrak. »Findest du das verrückt?« fragte sie schnell.

Sie waren an der Stelle angekommen, an der man über eine gewölbte kleine Brücke zur nächsten Gracht hinübergeht. Sie blieben am Geländer stehen. Sein Griff um ihren Arm wurde so fest, daß sie ihn ansah.

»Sie muß zu mir zurückkommen«, sagte er. »Es ist möglich, das weißt du sehr gut.«

Sie hörte, daß er wie ein Wahnsinniger sprach, aber sie,

das war ihr klar, hörte ihm wie eine gleichfalls Wahnsinnige zu, als er sagte: »Ich will sie wieder an mich drücken, in den Armen halten. Das ist doch logisch, oder?«

Sie sah ihn unverwandt an.

»Das ist doch vollkommen logisch, Armanda. Denk nach. Sie und ich. Wir haben unser Leben noch vor uns!«

Verwirrt wandte sie sich ab. Als er sie losließ, lag eine böse Spannung zwischen ihnen. Unter der Brücke tauchte ein Binnenschiff auf. Sie sah, wie es über die Wasserkreuzung, in der sich Bäume und Häuser spiegelten, weiter stadteinwärts fuhr. Wo war er in den vergangenen Monaten nicht überall gewesen? dachte sie. Was hatte er gesehen? Sie wußte eine Menge kleiner Dinge von ihm, die Routine des Alltags, den Gang der Dinge in Nummer 36 und 77, aber die großen? Wenn er wieder einmal von einer seiner Fahrten zurückkehrte, wußten sie daheim absolut nicht, wie sie mit der Kombination aus seinem Kummer und ihrem eigenen Kummer umgehen sollten. Ihre Mutter stellte dann eben schnell einen zusätzlichen Teller auf den Tisch, ihr Vater bot ihm eine Zigarette an, und Jacob schielte auf sein Gesicht, das von der Feuerzeugflamme erhellt wurde. Ihretwegen hätte er es gar nicht zu sagen brauchen. »Nein.« Sein Kopfschütteln. »Nichts.«

Um das Eis zwischen ihnen zu brechen, sagte sie: »Hör mal, Sjoerd.« Und sie fragte ihn, ob sie vielleicht etwas mehr über diese Höllenfahrten hören könnte. Er sah sie kurz an, als frage er sich, woher sie den Mut nehme, dann trat dieser träge Blick in seine Augen wie bei einem, der sich anschickt, eine Geschichte zu erzählen.

»Sollen wir übers Amstelveld gehen?« schlug er vor.

In Lagerhäusern, in Schulen, in der Fischauktionshalle von Yerseke. Die Leichenhallen auf den Friedhöfen waren meist zu klein für die Zahl der Toten, die in den ersten beiden Wochen geborgen wurden. Da eine Menge Ertrunkener von Schouwen-Duiveland quer über die Oosterschelde nach Beveland gespült worden waren, war es logisch, auch einmal in der Großen Kirche von Goes nachzusehen. Da war er schon einiges gewöhnt. Er war bereits in einem Kindergarten irgendwo auf dem Vierbannenpolder gewesen, wo jemand für ihn die Decke hochgehoben hatte, unter der die sterblichen Überreste einer bis dahin unbekannten jungen Frau lagen. Der Schweinkram, der vom Dorf übriggeblieben war, und das stinkende Pferd, das auf der Seite im Schlamm lag, als wäre es darin abgegossen, hatten ihn bereits auf das vorbereitet, was er zu sehen bekam. Sie war es übrigens nicht. Langes dunkles Haar, Alter zwischen zwanzig und dreißig, Gebiß bis auf die zwei äußersten Backenzähne intakt: Sie sollte im Laufe der Woche von ihrem Ehemann, Landknecht in Capelle, an ihrer Kleidung erkannt werden.

»Sie erhalten Nachricht, sobald wir wieder etwas hören.«

Einen Tag später fand er sich also bei der Kirche in Goes ein. Eine unversehrt gebliebene Stadt und ein dem Herrn geweihter Raum, in dem unter weißen Tüchern eine unübersehbare Reihe Toter aufgebahrt lag. Gewaschen und in ein Leichengewand gesteckt, warteten sie darauf, identifiziert und von ihren Angehörigen bestattet zu werden. Es ging auf vier Uhr zu. Stimmengewirr, er war längst nicht der einzige, der dort suchend umherging. Kurz zuvor hatte eine Rotkreuzhelferin ihm bereits ein Protokoll der Reichspolizei gezeigt, unterzeichnet vom Staatsanwalt in Middelburg. Nägel und Zehen gut gepflegt, hatte er gelesen, weiße Hautfarbe, rundes Kinn, Hände ohne Hornhautbildung. Bestürzt hatte er genickt. Auch mit der Kleidung war er, wenn auch zögernd, einverstanden gewesen, die bestand aus blauem Pullover, dunkelgrauer Hose mit Reißverschluß auf der linken Seite, weißem Schlüpfer, weißem Hemd, rosa Hemd, grauen Männerstrümpfen bis zum Knie. Die Rotkreuzhelferin lüftete das Tuch von einem der Tische, die am Kopfende jeder Totenbahre standen. Da lagen die ihm beschriebene Kleidung und sonstige Gegenstände. Und da er nichts sagte, sondern nur bedächtig nickte, schlug die Helferin das Tuch weiter zurück, so daß er das Gesicht sehen konnte.

Da hatte er geschrieen – »Nein!« – und heftig zu zittern begonnen.

Wer hat dies auf dem Gewissen?

Sinnlose Frage. Die ihm trotzdem durch den Kopf ging, als er machte, daß er durch das Seitenschiff aus dem Gewölbe wegkam, das, auf Gebet eingestellt, jetzt von dem Gestammel des achtzehnjährigen Mädchens widerhallte, das nicht nur seine Eltern erkannt hatte, sondern auch, völlig unerwartet, den Jungen, mit dem es ging, dem Gemurmel von ein paar Frauen mit einer Namensliste in der Hand, dem Geflüster des Mannes, der bei den drei Kindern in einer Reihe, blond, mit zerschundenen Schnuten, zusammengebrochen war und zu erkennen gab, daß es stimmte, daß sie es waren, ja, ja, seine drei Jüngsten der vierköpfigen Kinderschar. Er hatte die Tür des Portals bereits aufgestoßen, als er von rechts das muntere Gerede von Männern hörte, die miteinander eine Arbeit besprechen. Er schaute mit einiger Erleichterung dorthin. Ungefähr sechs, sieben Meter entfernt sah er durch die offene Tür einen Raum, wahrscheinlich das Presbyterium, wo unter weißem Neonlicht eine große Zahl kreuz und quer übereinandergestapelter Särge standen. Und auf einigen dieser Särge saßen Männer in Arbeitsanzügen, rauchend und redend.

Hinaus auf die Straße! Autos, Passanten, er sah nach oben. Wollte er den Alptraum an den Himmel verweisen? Zu den Männern auf den Särgen, Erdarbeitern, Wilddieben, stand er in engerer Beziehung, als er ahnte. Denn sie waren es, die von den Gesundheitsämtern und der Polizei bereit gefunden worden waren, die Leichen unter dem Treibholz hervorzuziehen, mit Pickhaken oder mit bloßen Händen aus dem Wasser zu fischen, und sie waren es folglich auch gewesen, die die Frau, die er sich heute angesehen hatte, aus dem Stacheldraht gezogen hatten. *Nägel und Zehen gut gepflegt.* Sie war es wieder nicht gewesen, nein. Dennoch hatte er in dem Gesicht mit den leeren Augenhöhlen eine Sekunde lang Lidys Züge gesehen.

Wochen vergingen. Dann kam ein Aufruf aus Zierikzee. Der dortige Leichentrupp hatte eine noch junge Frau gefunden, die vom Reichserkennungsdienst nur noch sehr vage beschrieben werden konnte, Kleidung kaum mehr vorhanden, Haarfarbe nicht mehr erkennbar, linker Arm fehlend, Füße ungefähr Schuhgröße 39. Er war mit einem von einem Freund geliehenen Auto auf dem Friedhof eingetroffen. Ja, hoffnungsvoll, wie auch immer. Gekommen, um sich den Ring des Opfers anzusehen. Lidy hatte in einem hellgrünen Seidenkostüm geheiratet, in der Kirche auf dem Amstelveld hatte er ihr einen Ring mit einem kleinen Rubin auf den Finger gestreift. Ohne auf die Gräber zu achten, ging er zu dem Leichenhaus, das seitlich von einem Weg voller Reifenspuren am Rand einer Schlammfläche stand.

Später Vormittag. Er war kurz davor schon bei Jacomina Hocke gewesen, die noch immer mit ihren drei Kindern im Hotel ihrer Eltern wohnte. In der von Beamten, Soldaten und Journalisten brechend vollen Wirtsstube hatte Sjoerd einer Frau gegenübergesessen, von der er nur wußte, daß sie ihren Mann verloren hatte, was ihn nicht interessierte. Nach einem kurzen Gespräch hatte sie Lidys kleinen Koffer von oben geholt und vor ihm auf den Tisch gelegt. Seltsam scheu hatte er mit den Fingern das Schloß gesucht und, wie um Zustimmung bittend, kurz zu Jacomina aufgeblickt. Dann: ein überwältigender, schmachvoller Glücksmoment. Dies war ihre Kleidung! Kein Zweifel möglich! Ihr enger Rock, ihr Unterkleid mit den schmalen Trägern, ihre Nylonstrümpfe, ihre Schuhe, Größe 39, die sie »Queenies« nannte, ihr braver Mädchenschlafanzug aus rosa- und blaugestreiftem Flanell. Was kann man in so einem Moment anderes tun, als ganz tief Luft zu holen?

Der Duft von *L'Air du temps* hatte ihn erst verlassen, als er, durch die verfluchte Stadt, über den Weg zwischen den Grabplatten, in das lysolgesättigte Leichenhaus getreten war, wo ein noch sehr junges Mädchen ihm einen Eimer zeigte, in dem ein paar jämmerliche Gegenstände schwammen.

»Gestricktes Wollunterhemd«, las das Kind dabei von einem Stück Papier ab. »Gestrickter Pullunder von nicht mehr festzustellender Farbe.«

Danach zeigte sie ihm eine Schachtel mit ein paar kleineren Gegenständen, die auf dem Tisch bereitstand.

»Ring mit rotem Stein.«

Er beugte sich tief darüber. Träumerisch und zerstreut starrte er eine Weile auf das rührende Schmuckstück. Lieb, dachte er, schmal, schmale, feine Finger. Und danach, benebelt von dem Chemiegestank in dem Raum: Kann ich jetzt, verdammt noch mal, auch erfahren, was dem alles vorangegangen ist?!

Als er sich umdrehte, blickte er genau in die Augen eines Mannes, der gerade in diesem Moment hereinkam. Der kräftige, rotgesichtige Mensch trug einen Arbeitsanzug, eine grüne Joppe und Gummistiefel. Ein Bauer, nahm er an und sah ihn sekundenlang mit hilfesuchender Raserei an.

Es war der Anführer des Leichentrupps, ein Pfarrer, der gerade mit einem kleinen Lastwagen voll neuer sterblicher Überreste auf das Gelände gefahren war. Sie zogen jetzt nur noch zwei, drei pro Tag heraus, in Booten der Pioniere, stets mit einem Mitglied irgendeiner alten Schäferfamilie hier aus der Gegend an Bord, denn die kannten die Stellen. Entdeckten sie irgendwo einen kreischenden Möwenschwarm, der über dem sich mit Ebbe und Flut mitbewegenden braunen Wasser flatterte, dann brauchten sie niemandes Anweisungen, sondern wußten selber Bescheid. Die Leichenfahrten wurden mit der Zeit seltener, aber grausiger. Einige der Zuschauer auf dem Steinernen Deich, wo die Boote anlegten, verbreiteten gnadenlose Beschreibungen der menschlichen Überreste, die an Land gebracht wurden, das konnten sie nicht lassen, und sagten, sie würden ihr Leben lang keinen Aal mehr essen.

Der rotgesichtige Mann ließ nicht erkennen, weswegen er eigentlich gekommen war, sondern hielt Sjoerd seine Zigaretten hin. Als der sagte: »Sie war es nicht«, nickte der Mann und schlug vor, ins Freie zu gehen. Vor dem kleinen Gebäude hatten sie noch eine Weile geredet. Sjoerd deutete mit dem Kopf auf die Grabplatten. »Da habt ihr sie also hineingelegt.« Der andere begriff, daß er die Frau, die es nicht war, meinte.

»Nein. Das Massengrab hier ist voll. Und die Unbekannten bringen wir ohnehin immer zu dem Notfriedhof weiter weg auf der Insel.«

Links von ihnen, beim kleinen Lastwagen, waren ein paar Arbeiter vom Leichentrupp inzwischen damit beschäftigt, etwas auszuladen. In dem sich daraus ergebenden kurzen Gespräch sagte Sjoerd: »Ich verstehe nicht, daß Sie das können.«

Der andere antwortete nicht gleich, wußte wahrscheinlich auch, daß es egal war, ob er etwas sagte oder nicht. Am Sonntag würde er ausgeklügelt, äußerst tröstend über Jesaja predigen. »Denn siehe, ich will ein Neues schaffen«, mit einer Art von Worten, wie sie nach oder sogar während der schmutzigen Arbeit immer wieder unbegreiflich leicht in ihm hochkamen, doch jetzt konnte er unter keinen Umständen etwas anderes sehen als das, was der andere sah.

»Verfluchter Schlamm«, sagte er.

Keine Antwort.

Dann: »Am Anfang haben wir es nicht ohne Genever geschafft, Mann, haben wir getrunken, wir waren manchmal voll wie Strandhaubitzen. Inzwischen machen wir es bei vollem Verstand.«

Der Notfriedhof lag nicht weit vom Hafen von Zijpe dicht vor dem Rangiergelände der Straßenbahn. Weil die Fähre nach Sint-Philipsland erst in einer Stunde abfahren würde, hatte Sjoerd Zeit genug gehabt, kurz dorthin zu fahren. Er stieg aus und wurde sofort von dem Panorama überwältigt, das die trostlose Fähigkeit besaß, einen unter Erinnerungen an etwas Schreckliches zu begraben, erlebt oder nicht. Im Vordergrund zwei Reihen hastig, aber fachmännisch aufgeworfener Erdhaufen mit den Abmessungen eines liegenden Körpers, etwas höher dahinter die Schienen der Straßenbahn, in der Kurve eine Reihe schwarzverregneter Güterwaggons und dahinter, in der Ferne, die sich vom Himmel kaum abhebende Linie des Ufers des Zijpe, wo der Nachmittagsnebel bereits über dem Wasser lag. Er schritt die Reihe der Grabhügel entlang. Las die Aufschriften auf den geteerten Holzkreuzen, die schief in der Erde staken. Unbekannter Mann, Nr. 121. Unbekanntes Mädchen, Nr. 108. Unbekannte Frau, Nr. 77. Er wußte nicht, ob er sie verabscheute oder ihnen im Herzen dankte, als er dachte: ihre Verwandten von jetzt an, und sich vorstellte, wie sie da kalt, naß, unidentifizierbar warteten, bis sie dazukam und blieb.

Sie überquerten das Amstelveld. Zwischen den parkenden Autos spielten Kinder. Die Sonne war hinter den Häusern verschwunden, Armanda knöpfte sich den Mantel zu. Neben ihr ging Sjoerd schon eine Weile schweigend, rauchend, doch sie spürte, daß es ihn nicht beruhigte. Wo *ist* er, dachte sie. Er irrt irgendwo umher, wohin ich ihm beim besten Willen der Welt nicht folgen kann. Trauernd um meine innig geliebte, schmerzlich vermißte Schwester. *Sie* hätte seine Stimmung zu ergründen vermocht. Kann man, wenn man weiß, wie ein Mann beim Liebesspiel ist, wenn er alle Zurückhaltung fallenläßt, auch wissen, wie es um seine anderen Leidenschaften bestellt ist? Ich denke, schon.

Ohne etwas daran ändern zu können, dachte sie auf einmal verärgert: Du siehst blaß aus, lieber Schwager, hohläugig. Und bevor es ihr bewußt wurde, begann sie in schimpfendem Ton: »Solltest du sie nicht so ganz allmählich loslassen? Sie ist dort, und sie bleibt dort. Du kannst sie unmöglich mehr erreichen!«

Seltsam, wie ihre Worte ihren eigenen Weg gingen, aus eigener Kraft verrieten, daß etwas in ihr sich gedreht hatte, von sanft zu böse. Sie spürte, daß Sjoerd sie bestürzt ansah. Als sie im gleichen groben Ton weitermachen wollte, kam er ihr zuvor.

»Sag das nicht! Sie sind doch noch voll dabei! Außer diesem Anruf wegen des Pullovers bin ich vorige Woche auch noch mal zur Polizei bestellt worden. Wache Kloveniersburgwal!«

Er hatte ihren feurigen Ton übernommen. Aus irgendeinem Grund gefiel ihr das.

»Sie hatten wieder ein Foto für mich erhalten, weiß der Himmel, warum«, sagte er.

Er war stehengeblieben. Sie sah ihn unnachgiebig an.

»Und?«

»Es zeigte das Gesicht einer Frau mittleren Alters«, sagte er. »Du weißt schon, so ein mütterlicher Typ mit dunklen Locken, jetzt zusammengeklatscht, und einem Doppelkinn. Man konnte erkennen, daß sie die Frau, als sie sie gefunden hatten, auf eine Leiter gelegt hatten, als Trage, ja, und so hatten sie sie auch fotografiert, mit dem Kopf auf den Sprossen. In nichts ähnelte sie Lidy, in wirklich nichts, aber als ich so mit dem Foto in der Hand dastand und es mir eine Weile ansah, ich weiß nicht, da waren alle Gesichter, die ich von Lidy kannte, völlig verschwunden, ich konnte sie mir unmöglich mehr vorstellen und habe das auch gar nicht versucht. Ich fand die Frau sympathisch. Mir schien, daß ihr Kopf zwischen den Sprossen leicht eingeklemmt war, aber der Ausdruck auf dem Gesicht war ruhig, obwohl die eine Wange voller Falten war und auch viel aufgedunsener als die andere. Die Augen, nicht ganz geschlossen, kleine Pupillen, starrten gebrochen, aber doch mit einem gütigen Ausdruck in die Ferne, tot. So stand ich da also mit dem Foto in der Hand, das mir ebenso fremd wie vertraut war, während der Polizist hinter seinem Schreibtisch darauf wartete, daß ich endlich soweit wäre, ja oder nein zu sagen. Ich glaube, ich habe seine Geduld ziemlich auf die Probe gestellt. Du findest das natürlich merkwürdig, aber irgendwie konnte ich es einfach nicht übers Herz bringen, ihm das Gesicht der Frau zurückzugeben, die vielleicht nicht wie Lidy aussah, aber doch ein bißchen sie war.«

Er warf seine Kippe in die Gracht.

»Du verstehst das natürlich nicht.«

Ich versteh das sehr gut, dachte Armanda und senkte den Blick. Die roten Pflastersteine waren bröckelig und alt. Sie fuhr mit dem Fuß darüber. Moment ohne Vernunft, Moment stillstehender Gedanken. Aber sie hatte Bilder im Kopf. Fragmente, Gesichter, die alle vom Tod sprachen. Wie an einem Seil zusammengeknotet, erzählten sie ihre Geschichte, die wie jede Geschichte vor allem aus ihren Lücken, ihren dunklen Löchern schöpfen läßt. Himmelherrgott, dachte Armanda und sah ein auf der Polizeiwache Kloveniersburgwal zurückgebliebenes Foto vor sich, das weder ein Porträt Lidys war noch von dieser armen Frau auf der Leiter. Es war ein freundliches Bild des Todes selbst, der zwar bei jedem anders aussehen mag, im Prinzip jedoch auf den gleichen Zustand hinauslaufen wird.

So stand sie einen Augenblick ins Grübeln versunken, doch weil Sjoerd ihren Arm jetzt wieder fest packte, wurde sie abgelenkt, und die Leichtigkeit in ihrem Kopf verwandelte sich in einen Wirrwarr von Emotionen.

Er starrte sie an.

»Schau doch bitte nicht so böse!« flehte er. »Kneif die Lippen nicht so zusammen.«

Als sie gehorchte, ergriff er mit einer zerstreuten, arglosen Geste ihr Haar, spielte kurz damit und ließ es wieder los.

3
Am Hafen

Zehn Minuten später. Der Ort, zu dem Simon Cau immer beunruhigter eilte, war plötzlich erreicht. Die Straße hörte auf. Das Auto stoppte neben einem jämmerlichen kleinen Hebekran auf Rädern, umgeweht, das hölzerne Führerhaus zerschlagen. Sie stiegen aus. Sie, Lidy, völlig wesenlos, aber auch Cau, der sich ihrer Anwesenheit überhaupt nicht mehr bewußt schien, sah im sanftvioletten Mondlicht aus, als gehörte er nicht wirklich zu den Lebenden.

Etwa zwanzig Meter entfernt standen eine Handvoll Menschen, verloren in der tosenden Umgebung von Deichböschungen, Himmel, Wolkenfetzen, schwarzem Land im Rücken. Dabei war es eisig kalt, um den Gefrierpunkt. Der Nordwestwind stand hier genau auf der Kücheneinbuchtung und auf dem zusammengewürfelten Häufchen, Dorfbewohner, Deicharbeiter, zusammen sechs Leute, die das Bett doch lieber verlassen hatten, um mal nach dem Wasser zu sehen. Daß hier ein kleiner Hafen lag, nicht mehr als eine Anlegestelle für die Schuten, die hier im Herbst während der Rübenernte an- und ablegten, mußte man übrigens wissen. Sehen konnte man es nicht, denn Kai und Landungssteg standen unter Wasser, und die Öffnung im Deich, durch die man normalerweise zum Kai kam, war bis in Schulterhöhe durch eine Art Barrikade versperrt. Sie schauten beide darauf, während sie durch den Sand hinuntergingen. Auch Lidy spürte instinktiv, daß man zuerst auf die fünf alten Balken schauen mußte, die, übereinander in zwei Nuten geschoben, eine Art Bretterzaun bildeten, und erst dann auf das, was sich dahinter befand. Darin war sie nicht anders als irgendwer sonst hier.

Die Konstruktion aus Flutbrettern war zu Beginn der Nacht von zwei Arbeitern, auf die Simon Cau jetzt eilig, schuldbewußt zuging, unter viel Gefluche und Geächze angebracht worden. Weil der Deichvogt nirgends zu sehen gewesen war, hatten sie sich aus eigenem Antrieb mit einem Traktor und einem Wagen voll Sand auf den Weg hierher gemacht. Schinderei und Gewürge mit den Verzapfungen, es muß 49 gewesen sein, als sie die Dinger zum letztenmal aus dem Schuppen geholt haben, und von der Kreide, mit der sie sie damals markiert hatten, war keine Spur mehr zu finden.

Simon Cau grüßte die beiden Männer mit einem Kopfnicken. In dunklen Joppen standen sie geduckt hinter den Flutbrettern und rauchten.

»Und?« fragte Cau.

Die Männer antworteten nicht. Wozu auch? Weil es in der Betondecke der Straße zum Kai keine Nut gab, nie gegeben hatte, hatten sie ein paar Sandsäcke gegen den untersten Balken gelegt, doch die See spritzte jetzt doch wieder ein bißchen durch.

»Sehr hoch«, sagte Cau, mit dem Kinn aufs Wasser deutend. »Ich hab es hier in meinem ganzen Leben noch nie so hoch gesehen.«

Die beiden Arbeiter nickten, zogen aber längst keine so düstere Miene wie der Deichvogt, ihre Blicke glitten kurz über die junge Frau, die es hierher verschlagen hatte, sie kannten sie nicht, und richteten sich dann über die Absperrungsbalken auf das bläuliche Unheilspanorama dahinter. Hoch. Konnte man wohl sagen. Die See, soweit sie wußten, noch nie so weit vorgedrungen, war, fanden sie, wie ein wild gewordenes Tier hinter ihren Schultern eingesperrt.

»Noch zehn Zentimeter«, sagte der eine und drehte sich wieder um. »Dann kommt sie über.«

Simon Cau betrachtete den anderen schweigend, blickte noch einmal zur Seite, als versuche er zu glauben, daß das halbmorsche, durch den Druck auf der anderen Seite bereits vorgewölbte Holz bestimmt halten würde, und sagte: »Geht noch zwei Stunden so weiter. Erst dann ist die Flut auf dem höchsten Stand.«

Er hatte es in förmlichem Ton, unsicher in bezug auf seine Position des schon-sehr-spät-auf-seinem-Posten-Eingetroffenen gesagt, doch die Männer zeigten beide eine solidarische Miene, die besagte: »Richtig.« Und einer meinte: »Da ist nicht viel zu machen, oder?«

Ein paar der Umstehenden hatten sich dazugestellt. Leicht durcheinander durch das Heulen des Windes und die Unterbrechung ihres Schlafes, mischten sie sich in das Gespräch, was alles passieren könnte. Schließlich war der Seedeich hier am Hafen plötzlich zwei Meter niedriger als ein Stück weiter. Auf Lidy achtete keiner besonders, die Umstände waren ungewöhnlich, und allein schon die Tatsache, daß sie sich hier, zu dieser unmöglichen Stunde, befand, machte diese Frau zu einem Individuum genau derselben Art wie sie selbst. Halb wach, halb schlafend, halb bei vollem Verstand, halb ruhig und schlau wie Wahnsinnige, die wissen, daß die Wirklichkeit ist, was sie ist, und daß man sich mit ihr abfinden muß.

Jetzt fror sie. Zog den Schal bis in die Stirn. Hände in den Taschen eines dunkelgrauen Wintermantels. Als sie zu Cau sah und hörte, wie er verkündete, dies könne unmöglich gutgehen, fand sie ihn sehr scharf, sehr argwöhnisch. Und weit davon entfernt, die Verzweiflung zu sehen, die in manchem der Streitsucht ähnelt, weit davon entfernt, die Schande, die himmelschreiende Reue eines Mannes zu bemerken, der weiß, daß er die Fehleinschätzung seines Lebens begangen hat, den Fehler, der ihn bis zu seinem Tode zeichnen wird, verstand sie ihn nicht mehr. Seine Wangen bildeten ein paar vertikale Falten zu beiden Seiten seines Mundes.

»Was sagt der Bürgermeister!« blaffte Cau nach einer Pause.

Scharfsinnig, sehr zuverlässig. Man mußte ihn allerdings gut kennen, um zu wissen, daß seine Treue im Grunde *einer* lange Zeit vor der Außenwelt verborgenen Leidenschaft entsprang. Ein Mann kann einen Hof genauso lieben wie eine Frau.

Als Simon Cau am 14. Juni 1947 bei der öffentlichen Versteigerung des Gehöfts Gabriëllina erfahren hatte, daß er der Meistbietende war, wurden die Knöchel seiner Fäuste weiß. Gut ein Jahr zuvor hatte er seine Frau beerdigt, die Bäuerin, die seinen harten Willen im Laufe der Jahre verstanden und ihn nur gelegentlich, in schlaflosen Nächten, daran erinnert hatte, daß *dies* sein Leben war und er besser nicht auf ein anderes warten sollte, Kinder hatte sie ihm nicht geschenkt. Letzteres war kein Argument. Ob er nun Erben besaß oder nicht, Simon Cau unterschrieb, und der Betrieb, den er vor einem Vierteljahrhundert zusammen mit seinen inzwischen verstorbenen Brüdern gepachtet hatte, ging jetzt für den Betrag von siebenunddreißigtausend Gulden in sein Eigentum über. Und *ob* da ein anderes Leben, mit denselben Sommern, Wintern, Wiesen, Feldern, Entwässerungsgräben und immer dem Wetterbericht, begann! Es macht einen ziemlichen Unterschied, ob man Pächter ist oder Großbauer. Als er den Brief mit der Bitte der Polderverwaltung erhielt, war er nicht erstaunt. Niemand sonst kannte sich mit der Entwässerung auf dem Polder besser aus als er. Sehr ernst gestimmt schrieb er noch am selben Abend seine Antwort. »Ich möchte diese Ernennung annehmen und verspreche Ihnen, mein ganzes Können für den Deich und den Polder einzusetzen.« So kam es, daß er sich von da an bei Sturm mal zum Deich begab und mal nicht, um zu schauen, ob Flutbretter angebracht werden mußten oder Sand erforderlich war, in diesen Dingen ist der Deichvogt seine eigene Autorität. Und er leitete die Versammlungen des Deichverbands auffallend angenehm im Umgang, wobei er sich schon bald damit abfand, daß es, egal wie man beim Reich oder der Provinz plädierte oder schacherte, so kurz nach dem Krieg kein Geld brachte für die Deiche, die, jeder wußte es, ein Witz waren angesichts eines Sturms, der zwar schon mal errechnet worden war, aber leider zu früh kam.

Schneeflocken klebten auf ihren Wangen. Der Wind brachte bald Mondlicht, bald eiskalte Niederschläge mit. So stand sie also in dieser Winternacht auf einem schlammigen Gelände, einem Stückchen Boden am Grevelingen, der ein Arm der vom Sturm und der Springflut hochgejagten, vorläufig aber noch von fünf alten Balken im Zaum gehaltenen Nordsee war, und hatte keine Angst. Natürlich sah sie die Gefahr, sie war ja nicht verrückt, wie alle anderen sah sie sehr wohl, daß keine Macht der Welt die Sintflut noch würde aufhalten können, aber dennoch schien es ihr sehr schön, wie man hier, vor Ort, die Situation in Augenschein nahm und daß man getan hatte, was man konnte.

Unterdessen entging es niemandem, daß Simon Cau am Durchdrehen war. Als er die beiden Arbeiter fragte, was der Bürgermeister von der Lage halte, klang seine Stimme böse, und sein Gesicht war wütend. Die beiden erwiderten seinen Blick düster und beflissen und zuckten mit den Achseln.

»Den haben wir nicht wachgekriegt.«

Worauf Cau, noch böser, sagte: »Habt ihr denn an die Tür gehämmert?«

Hatten sie.

»Gerufen? Steine an die Schlafzimmerfenster geworfen?«

Hatten sie auch. Und zweimal, von einem Bauernhof am Krabbenhoekseweg, vergeblich angerufen.

»Aber das ist doch die Höhe!«

Sehr nervös. War er denn der einzige, der erkannte, daß hier etwas Unerhörtes bevorstand? Die beiden Männer, mit denen Cau sprach, blieben jedenfalls völlig ruhig. Sie fragten sich lediglich, ob sie nicht wieder nach Hause gehen sollten. Und Lidy fragte sich nichts. Sie wartete, bis sie endlich weiterfahren würden. Keine Ahnung wohin, war ihr inzwischen auch egal.

Cau wollte gerade etwas besonders Grobes an die Adresse

des Bürgermeisters äußern, als seine Aufmerksamkeit dadurch abgelenkt wurde, daß alle sich umdrehten. In der Dunkelheit kamen aus der Richtung des Dorfes zwei Mädchen angeradelt. Silberblondes Haar wehte unter den straff über den Kopf gezogenen Mützen hervor in alle Richtungen. Obwohl die anderen hier, ebenfalls mit dem Fahrrad gekommen, den größten Teil des Weges das Rad geschoben hatten, fuhren diese Mädchen Meter um Meter schlingernd weiter und stiegen erst ab, als sie die anderen erreicht hatten.

»Was für ein Sauwetter«, sagten sie atemlos. »Man kommt einfach nicht voran.«

Es waren die Hin-Schwestern, Töchter des Kneipenwirts und Tankstellenbesitzers, der mit seiner Familie an der dreiarmigen Binnendeichgabelung wohnte, die Der Galgen genannt wurde. Achtzehn, neunzehn werden sie wohl gewesen sein, die Gesichter weiß vor Kälte, sie waren im Nachthemd mit Wintermantel darüber und trugen Schaftstiefel. Ihr Vater, so berichteten sie, habe sie mit dem Auftrag zu ein paar abgelegenen Häusern geschickt, den Leuten zu sagen, sie sollten in dieser Nacht besser in die höher gelegene Kneipe kommen. Er selbst hatte sich aufs Motorrad gesetzt und war mit seinem Sohn zur Binnenschleuse des Anna-Sabina-Polders gefahren, deren verrosteter Schütz jetzt, nach Jahren, wahrscheinlich nicht mehr in Bewegung zu kriegen sein würde, aber probieren konnte man es ja.

Die Mädchen schauten von dem Kreis der Gesichter weg zur anderen Seite der freien Fläche, wo irgendwo in der Finsternis das kleine Haus lag, bei dem sie als letztes noch klingeln wollten.

»Wir müssen weiter«, sagten sie.

Doch Simon Cau schaute in die entgegengesetzte Richtung und gleich darauf zu den Deicharbeitern. Während der Bemerkungen der Mädchen über ihren Vater und Bruder – die sich in diesem Moment sicherlich vergeblich an einem unverrückbaren Stück Schrott zu schaffen machten – mußte Cau zu der Entdeckung gekommen sein, daß er es versäumt hatte, sich um die beiden Binnenschleusen in seinem eigenen Polder zu kümmern. Es waren beides einigermaßen gut gewartete Mechanismen aus Gußeisen in einer Ummantelung von verputztem Stein. Bei Hochwasser ließ er sie eigentlich meistens herunter, eine der Standardmaßnahmen, über die man nicht weiter nachdachte. Der eingedeichte Binnenpolder führte sein überschüssiges Wasser nicht ins Meer ab, sondern in die Gräben des angrenzenden Louisepolders, die es dann über den Vrouw Janszpolder zum Schöpfwerk am Landwirtschaftshafen am Grevelingen weiterleiteten. Indem man bei Hochwasser die Binnendeichschleusen schloß, wurde der Polder, sollte ein Stück weiter der Seedeich nachgeben, auch umgekehrt vor direktem Kontakt mit dem Meer bewahrt.

Simon Cau schüttelte ein paarmal schnell den Kopf wie jemand, der etwas in seinem Gedächtnis aufschrecken will. In beschuldigendem Ton, aber ohne sie anzusehen, erinnerte er die Deicharbeiter an die Dirkschleuse und die Schleuse am Draaideich.

»Hin mit euch! Aber sofort!«

Ja, Chef, und sie gingen schon. Die beiden Deicharbeiter liefen behutsam, mit langen Schritten, um auf dem lehmigen Boden nicht auszurutschen, zu dem Traktor, an dem noch der Wagen mit einem Rest Sand angekuppelt war. Währenddessen machten sich auch die paar Leute, die nur aus Neugier gekommen waren, auf den Weg zurück ins Dorf. »Seht euch das an«, sagte einer von ihnen, deutete auf die linke Seite des Deichs und spürte wahrscheinlich selbst, daß die Vision im Mondlicht ihn und alle anderen, die sich jetzt auf den Rückweg begaben, zu nicht viel anderem als Schlafwandlern machte. Eine Schaumzunge, gefolgt von einer schwarzen Wasserwoge, leckte über die Deichkrone.

Während alle in seinem Umkreis sich entfernten, starrte Cau wie festgenagelt auf die herbeischießenden Schaumflocken. Die Vorhut der Flut strömte schimmernd über den Deich herab. Aber auf dieser Insel kam das Wasser doch fast jedes Jahr irgendwo über die Schutzanlagen? Irgendwo stand die Insel alle naslang unter Wasser. Und es war wohlbekannt, daß das Land 1944, als die Deutschen aus Angst vor einer Invasion im Delta die Schleusen öffnen ließen, ohne Protest überschwemmt wurde. Man war hier wirklich an Wasser gewöhnt, doch in dieser Nacht war Simon Cau die Situation offenbar nicht geheuer. Während Lidy bereits zum Auto ging und die Hin-Schwestern ihre Räder durch den Sand zur Straße hinaufzuschieben begannen, blieb Cau, sich schwer gegen den Wind stemmend, zögernd stehen. Er bewegte die Lippen und zog dabei ein Gesicht, als schätze er das Gewicht der Masse hinter dem Deich, um es, wenn möglich, auf Kopf, Nacken und Schultern zu nehmen.

Sie war mit Simon Cau und den Hin-Mädchen zur letzten Adresse gefahren, die noch auf dem Programm der beiden stand. Sie saß hinten mit der einen Schwester, die andere, auf der Vorderbank, dirigierte Cau. Daß die beiden mitfuhren, kam daher, daß Simon Cau ihnen soeben, am Hafen, in seinem rasenden Impuls, handelnd aufzutreten, befohlen hatte, die Räder stehenzulassen, die kämen morgen schon zurück, er würde sie fahren. Sie waren bei dem Häuschen angelangt. Jetzt schnell! Simon Cau ließ den Motor laufen. Die eine Schwester sprang zusammen mit Lidy aus dem Auto, beide rannten sofort zu den Fensterscheiben, die durch den Wind allerdings schon selbst so viel Lärm machten, daß sie mit ihrem Getrommel nichts ausrichteten und alles drinnen dunkel blieb. Also gingen sie ums Haus, durch den Gemüsegarten, der unter Wasser stand, nach hinten, wo sie an eine schiefe Seitentür hämmerten, die auf Augenhöhe ein kleines Fenster hatte. Währenddessen mußte Cau, auf der Straße wartend, das Drängen der Zeit auf unerträgliche Weise gespürt haben.

Plötzlich wurde der Wind von schweren Hupklängen übertönt.

Lidy versteinerte. Im Stockdunkeln, unabhängig von ihrem Gedächtnis, wurde sie zur Ordnung gerufen. Ein Signal von daheim. Voll, lang, dreitönig. Der Krampf bis in die Fingerspitzen glich beinahe einem Elektroschock. Für eine lange Sekunde, aufgeschreckt wie aus einer Narkose, war sie wieder ganz in ihrem eigentlichen Leben samt allem, was dazugehörte, Vater, Mutter, Schwester, Mann, Kind. Dann, genauso plötzlich, gerade in dem Moment, da sie begriff: wieder weg! Hinter der Tür hatte ein Hund zu bellen begonnen.

Das kleine Fenster öffnete sich. Ein vages Gesicht hatte sich abgezeichnet.

Jetzt setzten sie zwischen schiefgesackten Kopfweiden ihren Weg fort. Lidy hatte nur bis zu den Knien nasse Beine, das Mädchen neben ihr war bis zur Taille durchweicht. Weil die Straße unter Wasser stand, hatten sie, als sie zum Auto zurückrannten, die mit sprudelndem Wasser gefüllte Kuhle nicht bemerkt. Lidy hatte das Mädchen plötzlich wegsinken sehen und reflexartig nach ihr gegriffen. Der Grund war nicht klar, doch die Hin-Mädchen bestanden nun darauf, auch an der nächsten Etappe teilzunehmen.

Das Dorf, in dem alle unter die Decken gekrochen waren.

Schlaf der Einfältigen: Auf der anderen Seite der Insel, fünfzehn Kilometer weiter südlich, war gerade mit einem Donnern, als ginge die Welt unter, der Seedeich gebrochen. Die vierzehn Tonnen schwere Front einer Sperrschleuse wurde aus den kolossalen eisernen Fugen gehoben, die Scheiben des Schleusenwärterhauses flogen durch den Luftdruck heraus, noch bevor das Gebäude vom Wasser plattgewalzt wurde, und alles im Umkreis bebte wie unter einem schweren Bombardement. Von einer Stelle, die nach einem schon vor Jahrhunderten ertrunkenen Dorf Simonskerkerinlaag genannt wurde, ergoß sich die Oosterschelde über den Polder.

Sie fuhren auf einem ungepflasterten Weg genau auf das Dorf zu. Cau zeigte auf den Kirchturm und ordnete an, sie sollten als erstes die Sturmglocke läuten.

»Aber die geht heutzutage elektrisch«, sagte eines der Mäldchen, als wüßte sie, daß der Strom im Begriff stand auszufallen oder bereits ausgefallen war.

»Elektrisch oder mit einem Seil, ist mir völlig egal.«

Lidy blickte vom Weg auf Caus rot aufleuchtende Zigarettenspitze. Zwanzig Stunden und ein umständlicher Ausflug hatten genügt, die vertraute, helle Wirklichkeit aller, mit denen sie bisher zusammengelebt hatte, gegen diese Reisegefährten einzutauschen.

Zwischen ihnen und der anstürmenden Flutwelle lagen im übrigen noch sicher zwei Binnendeiche.

4
Traum- und Spukaugen

Es war ein Tag Ende Februar 1954, ein Monat mit so wenig Sonne, daß man in De Bilt vom zweitdüstersten Monat dieses Jahrhunderts sprach. Im Gegensatz zum Vorjahr hatte es nicht viel Wind gegeben. In De Bilt hatte man seit dem Beginn der Wetterbeobachtungen 1848 erst einmal einen derart windstillen Februar erlebt.

Als Armanda, den zusammengerollten Regenschirm in der Hand, die Tür zum Friseursalon öffnete, fiel genau in dem Moment, als die Ladenglocke läutete, ein greller Sonnenstrahl hinein, so eine Bahn von falschem Licht, wie sie entsteht, wenn die Sonne zwischen dahintreibenden Regenwolken steht. Sie grüßte, ohne irgend jemand speziell anzusehen, hängte ihren Mantel an die Garderobe und ging zu einem der Kunstledersessel vor der Spiegelreihe. Es war ruhig im Salon, Dienstag nachmittag, zwei Uhr. Armanda, die nicht vorhatte, auch nur irgend etwas an ihrer Frisur ändern zu lassen, streckte die Beine aus. Sie war gekommen, um sich vom Anblick der Flakons, Bürsten und Haartrockner aufmuntern zu lassen und sich im Spiegel zu betrachten.

Der Friseur, ein Indo unbestimmten Alters mit hingebungsvoll vorgestrecktem Hals, stellte sich hinter ihren Stuhl. Ihre Augen trafen sich im Spiegel, lächelnd als Ausdruck des Einvernehmens, und musterten dann gemeinsam ihre Erscheinung in der hell beleuchteten Umrahmung.

»Waschen? Spitzen schneiden?« Erfahrene Finger hoben ihr Haar bereits hoch und banden ihr einen Frisierumhang um.

»Ja. Aber allerhöchstens einen Zentimeter.«

Der Friseur verstellte ein Waschbecken hinter ihrem Kopf und ging weg, um etwas zu holen. Armanda blickte weiter vor sich hin, blaß, mit Ringen unter den Augen. Obwohl sie und Lidy immer gute Schläferinnen gewesen waren und auch wahre Liebhaberinnen des Traums, der alles, was man in Wirklichkeit erlebt hat, so schön mit dem vermischt, was man noch nicht erlebt hat, was aber durchaus noch kommen kann, schlief sie, Armanda, zur Zeit miserabel. Sofern sie in den nächtlichen Stunden überhaupt an Lidy dachte, verspürte sie lediglich eine betrübliche Distanz, ganz anders als die normale, eigentlich sehr tröstliche Traurigkeit bei Tage. Ärgerlich. Die Beine hin und her schiebend, blickte sie dann in die Dunkelheit. Und tat sich Gewalt an, indem sie auf den tiefen Schlaf verzichtete, an den sie und Lidy von Kind an gewöhnt waren und in dem es überhaupt nicht darauf ankam, ob dieses träumende Mädchen mit der Frau identisch war, die man ganz bestimmt einmal im Leben werden würde.

So etwas kann zur Folge haben, daß man am Tag nach einer solchen Nacht nicht hundertprozentig bei sich ist. Denn während die Sonne, die sich zwischen die Wolken geschoben hatte, mit einem kegelförmigen Lichtschein wieder hervorkam, der fast religiös wirkte, lag sie mit dem Kopf nach hinten auf einem Waschbecken auf Rädern, fuhren Friseurfinger durch ihr schäumendes Haar, kam danach warmes, rauschendes Wasser, dann ein Handtuch, und plötzlich richtete sie sich auf: Da ging ein Kamel! Im Spiegel sah sie durch die ziemlich enge, zur Brücke führende Straße ein Kamel schreiten. Sie riß die Augen auf. Kamele, dachte sie, sich automatisch an den Text aus einem Buch über den Zoo Artis erinnernd, das sie zu

Hause hatten, Kamele sind zähe, duldsame Wiederkäuer von nahezu drei Meter Höhe. Nahezu drei Meter Höhe, beharrte sie in Gedanken und beobachtete derweil das in Wirklichkeit ziemlich kleine, erst einjährige magere Viech aus dem Orient, das merkwürdig schreiend, den langen Hals vorgestreckt, an den Fenstern des Amsterdamer Friseursalons vorbeischritt.

»Was ist das!« stieß sie, an dem zweifelnd, was sie sah, hervor. Sie schaute jetzt direkt hinaus, wo sich die Vision des Kamels bis auf das klägliche Schwänzchen über den Hinterbeinen im Tageslicht schon wieder fast aufgelöst hatte, wo aber noch eine Menge Kinder zu sehen waren.

»Das wird wohl dieses Kamel sein«, kam schleppend die Stimme des Friseurs.

Er wartete mit einem groben Kamm in der Hand, bis sie so freundlich wäre, wieder nach vorn zu schauen. Die Kinder von Amsterdam, erzählte er auf ihren fragenden Blick hin, hätten dem indischen Ministerpräsidenten, Nehru, ja, zum zweitenmal einen Brief geschrieben und ihn nochmals daran erinnert, wie sehr der Zoo der Stadt, Artis, im Zweiten Weltkrieg gelitten hätte. Obwohl sie sich sehr über den jungen Elefanten gefreut hätten, den er ihnen bereits geschenkt habe, hofften sie jetzt auch noch auf ein Kamel, denn, so hatten sie Nehru in Reimform geschrieben, eine Stadt ohne Kamele, die hat doch keine Seele. Das war alles. Und die positive Antwort des Ministerpräsidenten Nehru, nun die hätten sie gerade, feierlich empfangen, vorbeischreiten sehen.

»Kamele?« murmelte sie. »Gibt es die denn in Indien?«

»Aber ja«, sagte der Friseur in einem Ton, als wüßte das jeder. »Kamele gibt es in Nordafrika, Arabien, aber auch, wenn auch etwas weniger, in Nordindien.«

Wieder einmal davon überzeugt, daß es irgendwo, nur ein paar Armlängen entfernt, eine kolossal wilde Welt gab, die sie entweder gar nicht oder nur verkleinert, wie durch ein umgedrehtes Fernglas wahrnehmen konnte, verlegte sich Armanda aufs Schweigen. Die samtbraunen Höcker noch auf ihrer Netzhaut, spürte sie, wie der Kamm ihr nasses Haar entwirrte. Ein Friseurlehrling, ein wohlmeinendes Ding, brachte ihr eine übergeschwappte Tasse Tee. Sie nickte und dachte, stell's nur hin, gutes Kind, ja, dies ist mein Leben. Klein, alltäglich und alles soweit möglich beim alten. Eine rauschende Trockenhaube wurde über ihren Kopf gestülpt. Mit den Händen im Schoß dachte Armanda erst kurz an die Einkaufsliste in ihrer Tasche und dann an sich selbst.

Jetzt die älteste Tochter der Familie. Jetzt diejenige, die daheim an den Geburtstagen ihrer Eltern ohne schwesterlichen Beistand mit den Onkeln und Tanten plaudern mußte. Eine Erinnerung stieg in ihr auf. Letztes Jahr, Mitte November. Der Geburtstag ihrer Mutter. Im großen Zimmer im Obergeschoß von Nummer 77 haben sich an die zwanzig Gäste eingefunden, Verwandte und Freunde, die von vornherein wissen, daß sie gut bewirtet werden und daß die Gespräche trotz der Tatsache, daß hier um eine Tochter getrauert wird, wie immer locker und ein wenig ausgelassen sein werden. Sie, Armanda, trägt eine alte, aber noch sehr schöne lilablaue Bluse. Mit einem Tablett voll Kaffee laviert sie sich an den Gästen vorbei, von den Schiebetüren bis zum Erker.

Daß das Gespräch irgendwann auf das unbeugsame und freigebige niederländische Volk kommen würde, das sich gleichsam erneut im Krieg befand, ja, das hatte nahegelegen.

»Her damit!« hatte ein junger Onkel Betsy zugerufen, die Armanda mit der Gebäckschale folgte. Er zog die Augenbrauen hoch, streckte die Hand aus, sah Betsy dabei mit Nachdruck an und fuhr mit seinen an niemanden im besonderen gerichteten Bemerkungen fort.

»Schiffslagerhäuser voll! Wobei das ganze Gebiet ungefähr eine halbe Million Einwohner hat. Man hat ausgerechnet, daß man damit leicht acht Millionen Menschen von Kopf bis Fuß einkleiden könnte!«

Armanda sah, daß Betsy nicht sofort klar war, worum es ging, doch sie selbst verstand. Im Katastrophengebiet Zeeland und Zuid-Holland hatten die Menschen schon in den ersten Wochen zuviel bekommen von den von einer besessenen Bevölkerung gespendeten Kleidermengen. Mit dem Blick eines Menschen, der Bescheid weiß, sah sie von Onkel Leo, dem jüngsten Bruder ihrer Mutter, zu dem neben ihm sitzenden Onkel Bart, auch er ein Langjouw, und schaltete sich in das Gespräch ein.

»Abendcapes waren darunter, Badeanzüge, Straßenbahnschaffneruniformen.«

Ihre Augen glitten bereits wieder davon, im Weitergehen sagte sie noch: »Aus Wildervank kam eine ganze Partie Kochmützen.«

Während sie gemeinsam mit Betsy Kaffee und Gebäck verteilte, immer der lästigste Teil eines solchen Festes, hörte sie die Onkel weitersprechen.

»Hör auf«, sagte Bart.

»Ich schwör's dir.« Leo, der als Abgesandter der sich speziell um Schouwen-Duiveland kümmernden Stadt Amsterdam vor Ort gewesen war. »Überall lagen Schuhe. Auf dem Kirchplatz, in den Straßen, alles im Schlamm. Und weil in diesem Dorf kaum noch eine lebende Seele zu sehen war, alle waren evakuiert, sah das ganz schön tragisch aus.«

»So was«, sagte Bart.

»Ja. Eine dieser Spenden. Tausende und Abertausende Paar Schuhe. Aus purer Verzweiflung, weil auf der ganzen Insel jedes verfügbare Lagerhaus bereits von Kleidungsstücken überquoll, im erstbesten Fischerdorf hingeschmissen.«

Der andere schnaubte.

»In Bruinisse lag das Zeug bis zur Decke hoch in einer Schule mit hohen Fenstern, die kein Fitzelchen Licht mehr durchließen. Ich habe gesehen, wie man einfach durch das Vorhandensein einer großen Menge von irgendwas, egal was, betrunken werden kann. Denn die Leute, die dort hinkamen, um sich etwas auszusuchen, haben es sich nicht einfach genommen, sondern fingen an, wie Wühlmäuse, wie wildgewordene Maulwürfe Tunnel in diesem Zeugs zu graben. Ungelogen. Weißt du, daß das Rote Kreuz an den Lagerkosten fast pleite geht? Jemand erzählte mir, daß sie neulich hunderttausend Kubikmeter Kleidung einfach so, hopplahopp, gratis und umsonst, unverteilt weiterverschoben haben.«

»Wie wär's mit einer Zigarre?«

Auf dem Wohnzimmertisch, schräg neben ihnen, stand eine geöffnete Kiste Sumatras.

»Ja, gib mir mal eine. Teilweise an den Lumpenhandel, teilweise an die Ambonesenfürsorge.«

Ein paar Minuten später, als Armanda sich auch wieder dazugesetzt hatte, war das Gespräch allgemeiner geworden. Sie verfolgte es noch, eine Tasse Kaffee in der Hand, den Teller mit einem Stück Torte auf dem Schoß, beteiligte sich aber nicht mehr aktiv daran. Ihr gegenüber in dem Kreis saßen ihr Vater und ihre Mutter. Mit dem nachsichtigen, leicht erstaunten Gesichtsausdruck, der für beide so typisch war und ihnen auf wundersame Weise manchmal exakt das gleiche Aussehen gab, hörten sie den Anekdoten zu, wie sie momentan in jedem niederländischen Wohnzimmer kursierten und mit denen ihre Gäste sich gegenseitig nach Art von Witzeerzählern unterhielten. In Zierikzee war die gesamte Bevölkerung mit Gewalt von den Behörden evakuiert worden. Niemand wollte weg, jeder mußte. Folglich saßen auch, ja genau, die Arbeiter, die mit Sachverstand an den Deichen hätten arbeiten können, plötzlich auf Gastfamilien verteilt in Arnhem, Hilversum, Aerdenhout und so weiter, die meisten waren noch nie von zu Hause weg gewesen. Weil die Arbeit aber trotzdem getan werden mußte, wurden sämtliche Straßenbauarbeiter und jeder, der eine Schaufel halten konnte, von den Beamten der Stadtbauämter im ganzen Land zusammengetrommelt und in Notbaracken hinter dem Steinernen Deich bei Zierikzee einquartiert.

Armanda sah, wie ihr Vater leise mit den Fingern auf die Armlehnen klopfte. Leicht verstört verspürte sie die Neigung, sich auf eine der Lehnen zu setzen und ihre Hand in die seine zu schieben. Alles Männer, ging es inzwischen weiter, unverheiratete junge Leute und Hausväter mit Entzugserscheinungen, das heißt, im Grunde konnte man darauf warten. Und da kamen sie auch, schon sehr bald. In einem Reisebus aus Leiden bogen sie festlich auf den Alten Markt und stiegen vor einem bekannten Etablissement aus. Es war gegen Abend. Die gesamte Uferstraße war voll, als die Mädchen, etwa zwanzig an der Zahl, lachend und den Männern zuwinkend ausstiegen, um sich im Hotel einzuquartieren.

Geschmunzel. Eine ganz eigenartige Stimmung, erinnerte sich Armanda später, bei der noch kein Tropfen Hochprozentiges im Spiel war. Eine Kusine, die Tochter einer gewissen Tante Noor, hatte laut losgelacht, ihren Lachanfall aber wieder abgebrochen, um schnell von ihrem Verlobten zu erzählen, der zusammen mit einem Kollegen von der Reichspolizei den Sommer in einem dieser halb ertrunkenen Dörfer verbracht hatte. Das Mädchen, ein ziemlich hirnloses Geschöpf, zählte ohne irgendeinen Zusammenhang ein paar Einzelheiten aus dem Sommer ihres Verlobten auf. Herrliches Wetter. Bei Flut fuhr man durch eine Öffnung im Seedeich zum aus dem Wasser ragenden höchsten Punkt des Dorfes, anlegen konnte man hinter dem Pastorat. Aufenthaltsgenehmigungen wurden den eigentlichen Dorfbewohnern so gut wie nicht erteilt, nicht einmal, wenn ihr Haus noch stand und sie unbedingt zurückwollten. Es gab dort nur eine Bergungsmannschaft, einen Kneipenwirt mit einer steinalten Mutter, bei der sie, der Verlobte und sein Kollege, kartonweise aufgefischte Katzen abgeben konnten, und ein paar Jungs, die die Maschinen von den Bauernhöfen holten und zum Trocknen in die Sonne stellten. Die beiden Polizisten hatten alle Hände voll zu tun. Sogar tief in der Nacht wurden sie manchmal vom sich nähernden Brummen eines Motorboots mit einem Trupp putzmunterer Diebe geweckt, die davon ausgingen, das Dorf sei völlig verlassen. Alles in allem eine tolle Zeit: Rumfahren, abends der größte Spaß in der Kneipe, kiloweise Fisch fangen, indem man einfach ein Netz vor die Öffnung neben der Schleuse hielt, alberne Späße mit einem herumlaufenden Schwein machen, das *Handelsblad* schickte eine Kiste Orangen, und natürlich schwimmen, ins Wasser springen, was sie einfach vom …

Die Kusine hatte leicht verunsichert begonnen, an ihrer Lippe herumzuzupfen.

»Ach, wozu langweile ich euch.«

»Überhaupt nicht! Was sie einfach vom … ja?«

Armanda blickte schon lange nicht mehr auf die Erzählerin, sondern, während der Bericht sie immer mehr in seinen Bann zog, zu ihrem Vater, ihrer Mutter und ihrem Bruder. Sie sah, daß ihr Vater eine Streichholzschachtel in die Hand nahm und ziemlich aufmerksam betrachtete, und daß ihre Mutter sich mit erstorbenem Lächeln vorbeugte, um Jacob einen Schuß Sahne in den Kaffee zu gießen. Währenddessen hörte sie, gleichsam mit den Ohren ihrer Eltern, daß der Verlobte der Kusine und sein Kollege an diesen schönen Sommertagen oft einfach so vom Behelfssteg hinter dem Pastorat ins Wasser gesprungen waren, um ein Stück zu schwimmen. Natürlich nur in glasklarem Wasser und mit offenen Augen, denn Mann, hatte der Verlobte der Kusine gesagt, wenn du wüßtest, was da noch alles rumschwimmt!

Genau in dem Augenblick hatten alle aufgeschaut, grüßend und lachend. Sjoerd war ins Zimmer getreten, etwas verspätet, er hatte nach dem Essen noch kurz in der Stadt zu tun gehabt. Armanda, die sich in der letzten Viertelstunde kaum mehr hatte bewegen können, spürte, wie ein Strom der Erleichterung sie durchzog. In einer Stimmung des Jetzt-ist-alles-in-Ordnung stand sie auf, um die leeren Kaffeetassen in die Küche zu bringen, wohl wissend, daß Sjoerd bei den auf dem Büffet im hinteren Zimmer schon bereitstehenden Flaschen und Gläsern seine Aufgabe als Schwiegersohn übernehmen würde. Als er und sie kurz darauf mit Wein, Wermut, Eierlikör und Genever die Runde machten, sahen die meisten Gäste kaum mehr einen Unterschied zu früheren Festen hier im Haus, und nach den ersten Gläsern sah ihn keiner mehr.

Kurz nach elf hatte sich die Wohnzimmertür geöffnet. Ein kleines, barfüßiges Ding mit dunklen Schlafaugen kam hereingetapst, Nadja. Die Gesellschaft unterbrach sofort jedes Gespräch, sah auf das Kind, stieß Lach- und andere liebe Laute aus und gab insgesamt ein Bild ab, bei dem man sich fragen kann, wie gespenstisch das wohl auf eine stocknüchterne fast Dreijährige wirken muß. Aber – da entdeckte die Kleine schon das Gesicht ihrer Mutter und steuerte auf ein Paar geöffneter Arme zu.

Nichts Besonderes. Armanda, die von Nadja schon so lange Mama genannt wurde, daß sie es nicht mehr anders kannte, küßte den warmen, mit kupferroten Löckchen bedeckten Kopf des kleinen Dings auf ihrem Schoß. Als sie sich dann zufrieden im Zimmer umsah, in dem sich alle wieder unterhielten, spürte sie, daß Betsy ihre Augen suchte, scharfes Interesse im Blick. Es war ein Freundinnenblick, aus einer entfernten Zimmerecke, doch irgendwie so eindringlich, daß sie die dazugehörigen Argumente wie in ihr Ohr geflüstert mit aufnahm.

»Liebe Freundin, du merkst doch wohl, welche Wendung dein Lebensschicksal genommen hat?«

Ruhig, überredend. Armanda starrte zurück.

»Ein bißchen Anstrengung von deiner Seite, und mein Bruder hat – können wir wohl sagen – seine vermißte Frau wieder. Apropos, erzähl mir mal, weshalb du dich vorige Woche nach dem Kino ihm gegenüber so unmöglich benommen hast?«

Armanda hatte, ohne ihren Blick zu lösen, vorsichtig ihr Glas von dem Beistelltisch genommen und einen Schluck getrunken. Dann hatte sie, Nadjas heißen Kopf an ihrem

Hals, zurückgefunkt: »Liebe Betsy, ich verstehe ja, daß du deinen Halbbruder und seine Familie wieder mit einer kompetenten Frau des Hauses versehen willst. Ich selbst verspüre auch bestimmte Kräfte, die manchmal dafür, manchmal auf merkwürdig schroffe Weise dagegen sprechen. Als wir vorige Woche zu dritt ins Rialto gingen, in *La città dolente*, fand ich es anfänglich schön, daß du dafür gesorgt hattest, daß Sjoerd in der Mitte saß, so daß ich, sobald es dunkel wurde, seine Schulter an meiner fühlte. Als du dich hinterher schnell entschuldigen wolltest, damit Sjoerd und ich uns im rosa Dämmerlicht des Foyers noch ein wenig über die, ja, wirklich rührende Geschichte des Mannes unterhalten konnten, der am Nordpol zurückgelassen worden war, kam ich dir zuvor. Zwei schnelle Küsse für jeden von euch. Ich hab mich verdrückt. Jetzt verlangst du also eine Erklärung. Dann sag ich dir hiermit nur, daß ich an dem Abend wegen des Vorfilms nicht die Bohne vom Nordpol mitbekommen habe. Er spielte auf Schouwen-Duiveland. Weißt du noch? Die Wochenschau brachte wieder einmal äußerst heroische Nachrichten, erläutert von einer äußerst heroischen Stimme: Die letzte Deichlücke von Zeeland, die bei Ouwerkerk, wurde unter Einsatz aller Kräfte geschlossen. Warum das bei Nacht und Nebel geschehen mußte, keine Ahnung, aber da waren die Bilder: Die schwarze Wasserfläche, Deichstücke, Kräne und auf dem Vordeck eines Schiffs die Königin, Baskenmütze auf dem Kopf, die sich zwischen den Arbeitern auf die Lippen beißt, denn dieses Unternehmen war schon einmal auf die jämmerlichste Weise gescheitert. Aber diesmal klappt es. Wie wahnsinnig beeindruckend, diese Lichtbündel bei Nacht! Wie sie das machen! In die Deichöffnung bei Ouwerkerk, die irrsinnig groß ist, müssen vier riesige Senkkästen aus Beton von Schleppern hineingezogen und danach abgelassen werden. Drei der Dinger liegen bereits an Ort und Stelle, heute nacht kommt Nummer vier an die Reihe. Die Schlepper haben das Ding bei ablaufender Flut bereits an seinen Platz gebracht, jetzt, eineinhalb Stunden später, erreicht es auf den Zentimeter genau den Meeresgrund. Was sind wir heutzutage doch tüchtig. Von jetzt an ist es vorbei mit dem Gezeitenwechsel des Meeres mitten zwischen den Wohnhäusern. Überall auf der nächtlichen Insel, die ich im Herzen schon lange Lidys Insel nenne, beginnen jetzt die Glocken zu läuten. Großes Fest. Ich habe sie weiter gehört, Betsy, in Fetzen, während des gesamten restlichen Films über diesen Mann am Nordpol.«

Sie hatten beide losgelacht. Betsy hatte ihr Knie vorgeschoben und sich eine Zigarette aus dem Glas auf dem Tisch stibitzt.

5
Laß uns unter die Decke kriechen

Als sie beim Friseur fertig war, erledigte Armanda ein paar Einkäufe und ging nach Hause. Im Erdgeschoß war noch Sprechstunde, Patienten ihres Vaters kamen und gingen, aber oben traf sie niemanden an. Dann geh ich mal kurz zu Nummer 36, dachte sie mit dem erfreuten und erleichterten Gefühl, das inzwischen zu diesem Gedanken gehörte. Sie ging gern in Lidys Haus. Sie hatte viel Freude daran, den Haushalt picobello in Schuß zu halten.

Dort lagen ein paar Briefe auf der Matte. Während sie

sie aufhob, las sie, für wen sie waren und wer sie geschickt hatte, ihr Regenmantel streifte über den Fußboden. »Mevrouw L. Blaauw«, murmelte sie auf der Treppe, fand, das klinge komisch, bekam einen Kloß in der Kehle und ging, sowie sie oben war, zum Mülleimer, der in einem tiefen Schrank neben der Küche stand. Kurz darauf war das ungeöffnete Schreiben der Parfümerie, die sich um ihre Kunden bemühte, unter den Chrysanthemen begraben, die schon eine Woche gestanden hatten. Sie leerte auch die Aschenbecher.

Im bereits schwindenden Licht sah sie sich im Wohnzimmer um. Staubwischen war heute nicht nötig. Dann will ich mal ein paar Hemden bügeln. Kurz darauf tat sie das, noch eine Treppe höher. Das Bügelbrett hatte seinen festen Platz auf dem Flur, darüber Lampenlicht, die gebügelten Hemden legte sie ausgebreitet auf das Bett des angrenzenden ehelichen Schlafzimmers.

Sie holte gerade im Geruch von Dampf und beinahe angesengter Baumwolle, von dem Lidy immer sagte, ihr werde davon schwindlig im Kopf, einen Kleiderbügel aus dem Schrank, als sie unten die Haustür zufallen hörte. Sie erschrak, sah auf die Uhr. Er ist früh dran heute, dachte sie und tat dann etwas, das sie selbst komplett überfiel. Sie eilte zum Toilettentisch schräg in der Ecke, fuhr sich mit einer Bürste durchs Haar und zog ihren Pulli schön stramm über die Brüste. Dann löschte sie das Deckenlicht und knipste eine Schirmlampe an, sie warf einen Blick auf die Vorhänge, beschloß aber, sie offen zu lassen, damit Sjoerd, den sie bereits auf der dritten Treppe hörte, sie sehr vorteilhaft, ockerfarben beleuchtet, vorfinden würde, ein mysteriöses Spiegelbild im Fenster hinter ihr.

Er stand auf der Schwelle. Einen Augenblick lang nahm

er die Situation in sich auf und kam dann mit derselben Entschlußfreudigkeit auf sie zu, vermutete sie blitzartig, mit der er vor einer halben Stunde seine Arbeit beendet haben mußte. Sie begannen einander sofort gierig zu küssen. Mit einer Armbewegung hinter ihrem Rücken hatte er es noch geschafft, die Vorhänge zuzuziehen.

Es war nicht ihre erste Umarmung, weiß Gott nicht. Schon über ein Jahr ging Armanda zu den verrücktesten Zeiten als Frau durchs Haus. Folglich hatte Sjoerd sie schon ziemlich oft auf den dunklen Fluren oder neben dem Herd in der Küche an sich gezogen. Doch im Gegensatz zu dem, was möglicherweise naheliegend gewesen wäre, begann sie sich, je mehr Zeit verstrich, immer mehr zu zieren und ihn von sich zu stoßen, wenn er sie mit einem nur allzu natürlichen Wunsch, den er sie unbefangen an ihrem Bauch spüren ließ, an eine Wand gedrückt hatte. Einmal hatte sie das spielerische Ringen folgendermaßen unterbrochen.

»Ich tu's nicht, bevor ich nicht die Leiche meiner Schwester gesehen habe.«

Kommt das aus meinem Mund? hatte sie sofort gedacht und war froh, daß er so aufgeräumt, ja, rundheraus herzlos reagierte.

»Wer jetzt noch auftaucht, wird sofort in einen geschlossenen Sarg gesteckt. Den bekommst du nicht mehr zu sehen.«

Heute sah es also danach aus, als habe Armanda ihre Bedenken beiseite geschoben. Als Sjoerd sagte: »Sei meine Frau«, flüsternd, als könnte das irgendwer hören, fand sie es wunderbar, daß seine Finger die Häkchen ihres BHs, die für ihn überhaupt kein Problem waren, bereits gefunden hatten.

Armanda erwiderte seine Umarmung, zog ihren Pulli über den Kopf, war einverstanden, daß er den Reißverschluß an ihrem Rock öffnete, stieg bereitwillig aus ihm heraus und suchte wieder hastig den warmen Mund. Danach konnte sie beim besten Willen nicht erkennen, was an ihrem Verhalten falsch sein sollte, als sie sich mit ihm auf das mit sorgsam gebügelten Hemden bedeckte Bett fallen ließ, erst lag sie oben, dann er. In dem Moment war Armanda mit dem Kopf bereits sehr weit weg. Das einzige Signal, das ihre Gedanken noch sichtbar abgaben, war ein gewisser Blick, schmachtend, ja, hundertprozentig ehrlich, an dem ein Mann erkennen kann, daß sie will, seine Liebste.

Dann, in einem erotisch höchst ungelegenen Moment, begann Armanda, die immer noch Jungfrau war – das muß vielleicht dazugesagt werden, da so etwas, wie auch immer, eine Rolle spielt –, ein Gespräch. Und das Thema, mit dem sie loslegte, war die unwiderlegbare Tatsache, daß Lidy, juristisch gesehen, noch am Leben war.

»Unsinn«, sagte Sjoerd mit derselben Stimme, mit der er ihr gerade noch etwas Nettes ins Ohr geflüstert hatte. »Das weißt du genausogut wie ich.«

»Kann sein«, sagte sie und erklärte ihm mitten in sein bedripstes Gesicht, daß sie in diesem Moment nicht nur die Spukaugen ihrer Schwester störend auf sich gerichtet fühle, sondern, ehrlich gesagt, auch seine. Gemeinsam beobachteten sie, ob sie alles auf die richtige, wohlerprobte Weise mache. »Habe ich recht oder nicht.«

»Nein.«

»Und, wo ich gerade daran zurückdenke, warum hast du vorhin gesagt ›sei meine Frau‹ und nicht zum Beispiel ›sei meine Geliebte‹ oder, genauso gut, ›laß uns unter die Decke kriechen‹?«

Er begann zu lachen. Bevor sie wußte, wie ihr geschah, war er aus dem Bett geglitten, hatte die Schirmlampe gelöscht und nahm sie im Stockfinstern wieder in die Arme.

»Kein Mensch kann dich jetzt noch beobachten«, sagte er, zunächst noch im selben zärtlichen Flüsterton, doch dann veränderte sich seine Stimme. Als befände er sich mit ihr in einer Diskussion, an einem Punkt, an dem nur die stärksten Argumente noch etwas ausrichten können, sagte Sjoerd Armanda, wie sehr er sie liebe und wie schön sie sei. Es vergehe keine Nacht, sagte er, ohne daß er noch eine Weile an sie denke – und damit meine er nicht nur denken, das dürfe sie ruhig wissen –, wobei er ihr Gesicht mit den symmetrisch runden Lippen und den smaragdgrünen Augen stets deutlich vor sich sehe, kein Unterschied zu jetzt, sowie das lange, tiefdunkle Haar und das prächtigste Paar nackter Brüste, die ein Mann sich in seiner Einsamkeit nur vorstellen könne und, wenn es sein müsse, aus Tausenden anderer Paare spontan erkennen und bei weitem bevorzugen würde!

Hier sank seine Stimme wieder, weil Armanda ihn unter Küssen begrub. Und alles hätte wahrscheinlich den zu erwartenden Lauf genommen, hätte es in diesem Moment nicht an der Haustür geklingelt.

Armandas erschrak maßlos.

»Da ist jemand an der Tür! Da will jemand rein!«

»Ach nein«, murmelte Sjoerd, der in der Tat möglicherweise nichts gehört hatte, denn die Türglocke war so hoch oben im Haus manchmal nur sehr leise zu hören.

Aber natürlich war es doch so. In Nummer 77 war der Tisch schon eine Weile gedeckt. Opa Brouwer und Nadja hatten einen kleinen Spaziergang gemacht, um die beiden Verspäteten zum Abendessen abzuholen.

Noch einmal klingelte es sacht.

Und im dritten Stock badete das Schlafzimmer bereits im Licht der Deckenlampe. Sjoerds kalte, müde Augen vom Bett aus auf sich gerichtet, schlüpfte Armanda hastig in ihre Kleider.

6
Im Dorf

Dies nennt man schlafen.

Als sie um halb vier Uhr nachts durch eine anonyme Straße in einem anonymen Dorf durch die Pfützen stapfte, war sie erstmals mit dem Sturm allein. Links und rechts standen niedrige Häuser, nirgendwo brannte Licht. Simon Cau hatte sie und die beiden Wirtstöchter in eine jeweils andere Ecke des Dorfes geschickt, um die Leute wachzutrommeln.

»Wach«, hatte sie noch schnell gefragt, »und dann?« Sie waren an der Kirche aus dem Auto ausgestiegen. Der Himmel schüttete in diesem Moment große Hagelkörner herab. Simon Cau hatte sofort die Sturmglocke läuten wollen, doch obwohl das Kirchenportal offen war, fanden sie beim Licht eines Streichholzes die Tür zum Turm verschlossen. Da hatte, als sie wieder draußen im Mondschein standen, der doch noch irgendwie zu ihnen gedrungen war, Lidy Simon Cau ins Gesicht geblickt. Und gesehen, daß er nicht an seine eigenen Befehle glaubte, daß ihm aber nichts anderes einfiel.

»Weckt sie!«

Sie tat, wie ihr gesagt wurde. Einfach war es nicht. Niemand hier hatte offenbar Lust, seinen Schlaf zu unterbrechen. Verlegen stand sie zwischen Türen und Fenstern, die auf ihr Gehämmer hin geschlossen blieben. Seelenruhige Geborgenheit erfüllte die Welt dahinter, das spürte sie, vergraben in ihren Decken schliefen sie da mit angewinkelten Beinen, Männer, Frauen und Kinder, verlangsamter Herzschlag. Die warme Luft des Bettgenossen einatmend, vertrauten sie der Kraft ihres mangelnden Vorstellungsvermögens und ließen den Sturm Sturm sein, der von oben in die enge Straße einfiel und wie durch einen liegenden Schornstein heulend hindurchfegte.

Sie sah sich um. Nichts als dieser wahnsinnige Lärm. Plötzlich ging ihr auf: Keine Menschenseele weiß, daß ich hier bin. Mit einer neuen Art von Beunruhigung überquerte sie die Straße, entschied sich für die Tür zu einem kleinen Geschäft und schlug mit den flachen Händen auf deren oberen Teil. Unwirkliches Dorf, dachte sie, erschrocken wie jemand, der sich übersehen und von Gott und allen Menschen ignoriert weiß. Wenn niemand eine Ahnung hat, wo du steckst, und sich davon auch absolut keine Vorstellung machen kann, gibt es dich dann überhaupt? Ihre Augen glitten über die in sorgfältiger Schrägschrift gemalten weißen Buchstaben auf der Mattglasscheibe über der Ladentür. *Kleingebäck.*

In der Wohnung dahinter war jemand wach geworden. Eine alerte ältere Frau hatte im Schlaf Geräusche gehört, die ihre Ohren nicht gleich in das einordnen konnten, woran sie normalerweise bei solchem Sauwetter gewöhnt waren. Sie schlüpfte blind in die Pantoffeln. Das Licht ging nicht, also zündete sie eine Kerze an. Sie wollte gerade auf das Getrommel an der Haustür zugehen, als sie merkte, daß ein leises Tosen im Haus dringlicher beachtet werden mußte. Einen Augenblick später stand sie verblüfft im Klo, wo das Wasser aus der Schüssel wie aus einer Quelle hochschoß. Sie drehte sich um, eilte durch den Laden und öffnete die Tür.

»Sieh dir das an«, sagte sie, und Lidy folgte ihr.

Es war eine dieser Örtlichkeiten, die irgendwann mal aus Brettern und Eisenblechen an die Außenwand geschustert worden waren und in denen die üblen Gerüche von früher wohl für immer hängenbleiben würden. Jetzt war da eine Schüssel aus weißem Porzellan und darüber ein Spülkasten aus lackiertem Metall mit einer Kette. Lidy und die alte Frau, die den größten Teil ihres Lebens ohne Elektrizität ausgekommen war und erst seit vier Jahren dieses schöne, an die Kanalisation angeschlossene Klosett besaß, was sie noch immer jeden Tag mit Entzücken erfüllte, blickten zuerst auf den hochbrodelnden Wasserstrahl und dann einander an.

Sie gaben fast gleichzeitig ihren Kommentar ab.

»Das Licht tut's auch nicht mehr.«

»Das Wasser kommt schon über den Seedeich, ich habe es selbst gesehen.«

Die Frau im weißen Nachthemd drehte sich um, denn da kam jemand durch den Flur, eine Laterne in der Hand.

»Nichts funktioniert mehr«, maulte sie laut, aber in langmütigem Ton zu demjenigen, den sie noch nicht erkannte, aber für einen Nachbarn hielt.

Sie konnte nicht wissen, wie recht sie hatte. Denn an anderen Stellen der Insel fielen in diesem Moment die ersten Telefonmasten um. Die totale Isolation hatte begonnen. Zwar befanden sich in einigen in Nachtruhe versunkenen Dörfern noch ein paar Telefonisten auf ihrem Posten, achtsame Angestellte, die in der Meinung in ihr

Amt gegangen waren, in dieser Nacht sei ein Notruf an die Provinz- oder sogar die Reichsverwaltung keine übertriebene Pflichtbeflissenheit. Aber keiner von ihnen kam durch. Doch passierte es ein paarmal, wenn die Zentrale eine altmodische, handbetriebene mit einem Generator war, der selbst Strom produzierte, daß der Telefonist, völlig konzentriert auf seinen Alarmruf, während die Flut bereits in das Gebäude strömte, einen Stromstoß verpaßt bekam, sobald das Wasser die Sitzfläche seines Stuhls erreicht hatte, auf dem Hocker neben sich den Apparat mit den abgenutzten, aber unverwüstlichen Teilen. Diese Insel war eine verlorene Insel. Sie sollte mit unbeschreiblicher Gewalt komplett untergehen, ohne daß die Außenwelt einen Finger rühren oder es auch nur bemerken würde. Denn der Zufall wollte es, daß der Pakt zwischen Mondposition und unaufhörlichem Wind ausgerechnet an einem Wochenende zustande kam.

Trotzdem: *eine* wundersame Ausnahme.

Am sehr frühen Morgen probierte ein Postangestellter es immer noch. Im letzten Moment, kurz bevor die Technik den Geist aufgab und die letzten Klappen der Telefonzentrale herunterfielen, gelang es ihm, die Nummer eines ziemlich hohen Verantwortlichen zu wählen. Er bekam ihn persönlich an den Apparat.

»Ja?«

Der Chefingenieur der Reichswasserbaubehörde war sehr verschlafen. Der Telefonist mußte sein Anliegen zweimal, in unterschiedlichen Formulierungen, vortragen. »Ich rufe Sie aus Verzweiflung an, weil etwas passieren muß.«

»Tja, aber was kann ich …«, begann der Chefingenieur und sagte dann: »Gut. Ich werde das Nötige veranlassen.«

Der Chefingenieur legte auf, sah auf die Uhr, gähnte, schüttelte den Kopf, die hellgrünen Zeiger standen auf zehn nach vier, und kroch wieder unter die Decken. Aber er hielt Wort. Als er es wagte, den Kommissar der Königin um sieben Uhr aus dem Sonntagmorgenschlaf zu klingeln, donnerte in dem Dorf, von dem hier die Rede ist, das Treibholz bereits gegen die Hauswände, und überall schwammen Leichen.

Sterben zu müssen ist die verzeihliche Angst jedes Menschen, und in einem Gebiet wie diesem fürchtet man dann natürlich sehr schnell speziell den Ertrinkungstod. Lidy, jetzt mehr als achtzehn Stunden unterwegs, befand sich auf der Straße zusammen mit ein paar Dorfbewohnern, die miteinander diskutierten. Der Sturm legte auf Windstärke zwölf zu, also Orkan. Die Leute trugen Mäntel über ihrer Nachtkleidung, sie blieben dicht im Schutz ihrer Häuser, zwei oder drei hatten eine Taschenlampe bei sich. Finsternis ringsum. Ihren Gesichtern nach zu urteilen machte keiner von ihnen sich übergroße Sorgen, die Frage, die sie beschäftigte, war vor allem, was die anderen von dem Spektakel hielten.

Schlimmes Wetter. Und nicht gut, daß dort drüben das Wasser über den Deich kam. Jeder wußte, daß am Abend, bei Ebbe, der Pegel an der Laurensschleuse nicht einmal einen Zentimeter zurückgegangen war. Wo die Ebbe schon keine Ebbe gewesen war, waren sie davon ausgegangen, daß die Flut auch keine Flut sein würde, weil diese Logik noch nie im Leben getrogen hatte. Ein junger Mann, der in dieser Nacht auch beim Hafen nachgeschaut hatte, erzählte, er habe gesehen, wie der Bauer am Dorfeingang vor einer Viertelstunde in großer Eile seine Pferde vor den

Wagen gespannt habe, seine besten Kühe dahinter, um sich mit allem Hab und Gut, mit Frau, Kindern und Hausrat, weiter landeinwärts zu begeben.

Die Umstehenden ließen die Blicke links von der schwarzen Kirchtumsilhouette ins Dunkel gleiten, landeinwärts, ihrem Gefühl nach weg von der See.

An einem gefährlichen Ort zu wohnen führt unvermeidlich zu einer Art Taub- und Blindheit gegenüber den Eigenschaften dieser Gefahr. Ausnahmslos jeder auf der Straße, auch Lidy, wußte, daß dieses Dorf zwar ein Dorf war, in erster Linie jedoch ein kleiner Punkt in einer dem Mond, dem Meer und dem Wind ausgelieferten Landschaft. Daß Wasser das schwerfälligste Element ist, das es gibt, war bekannt. Wer hier wohnte, stammte von Generationen ab, die schon seit Jahrhunderten damit vertraut waren, daß die See bei langanhaltendem Sturm Gegendruck ausübt und dann auf einer Seite hochkommt. Ozeanographen mochten berechnet haben, daß sich die Höhe dieses Schiefstands umgekehrt proportional zur Tiefe des Meeres verhält – hier wußte man das schon seit eh und je und verstand es auch. Jeder hier auf der Straße war mit unheimlichen Geschichten aufgewachsen von Monsterhänden aus Wasser, die abrupt aus den Armen der Nordsee auftauchen, deren Boden wie eine Rutschbahn zur Küste dieses Landes ansteigt.

Lidy blickte zur Seite. Die alte Frau hatte sie angestupst.

»Ich glaub, ich bring doch besser ein paar Sachen nach oben.«

»Würd ich auch tun«, antwortete Lidy und dachte: Ich helfe der Frau mal schnell.

Es gab noch andere, die sich mit bedeutungsvollem Blick ansahen. Die Gruppe auf der Straße ging auseinander. Fensterläden und Dachfenster hatten sie schon am Nachmittag festgemacht. Auf keinem einzigen Hof stand noch irgend etwas herum. Jetzt gingen sie die Kinder mit Decken und allem übrigen aus den Betten holen und sie auf dem Dachboden schlafenlegen, Eimer Wasser mit dabei, Petroleumkocher, Lebensmittel, Streichhölzer und vielleicht auch das Kostbarste im Haus, die schwarze gußeiserne Tretnähmaschine.

Bleiben, mit Verlaub, und darüber besser nicht nachdenken. Auch eine Art, dem unmöglichen Charakter der Natur Widerstand zu leisten. Es stimmt, die meisten Häuser in dieser Straße waren kleine Gesindebehausungen, deren Mauern nicht mit Zement, sondern mit einer armseligen Mischung aus Sand und Gips hochgezogen worden waren. Aber es waren ihre Wohnungen, in denen sie sich sicher fühlen wollten. Vorläufig wollten sie zwischen Schlaf und Schlaf die Ordnung ihres Alltagslebens aufrechterhalten.

Lidy trat wieder in den kleinen Laden. Die alte Frau ging ihr resolut durch die Dunkelheit voran. Hinter einer Zwischentür stand noch die brennende Kerze.

Ein paar Sekunden später: »Nimm du die hier.«

Sie bekam zwei große Keksdosen in den Arm gedrückt.

»Da.«

Eine Geldkassette.

Von der gleichen traumhaften Vertrautheit erfüllt wie vor ein paar Stunden beim Familiendiner, kletterte Lidy über eine Leiter zu einem Spitzboden hinauf, auf dem sie nicht aufrecht stehen konnte. Im Lichtkreis eines Teelichts sah sie ihre Füße in Schlammschuhen umhergehen. Ein Mensch muß wohl zwei oder drei Personen in sich haben, durchfuhr es sie, während sie oben an der Leiter ein Kissen entgegennahm, die Teile einer Kapokmatratze, einen Nachttopf, eine Decke, noch eine.

»Hast du's?«

»Ja.«

Sie stellte die Sachen auf den Boden, schob mit dem Fuß herumliegendes Zeug beiseite. Die tosende Nacht draußen und die See, die sie mit eigenen Augen an der Deichkrone hatte stehen sehen, waren sogar in dieser knackenden und knarrenden Hütte schon wieder zu etwas geringerer Größe geschrumpft. Als die andere sich ebenfalls durch das Treppenloch hochgearbeitet hatte, jetzt in einem haarigen braunen Mantel, musterte sie das von unten beleuchtete verschrumpelte Gesicht. Genug? Alles in Ordnung so? Und stellte sich vor, wie sie und die Alte, wenn es in einigen Stunden Tag geworden war, das ganze Zeug wieder nach unten schleppen und in der Küche hinter dem Laden Kaffee kochen würden.

»Still!«

Die alte Frau wandte den Kopf zum tosenden Lärm eine Handbreit über ihnen. Da hörte Lidy es auch. Mühsam, in Intervallen, doch unverkennbar war durch den Wind hindurch das Läuten einer Glocke in der Ferne zu hören.

Er hat es also doch geschafft, dachte sie.

Gleich darauf spürte sie mehr noch, als daß sie es sah, wie die Alte die Augen auf sie richtete, groß und schwarz vor Erkenntnis, vor Angst.

»Feuer!«

Simon Cau hatte den Schlüssel zum Glockenturm nicht bekommen. Daß er wußte, wo der Küster wohnte, ein guter Zimmermann und zudem auch noch Kommandant der Feuerwehr, hatte ihm nichts genützt. Weder die Klingel noch das Geballere mit einem Stock gegen eine Fensterscheibe hatte den Mann, der im Schlaf mittlerweile nur noch auf das Telefon horchte, wach bekommen. Nach einiger Zeit war in einem Nachbarhaus ein Schmied aus dem Bett gestiegen. Daraufhin dauerte es nicht lange, bis die Scharniere der Kirchturmtür unter den Schlägen eines Vorschlaghammers nachgaben und Cau und der Schmied beim Licht einer Öllampe die Treppe hinaufgingen. Zunächst hatten sie kaum einen Ton aus der Glocke bekommen. Der ausgefallene elektrische Mechanismus funkte irgendwie dazwischen, als sie es mit einem Seil versuchten. Daraufhin war Cau nach unten gerannt und hatte den Vorschlaghammer geholt.

Als Lidy und eine der Hin-Töchter kurz darauf die Aufmerksamkeit der Männer auf sich lenken wollten, gelang ihnen das nicht so leicht. Die beiden waren sich vor der Kirchentür begegnet: Lidy von der alten Frau losgeschickt, um sich zu erkundigen, was los war, die Wirtstochter, um eine beruhigende Nachricht zu überbringen.

»Das Wasser fällt schon wieder«, hatte das Mädchen gesagt.

Es war gar nicht so einfach, die gute Nachricht auch hinauf in den Turm zu bringen. Lidy und die Wirtstochter standen, die Finger in den Ohren, im Treppenschacht und sahen zu zwei Männern hinauf, die wie Teufel zugange waren. Der Schmied verstand es, indem er sich mit seinem ganzen Gewicht an das Seil hängte, die Glocke in der richtigen Bewegung zu halten, während Simon Cau, dem das schwere Dröhnen offenbar nicht genug war, mit dem Vorschlaghammer an den Rand schlug, was einen zusätzlichen wimmernden Ton ergab. Schließlich bemerkten sie die beiden jungen Frauen.

»Kann nicht sein«, war das erste, was Cau herausbrachte, nachdem die Glocke zur Ruhe gekommen war. »Völlig unmöglich!« Ohne sich aufzurichten, blieb er mit dem schweren Hammer in der Hand keuchend stehen.

Doch die Wirtstochter war sich sicher. Sie nannte die Namen einiger soeben vom Hafen ins Dorf zurückgekehrter Schiffer, denen sie im Dorf begegnet war.

»Sie haben gesagt, es ging sehr schnell. In wenigen Minuten haben sie das Wasser um Meter fallen sehen!«

Wortlos reichte Cau dem Schmied seinen Vorschlaghammer. Er schlang sich den Schal um den Hals und griff mit verärgerter Miene nach der Lampe, die im Abwind unter einer der Schallöffnungen vor sich hin qualmte.

Als die kleine Gruppe nach unten kam, waren mehr Leute auf der Straße. Unter ihnen auch die zweite Wirtstochter. Die Leute hatten bereits gehört, daß es gar nicht so schlimm war mit dem Wasser, und sprachen, durch den Alarmruf der Glocke und die ungewohnte Stunde in eine eigenartige Stimmung versetzt, noch ein wenig darüber. Erleichtert natürlich. Und ebenfalls nur allzu natürlich, daß sie von der Realität, in der sie, ohne es zu wissen, mittendrin standen, nur das herausgriffen, was sie einordnen konnten: die Nacht, den Wind, die Nässe und das Salz in der Luft, und daraus ihre eigenen Schlüsse zogen.

Los jetzt, schnell zurück in die Federn!

Bald darauf rumpelte das Auto auf dem Weg mit den vielen wassergefüllten Schlaglöchern wieder aus dem Dorf, wo die Ruhe erneut eingekehrt war und nur ein paar Hunde einfach nicht aufhörten zu bellen.

Dachte er, Cau, vielleicht, er werde zum Narren gehalten?

Oder was?

Als er mit den drei Mädchen noch einmal am Hafen vorbeifuhr, war das ein unnützer und für die drei Mädchen furchtbar langweiliger Aufenthalt. Trotzdem stiegen sie alle aus, gingen zu der Verschanzung im Deich und redeten dort kurz. Es ging, kurz gesagt, darum, daß Cau seinen Augen nicht trauen mochte und daß die drei anderen ins Bett wollten.

»Die haben doch prima gehalten, die Bretter!«

»Bis jetzt!«

»Mein Gott, bin ich müüüde!«

»Das ist ... das ist unmöglich!«

»Na ja, jedenfalls ist das Wasser gut zwei Meter gefallen!«

»Es kann nicht fallen!«

»Wollen wir los?«

»Es kann nicht fallen, erst in einer Stunde hat die Flut den höchsten Punkt erreicht!«

»Wollen wir nicht trotzdem los?«

Weil Cau den Motor nicht gleich anbekam, versuchte Lidy es auf ihre Weise. Nach einigen Versuchen gelang es, worauf sie ohne zu zögern, als kenne sie die Dunkelheit hier mittlerweile wie ihre Westentasche, der Wegbiegung folgte. Nach fünf Minuten tauchte an der dreiarmigen Deichgabelung die kleine Kneipe auf, die Bude. Vage Schemen, vages Licht hinter beschlagenen Fenstern. Die beiden Wirtstöchter sprangen aus dem Auto. Lidy sah, wie sie die Stufen zu ihrem Elternhaus hinaufstolperten, hupte zum Abschied und machte sich nun an den letzten Teil des Umwegs zu Izak Hockes Hof, wo man sie, wie sie annahm, erwartete.

Cau sagte jetzt nichts mehr. Lidy war sehr wach und, vielleicht merkwürdig, empfand noch immer keine Angst oder etwas ähnliches. Ihr Instinkt stimmte absolut nicht mit den auf sie einstürmenden Ereignissen überein. Wo blieb die Wahrnehmung, wenn auch noch so minimal, der Augenblicke, die der Realität vorangehen und selbst doch auch Realität sind?

Während in den südwestlichen Poldern die Binnendeiche bereits am Wegrutschen waren und das eine Meer sich mit dem anderen verband, versuchte Lidy, in den stoßartigen Windböen auf dem Weg zu bleiben. An einer sehr dunklen Stelle nahm sie den Fuß vom Gas und beugte sich ihrem Gefährten zu. Mußte sie hier nun den linken oder den rechten Schlammweg nehmen? Ein Knurren von Cau. Das ihr kaum auffiel, weil sie sich sehr auf den Endpunkt ihrer Winterreise freute. In der Nähe, gut einen Kilometer nordöstlich an der Einbuchtung des Grevelingen, hatten die Wassermassen sich in diesem Moment bereits an drei Stellen durch den Seedeich gedrückt, wodurch die dahinterliegenden Polder so schnell vollgeströmt waren, daß der Pegel überall in den kleinen Häfen kurzfristig kräftig, manchmal sogar um zwei Meter, gefallen war. Doch Lidy schaltete zurück und dachte: Ah, da sind ja die beiden Höfe, schräg gegenüber, in jedem sehe ich Licht hinter einem der Fenster brennen.

Schön und gut, sie parkt das Auto auf dem Hof vor dem Wohnteil von Hockes Haus. Sie und Cau steigen aus. Sie gehen zur Haustür, um nachzusehen, ob man sie offen gelassen hat. Die Kälte ist noch eisiger geworden. Lidy blickt kurz auf den ziemlich hohen Treppengiebel mit der angebauten Scheune daneben, deren Fensterläden mit Querlatten geschlossen sind. Links und rechts weiß sie endloses flaches Land. Es gibt etwas Mondlicht, aber am Horizont, im Süden, ist es, als würden die nächtlichen Äcker ein wenig von einem Schein erhellt, der aus der Erde selbst kommt. Okay, die Haustür ist offen. Gerade im Begriff, Cau gute Nacht zu sagen, bevor dieser zu seinem eigenen Haus hinübergeht, merkt Lidy, daß er wie erstarrt nach etwas lauscht. Sie fängt seinen Blick auf, erkennt, daß er Angst hat, und hört es dann auch. Das Geräusch ist anfangs abstrakt. Eine Art Rauschen, anschwellend. Einen Moment muß sie an eine Heuschreckenplage denken, dann an eine tausendköpfige Armee, die von der anderen Seite der Insel sehr schnell angestampft kommt. Zeit, zu erschrecken, bekommt sie nicht. Die gesamte Aussicht verschwindet. Eine grauenhaft hohe Walze pechschwarzen Wassers steigt aus dem Nichts auf und rollt heran.

III

Wetter gibt es immer

1
Der Meteorologe

In den Niederlanden hörte nachts um Punkt zwölf das Radio auf. Eine Minute vor Mitternacht sendeten Hilversum I und II noch ein beherztes, von einem Blasorchester gespieltes *Wilhelmus*, danach mußte das Land, soweit es den Rundfunk betraf, in die Falle. Als Simon Cau und Lidy Blaauw ins Haus flogen und hörten, wie das Wasser gegen die Außenseite der Tür brandete, die sie mit ihrem ganzen Gewicht zudrückten, war im Wetterraum des Koninklijk Nederlands Meteorologisch Instituut in De Bilt noch jemand wach.

Ein Meteorologe, der offiziell zu dieser Stunde nicht auf dem Posten zu sein brauchte, stand oben im Gebäude am Fenster und sah vom Telefonapparat auf seinem Schreibtisch hinaus und wieder zurück auf die Arbeitsfläche, auf der ein paar Wetterkarten ausgebreitet lagen. Er trug einen guten Anzug. Nachdem er mit seiner Frau ein Konzert besucht hatte, konnte er gar nicht schnell genug zu dem Posten zurückkehren, von wo aus er den Sturm im Visier behalten konnte. Dessen Geheul war hier gewaltig. Das meteorologische Institut, ein relativ schlankes, sechs Stockwerke hohes, mit einer Dachterrasse gekröntes Gebäude, lag in einem kleinen Park inmitten flacher Wiesen, die sich bis Utrecht hinzogen.

Was konnte er tun.

Er strich sich mit den Fingern über den Unterkiefer und lauschte dem Sturm, den er nicht nur besser als jeder andere zu kennen glaubte, sondern schlichtweg als den seinen betrachtete. Während des Konzerts hatte er keinen Moment lang die Schallschwingungen der Musik verfolgt, sondern nur die der Windstöße, deren Geschwindigkeit er schon bald auf 60 Knoten schätzte, wenn nicht mehr, gegen Mauern und Scheiben des Saals. Haargenau hatte er dabei die Wetterkarten von 06.00 Uhr und 12.00 Uhr Greenwichzeit vor sich gesehen. Große, von Hand gefertigte Zeichnungen, in denen er selbst mit Bleistift die Linien gleichen Luftdrucks über Nordwesteuropa eingezeichnet, nach neuen Meldungen ein paarmal ausradiert und wieder neu gezogen hatte: die Isobaren, die immer alarmierender dicht beieinander lagen. Über das Papier gebeugt hatte er die mit rotem und blauem Stift gezeichneten Konturen der Warm- und Kaltfronten studiert und, in Violett, die Gebiete, in denen die nachfolgende Kälte die warme Luft über der Erdoberfläche hinwegfegt, sowie die Regenzonen rund um die Fronten, die stets mit einem flachen Stift grellgrün ausgemalt wurden.

Dies war die Aussicht, der wahre Himmel des KNMI, auf den der Meteorologe während Brahms gestarrt hatte. Und an dem er mit einem von Barometern, Thermometern, Wind- und Regenmessern trainierten Auge das Nötige gesehen hatte.

Die Tiefdruckgebiete. Die er bereits seit ihrer Entstehung zu Beginn der Woche über Island, Labrador und etwas später auch nördlich der Azoren verfolgt hatte. Hier, der Trog mit sehr großen Druckunterschieden, der sich um 06.00 Uhr nordwestlich von Schottland entwickelt hat! Man weiß eine riesige Menge von Dingen, und dennoch besteht die Karte von 12.00 Uhr aus etlichen Details, die bereits im Begriff sind, ihrer eigenen Abbildung zu entfliehen, auf Geheiß von etwas, das wir nicht kennen.

Der Trog hatte sich äußerst zielstrebig zur schottischen Ostküste verlagert. Was kam da auf uns zu! Von diesem Zeitpunkt an hatte der Meteorologe unverzüglich die Zahlen verlangt. Um 15.00 Uhr hatte er von einem englischen Feuerschiff einen starken Luftdruckabfall gemeldet bekommen, um 18.00 Uhr noch einmal. Fast unmittelbar danach, kurz bevor er von einem Kollegen abgelöst wurde, weil er sich zu Hause für das Konzert umziehen mußte, hatte er sich die Messungen aus Den Helder und Vlissingen noch angesehen: Der Druckunterschied zwischen dem Norden und dem Süden unserer Küste betrug jetzt mehr als 13 Millibar. Das konnte, so die sichere Prognose, unmöglich gutgehen!

Und so hatte er am Abend im warmen Konzertsaal reglos neben seiner ebenfalls reglosen Frau im Parterre gesessen. Obwohl er, wie sie, die Augen geschlossen hielt, schaute er doch, ein Vogel wie alle Meteorologen. Sein Element die Luft, seine Perspektive die Erde. Von den Klängen der Musik umgeben, immer unruhiger, immer ungeduldiger, stellte er sich die Wetterkarte vor, die er an diesem Tag auf seinem Schreibtisch gehabt hatte. Nichts als flüchtige Augenblicke, deren Umstände sich zu diesem Zeitpunkt schon wieder ein ganzes Stück verändert haben. Während er in Gedanken dem Sturm folgte, der genau auf Nordwest drehte, zeichnete er im Kopf die neue Karte, auf der exakt zu erkennen war, wie das Tiefdruckgebiet in die Deutsche Bucht, Richtung Hamburg, zog. Das dazugehörige Sturmfeld nahm nun die gesamte Nordsee westlich des fünften Längengrads ein.

Es stimmte. Als der Meteorologe, nachdem er schnell seine Frau nach Hause gebracht hatte, gegen halb zwölf zu seinem Kollegen in den Wetterraum eilte, sah er, daß der

Sturm seinen Weg tatsächlich den meteorologischen Erkenntnissen entsprechend fortgesetzt hatte. Er beugte sich über eine Meldung, die per Telex von dem einige Meilen vor der Küste Zeelands liegenden Feuerschiff *Goeree* eingegangen war. Angesichts der sich brechenden Seen und des Verhaltens der ziemlich kurzen, steilen Wasserberge rings um das Schiff hatte die Besatzung eine Windgeschwindigkeit von 63 Knoten durchgegeben, was beinahe 12 auf der Beaufortskala entspricht. Ein Orkan. Der Meteorologe hatte seinen Kollegen angesehen und einen sehr dunklen Blick zurückbekommen. Dann sah er auf die Uhr.

Hilversum war in diesem Moment noch im Äther gewesen.

Im Telefon hatte es furchtbar gekracht. Erst kam eine Frauenstimme, dann eine abwehrende Männerstimme. »*Wer* ist da?«

Der Meteorologe unterbreitete seinen Vorschlag, den Sender in dieser Nacht in Betrieb zu lassen, so daß Meldungen, Warnungen durchgegeben werden könnten, anfänglich voller Zuversicht, dann nur noch ungeduldig, weil er an der Stille in der Leitung bereits hören konnte, was der andere sagen würde.

»Bin ich nicht befugt zu entscheiden!«

Stille in der Leitung. Der Meteorologe wartete fingertrommelnd, bis er erneut etwas hörte.

»Programmleitung«, sagte seufzend ein schlaftrunkener oder gelangweilter Mann.

Autoritär, aber bereits ohne Erwartung bat der Meteorologe Hilversum erneut, den Radiosender in dieser Nacht in Betrieb zu lassen.

»Angesichts der Wetterbedingungen bin ich der Meinung, Sie sind dazu berechtigt.«

Er kniff die Augen zu, fühlte, während er dem Ächzen der Fenster lauschte, auf denen ein wahnsinniger Druck lag, eine Sekunde verstreichen und erhielt Antwort.

»Was fällt Ihnen ein! Die letzten Nachrichten sind hier seit Jahr und Tag, wie Sie wissen, die von dreiundzwanzig Uhr, und diesen Zeitpunkt haben wir, meine ich, bereits überschritten.«

Der Meteorologe hatte gehört, wie der Rundfunkmitarbeiter sich danach noch die Zeit nahm, ein Niesen zu unterdrücken und sich die Nase zu putzen.

»Außerdem bin ich krank.«

Es war Mitternacht geworden. Der Kollege ging nach Hause, er blieb. Zunächst verfolgte der Meteorologe noch jede Meldung, die einging, doch mit fortschreitender Nacht verlor er sein Interesse an Karten und Zahlen. Er saß steif auf seinem Platz, linker Schreibtisch am Fenster, und stand nur einmal auf, um aus einem Schrank, in dessen unterstem Fach unnützer Kram aufbewahrt wurde, ein Fernglas zu holen und damit, direkt an der Fensterscheibe, in die Finsternis zu spähen. Natürlich war nichts zu erkennen. Da war lediglich ein Sturm, der seine Höchstgeschwindigkeit erreicht hat und das pfeifend und kreischend auslebt. Während sein Blick weiterglitt bis dorthin, wo sich die Dunkelheit in ein fahles, transparentes Beben auflöste, spürte er, wie unten alles mögliche umstürzte. Er legte das Fernglas weg, nahm wieder Platz wie in einem verlassenen Theater und stellte sich die schrecklichen Verwüstungen vor, die Bilder von entgleisten Güterzügen, abgerissenen Dächern, entwurzelten Bäumen, einander berührenden Stromleitungen. Auch das Chaos auf See malte er sich aus, die unvermeidlich in Seenot geratenden Schiffe.

Doch auf ernsthafte Überflutungen kam sein Vorstellungsvermögen nicht.

Der Zustand von Deichen und Küstenbefestigungen war schließlich nicht sein Aufgabenbereich. Dennoch, später würde er sich an diese Stunden stets als Stunden erinnern, in denen er, die Hände im Schoß, hatte mit ansehen müssen, wie die See Capelle, Stavenisse und 's-Gravendeel überrollte, wie Kortgene, Bath und Battenoord genau auf dem Weg einer in die Enge getriebenen Wassermasse lagen, wie südwestlich von Numansdorp der Deich schlagartig an neun Stellen brach und das benachbarte Schuring, nicht mehr als eine kleine Straße, sofort verschwunden war. Oude Tonge: der klägliche Angriffspunkt einer Sturmflut, die von drei Seiten her gleichzeitig vorwärtsdrängt. Ouwerkerk, Nieuwerkerk, Dörfer, die wohlgemerkt mitten auf der Insel lagen, er sah sie ohne dringende Warnung seinerseits im Nordweststurm untergehen, dessen Karten in diesem Moment vor seiner Nase lagen.

Der Wettermann starrte in die Nacht hinaus. Der Nordweststurm, dessen Auge, wie er wußte, in diesem Moment Richtung Berlin zog, sollte ihm für immer in Erinnerung bleiben: Fluchtversuche, die nach vier Uhr dann doch überall von den Menschen unternommen wurden, auf Karren, in PKWs, mit einem Bus, meist jedoch zu Fuß. Überall haben sich in dem eisigen Wind jener ersten Februarnacht kleine Gruppen von Menschen auf den oft bereits überfluteten Deichen befunden. Über den Boden schlurfend, um nicht von der Strömung erfaßt und mitgerissen zu werden, haben sie sich, fest untergehakt, auf den Weg gemacht zu einem höher gelegenen Dorf oder zu den roten oder gelben Lichtern eines Autos in der Ferne, bis sie aus der völligen Finsternis heraus von der sie verfolgenden

Wassersäule eingeholt wurden, wonach eine solche kleine Gruppe im Handumdrehen in der sich brechenden Woge verschwand und sehr schnell in dem Nordnordweststurm unterging, der mittlerweile einen Ton von sich gab, den keiner der Flüchtlinge je zuvor bei Sturm gehört hatte: ein langgedehntes, tiefes Brüllen, wie es entsteht, wenn Kühe in blinder Panik eine Weile im Kreis herumschwimmen. Und es dann ziemlich schnell, viel schneller als Pferde, aufgeben.

Sie sahen sich das vom Dachbodenfenster aus zu dritt an. Lidy, Simon Cau und Gerarda Hocke, die oben an der Treppe auf sie gewartet hatte, während das Wasser unten ein Stück aus der Seitenwand schlug. Die alte Frau des Hauses trug Duiveland-Tracht, schwarz, die weiße Haube eng das Gesicht umschließend, und das Erstaunliche war, daß Lidy vorhin, als sie auf die Bäuerin zustürmte, zuerst die goldenen Nadeln zu beiden Seiten der Haube bemerkt hatte, die ihr uralt vorkamen, wahrscheinlich Erbstücke.

Jetzt starrten sie alle drei aus dem einzigen Fenster im Dachgeschoß des mit der Schmalseite zur Straße hin gebauten Wohnhauses. Graues Mondlicht schien auf eine wilde Brandung, in der Holz, Stroh und große dunkle Dinge trieben, die sich manchmal ein wenig bewegten. Sie sahen eine der Kühe wie einen Hund hin und her schwimmen und dabei mit den Vorderbeinen aufs Wasser schlagen. In etwa zwanzig Meter Entfernung, rechts, konnten sie das spitzgieblige Dachgeschoß des Gabriëllina-Hofs aus den Wogen ragen sehen, dort brannte noch immer ein Licht. Der erste, der sich abwandte, war Cau. Als die Bäuerin ihn fragte, ob er eine Zigarette wolle, antwortete er, auf seinen Mantel klopfend: »Hab selber.« Ein Glas

Cognac mußte sie ihm in die Hand drücken. Auch Lidy bekam Cognac und dazu eine Zigarette, trockene Socken und ein Paar schwarze Schnürschuhe. Der Dachboden war so groß wie eine Kirche. Eine Kutscherlaterne warf einen schwachen blauen Schein auf die Sachen, die hier lagerten und von denen zwei Federbetten mit Zubehör und ein Bettgestell mit Matratze ihnen bald zupaß kommen sollten. Ruhig nebeneinander lagen auf einem kleinen Teppich ein Hund und eine der sechs Gänse aus dem Stall im Obstgarten neben der Straße, der wie der daneben gelegene Schuppen samt Körben und Bienenvölkern schon nicht mehr existierte.

Izak Hocke, erzählte dessen Mutter, war vor einer Stunde mit dem großen Wagen hinter dem Traktor losgefahren.

2
Niedriger Barometerstand in Amsterdam

Die letzte Juniwoche brachte endlich den Sommer. Der Südsüdostwind trieb eine Hitze in die Stadt, die anfänglich sehr angenehm gewesen war, heute jedoch feucht und drückend zu werden begann. Auch in der Amstelkirche, in der ein Trauergottesdienst für Lidy abgehalten wurde, litten die Anwesenden darunter. Die Holzkirche, einst als Scheunenkirche errichtet und danach im neugotischen Stil umgebaut, war stark verfallen, wodurch die geweihte Atmosphäre einen natürlichen tragischen Akzent erhalten hatte.

Armanda saß in der vordersten Bank zwischen ihrer Mutter und Jacob. Sie blickte von der Stelle, an der eigentlich der Sarg hätte stehen müssen, zu den drei Spitzbogenfenstern hoch oben in der Fassade. Weißes Sonnenlicht, klamm wie Dampf, fiel von dort herab. Lidy, wo steckst du, murmelte sie bei sich und rieb sich die schwitzenden Hände an dem schwarzen Kammgarnrock ab, den sie in diesem Monat zum zweitenmal trug und in dem sie sich zum zweitenmal reichlich unwohl fühlte, weil der Rock, ungefüttert, einer von jenen war, der einem beim Gehen an den Beinen hochkriecht. Vor zehn Tagen hatte sie zusammen mit Betsy und Sjoerd Schouwen-Duiveland besucht, wo die Gemeinde Ouwerkerk ihre Toten auf dem wieder aus dem Wasser aufgetauchten Friedhof noch einmal bestattete. Dabei hatte es eine Unzahl von Särgen gegeben, jetzt fehlte auf verzweifelte Weise ein einziger. Sie richtete den Blick auf die Steine, mit denen der Kirchenboden seit dem siebzehnten Jahrhundert belegt war.

Erstickend warm war es. Das leichte Parfüm ihrer Mutter war das einzige, was, ganz schwach, aber doch typisch Nadine, ein Gegengewicht zu der Atmosphäre einer mit bedrückten, trauerbereiten Menschen überfüllten Kirche bildete. Keine Blumengestecke, keine einzige brennende Kerze. Dafür ein Pfarrer, korpulent, klein von Wuchs, der jetzt etwas Klägliches zu verlesen begann. Hinter sich hörte sie das plötzlich mühsame Schnaufen eines Mannes, der sein Schluchzen zu unterdrücken versucht. Vermutlich Sjoerds Vater, ein schicker Bankier, netter Mann, der mit seiner zweiten Frau gerade für einen Monat aus New York gekommen war. Sie mußte sich zwingen, sich nicht mitfühlend und neugierig umzudrehen.

Gott weiß, daß dies kein normaler Trauergottesdienst ist, grübelte sie. Und diese ganze Gesellschaft, all die Verwandten, Freunde, Kollegen und Patienten von Vater,

Nachbarn, Studienkollegen von Lidy und mir, sie alle wissen, daß wir hier in den vordersten beiden Bänken keine normale Familie sind, sondern eine auf den Kopf gestellte. Und ich, die Übriggebliebene von zwei Schwestern, ich darf wohl sagen, die Personifizierung der beiden, bekleide in dieser Familie schon seit eineinhalb Jahren eine schrecklich ambivalente Funktion.

Jacob und sie saßen Schulter an Schulter auf der Bank. Ihr fiel auf, daß ihr Bruder brettsteif zuhörte, wie sie, ohne sich anzulehnen. Sie warf einen Blick auf sein für sein Alter viel zu müdes Gesicht. Es schien, als habe die Stimme des Pfarrers, der die Akustik in dem Holzbau bis unter den First zu aktivieren verstand, ihn in Trance versetzt. Sie stieß ihn an, fragte: »Pfefferminz?«, tastete mit hochgezogener Schulter in ihrer Jackentasche, sah seine Dankbarkeit, als sie ihm das Bonbon zusteckte, und hob wieder den Kopf.

Die Stimme kam ihr inzwischen wie eine normale Art zu sprechen vor, hatte jedoch zu Beginn, beim ersten Gebet, eine versteinernde Wirkung auf sie gehabt. Streng und in seinem Entre-nous mit Gott fast gebieterisch hatte dieser Pfarrer unverblümt gesagt, worum es ging. »Du weißt, wo sie ist, wir nicht.«

O ja, so ist es! Amen! Dies genau ist die Situation.

Danach hatte dieser vielleicht kleine, aber doch viel Autorität ausstrahlende Pastor begonnen, um Hilfe und Trost zu flehen. Und er hatte es geschafft, in alles, was immer er anführte, Lidys Namen einzuflechten. Lidy hier und Lidy da, doch ob es nun an ihr, Armanda, gelegen hatte oder nicht, je weiter der Gottesdienst fortschritt, schien sich besagte Lidy, anstatt näher zu kommen, vielmehr drastischer denn je in ihre Abwesenheit zurückzuziehen. Bis sie dann endlich begriff, daß genau dies beabsichtigt war.

»Des Menschen Tage sind wie Gras!« Ja, so schlimm ist das alles also nicht, du bist tot, jedenfalls nehmen wir das mittlerweile an, wir sind das ein wenig später ebenfalls, aber jetzt noch nicht! Die Orgel spielte da bereits mit reichlich viel Vibrato. Armanda, die die zunehmend tiefen Bässe in ihrer Brust vibrieren spürte, merkte, daß die allgemeine Gefühlslage in bezug auf Lidy sich erst heimlich, danach immer offener von Zärtlichkeit zu purer Hartherzigkeit wandelte.

Räum sie aus dem Weg, die teuren Toten, denn sonst kommst du nie mehr von ihnen los!

Ja, schluchzte Armanda in Gedanken, begrab ihre physischen Reste, gib ihnen Ruhe, diesen mitleiderregenden, auf warmes, lebendiges Blut erpichten Schemen. Und während sie das tat, hörte sie sehr wohl, wie der poetische, unaufrichtige Ton ihres Gejammers sich perfekt an den Tenor der Psalmen und Gesänge anschloß, deren Wehmut ganz sicherlich nicht *ihnen* galt, sondern den seufzenden und japsenden Besuchern des Trauergottesdienstes hier in der Kirche. Begrab sie, ja, aber was, wenn es nichts zu begraben gibt?

In einem Impuls beugte sie sich etwas vor und drehte den Kopf, um Sjoerd zu suchen. Verstohlen natürlich, als nächste Familienangehörige erwartet man von dir, daß du in stummer Trauer still dasitzt. Sie spähte die Reihe entlang. Beiläufig sah sie, daß ihre Eltern, links von ihr, einander bei der Hand hielten. Jan und Nadine Brouwer saßen aufmerksam da, mit wohlwollenden Gesichtern, währenddessen aber auf nichts anderes gerichtet als das, was sie miteinander, ausschließlich miteinander teilten, und lauschten.

Er saß auf dem ihm als Witwer zustehenden Ehrenplatz an der Ecke auf der anderen Seite des Gangs. Sie sah, wie er ein zusammengefaltetes weißes Taschentuch an die Stirn führte, die stark transpirierte. Es wurde tatsächlich mit jeder Minute stickiger. Die Farbe des Lichts, das durch die drei Fenster herabfiel, wechselte bereits zu Grau. Man konnte spüren, daß in der ganzen Stadt der Luftdruck unter einer schweren, sich elektrisch aufladenden Wolke von gewaltigen vertikalen Abmessungen im Fallen begriffen war.

Er ist viel stärker durcheinander als vor zehn Tagen in Ouwerkerk, dachte sie, während sie noch rasch bemerkte, wie sorgfältig er sein dickes, blondes Haar gekämmt hatte. Spürt er, daß er nun endlich, vor Gott und der Welt, dabei ist, der Witwer zu werden, der er nach eineinhalb Jahren auch wahrhaftig endlich sein darf? Der rechtmäßige Hinterbliebene seiner Frau? Was für ein fürchterliches Wetter, erinnerte sie sich, als er, Betsy und sie nach der Feier auf dem Friedhof von Ouwerkerk noch geblieben waren, um einen der sich dort an den Gräbern zu schaffen machenden Totengräber um Aufklärung zu bitten. Denn sie hatten gesehen, daß sieben, acht Plätze für die nicht gefundenen Vermißten des Dorfes abgesteckt waren. Wie die richtigen Gräber waren auch sie unter Blumen begraben.

Nieselregen. Graue Kahlheit bis zum Deich in der Ferne.

Lag es an den völlig anderen Witterungsbedingungen, daß dieses ganze Spektakel ihr jetzt wie etwas aus grauer Vergangenheit vorkam? Und daß sie drei, genau betrachtet, viel schlimmer drangewesen waren, als sie sich in Wirklichkeit gefühlt hatten?

Wie sie da gestanden hatten, nachdem alle örtlichen Hinterbliebenen nach dem Empfang im Rathaus gegangen waren und die Trauerautos und Lastwagen in ihre Garagen zurückfuhren. Die Totengräber, denen ein Trupp Arbeiter vom Stadtbauamt zur Seite gestellt worden war, waren schwer damit beschäftigt, die Gräben, in die die mehr als fünfzig Särge herabgelassen worden waren, zuzuschaufeln und das Blumenmeer ein wenig zu ordnen. Auf der Schlammfläche hinter ihnen hatte ein Bagger gestanden. Wenn man von ihrem Platz aus dorthin schaute, konnte man sich sehr gut vorstellen, daß hier ein knochiger, riesengroßer Höllenhund stand, den es nach dem heutigen Zustrom in sein tieftrauriges Reich, mehr als fünfzig Tote auf einmal, einfach schwindelte.

»Wollen wir mal fragen?« hatte Betsy plötzlich vorgeschlagen.

Alle drei wußten voneinander, daß sie an die sieben, acht noch nicht eingenommenen Plätze im nassen, versalzenen Boden gedacht hatten. Also waren sie zu demjenigen der Arbeiter gegangen, der ihnen der maßgebliche erschien, und hatten als erstes gefragt, wie es jetzt mit den Gräbern weitergehe, die lediglich mit einem in die Erde gesteckten kleinen Metallschild numeriert waren.

»Da kommen Gedenksteine aus grauem Beton hin«, hatte der Angesprochene geantwortet, ohne den Blick von einem abgegriffenen Heft in seiner Hand zu lösen. »Vierzig auf fünfzig groß.« Der Vorarbeiter hatte mit Bleistift etwas vermerkt, kurz nachgedacht und dann, als sei dies das Resultat seiner Denkarbeit, gesagt: »Und darauf kommen dann in Schwarz die Personalien des Ertrunkenen. Name, Geburtsdatum und -ort, Todestag und -ort.«

Dann hatte Sjoerd nach den noch nicht belegten Gräbern gefragt.

Der Erdarbeiter hatte ihn mit einem gewissen Entgegenkommen im Blick betrachtet.

»Die kriegen auch einen Stein.«

Und nach einem Augenblick, als verstehe er ihre unausgesprochene Frage, nickte er und sagte: »Jawohl. Ebenfalls mit Inschrift, obwohl in diesen Fällen das Todesdatum und eigentlich auch der Tod selbst natürlich nicht hundertprozentig feststehen.«

Die drei sahen ihn weiter an.

»Darum ergänzen wir diese Inschriften sicherheitshalber durch den Vermerk ›vermißt‹.«

Während sie sich über die zertrampelten schmalen Wege entfernten, hatte es plötzlich viel stärker zu regnen begonnen. Sie beschleunigten ihre Schritte. Armanda sah sich noch ein letztes Mal nach dem erbärmlichen Totenacker um, der, wie sie vermutete, wohl nie den Anblick eines normalen, freundlichen Friedhofs bieten würde. Diese Grabsteine für die unsichtbaren Toten. Warum schreiben sie anstatt »vermißt« nicht »vermutlich verstorben« darauf?

Im Zug Richtung Rotterdam war ihnen der Gedanke an einen Trauergottesdienst für Lidy gekommen. An den Abschied von Lidy, der heute, zehn Tage später, dann tatsächlich in der Amstelkirche stattfand, wo es witterungsbedingt schrecklich stickig war und Armanda inzwischen offen weinte, ihr die Tränen nur so über die Wangen strömten, als die Einzelheiten des Gesprächs im Zug ihr erneut durch den Kopf gingen.

Ein Büffetwagen war vorbeigekommen. Hungrig hatten sie Kaffee und Brötchen bestellt. Armanda hatte, durch die nasse Fensterscheibe auf die Wiesen starrend, laut nachgedacht: »Wir sollten zu Hause etwas für Lidy tun. Was meint ihr, etwas zu ihrem Gedenken oder so …«

Als ihre Augen sich von der Landschaft gelöst hatten,

sah sie, daß Betsy und Sjoerd, ihr gegenüber, ihr einmütig, fast erfreut zunickten.

»Gute Idee«, hatte Sjoerd, in sein Brötchen beißend, gesagt. »Ja. Warum sollten wir diese endlose juristische Prozedur bis zum Ende abwarten?«

Danach jedoch hatte er ihr, schnell kauend und schlukkend, einen anderen Blick zugeworfen. Und zwar so offen, daß sie sofort verstand, seine Frage war keine Frage gewesen, sondern ein bitterer männlicher Vorwurf. Sie hatten noch immer nicht miteinander geschlafen. O Gott, hatte sie gedacht. Was für eine Folter, für mich, aber vor allem für ihn. Denn so naiv war sie doch nicht, daß sie nicht gewußt hätte, daß jeder Mann es als skandalöses, zum Himmel schreiendes Unrecht empfinden würde, wenn die Frau, die sich ständig unter seinem Dach aufhält und mehr als einmal zu erkennen gegeben hat, keineswegs etwas dagegen zu haben, von ihm geküßt und gestreichelt zu werden, sich doch jedesmal plötzlich wie eine zickige Braut, eine unerträgliche Nein-Sagerin entzieht.

In letzter Zeit vermied sie es, sofern irgend möglich, sich zusammen mit ihm in Nummer 36 aufzuhalten.

Sie hatte die Augen niedergeschlagen. Das Dröhnen des Zugs war rauscherregend gewesen. Sjoerd und seine Halbschwester begannen, über das Verfahren zu sprechen, durch das Lidy nach kurzer Zeit, wie jeder hoffte, dann doch endlich für tot erklärt werden könnte. Armanda lehnte sich zurück, ganz in der Pose eines Menschen, der sich geistig ausklinkt. Schwer war es immer schon gewesen, das wußte sie bereits, für einen definitiv Vermißten eine Sterbeurkunde zu bekommen. Erst nach zehn Jahren Ungewißheit konnte man dem Gericht eine Erklärung des mutmaßlichen Todes abringen, wonach die Erben bestimmte, aber nach wie vor nur sehr bescheidene Ansprüche erheben konnten und ein hinterbliebener Ehepartner eine neue Ehe schließen durfte. Armanda hörte die Geschwister leise das Notgesetz von 1949 erwähnen, mit dem die mehr als hunderttausend Vermißten aus dem Krieg recht schnell ihren Status als Tote erlangt hatten, ihre Aufenthaltsgenehmigung in den Sterberegistern des Standesamts in ihrem früheren Wohnort. Sie sprachen sehr beherrscht, sehr sachlich darüber, vielleicht gerade weil die mütterlicherseits jüdische Betsy persönlich schon mal mit diesem Gesetz und diesen makabren Formularen zu tun gehabt hatte. Dieses tragische Gesetz würde, und daran wurde staatlicherseits bereits intensiv gearbeitet, sehr bald auch für eine neue Liste von Vermißten gelten müssen, die zwar kürzer als die frühere war, aber noch immer mehr als achthundert Namen aufwies.

»Nur ein Stempel«, hatte sie Sjoerd sagen hören. »Und dann können sie das Formular angeblich sofort für jeden verwenden, der sich zwischen dem 31. Januar und dem 10. Februar in den Provinzen Noord-Holland, Zuid-Holland, Noord-Brabant und Zeeland aufgehalten hat und *von dessen Existenz seither kein Nachweis mehr erbracht werden konnte.«*

Sie weinte jetzt unbeherrscht. Ihre Mutter steckte ihr ein Taschentuch zu. Diese Geste ihrer milden, sich arglos gebenden Mutter beschämte sie aus ihr unerfindlichen Gründen, und sie verlor noch mehr die Fassung. Es kam ihr so vor, als erfüllte jenes Gespräch im Zug inzwischen die ganze Kirche mit einem sonoren Klang und als hätte der damalige, knochentrockene Wortlaut sich jetzt, in dieser drückenden Atmosphäre, völlig verändert und gäbe seine wahre Bedeutung für jedermann verständlich preis.

Der Abschied von Lidy war zugleich ihre, Armandas, Verlobungsfeier. Die Schwester ist tot, es lebe die Schwester.

Armanda rieb sich mit den Handflächen übers Gesicht, sie leckte sich die Tropfen von der Lippe – ich vermisse dich, Lidy, das weißt du doch, ach nein, Lidy, laß das alles nicht geschehen sein, werde wieder lebendig –, und wer weiß, zu welcher Schau ihr Kummer sie noch getrieben hätte, wäre sie nicht wachgerüttelt worden von der Gewalt eines anderen Textes.

»Wermut und Gift! Beständig denkt meine Seele daran und ist tief gebeugt.«

Gott! Armanda richtete ihren Blick auf den Pfarrer, der da oben auf seiner Kanzel einen alles andere als unscheinbaren Eindruck machte. Wie meinen Sie das? Beängstigend weit vorgelehnt, war hier jemand im Begriff, Jeremias Klagelied zu wiederholen, zu bearbeiten und fachmännisch auf den speziellen Fall des heutigen Tages zuzuschneiden. Was ich meine, ist, es wird allmählich Zeit, daß du damit aufhörst. Armanda darauf noch, gewitzt: Womit? Weißt du genau. Wermut und Gift, all diese elenden Gedanken, die eine Seele, auch deine, wirklich nicht großmütiger machen! Denk außerdem an die Kleine, die heute mittag daheim geblieben ist! Nadja? Ja, genau. Soll sie etwa in einer derart miesepetrigen Umgebung aufwachsen? Gott hat uns deine Schwester genommen, und damit verfolgt er eine Absicht. Stop. Paß auf. Die Grausamkeit Gottes ist ein großes Tabu. Laß also deine Schmalspurempörung und bedenke, daß du seine Beweggründe nicht verstehst. Die Summe aller Unzurechnungsfähigkeit ist Gott. Der dir heute also einen simplen Befehl erteilt. Laß sie gehen, leb du weiter.

Wie? stöhnte sie. Sagen Sie mir das mal, Mijnheer …

Sogar in der Kirche war jetzt zu spüren, daß sich draußen nicht mehr das leiseste Lüftchen regte. Einatmen, das ging ja noch, aber Ausatmen war schon deutlich schwieriger. Ziemlich abrupt verschwand das Tageslicht. Dann, gerade vor dem Schlußsegen, als hätte der eine Gott nicht warten können, bis der andere zu Ende gesprochen hatte, brach mit einem rasselnden Schlag der Art, die einem das Herz in die Kehle jagt, das Unwetter los. Die Familie in den beiden vordersten Reihen erhob sich erschrocken.

Danach hatte sich ein unzeremonieller Zug gebildet. Armanda ging für sich. Grüne Augen, fiebrig glänzend, Schweißtröpfchen auf der Nase, der Pony ihrer glatten Frisur klebte ihr an der Stirn. Duplikat ihrer Schwester. Alle sehen mich an, dachte sie, vielleicht naiv, aber keineswegs zu Unrecht, und sie folgte gleichsam ihren Blicken. Sieh nur, sieh nur … Sie konnte sich kein Bild außer dem von sich selbst vorstellen. Zum schrecklichen Lärm der Orgelmusik, übertönt von den Kanonenschüssen des Donners, steuerte sie wie eine Betrunkene gemessenen Schritts auf den Ausgang zu.

Ein paar Meter seitlich vom Portal standen die Trauerwagen. Alle rannten durch den Sturzregen auf sie zu. Armanda ließ sich im erstbesten auf die Rückbank fallen. Eine der Brouwer-Tanten rückte schnell zur Seite, und ein Langjouw-Onkel, Leo, sprang hinter ihr hinein. »Ein Bier!« rief er, während sich das Auto in Bewegung setzte, und Armanda antwortete: »Gott ja, bitte!«

3
Mond im Apogäum

Inzwischen war Lidy die einzige, die noch am Fenster eines Bauernhofs stand, der merkwürdigerweise nicht inmitten von Äckern oder Wiesen lag, sondern in einer Meeresströmung. Denn als Überschwemmung konnte man das nicht mehr bezeichnen, das da, die Wogen auf der anderen Seite des Fensters, das war ein Seestück. Tidehochwasser der Nordsee mit dem Mond im Apogäum. Insgesamt befanden sich auf dem Dachboden des Bauernhofs zwei Tiere und drei Menschen. Sie verhielten sich alle still, wie Geschöpfe es tun, wenn sie höchst unerwartet mit etwas, das jeder Beschreibung spottet, in Berührung kommen. Simon Cau, seit seinem Entschluß, zu einer Geburtstagsfeier zu fahren und nicht (doch mal schnell) zum Willems-, Galge- und Westwaartse-Deich, im Wesen völlig verändert, saß auf einem Schemel oder einer kleinen Fußbank. Weil das Ding ziemlich weit unter der bis zum Boden heruntergehenden Dachschräge stand, hatte er eine geduckte Haltung einnehmen müssen, Unterarme auf den Knien, Hände schlaff herabbaumelnd. Gerarda Hocke machte sich schon nicht mehr die Mühe, sich um ihn zu kümmern, geschweige denn ihn zu bitten, ihr irgendwie zur Hand zu gehen. In dem, was noch immer das Haus war, in dem sie geboren war und auch zu sterben beabsichtigte, zerrte die alte Frau an den Matratzen, hielt ein Streichholz an einen Petroleumkocher, kontrollierte den Glühstrumpf und drehte den Feuerkreis wieder aus. In den Wohnstuben unten stießen umhertreibende Tische und Stühle gegen die Wände.

Lidy stand da und sah hinaus. Sehr früher Sonntag, der

1. Februar. Seit sie vor einigen Stunden in einem fremden Bett aufgewacht war, hatte sie noch keinen Moment das Gefühl gehabt, zu wissen, wo sie war. Steckengeblieben zwischen Wachen und Träumen, das eigene Gedächtnis wie Spielkarten von fremden Händen durcheinandergemischt. Auf einmal hatte einer der allernormalsten Lebensumstände, das Wetter, sich verrückterweise in den Vordergrund geschoben. Stieg das Wasser jetzt eigentlich noch? Der Wind sauste schon etwas länger in ihrem Kopf, wie ein ohrenbetäubender Traum, den sie kannte, aber das Wasser, das da einen, eineinhalb Meter unter ihr ins Haus hinein- und wieder hinausflutete? Sie meinte, daß der Boden unter ihren Füßen leicht schwankte. Dort, links auf der Straße, war doch die Barrikade, vor der sie in dieser Nacht mit dem Citroën hatten umkehren müssen? Unmöglich zu erkennen, ob von ihr noch etwas aus dem Wasser ragte, die Wolkendecke hatte sich bis auf einen violettrosa Zackenrand wieder geschlossen, Himmel und Meer waren kaum voneinander zu unterscheiden. Dennoch blieb sie dort stehen und schaute. Höllischer Wind! dachte sie unbestimmt, träge. Aber die Kühe waren jetzt still. Durch einen Nebel von Erschrecken und Müdigkeit bestaunte Lidy den Untergang, als sei sie eine Zuschauerin, keine Teilnehmerin, und wolle wissen, woher es kam, daß ihre gestrige Reise zu Wasser nun auf einmal so monströs ausgeufert war.

Erstaunliche Umstände, oder eher: ziemlich normale Umstände, die sich in dieser Nacht allerdings auf erstaunliche Weise entpuppten. Diese schweren Nordweststürme traten auf diesem Breitengrad Westeuropas schließlich jedes Jahr ein paarmal auf, und eine Springflut, die gab es alle zwei Wochen.

Heute wurde also alles hinweggefegt. Die zufällig hereingeschneite Besucherin war nicht die einzige, die fassungslos war. Das gesamte Delta im Südwesten der Niederlande, von dem nie ganz sicher war, wie man es zu betrachten hatte, mußte dran glauben. Befand man sich hier auf einer der normalerweise gerade eben nicht überschwemmten Sandbänke vor der Küste Brabants? Oder in einer ernstzunehmenden landfesten Provinz, in der Rhein, Maas und Schelde genau wie anderswo auf der Erde der Nil, der Tejo und die Themse das tun, ordnungsgemäß ins Meer münden, auch wenn dieses den großen Flüssen hier mit Armen und Stromrinnen gierig entgegenkommt? Nicht jetzt – es sollte Tage dauern, bevor die Niederlande es auch nur glauben wollten –, aber später sollte man Antwort auf die Frage wissen, wie es nur passieren konnte, daß Wester- und Oosterschelde, Grevelingen und Haringvliet samt den dahinterliegenden Gewässern wie eine Plage des Himmels die Inseln überfluteten und 1836 Menschen, 120 000 Tiere und 200 000 Hektar Land auf einen Schlag hinwegfegten. War dies, wissenschaftlich betrachtet, möglich? Hier stand Lidy und schaute sich die Augen aus dem Kopf. Ihr junges Gesicht reckte sich weiß aus dem Kragen eines dicken Mantels. Wissenschaftler hatten die auf sie zuschießende Nordsee einige Jahre zuvor in drei, mit dem Lineal gezogene Abschnitte aufgeteilt.

Nordabschnitt, Südabschnitt, Kanal. Drei Phantasiegebilde, die Lidy, ob sie von ihnen wußte oder nicht, so gut wie jeden hier in dieser Nacht unmittelbar persönlich angingen. Sogar der Nordabschnitt, die schnurgeraden Linien zwischen Skandinavien und Schottland, wo die Nordsee noch mit dem Atlantischen Ozean verbunden und auch ziemlich tief ist, war etwas, von anderen erdacht, aber furchtbar real, aus ihrer Lebensgeschichte. Der Wind hatte dort bereits vor Stunden einen bescheidenen Wasserberg verursacht.

Für ein flaches Meer braucht es ein größeres Spektakel: Südabschnitt, die Rechteckzeichnung zwischen den Küsten Englands, Dänemarks und der Niederlande. Lidy sieht ein violettes Wassergebirge mit Wellengipfeln und -tälern, die nicht zu unterschätzen sind, von allen Seiten herandrängen. Kann man sich so etwas ansehen, ohne perplex zu sein? Und trotzdem ist es im Grunde ganz normal, denn sogar wenn es kaum bläst, beginnt sich die Wasseroberfläche bereits zu kräuseln, das sanfte Gedrängel, mit dem jede Welle beginnt. In dieser Nacht jedoch haben die *Goeree* und die *Noordhinder* vor der Küste Windgeschwindigkeiten von dreiundsechzig Knoten pro Stunde gemeldet. Wellen also, voluminöse Wellen, die, wie Eisberge, für das Auge nur über dem Meeresspiegel zu erfassen sind, unter Wasser jedoch ihre Kraftanstrengungen auf phantastische Weise fortsetzen. Wenn sie auf einen flachen Untergrund stoßen, werden sie kürzer, geben dabei aber noch nicht mal *so* viel von ihrer Energie ab. Sich auftürmen werden sie, höher und steiler, je länger der Wind bläst, im äußersten Süden des Südabschnitts, wo der Meeresboden vor der niederländischen Küste rasch ansteigt, um an einer Dünenreihe und einem altertümlichen System von Küstenschutzwerken, Schleusen, Wehren und Schöpfwerken zu enden. Aufgehalten schließlich in Abschnitt drei, Kanal, wo sich vor dem engen Flaschenhals nach mehr als sechzehnstündigem Sturm ein Stau ergibt, wird die Flut, die mittlerweile eine Angriffslänge von Tausenden von Kilometern hat, sich bedenkenlos in die Meeresarme Zuid-Hollands und Zeelands stürzen. Und sich von dort aus einen Ausweg erzwingen, um zu erreichen, was jede Flüssigkeit auch erreichen *will*: Ausgleich.

Da kam etwas. Sie preßte die Stirn an die Scheibe. Rechts vom Hof schien sich etwas zu nähern. Ein Ungetüm, das Licht führte. War dies der heimkehrende Izak Hocke? Lidy meinte ihn, je näher der 28-PS-Ferguson mit Anhänger kam, immer deutlicher zu erkennen. Merkwürdig. Denn draußen hatte sich der Himmel in diesem Moment so zugezogen, daß sie das Wasser zwar tosen hörte, aber kaum sehen konnte. Das sich langsam nähernde Vehikel mit einem in sich zusammengesunkenen Mann auf dem Fahrersitz wirkte eher wie eine Halluzination als etwas aus der lebendigen Welt.

Allerdings war irgendwo noch immer Vollmond oder, genauer gesagt, es war zwei Tage danach, der Zeitpunkt, an dem die Springflut am höchsten ist. Nur hatte der Mond in dieser Nacht zufällig wenig Einfluß, astronomisch herrschte Ebbe. Mond und Sonne, auf einer Achse gelegen, zogen die Wassermassen zwar gemeinsam in die Höhe, doch der Mond hatte auf seiner Ellipsenbahn um die Erde gerade seinen entferntesten Punkt erreicht, das Apogäum, in dem seine auf die Gezeiten einwirkenden Kräfte äußerst bescheiden sind. Für die Bewegung des Lichts hat das keine Bedeutung, und dieser Aspekt der Mondscheibe war in dieser Nacht folglich völlig intakt. Kühl, bleich und sehr wohl imstande, von irgendwoher hinter der Wolkendecke ein typisches schattenloses Spotlicht zu werfen wie das, in dem Lidy den Traktor sich jetzt durch das Wasser quälen sah.

In dem Wagen dahinter ein paar Menschen.

Der Wind hatte ein Stück Schmiedeeisen wie ein Krummschwert durch die Fensterscheibe in den Raum geschleudert. Alle erschraken. Für einen Moment gab es eine heftige Druckwelle, der Laden flog aus der rückwärtigen Hauswand, die Lampe flammte auf. Aus Simon Cau war offenbar ein Mensch geworden, der auch in einem Moment wie diesem noch unbeweglich sitzen bleiben konnte, als befände er sich hier ganz allein, doch Lidy und die alte Frau drückten sich an die Wand neben dem Fenster, um zu schauen, was draußen vor sich ging. Arme vor dem Gesicht, Windstöße von einhundertzwanzig Stundenkilometern spürt man wie Glasscherben an Händen und Augen. Die alte Frau, die am Star litt, verließ sich auf die Beobachtungen ihrer Besucherin.

»Schau noch mal gut hin!« Als zweifelte sie am Bericht der anderen, in der sie längst eine Art Tochter oder Schwiegertochter zu sehen geneigt war. Ein solcher Vergleich kann unter Umständen sehr schnell aufkommen.

Diese blieb dabei. »Er ist es. Hocke.«

Danach blickten sie beide rasch, hilfesuchend, auf Simon Caus Rücken und dann wieder nach draußen, wo ungefähr hundert Meter von ihnen entfernt, auf dem jetzt fast im Wasser verschwundenen Wagen, eine knapp aus den Wogen ragende Gruppe Menschen befördert wurde, die hier ins Haus mußte. Sie zählte außer Hocke sieben Personen, Überreste von ein paar Familien, die einen Kilometer von hier in einem Weiler gewohnt hatten, auf einer geschützten Schlickinsel, wo der Ringgraben des Polders sich in zwei Arme aufteilte, deren einer eine längst festgerostete Schleuse enthielt und deren anderer bis zum Hauptschöpfwerk am Grevelingen weiterlief.

Hocke machte eine Armbewegung und schrie etwas. Es

war am Fenster nicht zu verstehen. Er hatte den Traktor dem Haus genau gegenüber hinmanövriert und fragte sich jetzt wahrscheinlich, wie weit er auf dem unter Wasser abwärts führenden Weg noch kommen konnte. Währenddessen warteten seine Fahrgäste mit harten, kalten Gesichtern ab. Sie schauten, als wären sie aus dem Nichts zum Vorschein gekommen, wiederauferstanden, aber ohne zu wissen und ohne damit zu rechnen, das je noch zu erfahren, woher. Dennoch schoß in der sehr starken Strömung von Norden eine ganze Sammlung loser Gegenstände von zu Hause an ihnen vorbei, angefangen von Holzschuhschuppen, Türen und Dachrinnen bis hin zu kleineren Sachen wie Bettchen, Wiegen, Tabakdosen, Vogelkäfigen, Schuhen, einem Gebiß, einem Backblech, einer Ausgabe von *Sjors en Sjimmie*. Sie blickten über all das hinweg, weniger leer als vielmehr all dessen entledigt, was ihre Augen früher gekannt hatten.

Acht kleine Häuser. Die Flutwelle war auf der einen Seite auf sie losgegangen, genau als Hocke auf der anderen Seite entlang dem Graben hinunterfahren wollte. Die Familien von zweien seiner Knechte und ein paar Tagelöhnern wußten nicht, was sie eher hörten, die atemlose Hupe des Traktors oder die Bombe, die ihre Hauswände spaltete und die Dächer abriß. Die in Wasser umgesetzte Energie eines Orkans kann in einem Raum voller Hindernisse wahnsinnig wüten. Haarscharf an den einstürzenden Deichen entlangschießend, kenternd, zur Seite drängend und wieder zurückströmend, hatte die Flutwelle einen Druck von Dutzenden von Tonnen pro Quadratmeter in sich gesammelt, als sie Naweg 1 bis 8 erreichte und wie ein Punchingball darauf zuschoß. Die meisten Bewohner schafften es gerade noch bis zur Leiter im Treppenschacht. Bilder, die kein Mensch je festhalten sollte, folgten.

Ein vierzehnjähriger Junge und sein Vater hauen sich mit einem Meißel einen Weg frei durch die Ziegel aufs Dach, sie hangeln sich zum Firstbalken, hängen sich über ihn, im nächsten Augenblick schwappt eine steile Zunge hoch, der Vater ertrinkt sofort, der Junge wirft sich im Wasser herum, beginnt wild zu strampeln. Andere Adresse, ein fünfzehnjähriges Mädchen drückt sich an den Schornstein, das Dach ist weggerissen, um sie herum nur Windstärke zwölf, und unter ihren Füßen schwingt der Boden hin und her. Ihre vierzigjährige Mutter, hochschwanger, ist, als die Hauswand nach vorn kippt, in einem schwimmenden Wäscheschrank gelandet, die ganze Nacht hatte sie Wehen, jetzt haben sie aufgehört. Die Strömung wird sie zufällig genau neben dem Traktor auf den Weg treiben, sie wird es schaffen, jedenfalls fürs erste, genau wie ihr achtjähriger Sohn, den Hocke aus der Weißdornhecke angeln wird. Als das Mädchen mitsamt Schornstein und allem abwärts rutscht, schreit sie los, das betäubt, und hält sich fest am Nichts. Es ist stockdunkel. Die See drängt weiter mit großer Kraft von Norden heran, prallt jedoch bereits auf die verdrängten Wassermassen der Oosterschelde auf der Südseite der Insel. Die Bewohner suchen Halt an allem, worauf sie im Wasser stoßen, nicht eines der mit Kalk gemauerten halbsteinstarken Häuschen hält in der riesenhaften, hin und her schrubbenden Bewegung stand, die jetzt durch die unter ihrer eigenen Masse brechenden Wellen entstanden ist. Ein Mann und zwei Kinder in gestreiften Schlafanzügen stehen auf dem bereits versinkenden hinteren Teil eines Schuppens. Als sie im Wasser landen, gelingt es dem Mann, die Kinder auf einen Dachsparren zu zerren, der dann wie ein Torpedo davonschießt. Herr, erbarme dich, doch der Mann ertastet eine Minute später zu seiner Überraschung die Wegböschung und kriecht im Licht des Traktors hinauf. Es schneit. Ein junges Ehepaar hat sich an der Hecke entlang dem Weg vorwärtsgezogen, der sehr starke Mann hält das zweijährige Töchterchen abwechselnd mit der rechten und mit der linken Hand an der Kleidung über Wasser, er benutzt auch seine Zähne. Hocke, der sie in der Dunkelheit rufen hört, kommt ihnen zu Hilfe und zieht sie auf den Wagen. Die Frau nimmt das Kind, das zweimal unter Wasser getaucht war, in ihre eisigen Arme. Durch den heulenden Sturm ertönt wundersamerweise noch immer das Brummen des Fergusonmotors. Sechs, sieben Ratten sind neben dem Wagen aus dem Wasser aufgetaucht und installieren sich auf der Seitenklappe. Es ist noch Platz auf dem Wagen, aber wenn sie jetzt nicht machen, daß sie auf dem leicht ansteigenden Weg fortkommen, brauchen sie es gleich nicht mehr zu versuchen.

»Wir fahren!«

Er kannte sich hier gut aus. Hocke orientierte sich an den Strommasten und den sich krümmenden stakigen Weiden und Pappeln, die man nach der Überschwemmung von 1944 neu gepflanzt hatte. Es war für ihn von allergrößter Wichtigkeit, auf dem Weg zu bleiben, der unter Wasser eine Spur zu seinem möglicherweise noch existierenden Haus zog. Sich vorarbeiten auf einem imaginären Weg, leicht in eine imaginäre Kurve gehen, alles nur aufs Geratewohl. Es wird nach etwa zehn Minuten gewesen sein, daß Hocke, der Verantwortliche, der einzige mit Gedanken im Kopf, stoppte. Er spähte über die Schulter.

Zunächst war nichts anderes zu erkennen als aufeinanderprallende strudelnde Wogen, mit Sprühfontänen und allem Drum und Dran. Plötzlich trieb etwas Brüllendes heran, ein Punkt, der rasch zu einem sich an einen Heuballen klammernden Wesen anwuchs. Hocke schaute, und auch die anderen schauten.

Es war ein Junge, ein Kind, das, als der Heuballen sehr schnell auf der Strömung längsseits kam, genau im richtigen Moment ins Wasser glitt und danach auffallend geschickt dem vorbeischießenden Treibholz auszuweichen verstand. Hustend und blutend – eine der Ratten fiel ihn an, als man ihn über die Seitenklappe zog – gesellte er sich der kleinen Gruppe zu, die kurz darauf zum Bauernhof kam. Der Junge hieß Cornelius Jager, war zwölf Jahre alt, sollte aber gleich auf dem Dachboden der Hockes durch seine Mißbildung, einen Buckel, einen alterslosen Eindruck machen, und er kam aus Dreischor. Unbestimmte Dinge, solche, die man nicht bewußt bemerkt, sollten Lidy allerdings zu der Annahme führen, daß keiner der anderen wußte, woher dieses Kind kam oder wie es hieß.

4
Wenn der Wind tost und die Läden schlagen

»Mijnheer Cau!«

Sie konnte seine Gesichtszüge nicht erkennen. Sie hatte keine Ahnung, was ihn trieb, Wahnsinn? Seelische Verzweiflung? Es interessierte sie nicht. Sie bückte sich, als näherte sie sich einem abgerichteten Tier, und berührte seinen Arm. Er schien es sofort zu verstehen, zu entschlüsseln: eine Frau mit aufgegangenem Haar, das ihr strähnig über die Schultern fiel, eine Stimme, die ihn noch immer mit »Sie« ansprach, ihn aber trotzdem kommandierte. Sie hielt ein Flachsseilknäuel in den Händen.

Einen Augenblick später stand Lidy mit diesem Mann am Westfenster.

Kein Gedanke an Zuhause, kein einziger. Nur die Frage: Werden wir es schaffen? Die Leichtigkeit, mit der das eine Ich einen Schritt zurück tut, dem anderen den Vortritt läßt. Vor noch nicht einmal vierundzwanzig Stunden war sie die Gattin eines künftigen Bankiers gewesen und Mutter einer künftigen Volksschülerin, Gymnasiastin, jungen Studentin ... Jetzt interessierte sie nur das nachtschwarze Panorama von Meer und Himmel. Beide in Bewegung, südwärts, hoffnungslos am Haus vorbeijagend. Izak Hockes Dieseltraktor ersoff darin. Wie, um Himmels willen, kriegt man diese kleinen, zehn, zwanzig Meter entfernten Menschengestalten hier ins Haus? Sie verkeilten ein großes Stück Treibholz seitlich am Wagen. Durch das Getöse des Windes hindurch war es ihnen gelungen, nach einem Rettungsseil zu schreien. Sie war es inmitten eines Haufens merkwürdiger Sachen, noch nie hatte sie eine Schultasche aus Holz gesehen, auf Anweisung der Bäuerin suchen gegangen.

Lidy, Cau. Wie auch immer die Beziehung zwischen diesen beiden beschaffen sein mochte, sie war stabil genug, daß sie wußte, was die Aufgabe der einen und was die des anderen war. Sie öffnete das nach innen aufgehende Fenster ganz und hielt es mit beiden Händen fest. Er, von bescheidenem Wuchs, nicht mehr jung, aber stark für zwei, schätzte kurz die Lage ein und schleuderte dann die um einen Dachsparren gebundene Leine in die Nacht. Auch die alte Frau stand dabei.

Natürlich nicht. So geht das nicht. Die drei am Fenster begriffen es genausogut wie die Insassen des Fahrzeugs, an dem das Wasser weißschäumend aufstob, die schon so lange froren, daß sie auf ihre Todesangst nicht mehr achteten. Das Seil versank. Während sie es wieder einholten, sahen Cau und Lidy eine Gestalt sich aufrichten, klein, gedrungen, mit geöffneten Armen.

Es war der verwachsene Junge. Er sprang ins Wasser und pflügte strampelnd aufs Haus zu. Lidy legte selbst das winzigste Restchen Sorglosigkeit in sich auf Eis. Von jetzt an bis zu dem Moment, da sie ihn über den Fenstersims ziehen sollten, würde sie nicht weiter denken als bis zu der Frage, ob der Junge es schaffen würde.

Ein Troll! war der erste Gedanke, der sie durchfuhr.

Der Junge stand triefend vor ihnen.

Sie hatten ihn aus dem Wasser gezogen, doch ihr war es so vorgekommen, als habe er sich vielmehr brüsk, sämtliche Charakterzüge in Armen und Beinen geballt, mit eigener Kraft ins Haus gedrängt. Licht und Schatten glitten über sein Gesicht, das aufgerissen war, blutete und Lidy, aus ihrer Lebensgeschichte gerückt oder nicht, etwas sehr Vertrautes in Erinnerung rief. Wenn man sich heimisch fühlt in dem, was einem irgendwann begegnet ist, eine bestimmte Milde, dann liebt man diese Milde, die fortan die eigene ist. Das Leben ist nicht mehr das Leben, ohne sie. Sie dachte überhaupt nicht an ihr eigenes Kind, dieses kleine Signal aus großer Ferne. *Jetzt* wollte sie dieses zerschundene Gesicht mit einem Tuch vorsichtig abtupfen, das Haar auch, und einen Kuß darauf drücken.

Er stieß, ohne aufzusehen, ihre Hand fort.

»Jetzt an meinen Gürtel«, instruierte er zähneklappernd, Kinn auf der Brust.

Eine Kinderstimme, hörte sie. Er und Cau wickelten die Rettungsleine um seine Mitte, und er bestand darauf, daß sie sie sicherheitshalber auch noch mit einer Schlinge an seinem Gürtel festmachten.

»Bist du sicher? Schaffst du es wirklich noch einmal?« fragte Lidy, die die Augen des Jungen schon nicht mehr suchte, sondern nur noch bemerkte, daß er am ganzen Leib zitterte.

Er sah kurz zur Seite. Ärgerlich? Oder einfach halbblind wegen des in seine Augen beißenden Wassers? Sie nahm seine Hand und tätschelte sie, darauf wartend, daß er sie zurückziehe, was nicht sofort geschah.

»Wir halten dich am Seil fest.«

Lächeln, als habe sie etwas Unsinniges gesagt.

Sie fierten die Leine. Die ersten Meter sah sie ihn noch, dann schien er unter dem Treibholz verschwunden, dann sah sie, wenn sie sich nicht täuschte, seinen Kopf wieder über dem Wasser auftauchen. Erleichterung. Dann, nichts mehr. Nichts als das Verstreichen der Minuten, das ungewöhnlich langsam vonstatten ging. Die Gegenwart kann sich so in den Vordergrund schieben, daß alles, was sich davor abgespielt hat, die ganze Geschichte, zu einer Sinnestäuschung wird, die kaum überzeugt.

5
Sonniger Tag I

Hochzeiten bringen oft zwei einander fremde Familien plötzlich sehr nah zusammen, doch als Sjoerd und Armanda heirateten, bestanden zwischen ihren Verwandten bereits innige Bande. Dennoch entstand dabei etwas, was auf großen Familienfesten, zumal auf Hochzeiten, häufig entsteht: eine Vertiefung der Gefühle füreinander und das feste Vertrauen, daß dies so bleibt.

Es war ein sonniger Nachmittag im Mai. Lichtflecke tanzten über das blaue Damasttischtuch, ein Hochzeitsgeschenk. Die Türen zum kleinen Balkon an der Straße waren geöffnet. An der Schmalseite des ovalen Tischs legte Armanda Fotos hin und sortierte sie, barfuß, in einem karierten Musselinkleid, das Lidy gehört hatte. Sie hatte das Kleidungsstück, als es wegen der Sonne auf den Fensterscheiben im Haus immer wärmer wurde, schnell aus dem Schrank gezogen und übergestreift, auf dem Tisch warteten die Fotos. Jene ganz eigene, Ab-heute-ist-alles-anders-Stimmung der Hochzeitsgäste ist für die meisten schnell wieder vorbei, für manche jedoch nicht. Armanda hob den Kopf. Der Kessel auf dem Herd in der Küche am Ende des Flurs begann zu summen. Sie erwartete ihre Mutter. Armanda ging in die Küche, spülte die Kanne mit kochendem Wasser aus, goß den Rest des Wassers auf die Teeblätter, stellte Kekse und Tassen auf das Tablett und stieß bei allen diesen kleinen Verrichtungen auf das Neue in sich, das Rätselhafte, für das manche in ihrer Umgebung längst ein Wort hatten, arglos oder ironisch ausgesprochen: Ehefrau. Es klingelte.

»Großartig!« sagte Nadine Brouwer ein paar Minuten

später. »Bildschön, oh, und das da!« Sie legte die Hand an den Hals und blickte von den Fotos, die sie jedesmal kurz in die Hand nahm, zu ihrer Tochter und wieder zurück. Sie sah frisch und ausgeruht aus in einem hellroten gepunkteten Kleid, in dem sich ihre Figur noch immer mädchenhaft abzeichnete. Das aufgesteckte haselnußbraune Haar zeigte keine Spur von Grau.

Armanda, neben ihrer Mutter am Tisch sitzend, blickte erneut auf die Fotos von ihrer Hochzeit. Von der feinen Linie des Profils ihrer Mutter und den blauen Augen ohne den geringsten Vorbehalt strömte etwas unsagbar Angenehmes zu den Fotos und natürlich auch zu dem Tag, an den diese erinnerten, 3. Mai 1955. Ja, dachte Armanda daher anfänglich, mein Hochzeitstag, mein Hochzeitstag, was für ein Fest, schau, hier sind wir im Rathaus, hier in der Kirche, und sie bekam Lust, mit ihrer Mutter einen Nachplausch zu halten.

Als Jungfrau aus dem Elternhaus in die Ehe gegangen. In Weiß, ja natürlich, hätte ihr irgendwer sagen können, warum nicht, in einem schönen weißen Kleid also, aber doch besser keinem langen, und mit einem weißen Hütchen, nein, kein Schleier, und natürlich auch kein traditioneller Einzug am Arm ihres Vaters: Fünf Jahre zuvor waren Lidy und Sjoerd Arm in Arm in die Amstelkirche geschritten, sie in einem lindgrünen Kostüm mit lockerer, bis über den Bauch fallender Jacke, um rein der Festlichkeit wegen das Orgelspiel und Gottes Segen zu genießen. Es war ein schöner Junitag, damals, erinnerte sich Armanda. Klares, sonnenloses, windstilles Wetter, was man auf Fotos nie richtig erkennen kann.

»Schau, Onkel Leo hier, nett.«

»Ja, und wieder mit Betsy.«

»Wenn du mich fragst, die beiden flogen richtig aufeinander.«

Armanda spürte, daß ihre Gedanken beim Reden ihren eigenen Weg gingen, wie so oft. Mit manchen Menschen kann man sich ja vielleicht äußerst interessant unterhalten, hatte sie gemerkt, aber sie stoppen deine Gedanken. Andere, und ihre Mutter gehörte dazu, lassen die Privatsphäre deines Geistes in Ruhe und klinken sich doch immer wieder dort ein, wo du inzwischen gelandet bist.

»Alle hatten gute Laune, wirklich alle«, bemerkte ihre Mutter irgendwann.

Armanda war da schon seit einer Weile still.

»Ja«, murmelte sie, streckte die Hand aus und trank ihren lau gewordenen Tee in einem Zug aus. Die Sonne schien jetzt direkt ins Zimmer. Sie stand auf, um den Vorhang ein Stück weit zuzuziehen. »Aber Mutter …«

Armanda sah, wie ihre Mutter mit einem Gesichtsausdruck aufblickte, den man nur als »wissend« bezeichnen konnte. Wissend, daß die Heiterkeit ihre Tochter verlassen hatte, und auch wissend, warum.

»… irgend etwas an dem Tag war doch, war doch … ungeheuerlich!«

Die Antwort kam sofort. Parat, als hätte sie die vorangegangene Bemerkung schon mal gehört und bedacht.

»Kind, bitte sag das nicht.« Ihre Mutter runzelte kurz die Stirn. Danach warf sie einen Blick auf ihre Armbanduhr. Gleich, um vier, würde sie Nadja vom Kindergarten abholen, so war es ausgemacht, sie würde sie zu Nummer 77 mitnehmen und erst um die Schlafenszeit wieder zurückbringen. »Und bitte denk das auch nicht.«

»Soll ich dir mal was sagen?« Armanda sah ihre Mutter trotzig an, ließ sie einen Moment warten. »Den ganzen

Tag damals habe ich insgeheim nichts anderes gedacht als: Das ist nicht meine Hochzeit!«

Doch ihre Mutter schüttelte sofort den Kopf. O nein, keine Rede davon, das bildest du dir nur ein!

Und sie hatte recht. In Wirklichkeit war der ganze Tag für Armanda in einer Art Nebel verlaufen. Die leichte Gezwungenheit zu Beginn, danach die Rührung und schließlich die Fröhlichkeit um sie herum hatten ihr, alles zusammen, wie eine Art lautes Stimmengewirr in den Ohren geklungen. Betäubend, zu nah. Jetzt dagegen zerfiel es in deutlich wahrnehmbare Einzelstimmen: Dieses schöne Fest ist nichts anderes als die Fortsetzung jenes anderen schönen Fests, eine kleine Umlenkung von damals zu jetzt. Die Braut trägt eine Maske. Zufällig ihr eigenes Gesicht.

»Verdirb es jetzt nicht nachträglich.«

Wie eine Hand, die einem übers Haar streicht. Mütterliche Beeinflussung, auf die Armanda gern hören wollte. Sie breitete die Arme aus und begann, die Fotos zusammenzuschieben, konnte aber einen Gedanken nicht unterdrücken: Werde ich mich je daran erinnern können, wer oder was das damals war, *ich*? Eines der Fotos legte sich quer und rutschte weg. Ihre Mutter setzte einen Finger darauf.

»Ach!«

Armanda schaute auch. Der Lieblingsbruder ihrer Mutter.

»Onkel Bart«, sagte sie brüsk. Und dann: »Mein Gott, Mutter!«

Der zerknautscht wirkende Mann mit den senkrecht hochstehenden grauen Löckchen, Brille auf der Spitze der kurzen Nase, hatte am Ende des Hochzeitsessens eine lange Rede gehalten. Schwer angetrunken und immer wieder in Tränen ausbrechend, hatte er die Feiernden an Lidy erinnert, die sie nicht, niemals, vergessen dürften. Kurz bevor seine Stimme brach, hatte er es noch geschafft, die Runde zu einer Schweigeminute aufzufordern.

»Ich habe die ganze Zeit starr auf die Serviette neben seinem Teller geschaut«, sagte Armanda. »Ich könnte noch die Fältchen nachzeichnen.«

Ihre Mutter neigte den Kopf, als wolle sie sagen: Gut, das hätte er vielleicht nicht tun sollen, aber Bart ist ein durch und durch guter Kerl.

Zu einer kompletten Schweigeminute war es natürlich nicht gekommen. Dennoch hatte jeder kurz benommen, schmerzlich getroffen an Lidy gedacht, die zu diesem Zeitpunkt seit haargenau drei Wochen im Sterberegister des Standesamts eingetragen war. Datum und Ort ihres Todes waren fiktiv.

Verstorben in der Umgebung von Zierikzee auf Schouwen-Duiveland am 1. Februar 1953.

Endlich. Endlich hatte es jemanden gegeben – und zwar den Justizminister –, der kraft Gesetzes befugt war, den Tod von Lidy Blaauw-Brouwer, zusammen mit dem von über achthundert gleichfalls Ertrunkenen, anzuzeigen. Nach den Maßstäben staatlicher Instanzen war es ziemlich schnell, schon im Juli 1954, gelungen, das Gesetz, das eigentlich nur die Vermißten des Zweiten Weltkriegs betraf, jetzt auch auf die Vermißten der Sturmflut anzuwenden. Drei Monate nach dem 13. Januar 1955, dem Tag, an dem nach einer Menge Aktenarbeit die Massenanzeige im *Nederlandse Staatscourant* erschienen war, konnten die Hinterbliebenen sich an die diversen Bürgermeisterämter wenden. Am 13. April, nachmittags um halb drei, fuhr

Sjoerd in seinem ersten eigenen Auto, einem gebrauchten Skoda, zum Rathaus am Oudezijds Voorburgwal. Man führte ihn in ein kleines Büro und überreichte ihm eine Abschrift der Urkunde, ein ziemlich ungewöhnliches Dokument, auch für den Beamten, der es ausgefertigt hatte.

»Würden Sie bitte mal eben nachsehen, ob alles stimmt«, hatte er gefragt.

»Ja, danke«, sagte Sjoerd, räusperte sich und begann zu lesen: »Kraft Art. 2 des Gesetzes ...« und sagte dann, als er fertig war, noch einmal: »Danke.«

Der Beamte hatte ihm mit roten Augen wie nach einer schlaflosen Nacht zugesehen.

»Mein aufrichtiges Beileid, Mijnheer Blaauw.«

Das war am Mittwoch. Am Freitag hatten Armanda und Sjoerd das Aufgebot bestellt.

Ein peinlicher Moment! Während das Brautpaar vorgehabt hatte, jetzt allmählich heimlich zu verschwinden, mußte irgendein Onkel unbedingt eine Rede halten! Die Hochzeitsgäste hatten Gesichter wie eine Gruppe Übeltäter gemacht, die sich ihrer Tat zwar bewußt sind, sie aber nicht wirklich bereuen.

Und natürlich hatte sich einer rasch wieder gefaßt.

»Auf die Braut!«

Stille. Mutter und Tochter hatten, jede für sich, nachdenklich geschwiegen. Die Sonne war inzwischen weitergewandert und schien doch wieder hinter dem Vorhang hervor ins Zimmer. Jetzt war es Armanda, die auf die Uhr sah. Es wurde Zeit, Nadja vom Kindergarten abzuholen.

»Ach«, sagte ihre Mutter noch, während sie, sich suchend nach ihrer Tasche umsehend, aufstand. »Bart ist ein Schatz von einem Mann. Er hat es gut gemeint.«

Armanda ging ihrer Mutter voran nach unten. Das dunkle Treppenhaus wurde auf der Mitte der ersten Treppe von einer starken Deckenlampe erhellt. In der blitzartigen Überzeugung, daß sie und ihre Mutter gerade ein Gespräch wie unter Verrückten geführt hatten, sah Armanda zwei riesige Schatten über die Wand taumeln.

An der sonnenüberfluteten Tür nahmen sie Abschied. In der Absicht, sich jetzt erst mal zurechtzumachen und umzuziehen, in einer Stunde kam Sjoerd nach Hause, wollte Armanda gerade die Haustür hinter sich schließen, als sie hörte: »Wart! Wart! Armanda!«

O bitte, dachte sie, nein!

Und war, bevor sie wußte, wie ihr geschah, wieder im Wohnzimmer mit einer keuchenden Betsy neben sich, die gerufen hatte: »Eine Minute, nur schnell hallo sagen«, jetzt aber die Fotos auf dem Tisch entdeckte, hinging und sich bereits über sie beugte, um sie erneut zum Leben zu erwecken.

Armanda folgte. Noch immer barfuß, folgte sie den Blicken ihrer Freundin, die sehr schnell ein Foto der niedlichen Nadja herausgriff. Das Kind war Brautjungfer gewesen.

»Weißt du noch?« fragte Betsy und warf einen etwas verstohlenen, neugierigen Blick zur Seite.

Natürlich. Armanda nickte mit leicht schläfriger Miene, erinnerte sich aber wieder an alles. Sie sah den ganzen Vorfall von neuem vor sich, noch präziser als damals, als er sich zutrug. Nach der Feierlichkeit in der Kirche hatte es keinen Empfang gegeben, doch besser nicht, sondern ein Festmahl in einem alten Haus an der Geldersekade, einem Anwesen, das man samt Bedienung für intime Feste mietet. Nach dem Hauptgang, als jeder locker den Platz wechselte oder ein wenig herumlief, und sie, Armanda, unter einer Palme saß und etwas an ihrem Kleid in Ordnung brachte, war Nadja auf ihre frischverheiratete Mutter zugegangen. Im Hintergrund spielten ein Akkordeonist und zwei Geiger.

»Wie hübsch sie hier aussieht.« Betsy.

Armanda blickte mit schräggelegtem Kopf ein wenig verwirrt auf das Foto. Plötzlich spürte sie, wie die Erinnerung an sie und die Kleine sie überströmte.

»Ach, die Süße …« Sie stockte.

Extrem elegant, wie es nur viereinhalbjährige Brautjungfern sein können, war Nadja durch den ganzen Saal gegangen, hüpfte ein- oder zweimal, blinzelte keinen Moment mit ihren großen hellgrünen Augen und fiel mit ausgestreckten Händchen über die unter ihrer Palme lächelnde Armanda her. Ein kleines Spiel. Ohne jeden Zweifel. Eine kleine Aggression wie bei einer Katze, die einen Augenblick lang nicht weiß, was sie tut, weil man sie zu lange und zu wohlig gestreichelt hat. Aber plötzlich traf ein Klaps der kleinen Hand sehr unglücklich die Wange von Armandas vorgestrecktem Gesicht, und ein paar kleine Finger krallten sich um die Perle an einem ihrer goldenen Ohranhänger, der losriß. Versehentlich, wirklich nicht beabsichtigt. Kann passieren. Doch die Kleine, die ein weißes Kleid trug, feines kupferrotes Haar hatte, nichts wußte, absolut nichts wußte von der Tatsache, daß es vor ihrer Mutter eine andere Mutter gegeben hatte, da niemand ihr in den ersten verwirrten Tagen davon hatte erzählen wollen und es sich danach einfach nicht mehr ergeben hatte, diese Kleine stand da und schaute auf das aus Armandas Ohr quellende Blut, als sei das nun genau der Blutstrom, den sie an diesem denkwürdigen Tag hatte sehen wollen. Armanda hatte sich erhoben. Sie hatte sich gebückt, Nadja bei den Händchen gefaßt und sie mitgezogen. Und während hinter ihnen ein paar Gäste auf Knien nach der Perle suchten, schwebten Armanda und Nadja zu einem von den drei Musikern sehr schnell gespielten Wiener Walzer herrlich im Kreis herum. Wenn ihre Füße sich ganz vom Boden lösten, lachte die Kleine hell auf. Einmal verspürte Armanda den Drang – einen Drang, der in der Zeit zwischen dem Fest und den Fotos enorm zugenommen hatte –, ihre kleine Tanzpartnerin zu umarmen und gemeinsam mit ihr loszuheulen.

Ein Hüsteln. Betsy betrachtete sie aus dem Augenwinkel diskret, das spürte sie wohl. Ach Nadja, dachte sie. Ach, durch und durch beklagenswertes Geschöpf, das zunächst schon mal keine richtige Mutter hat, nur einen Ersatz, in einer Welt, in der man unter Blitz und Donner wie eine Tragödin untergehen kann, in der es einem aber auch vergönnt sein kann, ganz banal von einem Tag zum nächsten zu existieren, mit keinem anderen Mysterium als dem, das man von jemand anders übernommen hat. Ach kleine Halbwaise!

»Weißt du«, sagte sie zu Betsy, »vielleicht findest du es verrückt, daß ich das sage, und noch verrückter, daß ich es ausgerechnet dir sage, bitte, nimm es mir nicht übel, aber ich komme mir in gewisser Weise wie eine Halbwaise vor.«

Sie starrten einander kurz an, unergründlich, und Armanda sagte schnell: »Ich meine, eine Halbwaise, was mein Leben betrifft. Jeder hat eine Vergangenheit und eine Zukunft, eine höchst banale Feststellung, wirst du jetzt sagen, ist mir aber egal, es ist einfach so.«

Betsy, offen für mehr, sagte nichts.

»Ja, wirklich, jeder hat eine Vergangenheit, einen Anlauf zum Jetzt, und das ist die Jugend, jedenfalls für normale Sterbliche, in der du schon ganz das Geschöpf warst, das du noch immer bist, anders ist es ja auch kaum möglich, nicht wahr, aber doch zum großen Teil erst in Form eines Versprechens. Na ja, feine Geschichte, mein Anlauf zum Jetzt ist nicht in meiner Jugend zu finden, sondern, ätsch, in meiner verlorenen Schwester. Also laß uns ...« Sie drehte sich um, streckte die Arme nach dem Teegeschirr aus und schaute böse auf die Fotos vom schönsten Tag ihres Lebens. »... meine Vergangenheit ruhig als das bezeichnen, was sie ist: eine Stiefvergangenheit.«

Betsy, die versprochen hatte, höchstens eine Minute zu bleiben, und damit auf gar keinen Fall Anlaß bieten wollte, daß frischer Tee gekocht wurde, hob zu hastigen, ziemlich hingeschluderten Ausführungen über Ein-neues-Leben-Anfangen an. Es war als Aufmunterung gemeint. Sie, Armanda, sagte sie, sei sie, Armanda, und absolut nichts könne sie daran hindern, von jetzt an einen rein persönlichen Lebensweg einzuschlagen und den dann wunderbar fortzusetzen. Studier erst mal zu Ende, hörst du. Laß dir die Haare abschneiden. Streich die Türen und Treppen deines Hauses blau oder grün. Kauf dir einen Ficus ...

Doch Armanda schüttelte immer noch abwägend den Kopf, als Betsy ihre ziemlich lange Aufzählung superbegeistert beschloß: »Sei verliebt in deinen Mann!« Und brachte, heiter aufblickend, das Theaterstück an irgendeinem Abend in der Schule zur Sprache, bei dem sie und Lidy wahnsinnig hatten kichern müssen, als der Hauptdarsteller herrlich bedripst bemerkte: »*Bist* du schon mal auf der Welt, stellt sich raus, daß du Fahrradschlosser in Nieuw-Vennep bist!« Oder so ähnlich. »Nun ja, Betsy, versteh mich nicht falsch, aber wie klingt das: ›*Bin* ich schon mal auf der Welt, stellt sich raus, daß ich genaugenommen meine ältere Schwester bin!‹«

Armanda suchte sich einen Keks aus, Café-noir, Betsy tat das gleiche, und für einen Moment standen sie beide da und knabberten, erst grinsend und dann mit nichtssagenden Gesichtern, aber doch vollkommen einträchtig, denn dieses Knabbern betraf in Wirklichkeit die Brouwer-Schwestern, Lidy und Armanda, von denen alle immer gefunden hatten, sie sähen sich täuschend ähnlich.

»Absolut nicht«, sagte Armanda da unerwartet. »Wir unterschieden uns, wie Schwestern sich nur unterscheiden können. Wir wußten das. Wenn man so nah beieinander lebt, von Minute zu Minute in einer Welt aufwächst, die um ein Haar deine eigene ist, dann nimmt man die unbedeutendsten Dinge aneinander wahr.«

Ihr Gesicht zeigte jetzt einen sehr lebendigen Ausdruck. Hätte sie in diesem Moment unten die Haustür nicht auf- und wieder zugehen hören, dann hätte sie gern noch mit ihrem lieben Besuch weitergeschwatzt. Denn so eigenartig, ja, verrückt ihr der Dialog mit ihrer Mutter gerade noch erschienen war, so vernünftig war sie sich im Laufe des soeben geführten Gesprächs vorgekommen. Von Grund auf verschieden! hätte sie noch einmal betont. Brüder und Brüder und Schwestern und Schwestern wollen sowieso immer Gegensätze sein. Gegensatz ist die Grundlage der Brüder- und Schwesternbeziehung. Ich weiß ziemlich sicher, daß es so ist. Jetzt, da meine Vergangenheit also gegen ihre eingetauscht ist, während ihre Zukunft auf mich übergegangen ist, beschleicht mich eine maßlose Traurigkeit, die ich natürlich zu unterdrücken versuche.

Etwas in der Art hätte sie, leicht atemlos, aber aus tiefstem Herzen, gesagt, doch nun hörte sie jemanden die Treppe heraufkommen.

Sie errötete.

6
Sonniger Tag II

Sjoerd und Armanda Blaauw-Brouwer. Dieses Ehepaar.

Auch sie warfen einen kurzen, gemeinsamen Blick auf die Fotos, warum, ist nicht klar, denn beide waren auf etwas ganz anderes aus, Sjoerd hatte das Jackett seines ausgezeichneten hellgrauen Anzugs bereits auf einen Stuhl geworfen. Er war jetzt Ende Zwanzig, ein großer, schlanker Mann mit sorgfältig gekämmtem blondem Haar und einem Gesicht, in dem die offenen, geradlinigen, intelligenten Eigenschaften hervorzutreten begannen, die man in der Welt des Geldes und des Handels braucht. Einen Arm um Armandas Hüfte gelegt, beugte er sich treu über die Fotos. Es ist bekannt, daß immer, wenn ein frischverheiratetes Paar zum erstenmal sein Hochzeitsporträt zu Gesicht bekommt, die Braut nur auf die Braut schaut und der Bräutigam ebenfalls. Bräutigame könnte man spaßeshalber in der Dunkelkammer sofort austauschen, Bräute nie.

»Schön«, murmelte Sjoerd ohne das geringste Staunen ob des sich schneeweiß vom Hals abhebenden Kleides und des schrägsitzenden Hütchens in Verbindung mit dem schmalen, lieben Gesicht, Blumenstrauß unter dem Kinn, das er von einem früheren, bereits eingeklebten Foto kennen mußte, in derselben, immer so vorteilhaften Dreivierteltelpose. Seine Augen schweiften bereits wieder ab. Er drehte sich zielstrebig um und spürte, wie Armanda, er hatte das erwartet, mit ihrem ganzen Körper sofort reagierte, ja sagte, ja! Zu allem. Während der Besprechung an diesem Nachmittag mit der Verwaltungsabteilung des Kapitalanlageausschusses von Mees & Hope hatte er sich hundsmiserabel, fast krank gefühlt vor lauter unterdrückter Ungeduld, nach Hause zu gehen. Es war seine erste Arbeitswoche nach dem zehntägigen Hochzeitsurlaub, dessen drei erste Tage reichlich merkwürdig verlaufen waren, als verlangten er und Armanda nach soviel Verzögerung überhaupt nicht nacheinander.

Sie hatten es beide nicht verstanden.

Das Hochzeitsfest an der Geldersekade war noch im Gang gewesen, als sie sich gegen halb sechs aus dem Staube machten. Nachdem sie sich in Nummer 36 beziehungsweise 77 umgezogen hatten, legten sie ihr Gepäck in den Kofferraum des Skoda und traten ihre Hochzeitsreise mit Ziel Normandie an. Erster Etappenpunkt war ein Dorf in der Nähe von Rotterdam, eine Überraschung für Armanda, ebenso wie das schöne Hotel, das Sjoerd dort gebucht hatte. Sie trafen gegen acht Uhr ein. Unterwegs hatten sie sich zuerst noch über das Fest unterhalten, danach, als das Auto die Hauptstraße verließ, hatte Armanda brav, ihre Überraschung zeigend, die Namensschilder der Orte vorgelesen, durch die sie kamen, Alblasserdam, Ridderkerk, während sich der hellblaue Himmel tiefblau färbte. Vor dem Hotel erwachte sie an der Schulter ihres Mannes, es war noch hell, doch über den Pflastersteinen und der weiteren Umgebung lag dünner Nebel. Sie erledigten die Formalitäten am Empfang, nahmen den Lift, gingen durch einen langen, strahlend beleuchteten Gang und kamen zu ihrem Zimmer, vor dem der Träger ihre Koffer gerade von einem vergoldeten Wagen hob.

Es war idiotisch, doch sobald die Tür zufiel, wußten sie beide nicht, was sie so auf die Schnelle mit der direkten Nähe des anderen anfangen sollten. Gut, aufeinander zugehen. Armanda war froh, daß er sofort die Arme um sie schlang, sie schmiegte sich an ihn, küßte ihn irgendwo aufs Gesicht, jetzt muß ich glücklich sein, dachte sie wahrscheinlich, und wahrscheinlich dachte er das auch. Befreit, endlich! Endlich können wir tun und lassen, was wir wollen! Währenddessen vermieden sie es, einander in die Augen zu blicken, Armanda hielt ihre Augen sogar geschlossen und mußte, ob sie wollte oder nicht, an ihren Koffer mit den zusammengepreßten gebügelten Kleidern denken, von denen sie einige eigentlich sofort aufhängen sollte. Er, Sjoerd, richtete den Blick über ihre Schulter hinweg auf die Fenster.

Er ließ sie stehen.

»Eben mal schauen, wie's draußen aussieht.«

Natürlich folgte sie ihm. »Wunderschön«, sagte sie, während sie aus ihren Schuhen schlüpfte und spürte, wie klein sie neben ihm auf dem weichen Teppich wurde. So lehnten sie Seite an Seite an der Fensterbank. Es hatte zu dämmern begonnen, der Himmel wurde gelb, und sie blickten auf ein welliges Gebiet, Wiesen, Bäume, durch das ein breites Wasserband strömte, flach und fahl wegen des Nebels und am anderen Ufer acht oder neun Mühlen in einer Reihe. Was war dazu zu sagen? Dies war die Natur, inklusive dieser Mühlen, die dort in sich gekehrt in Reih und Glied dastanden, die Flügel reglos trotz des schwachen bis mäßigen Nordwestwinds, festgesetzt, die Windmühlensegel aufgerollt. Als sie ein paar Minuten später umschlungen im Bett lagen, Wange an Wange, sah Sjoerd in Gedanken noch immer die Mühlen, und Armanda fiel wieder ein, daß sie zwei, drei Kleider und eine Bluse dringend auf einen Bügel hängen müßte.

»Moment mal«, sagte sie und rollte von ihm weg.

Ohne weiter auf ihn zu achten, als sei sie allein im Raum, öffnete Armanda ihren Koffer und begann mit Bedacht, ein paar Kleidungsstücke an den Schultern auseinanderzufalten, zu inspizieren und aufzuhängen. Sjoerd lauschte dem Hin- und Herschieben der Kleiderbügel, hörte, etwas später, das Rauschen von Badewasser und schlief in einem Duft von Seife und Parfüm ein. Das nächste, was passierte, war eine nackte Armanda, die auf Zehenspitzen zum Bett ging, und dann eine mit einem Nachthemd bekleidete Armanda, die nochmals auf das Bett zuging. Um in aller Ruhe zu schauen.

Er hatte nur sein Oberhemd ausgezogen. Sie hob es vom Fußboden auf. Danach begann sie an den Schnürsenkeln zu nesteln. Es ist sehr gut möglich, einen schlafenden Mann unbemerkt zu entkleiden, aber sobald man ihm die Hose herunterstreift, wird er doch kurzzeitig aufwachen, es sei denn, er ist stockbesoffen. Sjoerd kroch, ohne einen Moment zu überlegen, unter die Decke und versank zufrieden wieder in tiefer Ruhe. Armanda machte nun eine Runde durchs Zimmer, um ein paar Lampen zu löschen, und schlüpfte auf ihrer Seite ins Bett. Auch sie fiel in Schlaf, schwer, hingebungsvoll, allerdings mit Unterbrechungen. Als sie das erste Mal wach wurde, lag sie, umfangen von einer glühenden Wärme, im Stockdunkeln und fing ordentlich an zu keuchen, als sie merkte, daß Sjoerd sie zu liebkosen begann, wie einmal vor sehr langer Zeit im Schlafzimmer von Nummer 36, als ein, ach, so bescheidenes Klingeln sie unterbrochen hatte. Um ihre Wollust zu steigern, dachte sie bis ins Detail daran zurück, an diesen Aufschub, in der abergläubischen, naiven Absicht, alles von damals von neuem geschehen zu lassen und diesmal zu einem guten Ende zu bringen. Als sie das zweite Mal die Augen öffnete, wußte sie sofort, daß sie allein im Bett lag. Im Zimmer hing Tabakrauch, es war noch immer dunkel, aber nicht ganz. Während sie friedlich, trödelnd, in ihr Bewußtsein dringen ließ, daß geschehen war, was geschehen mußte, hörte sie den aggressiv gewordenen Wind, von Westen kommend, an der Hauswand entlangpfeifen, sie verdrehte den Kopf.

Er stand mit dem Rücken zu ihr am Fenster. Bodennebel, Wassernebel und eine Mühlenreihe, die untere Hälfte unsichtbar, deren Flügel sich mit weißen gestärkten Segeln in wahnsinniger Freude im Kreis bewegten. Welche Wirkung hat ein solches Bild auf eine junge Frau, die gerade erwacht ist? Wenn sie von Zeit zu Zeit seine Zigarettenspitze aufglühen und wieder erlöschen sah: ein Glück.

Drei Tage lang verlangten sie kaum nacheinander, und Armanda fand sich häßlich. Dann merkte sie, daß ihr Blick bei passender und unpassender Gelegenheit an ihm hängenblieb.

»Komm mit«, sagte er am vierten Tag in einem Augenblick, als sie plötzlich kein Wort mehr herausbringen konnte. Da logierten sie schon am Strandboulevard von Houlgate und hatten sich in allen drei Nächten geliebt.

Sie kam an seine Seite, er nahm ihre Hand, so stiegen sie über den Dünenweg zum Hotelzimmer hinauf.

Wie ist das möglich, dachte sie eine Weile später.

Das Schlafzimmer zeigte eine gewisse gewöhnliche Unordnung, mitten am Nachmittag, durch die Fenster konnte man das Meer hören. Daß er mit unschuldigem Gesicht an ihrer Schulter schnarchte, ihr Mann, gefiel ihr. Wie ist es möglich, dachte sie also, womit sie im Grunde meinte: Drei Tage, es sind einfach nur drei Tage vergangen, vorvorgestern, vorgestern, gestern, ich habe noch nie gehört oder irgendwo gelesen, daß die Zeit, dieses mirakulöse Maß, uns einzig und allein, indem sie verstreicht, ihren Manipulationen aussetzt, ihren unmißverständlichen Nebenwirkungen, die allerdings keinem Menschen verraten, woher sie kommen und wie sie wirken. Wie wir uns vorhin geküßt haben! Uns mit ungenierten, hastigen, drastischen Bewegungen unserer Kleider entledigt haben!

Auf dem Fußboden ein Oberhemd, eine erstklassige hellgraue Hose, Herrenschuhe, nein, keine Damenschuhe, und auch ein Damenunterhöschen, unverkennbar mit der Fußspitze bis hinter den Toilettentisch schräg in der Ecke gekickt, wird man nachher wohl suchen müssen, ferner der lange Schatten eines Baums im Innenhof, darin wieder ein Kleidungsstück, ein abgetragenes kariertes Kleid, an dem eine undeutliche Erinnerung haftet, die allerdings keinem Menschen schadet. Im Bett das dazugehörige Liebespaar.

Armanda: zum erstenmal in ihrem Leben als verheiratete Frau der lange Schmerz dessen, was man auch als *petite mort* bezeichnet.

7
Niedriges Hochwasser, zufällig

Jahre später, als Lidy schon lange nicht mehr lebte, waren sich alle Fachleute in einem einig: Es hätte schlimmer kommen können. Hätte der Mond zum Beispiel in Erdnähe gestanden, wie zwei Wochen zuvor, am 18. Januar, dann hätte das astronomische Hochwasser einen Vorteil von gut einem halben Meter zusätzlich herausschlagen können. Eine besonders hohe Springflut wäre dann sehr gut möglich gewesen.

Die Möglichkeit, die in dieser Nacht eintrat, war folgende. Ein Bauernhof, zwischen Zierikzee und Dreischor. Die See, die bis auf einen knappen Meter das Dachgeschoß erreicht hat. Mondlicht, ohrenbetäubender Lärm, der Wind kam jetzt in schnellen Stößen. Er schien die Wellenbewegung im tieferen Wasser über den Äckern etwas zu dämpfen, die Strömung auf dem Weg hingegen zu verstärken. Mit seiner schweren Masse schlug das Wasser an den seitlichen und rückwärtigen Teil des wundersamerweise noch immer nicht zertrümmerten Anhängers. Im Haus fragten Cau, Lidy und Gerarda Hocke sich, ob es wohl noch gelingen würde, das Übersetzen dieser Leute mittels einer schwimmenden Stalltür.

Tatsächlich schien sich jetzt etwas vom Wagen zu lösen. Das Wummern der Möbel unter ihnen ignorierend, sahen sie, wie die kleine Fuhre vorankam. Sie verstand sich mit Hilfe des Seils auf Kurs zu halten, das auf dieser Seite um einen Dachbalken geschlungen und auch drüben an irgendetwas befestigt war. Ziemlich schnell waren sie da. Triefend, über den Fenstersims hereingezerrt, standen drei der vier Passagiere minutenlang da und schnappten nach

Luft. Sie brachten einen schweren Fäulnisgeruch mit, fiel Lidy auf. Und etwas später, als sie und Gerarda Hocke ihnen die triefnassen Kleider vom Leib streiften, den fetten Modder notdürftig abwischten und auf dem eiskalten Dachboden Decken und Sicherheit anboten, schoß ihr kurz der Vergleich mit ein paar Neugeborenen durch den Kopf. Die Dreiergruppe, das waren ein großer, dichtbehaarter Mann, eine hochschwangere Frau, nicht die seine, wie sich später herausstellte, und ein etwa achtjähriger Junge, ihr Sohn. Nummer vier war auf dem Floß zurückgeblieben.

Als Lidy zum Fenster lief, um zu schauen, wie es ihm erging, befand er sich schon wieder mitten auf dem Rückweg. Sie sah, wie der Junge, auf den Knien kauernd, die Hände immer wieder um das Seil legte und zog.

Wasser folgt dem Wind meist mit zwei, drei Stunden Verzögerung. Später sollten Ozeanographen errechnen, daß das Aufpeitschen des Wassers wesentlich schlimmer hätte sein können. Denn der Orkan, der an der schottischen Küste seinen Höhepunkt erreichte, hatte sich weiter südlich in der Nordsee schon wieder etwas abgeschwächt, als die Flut an der Küste der Provinzen Zeeland und Holland den Höchststand erreichte. Windgeschwindigkeiten können über Land durch Reibung abgemildert werden, tun über See aber weiter, was sie taten. Es wäre durchaus möglich gewesen, überlegte man später, daß das ausgeprägte Tief, das in dieser Nacht von Schottland über die Deutsche Bucht nach Südosten zog, ein klein wenig von seinem Kurs abgewichen wäre. In dem Fall hätten die schottische Windstärke und unser Nordweststurm sich auf fatale Weise miteinander verbunden.

Der bucklige Junge hatte es inzwischen geschafft, erneut am Wagen festzumachen. Zwei Grundseen kamen in genau diesem Moment über, auf dem Kamm der einen ein Trümmerbrocken. Tiefer Schnitt in Izak Hockes Stirn, der Wagen kippte, hing aber noch an der Kupplung fest. Kurz bevor der Traktor versank, schafften es die fünf Ertrinkenden aufs Floß; das inzwischen durchhängende Seil wurde vom Haus aus straffgezogen. Das funktionierte zwar, aber inzwischen waren alle dem Ende nahe, die Stalltür war zu klein für fünf Menschen und zu groß, um mit dieser Last manövrierbar zu bleiben.

Hocke kroch schnell auf die andere Seite, und Cornelius Jager ließ sich ins Wasser fallen, das Wasser, das in dieser Nacht bis auf fünf Meter siebzehn über Amsterdamer Normalnull stieg, von dem Experten aber später sagen sollten, es hätte leicht zwei Meter höher steigen können, wäre nicht ein dritter Faktor so ungemein hilfreich gewesen. Der Wasserstand in diesem Gebiet wird nämlich nicht nur von der ostwärts an die Küste donnernden See bestimmt, sondern auch von den stetig nach Westen strömenden Flüssen. Dezember und Januar waren in den Alpen und den Vogesen in diesem Jahr ungewöhnlich trocken gewesen. Wäre der Niederschlag in den Oberlaufgebieten von Rhein, Maas und Schelde für die Jahreszeit typisch gewesen, so hätte das, zusätzlich zu der bereits eingetretenen verheerenden Lage, hier im Mündungsbereich eine Naturkatastrophe einer phantastischen Kategorie herbeigeführt!

Ein Mann hatte sich über den Fenstersims hereinfallen lassen. Er stand sofort auf und drehte sich armfuchtelnd um, um seiner Frau, die sich noch im vollen Zugriff des Windes befand, etwas zuzuschreien. Sie hatte sich nicht getraut, ihm ihr unter ihrem triefend nassen Mantel geborgenes Töchterchen, das im November den zweiten

Geburtstag gefeiert hatte, mitzugeben. Neben ihm streckten Simon Cau und der schon vorher auf dem Dachboden gelandete Mann ebenfalls die Arme aus. Fürwahr ein Empfangskomitee, dem man das kleine Ding doch hätte überreichen können.

Nein. Ausweglose Situation der Art, die im Moment selbst eine Ewigkeit zu dauern scheint.

In Wirklichkeit kann es höchstens zehn, zwölf Sekunden gedauert haben, bis die junge Frau auf der gegen den Giebel prallenden Stalltür den Kopf hob und eine andere junge Frau sich weit aus dem Fenster beugen sah. Die beiden blickten sich an, eine verzweifelte Sekunde lang die Erkenntnis teilend, daß, wenn sie dort draußen diese kleine kalte Last nicht weiterhin ganz fest halten würde …

»Gib her!« schrie Lidy.

Die andere gehorchte.

»Hast du sie?«

»Ja.«

Alle waren drinnen. Die Familie komplett. Izak Hocke und der noch immer am ganzen Leib zitternde bucklige Junge hantierten bereits mit Draht, Holz und Hartfaserplatten, um den Laden im rückwärtigen Giebel zu ersetzen. Die neu eingetroffene Frau ließ alles mit sich geschehen. Eine Wolljacke wurde ihr hingehalten, sie steckte bereitwillig die Arme hinein. Den Blick auf die Schatten an der schrägen Deckenverkleidung vor sich gerichtet, wartete sie ab, was man von ihr wollte. Lidy griff sich inzwischen einen Stuhl, der in einer Ecke stand, und nahm die apathische Kleine auf den Schoß. Eiapopeia, jetzt schön still, wiegen tut man dann automatisch. Zwischen einer Naturkatastrophe mit insgesamt 1836 Toten und dem Schicksal dieser einen, Dina van de Velde, lagen eine Unmenge Zeitungsberichte, Wochenschauen, Rotkreuzlisten und ein fünfbändiger Bericht der Deltakommission Jahre später.

8
Wetter gibt es immer

Als das Kind schließlich aufgelesen wurde, war das Wetter umgeschlagen, und es fiel ein kalter Nieselregen. Einer der Obsthändler vom Albert-Cuyp-Markt hatte sie auf der Flußseite über den Amsteldijk gehen sehen, in Richtung Berlage-Brücke. Gegen fünf, und schon fast dunkel. Er war mit seinem Lieferfahrrad an der Kirche um die Ecke gebogen und wollte gerade in die Van Ostadestraat fahren, wo er wohnte, als er sie auf der gegenüberliegenden Seite an der schwarzen, hoch aufragenden *Generaal Praag* vorbeistapfen sah, einem ausgemusterten Kohlenschiff, das hier bereits seit vielen Jahren am Kai vertäut lag. »Sie hat gesagt, sie ist auf dem Weg nach Rotterdam«, berichtete der Obsthändler Armanda und Nadine etwas später, die in diesem Moment nicht imstande waren, sich darüber zu wundern.

Er hatte die Bremse angezogen. Nadja trug ein weißes Teddymäntelchen. Der Obsthändler, der seinen Kopf dafür verwettet hätte, daß hier etwas nicht stimmte, schob seine Mütze zurück und überquerte die Fahrbahn. Wo gehst du hin? Anschließend hatte Nadja gar nichts dagegen gehabt, zwischen den Jonathan-Äpfeln Platz zu nehmen und, Regen und Wind im Gesicht, ein Stück mitzufahren. Gleich um die Ecke lag eine Straße mit dunklen, hohen Wohnhäusern, kleine Läden im Erdgeschoß, doch sie hatte hauptsächlich Augen für den sich bei jedem Pedaltritt tief nach links oder rechts bückenden Mann gehabt. In einem kleinen Schuppen aus Zinkblech, in dem das Lieferfahrrad zwischen Kisten und Säcken untergestellt wurde, vertraute Nadja dem Obsthändler an, wo sie wohnte. »Nummer 36 *und* Nummer 77?« Ruhiges Nicken ihrerseits. Etwa zehn Minuten später sah Nadine Brouwer, beunruhigt vor ihrer Haustür Ausschau haltend, ihre Enkelin auf dem Fahrradgepäckträger eines unbekannten Individuums angefahren kommen. Das Bild kam ihr wie etwas Imaginäres vor, möglicherweise auch wegen des gelben Laternenlichts, das die beiden und die winterliche Vegetation des Parks, an dem sie entlangfuhren, beschien.

Hierauf entstand etwas, das noch am ehesten einem kleinen Wettlauf zwischen Nadja und ihrer Mutter glich.

Denn auch Armanda hatte das Kind auf dem Gepäckträger sitzen sehen. Sie war von dem Moment an, als Nadja sich geweigert hatte, hinter ihrem Baum oder was immer es war hervorzukommen, im Park herumgerannt, rufend und zwischen den Büschen suchend, und hatte auf der Ceintuurbaan jeden nach ihr gefragt. Jetzt stand sie völlig verstört beim Trinkwasserbecken am nördlichen Parkeingang, schräg gegenüber ihrem Elternhaus. Ihr Schrei klang ihr selbst wie einer dieser gespenstischen Traumschreie in den Ohren, völlig erstickt, doch der Fahrradfahrer hörte ihn und setzte den Fuß auf die Erde. Genau in diesem Moment war Betsy aus der Tweede Jan Steenstraat angewatschelt gekommen, sehr dick, dicker als gewöhnlich im siebten Schwangerschaftsmonat, und hatte gesehen, wie es einer schnell rennenden Nadja gelang, sich nicht von Armanda fangen zu lassen, sondern ihrer Oma auf den Eingangsstufen zu Nummer 77 in die Arme zu springen.

»Du irrst dich wirklich«, sagte Betsy abends zu ihrem Mann. »Es war den ganzen Nachmittag trocken.«

Leo hatte sich ihr gegenüber erstaunt gezeigt, daß Nadja und ihre Spielkameraden bei diesem Wetter im Park hatten spielen dürfen. Er deutete mit einer Kopfbewegung auf den Regen und die Fenster: zweiter Stock am Anfang der kaum beleuchteten Prinsengracht, kahle Ulmen, schwarzes gekräuseltes Wasser.

»Was nicht vorhergesagt war«, fuhr Betsy fort, als sie aus ihrer faulen Position auf dem Sofa heraus, die angeschwollenen Füße auf einem Kissen, seinem Blick folgte. »Es sollte unfreundlich werden. Regenschauer, kalte Luft von Osten, möglicherweise Schnee. Aber die Kinder hatten spitz, daß es trocken war und weit über Null.«

Also hatten sie ins Freie gewollt, eigentlich schon gleich nach der Torte mit den sechs kleinen Kerzen in einer Zuckergußschicht. Doch die Mutter und die assistierende Tante schlugen Blindekuh vor. Es muß kurz vor drei gewesen sein, als Armanda unter der Büste von Samuel Sarphati mit den Händen vor dem Gesicht *Ene, mene, muh* aufzusagen begann, als Betsy, sich brav ebenfalls die Augen zuhaltend, ihr auf einer Parkbank, in einen warmen Mantel gehüllt, lauschte und die Kinder zusahen, daß sie verschwunden waren, bevor der Abzählreim, jetzt sehr drohend, zu Ende war.

»Ich komme!«

Es bleibt nach wie vor eigenartig, daß sie sie nicht ziemlich schnell fanden. Nadja hockte anfangs nämlich einfach in einem Rhododendrongebüsch hinter dem ersten Kiesweg. Weicher Boden unter ihren Füßen, sie schaute darauf, zerstreut, nur auf die Gefahr gesehen zu werden konzentriert, und ließ erst einige Zeit später in ihr Bewußtsein dringen, daß alle nach ihr riefen, was nicht zum Spiel gehörte. Nicht gesehen zu werden erfordert in erster Linie, daß man selbst nicht schaut, jeder weiß das instinktiv. Nadja ging, das Kinn auf der Brust, rückwärts, stolperte über einen kleinen Stamm, kullerte ein paar Meter einen Sandhügel hinunter und fand irgendwann ein neues Versteck in einer flachen Kuhle. Daneben eine alte Eiche. Dort fiel schließlich die Entscheidung, die bereits im Anzug gewesen war, und das ausschlaggebende Argument dafür begann mit dem K wie Käfer oder dem F wie Fliegen oder Falter. Sie machte sich nicht die Mühe zu erkennen, welche Lebewesen da nun wie eine Riesenhandvoll Edelsteine vor ihren Füßen funkelten und sich auf geheimnisvolle Weise bewegten. Der Winter war bisher mild gewesen. In dieser Nacht hatte De Bilt einen Jahrhundertrekord von 11,3 Grad gemessen. Allerdings war schon seit Tagen viel Niederschlag gefallen. Das Insektennest von riesigen Ausmaßen konnte erst vor wenigen Minuten zusammen mit einem Stück eines hohlen Baumes heruntergefallen sein, denn die überwinternden Käfer, Fliegen, Bienen oder Falter hatten gerade erst den Entschluß gefaßt, sich von hier zu entfernen, zunächst sachte kriechend, danach mit großen Sprüngen oder fliegend. Oh, welch ein Wunder! Erstaunt verfolgte Nadja die regenbogenfarbenen, blauen, grünen und auch ein paar feuerroten Geschöpfe, die wie durch Zauber plötzlich verschwanden. Einige flogen mit ihren durchscheinenden Flügelchen hoch und blieben so dicht vor ihrer Nase in der Luft, daß sie ihre glänzenden Augen sehen konnte, und dann plötzlich: futsch! Andere krabbelten mit einer nicht zu durchschauenden Zielstrebigkeit herum, in aller Gemütlichkeit, in aller Ruhe, um ihr ihre kräftigen Hinterbeinchen zu zeigen, ihre zu einer Schnauze verlängerten Gesichter, ihre prallen, glatten Leiber, manchmal mit Stacheln und dann doch plötzlich ... Ach herrje, wohin waren sie jetzt verschwunden? Die Dunkelheit war bereits hereingebrochen, als Nadja, im Frieden mit ihrem Entschluß, die Van Woustraat erst hinauf- und dann wieder hinuntergegangen war und beim grünlichen Neonlicht an der Ecke nach rechts, Richtung Amsteldijk, abbog.

»Ich verstehe das einfach nicht«, sagte Sjoerd an jenem Abend, nachdem der Besuch gegangen war. Opa Brouwer und Onkel Jacob hatten das Geburtstagskind, bevor es zu Bett ging, noch mit einem Flohspiel und einer Negerpuppe überrascht, und Oma Brouwer, die am Tag schon dagewesen war, war noch kurz mitgekommen, um ein Glas auf den frechen Spatz zu trinken. »Absolut nicht!« Er sah, auf zwei Stuhlbeinen am Eßtisch zurückgelehnt, Armanda an, die mit einem Glas Rosé in der Hand im Zimmer auf und ab lief. Sie hatte ihn, als das Kind schon mehr als eineinhalb Stunden verschwunden war, im Büro angerufen. Bleich und mit wirrem, in die Höhe stehendem Haar war er mit seinem Auto in die Straße eingebogen. Auch er hatte Nadja vom Fahrrad auf die Straße springen, vor ihrer Mutter zurückschrecken und davonlaufen sehen. Und dann in die Arme ihrer in die Hocke gegangenen Oma Nadine.

Nadja muß einen Kreis nasser, bestürzter Gesichter um sich gesehen haben. Von allen Seiten eine Menge Fragen. Die sie mit einem Lächeln beantwortete. Es war mittlerweile sehr kalt geworden. Alles hatte darauf hingedeutet, daß es noch sehr viel mehr Regen oder sogar Schnee geben würde.

IV

Familienroman

1
Die Geburt

Die Geburt bestand gnadenlos auf ihrem Vorrang. Sie bestand zunächst auf ihrem Vorrang gegenüber der Dunkelheit; die Wehen hatten leicht am noch nächtlichen Morgen eingesetzt, doch nun, da sie es ernsthaft taten und nicht länger privat sein konnten, wurde es Tag. Die hochschwangere Frau war bei ihrer Ankunft auf dem Dachboden, auf dem eine sehr merkwürdige Atmosphäre der Rettung herrschte, übertönt von der Ahnung, der Fast-Gewißheit bei allen Anwesenden, sie würden in Kürze doch umkommen, von eifrigen Händen auf eine Matratze in einem Bettgestell gelegt worden. Sie hatten sie mit einer Pferdedecke zugedeckt. Eine Frau, die ihrer Sprache nach zu urteilen nicht von hier war, hatte noch einen schweren Mantel über das Bett gebreitet und sich dann, mit Schuhen und allem, neben sie gelegt: »Komm ganz nah zu mir, damit du warm wirst!« Das hatte sie getan. Während die andere fast im selben Moment eingeschlafen war, hatte sie – sie hieß Cathrien Padmos, geborene Clement – gespürt, wie die Kälte sich verzog und in die Empfindung überging, sie steige Schritt für Schritt eine steinerne Treppe zu einer behaglichen warmen Höhle hinab. Dann war es wieder losgegangen. Unaufhaltsam jetzt, in einem eigenen zeitlichen Rhythmus, der sich nicht um das Wetter scherte.

Es ging auf neun Uhr zu. Auf dem Dachboden stank es nach Schlamm, nassen Klamotten, Tierexkrementen, vermutlich auch von Ratten, und dem Eimer hinter der Tür an der Treppe. Die Temperatur konnte nicht viel höher als knapp über dem Gefrierpunkt liegen. Das Westfenster, das auf einer Seite mit Brettern zugenagelt war, ließ eine Morgendämmerung durch, deren bleigrüne Farbe vollkommen mit der Farbe von Tod und Verderben übereinstimmte. Jeder hier, ob schlafend oder wach, benommen oder ganz bei sich, spürte das Beben der Hauswände und wußte, daß der an Kraft ungebrochene Sturm kurz davor war, das Dach vom Haus zu reißen. In dem Bett, das zum Schutz vor Zugluft ziemlich weit unter die Schräge geschoben worden war, begann die vierzigjährige Cathrien Padmos zum drittenmal in ihrem Eheleben schwer zu atmen, genauer gesagt: befand der Muttermund sich in der letzten Phase der Erweiterung. Links von ihr schien ein kräftiger Mann, Albert Zesgever, der auch mit dazugekrochen war, vorläufig noch nichts zu merken.

Die Bettgenossin auf der rechten Seite dagegen erfaßte die Situation.

Lidy hob den Kopf. Wo bin ich, hatte sie kurz gedacht, doch jetzt sah sie neben sich ein schweißnasses Gesicht, das nach wenigen Sekunden den stumpfen Ausdruck annahm, an den sie sich bei sich selbst erinnerte, ob sie ihn seinerzeit nun tatsächlich hatte wahrnehmen können oder nicht, willenlos, ohne Wahl. »Wie oft kommen sie?« wollte sie in dem Augenblick wissen, als sie das Gesicht sanfter werden sah.

»Hintereinanderweg. Sie hören gar nicht mehr auf«, sagte die andere, bevor sie sich auf die Seite warf.

»Oh, dann bist du ja schon ziemlich weit!«

Der unbekümmerte, komplizenhafte Ton der Ermunterung.

Auf dem Dachboden erwachte nun dies und jenes zum

Leben, und das unglaublichste Anzeichen dafür war, daß es köstlich nach Kaffee zu duften begann. In einer Ecke, auf einer aus ein paar Kabinenkoffern mit flachem Deckel gebauten Art Anrichte, hatte die bejahrte Frau einen Perkolator auf einen einflammigen Kocher gestellt, so eine Schnabelkanne mit einer kleinen Glaskuppel, in die man den Kaffee hochspritzen sehen kann. Als sie ihren Sohn gestern nacht im Sturm hatte wegfahren sehen, ein Häufchen Mensch auf ein paar Riesenrädern, hatte Gerarda Hocke ihren Schrecken dazu benützt, alles mögliche nach oben zu tragen. Eine kluge alte Frau, ganz gewiß, der aber von einer Geburt vor allem noch in Erinnerung war, daß Wasser gekocht werden mußte. Also nahm sie den Kaffee von der Flamme und goß die Hälfte einer Dreilitermilchkanne Leitungswasser in eine Emailschüssel. Alltägliche, gewöhnliche Verrichtungen, die der Maßlosigkeit des Morgens einen Dämpfer aufsetzten.

Im Tageslicht begann nun eine bunt zusammengewürfelte Gruppe, Menschen, die auf diese hohe Springflut genauso wenig vorbereitet gewesen waren wie auf Krieg oder Pest, sich neu zu formieren. Verdattert erhoben sie sich von den Matratzen und vom Fußboden. Erstmals konnten sie jetzt sehen, wo sie sich befanden und in wessen Gesellschaft. Der Hund, groß, braun, gab, mit dem Kopf auf den Vorderpfoten vor sich hin starrend, eine nicht unangenehme Imitation von Ruhe zum besten. Von der Gans wußten einige, daß sie vom ersten Moment an der Bäuerin nicht von den Fersen gewichen war, andere nahmen zur Kenntnis, daß sie, weiß, mit knallorangen Füßen, kurz aufstand und sich wieder hinkauerte. Der erste, der sich erneut in der Nähe des Fensters postierte, war Cornelius Jager. Schon bald standen die erwachsenen Männer dort ebenfalls. Im Grunde war es die kurz bevorstehende Geburt, die in diesem Haus eine gewisse Ordnung schaffte.

Offenbar mit Priorität vor Tod und Verzweiflung. Denn obwohl Cathrien Padmos wissen konnte, daß ihr Mann und ihre fünfzehnjährige Tochter bereits ertrunken waren, dachte sie nicht an sie. Von einem schrecklichen Kummer, den es, wie auch immer, doch geben mußte, konnte sie nichts in sich finden. Vorläufig nur eine einzigartige Art von Schmerz, der, anders als alle anderen Schmerzen, das Gegenteil eines Winks des Todes ist. Erst jetzt, da er sich erneut meldete, erkannte sie ihn wieder, von vor acht Jahren.

Sie hatte früh, mit sechzehn, einen Jungen aus dem Nachbardorf geheiratet. Eine Vorahnung war dem am 3. Juli 1930 vorausgegangen. Als sie nämlich an jenem Abend in der tiefstehenden, bereits rotglühenden Sonne nach Dreischor radelte, ging ihr der beunruhigende Gedanke durch den Kopf, sie könnte gleich, bei der allwöchentlichen Chorprobe von Soli Deo Gloria, ihrem künftigen Mann begegnen. Tatsächlich hatte sich, wie sich zeigte, beim Bariton eine neue Stimme angemeldet. Sein Alter: zwanzig Jahre. Sein Beruf: einfacher Arbeiter auf dem Bauernhof von Iman Hocke, Izaks Vater. Sein Name: Johan Padmos. Cathrien Clement war ein kräftiges, bauernhundblondes Mädchen des Typs, der weiß, was er will. Das heißt: heiraten und gleich schwanger werden. Als letzteres nicht geschah, nicht nach einem Ehemonat, nicht nach dem ersten Jahr und auch nicht nach dem zweiten, dritten und vierten, war ihr klargeworden, daß sie vor der Entscheidung ihres Lebens stand. Unglück oder Glück. Die landwirtschaftliche Gelegenheitsarbeiterin beschloß, daß das letztere ihre Berufung war, überdeutlich, und fand darin Unterstützung bei ihrem Mann. Von gleichmütigem Naturell, sich völlig mit der Arbeit und deren Status auf einem namhaften Bauernhof identifizierend, brachte er es schon bald dazu, einer von sechs Knechten zu werden. Wenn sie im August mit dem Fahrrad zur Drei-Uhr-Vesper auf dem Hof eintraf, sah sie den Arbeitstrupp ihres Mannes unter der schwarzen Rauchwolke des kolossalen Fünf-Fuß-Mähbinders bei der Arbeit. Sie stellten die Garben auf deutsche Manier jeweils zu vieren im Kreuzverband auf und legten dann drei mit den Ähren nach unten darüber. Mitteilsam war er nicht, ihr Mann, doch wenn er abends, wenn der Wind unerwartet stark wehte, lediglich sagte: »Nicht die leiseste Chance«, dann wußte sie, was er meinte, und blickte in Gedanken auf dieselbe Landschaft hinaus wie er. Schwarzer Himmel, ein Weg mit weit ausgreifenden Weiden und etwas tiefer die Stoppeläcker, bedeckt mit nach dieser Methode aufgestellten Weizengarben, für die der von stark auf stürmisch zulegende Nordwestwind die reinste Lachnummer war. Zu ihrer beider Überraschung wurde sie nach acht Jahren von dem mittlerweile zum Vorarbeiter aufgestiegenen Mann befruchtet. Sieben Jahre danach noch einmal.

Nein, darauf achtete niemand mehr. Wohl aber auf den Jungen, der etwas versteckt hinter einem der Dachbalken saß. Jemand hatte ihm ein Paar dicke Socken angezogen, und Hocke hatte sich einmal neben ihm hingehockt, um etwas zu sagen, etwas Nettes, das mit »Sternapfel« endete, ob er einen wolle, aus dem Korb, in dem sie hier im Winter aufbewahrt wurden, doch er schüttelte den Kopf und wollte zum zweitenmal auf den Eimer. Adriaan Padmos war gerade acht geworden. So ein Kind erkennt das Fremde manchmal ziemlich schnell als das Eigene an und hockt dann mit einem Gesicht, von dem man nichts ablesen kann, zusammengekauert, Knie unter dem Kinn, da und schaut auf seine Socken.

Um das Mädchen van de Velde hingegen kümmerte sich niemand mehr. Das war tot, und man hatte den kleinen Leichnam in den Spalt zwischen zwei mit alten Kleidern vollgestopften Schränken gelegt, die man jetzt außerordentlich gut gebrauchen konnte. Arbeitsklamotten aus aufgerauhtem Baumwollflanell drunter, Sommerrock mit Blumen darüber. Besser so, oder? In dieser Nacht war das Mädchen von seinen Eltern unter großen Mühen hierher gebracht worden, weiter ging es nicht im Moment. Der Vater, Nico van de Velde, stand mit den anderen beim schmutzigen Fenster, hinter dem schmutzige Dinge passierten. Er und Zesgever rauchten, sie teilten sich eine der noch zur Verfügung stehenden Zigaretten, mit denen man äußerst sparsam umging. Und die Mutter war bei der Geburt dabei.

Träge, aber wie ein Nachtinsekt vom Licht hinter einem Küchenfenster angelockt, war Laurina van de Velde näher gekommen und schaute jetzt mit entschuldigender Miene, vielleicht weil sie zitterte, ohne den Versuch zu unternehmen, es zu unterdrücken, zu dem Buckel auf dem breiten Bett. Daß sie etwas Ähnliches durchgemacht hatte, wußte sie, hätte sie zumindest wissen können, doch das Ereignis, das konkrete Bild, wo war das? Ganz kurz fing sie Lidys Blick auf, die auf der Bettkante ihren Rücken durchstreckte. Wollte diese ihr etwas sagen? Sie hatte mit einundzwanzig das Kind bekommen, das ihr einziges bleiben sollte.

Herbst war es damals gewesen, ein wunderbarer, sonniger Herbsttag. Sie hatten Nico bei Hocke auf dem Feld

Bescheid gesagt, als es soweit war. Dieser hatte den Smythe, eine klotzige englische Sämaschine mit einer ungebräuchlichen Arbeitsbreite von 1 Meter 80, stehen gelassen, wo er stand, macht ihr mal allein weiter mit dem Winterweizen, Jungs. Was man sät, wird man zur festgesetzten Zeit ernten, ich gehe. Nico war ein agiler, heftiger Mann, der seine zur Melancholie neigende Frau gerade durch seine Kurzangebundenheit oft im Nu aufmuntern konnte. »Sei mal ein bißchen fröhlicher, Jungchen«, sagte er, wenn er beim Nachhausekommen ihr geistesabwesendes Gesicht mit den himmelblauen Augen, in die er sich verliebt hatte, zwischen die Hände nahm, oder auch: »Nicht soviel denken. Einfach mit beiden Füßen auf dem Boden stehen, das reicht schon!«

»Wo? Hier? Auf diesem Boden?« antwortete sie einmal und stellte, von ihm eher becirct als überzeugt, ihre in weichen Holzpantinensocken steckenden Füße auf die seinen. Sie war eine Frau, die grundsätzlich beunruhigt war, das war ihre normale Gemütsverfassung. Beunruhigt wegen der Maschinen, mit denen ihr Mann arbeitete, wegen der hinterrücks ausschlagenden Pferde, wegen des schweren, den Rücken kaputtmachenden Ausreißens der Flachswurzeln Mitte Juli, Handarbeit, bei der er sehr gut war. Im letzten Monat hatte er sich den Roten angeschlossen und benutzte das Wort »Genossen«, ballte die Faust oder streckte, was sie noch mehr beunruhigte, einen Finger hoch. Was würde geschehen, wenn der Bauer, Hocke, davon erführe, und was sollte aus Dina und ihren künftigen anderen Kindern werden, wenn ihr Vater auf die Straße gesetzt wurde?

Jetzt blickte sie also auf die bevorstehende Geburt und spürte nichts, nicht einmal die leiseste Beunruhigung. Sie blickte auf Cathrien Padmos' Gesicht, die sie von Kindesbeinen an kannte, sah, wie sie schwitzte, versuchte, ihre Hand zu halten, akzeptierte, daß sie von der anderen weggeschoben wurde, vielleicht auch weil diese kotzen mußte, und fror inzwischen zu sehr, um auch nur den kleinsten Gedanken normal in Gang zu setzen. Als Lidy sie fragte: »Wollen wir schon mal was suchen, worin wir es gleich wickeln können, das Kindchen, das Baby?«, da nickte sie.

»Gut.«

Sie und Lidy gingen zu einem der beiden Schränke.

»Das hier?« fragte Lidy dann mit etwas Wolligem in den Händen.

»Oder das hier?« zauderte Laurina.

Kurz darauf konnten die um das Bett versammelten Frauen und auch Izak Hocke, den man aus irgendeinem Grund dazugerufen hatte, der werdenden Mutter versichern, sie sähen bereits das Köpfchen. Es war elf Uhr vormittags. Auf der anderen Seite des Fensters vom Entbindungsraum befand sich die Welt, die niemand sich hier mehr anders vorstellen konnte, als sie war. Mordlustig, mit einer braungrauen Brandung. Daß der Sturm nach über vierundzwanzig Stunden noch immer nicht nachließ, mußte, meteorologisch gesehen, als höchst außergewöhnlich betrachtet werden.

Cathrien Padmos war der Typ Frau, der seine Kinder in Einsamkeit bekommt. Sie hatte es akzeptiert, daß man ihr ein zu einer Rolle zusammengelegtes Stück Bettzeug in den Rücken geschoben hatte, wollte darüber hinaus aber keine Hände, keine Blicke, keine Hilfe, die Hilfe sein will, als Merkmal aber gerade ausdrückliche Abwesenheit hat. Sie befand sich auf dem Höhepunkt ihrer Auseinandersetzung mit dem Schmerz, diesem unsichtbaren Feind, aber auch einem Engel, der betäubt und einen irgendwohin, fern von allem und jedem mitnimmt, wo man aufhören kann, an seine verstorbenen Liebsten zu denken oder zu merken und das für bedeutsam zu halten, daß das Bett, auf dem man liegt, auf einem mittlerweile beängstigend schwankenden Dachgeschoßboden steht. Sie hob den Kopf und begann ohne die geringste Hemmung zu jammern.

Das Geräusch eines Sturms ist kaum zu beschreiben. Oder eher: die Wirkung, die er auf einen hat. Die Welt macht Geräusche. Ohne auch nur einen Augenblick Ruhe ist sie am Knirschen, Rauschen, Rumsen, Reden und Wehklagen, in allen möglichen Nuancen, bis sie zum Schluß sogar singt. Einige dieser Geräusche können ein wenig warten, andere sind außerordentlich dringlich.

Auf dem Dachboden waren alle allmählich windtaub geworden. Das unablässige Einhämmern auf ihre Instinkte, die unablässige Beanspruchung ihrer Vorstellungskraft, was passieren könnte, wenn sie nicht machten, daß sie von hier fortkamen, hatte sie abgestumpft.

Hocke, van de Velde, Zesgever und Cornelius Jager standen am Fenster, von wo aus man, wenn man den Kopf an die Scheibe legte und ganz nach rechts drehte, Caus Hof sehen konnte. Cau selbst stand da nicht. Er hockte sich neben den jetzt verlassenen Kocher, um zu sehen, ob vielleicht noch ein Schluck Kaffee in der Kanne war. Der Wind ratterte bereits seit einer Weile wie Artilleriefeuer am Dach. Manchmal war es da, und man wußte genau, man ging drauf, dann plötzlich hörte es auf, Pause. Sogar Cau mußte dann dieses andere Geräusch von draußen hören können und spüren, wie es ihm durch Mark und Bein ging.

Sein Haus hatte im übrigen keine Fassade mehr. Hocke und Zesgever ließen ihre Blicke ziemlich kalt und nur insofern besorgt, als sie sich fragten, wie ihre eigene Unterkunft sich halten würde, über das freigelegte, aus dem Wasser ragende Dachbodeninterieur des Gabriëllinahofs wandern. O Krempel, o durchgelegene Sprungfedermatratze, gußeiserner Sparherd, Schrank mit längst ausgemusterten, schon lange nicht mehr verwendbaren Kannen, Krügen, Einwecktöpfen, Sieben aus Pferdehaar: All das stand da, in völliger Übereinstimmung mit der Situation, als wäre es wie die Menschen gerade von unten nach oben geflüchtet. Von Simon Caus Neffen, Marien, war derweil keine Spur. Kein einziges Lebenszeichen im Dachgeschoß drüben.

Ach, aber um so mehr auf den vorbeischießenden Flößen und sonstigen treibenden Dingen! Behext und benommen stand die kleine Männergruppe am Fenster und hörte sich die Angst- und Hilfeschreie, die Flüche an.

»Ihr Schufte! Helft uns oder ersauft selbst!«

Ein Stück eines Dachs schoß vorbei.

»Natterngezücht! Gottlose!«

Die Ziegel fehlten zum größten Teil. Es kam, mit mindestens acht Menschen besetzt, vielleicht einer ganzen Familie, aus der Richtung des Gabriëllinahofs an und trieb sehr schnell südwärts an dem Dachboden vorbei, auf dem Hocke sich mit seinen Evakuierten befand. Es hatte nicht einmal Sinn, das Fenster aufzureißen und etwas mit dem Seil zu versuchen. Die Familie, kurz davor unterzugehen, wurde fast im selben Moment von der Strömung erfaßt, die schräg vom Haus weg zum grauweißen Horizont zog. Der Protest des schreienden Mannes veränderte sich auch bereits. Ging, vom Haus aus gesehen, bereits in die letzten

Bewegungen von Menschen über, die sich aus Leibeskräften bemühten, noch eine Minute, eine Sekunde länger am Leben zu bleiben, und die in dieser einen Minute, der Fülle dieser einen Sekunde, das war zu erkennen, noch immer ganz genau wußten, daß ein Kind ein Kind war, ein Anfänger unter Bedingungen, die manchmal krasse, noch unbegreifliche Formen annahmen, und daß ein Elternteil ein Elternteil war. Keine Angst, halt dich einfach an mir fest ... Zwei der Zuschauer, van de Velde und Zesgever, kniffen die Augen zu, als das Dach kenterte, sie hörten lediglich eine Art Hundegejaule. Izak Hocke drehte sich um. Eine neue, ähnliche Fracht nahte von rechts.

»Ich kann es nicht mit ansehen!« sagte er, völlig fassungslos, zum Rücken seiner Mutter, die er irgendwo im Halbdunkel umhergeistern sah.

Der einzige, der jetzt noch in das Sturmgetöse hinausschaute, war Cornelius Jager. Den Kopf vor der Brust, tief versunken in das Geräusch, als habe er es auf sich genommen, sein Medium zu sein, stand er am Fenster. Fand er, daß wenigstens einer Notiz davon nehmen mußte, daß das schrille mehrtönige Pfeifen im Begriff war, Dreischor, Ouwerkerk, Nieuwerkerk und Oosterland als Wohnorte auszulöschen? Die Mittagszeit war schon vorbei. Die Flut begann bereits langsam wieder zu steigen. Auf dem großen Polder Schouwen ging das schleichend, über die Wassergräben, vonstatten, denn der Seedeich, der von der Küste bis nach Zierikzee lief, war nur beim Schelphoek gebrochen. Doch auch auf den Poldern des ungestüm ertrinkenden Duiveland war der größte Teil der Opfer zu diesem Zeitpunkt noch am Leben. Sie taten von Dachböden, Dächern und Flößen aus, was Opfer, die noch am Leben sind, immer tun: schreien und auf Rettung warten.

Auf diesem Dachboden wartete man auf etwas, was mit einem fragwürdigen, deshalb aber nicht unrichtigen Wort als Erlösung bezeichnet wird. Ja, die Geburt, sehr nahe nun, erhielt Priorität vor dem Sturm. Der Muttermund hatte sich vollständig geöffnet, der Kopf des Kindes war ausgetreten und senkte sich durch den Beckenausgang nach unten. Von den Umstehenden am Bett war Lidy diejenige, die sich am meisten mit dem Geschehen befaßte. Tief vorgebeugt, sah sie, wie das Köpfchen, dessen Schädelknochen, wie sie wußte, sich so geschmeidig wie Fischbeinstäbe übereinanderschieben konnten, sich jedesmal ein kleines Stück vorschob und wieder zurückglitt.

»Läuft gut!« feuerte sie die nicht mehr so junge Mutter an, die um sich sah, als wollte sie aus einer Umzingelung ausbrechen. Sie selbst hatte, so meinte sie sich zu erinnern, in dieser letzten Phase noch ziemlich viel Spektakel gemacht, doch diese Frau zog es vor, von jetzt an keinen Mucks mehr von sich zu geben. Deshalb hörte man, ob man wollte oder nicht, auch hier die Schreie von draußen. Lidy blickte auf das rote Gesicht, sah die Arme, die es zu bedecken versuchten. Mit der Klarheit eines Menschen, der völlig übermüdet ist, stellte sie fest, daß die Schreie des Todes und des Gebärens einander ähneln, einander ähneln und sich gegenseitig verdeutlichen.

Der Hund bellte erstickt.

Wenn ein Kind ohne fachmännische Hilfe geboren wird, müssen die Umstehenden ihren gesunden Menschenverstand benutzen. Wickle die Nabelschnur vom Hals ab. Reib das klatschnasse Kind trocken. Deck es warm zu. Klemm die Nabelschnur ab, schneide sie mit etwas Scharfem durch. Ist das Kind blaurot, weil Blut oder Schleim Kehle und Luftröhre verstopfen, dann saug es ab. Lidy, einen merkwürdigen salzigen Geschmack im Mund, hörte das Kind ein wenig blubbern, dann schreien. Cathrien Padmos hatte einem gesunden Jungen das Leben geschenkt.

Schwerfällig, zittrig in den Knien. Sie ging vom Bett zum Fenster, wo diese merkwürdige Mißgeburt, dieser Junge, einen Schritt beiseite trat, um ihr Platz zu machen. Sie drückte die Stirn gegen die Scheibe. Schwindlig versank sie einen Augenblick in dem, was sie nicht vergessen hatte, ihr Zuhause, Nadja, Sjoerd, ihre Schwester, ihr Bruder. Als wirkliches Denken konnte man es nicht bezeichnen. Es war eher ein Wissen, sehr sicher, aber ebenso vage wie die Phantasien von Himmel und Hölle, daß sie da waren, irgendwo an einem unvorstellbaren Ort: in Sicherheit. Sie riß die Augen auf und reckte den Hals. Denn inmitten des endlosen Treibholzstroms, der draußen vorbeiwogte, sah sie auf einem Floß mit hochstehenden Rändern, dem umgedrehten Dach einer Hütte oder etwas ähnlichem, ein Tier liegen, allein, reglos, es schien ihr ein Schwein zu sein. Bevor sie sich fragen konnte, ob es noch lebte, sah sie, wie das Tier sich auf den Vorderbeinen ein Stück aufrichtete und dann auf eine Weise ins Wasser trottete, die vorsätzlich erschien.

»Mein Gott!«

Jetzt war weit und breit kein Mensch oder Tier mehr zu sehen. Auch kein Vogel.

Zutiefst schockiert wandte sie sich ab. Der Junge, dicht neben ihr, sah sie an, und sie starrte zurück in die Augen unter der durchgehenden Linie der Brauen, auf den Mund, bereits etwas Flaum auf der Oberlippe. Nadja? Sjoerd? Sarphatipark Nummer 36? Paradox der Gefahr und der Sicherheit: Es muß einen hellen Moment, einen kurzen Sprung zwischen dessen Anfang und Ende gegeben haben, der ihr unsanft etwas klarmachte. Die Welt war überflutet, das Universum kreiste nur noch auf dem Wind, sie hier auf dem Dachboden waren die einzigen, die verschont geblieben waren, fürs erste.

2
Meine Frau versteht mich nicht

Eines schönen Morgens im Mai 1962 erwachte in einem Amsterdamer Schlafzimmer ein Mann, der sich privat wie auch beruflich nur als zufrieden und glücklich bezeichnen konnte, mit den unsterblichen Worten im Kopf: Meine Frau versteht mich nicht. Verdutzt drehte er sich auf die Seite. Armanda schlief noch, auf dem Rücken, Kinn in die Höhe gereckt, eine Haltung, die sie sich nach dem Lesen eines Zeitschriftenartikels über Doppelkinne einst mit spielender Leichtigkeit angewöhnt hatte. Woher kamen diese Worte? Schwer und unbeholfen gingen sie ihm durch den Kopf. Er streckte den Arm aus, sie trug ein kurzes Nachthemd, das sie Babydoll nannte. Daß sie entgegenkommend zu lächeln begann, konnte er sehen, weil das ungebleichte Leinen der Übergardinen viel Licht ins Zimmer ließ.

»Ja, das ist besser«, hatte sie entschieden, als die Ausstattung des neuen Hauses zur Sprache kam. »Jetzt werden wir vielleicht von selbst genauso früh wach wie die Kinder.«

Seine Hand glitt über ihre zarte, weiche Magenpartie. Seit der Geburt des Jüngsten war es ihr nicht mehr ganz gelungen, ihr altes Gewicht wiederzuerlangen.

Beim Frühstück, eine halbe Stunde später, gingen die

Worte unter, aber verschwanden nicht, das wirklich nicht, in der Geschäftigkeit einer Familie, die mit ziemlicher Lautstärke einen neuen Tag anfängt. Außerdem liefen im Radio die Nachrichten. Unterirdischer Atomversuch Frankreichs in der Sahara. Er langte nach der Milchflasche, morgens trank er immer erst ein Glas kalte Milch, und sah zerstreut zu Armanda, die in einem blauen Mohairmorgenmantel ein Butterbrot für Allan in kleine Stücke schnitt, der groß und dick neben ihr im Kinderstuhl saß. Manche Männer lieben ihre Frauen nicht so sehr, wenn sie ihnen noch ungewaschen und mit offenen Haaren im Morgenmantel gegenübersitzen, doch er hatte diese unscharfe Trennungslinie zwischen Tisch und Bett immer gemocht. »Laß das!« sagte sie derweil zu einem engelhaft blonden Mädchen und nahm ihr, ohne hinzusehen, die Zwiebackdose weg. Sein Liebling, die vierjährige Violet, die ihrem Vater, sobald sie sah, daß er zu ihr schaute, mit glänzenden Augen ein Lächeln zusandte, das kein Leinwandstar besser hingekriegt hätte.

»Mund auf, Augen zu!«

Das war Nadja, sie roch stark nach Eau de Cologne. Er gehorchte. Als letzte nach unten gekommen, legte Nadja ihre Wange an seine und steckte ihm dann ein Stück Nougat, wonach sie zur Zeit selbst süchtig war, in den Mund. Seit sie beim Umzug in einem Karton mit altem Krempel auf das Foto ihrer Mutter im Hotel Kirke gestoßen war, war sie auf wundersame Weise deutlich lieber und umgänglicher geworden.

Weiß der Himmel, warum, aber er stand auf, um die Nachrichten etwas lauter als sonst zu stellen … Bundeskanzler Adenauer hält die Gespräche zwischen den USA und der Sowjetunion über Berlin für völlig verfahren.

Niederländische Truppen auf der Fregatte *Zuiderkruis* nach Neuguinea ausgelaufen. Die Zweite Kammer hat mit 78 zu 58 Stimmen eine Gesetzesnovelle verabschiedet, die den früheren Verkauf von frischem Brot, ab halb zehn Uhr morgens anstatt ab zehn Uhr, gestattet.

Er hob den Kopf, um ein Stück Wand über dem Radioapparat eingehend zu betrachten: Die Abriegelung des Grevelingen durch einen Damm hinüber nach Schouwen-Duiveland ist nach einer Unterbrechung wieder fortgesetzt worden. Die Deltakommission erwartet, daß diese vierte große Etappe in der endgültigen Schließung der Meeresarme Zeelands und Zuid-Hollands in zwei Jahren abgeschlossen sein wird.

»Das Wetter ...«

Während er in dem hellen Eßzimmer – Armanda hatte vor, noch vor dem Herbst einen Durchbruch zur Küche machen zu lassen – der Vorhersage über die Kaltluft lauschte, die das Land im Laufe des Tages von Nordwesten her erreichen würde, nahm ein impulsives Hirngespinst die Form eines völlig selbstverständlichen Entschlusses an. In den Küstenprovinzen ziemlich kräftiger Wind, hörte er, wischte sich den Mund ab und stand bereits. Den Grevelingen konnte man mittlerweile ganz bequem über eine Schnellstraße durch Noord-Brabant erreichen.

Kurz darauf fuhr er zum Rokin. Er parkte vor dem Eingang der Bank und ging in das Nebenzimmer seines Büros in der ersten Etage, um der Sekretärin einige Anweisungen für den heutigen Tag zu geben. Eine Viertelstunde später, auf dem Weg nach Den Haag, war er wieder bei den Worten angelangt, mit denen er am Morgen aufgewacht war. Bei dem sanften, einladenden, absolut undramatischen Heimweh, das sie in sich bargen. Sjoerd Blaauw und Armanda Brouwer waren jetzt sieben Jahre verheiratet. Das war eine Tatsache. Doch wenn er, Sjoerd, sich bewußt machte, daß er ein verheirateter Mann war, dann bezog er dabei automatisch eine gewisse vorangegangene Vergangenheit ein, frei wie ein Traum, nach dem man sich sehnt wie nach etwas, das einem eines Tages zwischen den Fingern zerronnen ist.

Armanda war lieb. Sie war verdammt schwierig. Sie war ein Engel im Bett. Sie sagte dumpf und klagend aus ihrem Kissen heraus: »Ich habe Kopfschmerzen.« In den ersten Jahren war ihre Handgreiflichkeit, wenn er nach Hause kam, manchmal so unverblümt, ließ sie sich manchmal mit so unzweideutig ausgestreckten Armen aufs Sofa fallen, daß er eigentlich mehr Lust hatte, sich einfach mit ihr über, sagen wir mal, Fußball zu unterhalten. »Wußtest du, daß heute abend ein wichtiges Fußballspiel im Radio übertragen wird?« Fassungsloser Blick von ihr, und er, sich zum Wohnzimmertisch umdrehend, noch: »Fängt um acht an.« Ein halbes Jahr nach Violets Geburt unterrichtete sie wieder an drei Vormittagen in der Woche und verschwand, sobald seine Schwiegermutter eingetroffen war, um auf die Kleine aufzupasen, eilig, fröhlich und angemessen mit einer Tweedjacke bekleidet, die für eine junge Englischlehrerin wie geschaffen schien, ins Barlaeus-Gymnasium.

Dann kam die Zeit, in der sie ihn gern mit der Frage: »Wer bin ich?« provozierte und ihm die Hände über die Augen legte. Spielerische Lösung, natürlich, und eine passende Antwort seinerseits, die keine Höflichkeiten erforderlich machte. Kurz vor Allans Geburt wollte sie unbedingt, und zwar sofort, umziehen. Schlimmer Abend. Oktober, mit heulendem Wind am Dach. Er und sie hatten im Dachgeschoß irgend etwas gezimmert oder aufgehängt, tut nichts zur Sache, doch sie legte den Hammer beiseite. Nachdem sie sich einen Augenblick lang nachdenklich angesehen hatten, dem Wind gelauscht hatten und sie sogar noch hinzufügte: »Das ist mir hier alles viel zu lidyhaft«, hatte er auf die für ihn typische Weise einmal geschnaubt und dann träge geantwortet: »Och … vielleicht gar keine so schlechte Idee, langsam mal parterre zu wohnen.«

»Keine schlechte Idee«, bestätigte sie, während sie sich schwerfällig umdrehte, um sich wieder an die Arbeit zu machen. »Und wir nehmen nichts, kein einziges Möbelstück, von der Einrichtung hier mit.«

Nadja hatte es großartig gefunden. Ein elfjähriges Mädchen – dürr wie eine Bohnenstange, aber mit einem handgelenkdicken roten Zopf auf dem Rücken, keine Sommersprossen – kann freudig ja dazu sagen, daß ihr ganzes Leben auf den Kopf gestellt wird. Als es geschah, wird Brüderchen Allan drei Monate alt gewesen sein. Während ihre Mutter beim Aufräumen des Dachbodens sehr drastisch vorging und gerade dabei war, Fotos, Briefe, Schulbücher und Referate in Abfallsäcke zu stopfen, hockte Nadja auf den Knien im Lichtviereck eines Dachfensters. In den Händen ein Foto.

»He, Mama!«

Armanda ging zu ihr und erkannte augenblicklich das Familienfoto, das Jacomina Hocke, zu der sie keinerlei Kontakt mehr hatte, ihr seinerzeit als Andenken geschickt hatte.

»Mit was für einem Kind sitzt du denn *da*?«

Armanda, leise, ohne zu zögern, in spontan entrüstetem Ton: »Das bin *ich* nicht!«

»Bist *du* das nicht?«

Erstaunter Zeigefinger eines Mädchens, dem bis dahin nichts von einer umgetauschten Mutter gesagt worden ist. Anfangs waren ihr Vater und die ganze Familie zu durcheinander, später kamen sie, mittlerweile an die leicht korrigierte Familiengeschichte, die neue Version mit all den exakt zusammenpassenden Details gewöhnt, ihr vielleicht sogar zugetan, nicht mehr dazu. In ihrem Herzen wußten sie doch, daß sie Nadja schon noch irgendwann alles erzählen würden, oder nicht?

»Moment mal«, hatte Armanda gesagt. Sie griff nach einer Kiste, weil sie sich setzen mußte. Vorgebeugt neben Nadja, konnte sie das Foto jetzt besser betrachten, und das tat sie auch, wobei sie in den ersten Sekunden den ziemlich starken Impuls unterdrückte, dem angenommenen Kind rundheraus, ohne das geringste psychologische Feingefühl, zu erklären: Das ist deine richtige Mutter. Sie kannte die Ecke, aus der das Foto gemacht worden war, ein Jahr vor dieser Aufnahme war sie schließlich selbst dort gewesen. Man blickt aus dem Wintergarten in den Festsaal mit den gedeckten Tischen des Hotel Kirke. Zu beiden Seiten der Treppe sind Draperien angebracht, und da steht eine Palme. Wegen dieser Kulisse fragt man sich, was die beiden im Vordergrund, in Korbsesseln nebeneinander, wohl Großartiges zu feiern haben: das zahnlückige, schüchtern lachende Mädchen und die Frau, Lidy, mit wegen der Unterbelichtung etwas tragischen Augen und einem Lächeln um den Mund, das man kennen muß, um zu wissen, daß es »Alles sehr nett, aber morgen bin ich wieder zu Hause« bedeutet.

»Das ist deine richtige Mutter«, sagte Armanda.

»Ach herrje!« machte Nadja.

So war das gewesen.

Im Fischerdorf Bruinisse, am Grevelingen, hatte man einen kompletten Arbeitshafen gebaut, um sechs Kilometer Wasser mittels eines Damms abzuriegeln. Es war am späten Vormittag. Sjoerd Blaauw hielt höflich wie ein Tourist einen der mit Overall und Stiefeln bekleideten Arbeiter an, um zu fragen, ob sie gut vorankämen.

»Laß mich durch, Freund!«

Auch recht. Er trat einen Schritt beiseite und verlor sich einen Augenblick lang im Anblick der grauen und blauweißen Phänomene ringsum, in spektakulärem Gegensatz zueinander, die er gern erläutert gehabt hätte. Grau (und laut und staubig) waren die Kais voller Asphaltflecke, Stahltrossen, Flaschenzüge, LKWs und Maschinen wie Kriegsgerät, grau die Umrisse der ein Stück weiter gelegenen Baustelle, in der eine Kammerschleuse von 125 auf 16 Metern bereits in Betrieb war, und das Stück Damm, das von Flakkee aus hierher gekrochen kam. Auch die Reihe der Senkkästen, die im Wasser neben dem Kai bereitlagen, sah grau aus, schöne, respekteinflößende Exempel des Wasserbaus, aber natürlich ein Witz, Kinderkram, verglichen mit den wohnturmhohen Phoenix-AX-Caissons, die man in Kürze direkt am Meer in einer Durchlaßöffnung von mehreren hundert Metern Breite, dreizehn Metern Tiefe bei einem Tidenhub von fünf Metern ablassen würde. Sjoerd, eine laue Brise im Gesicht, schaute hoch. Blauweiß (dieses stille, unabhängige, gemütliche, tolerante Blauweiß, das die Kultur dieses Landes bestimmt) war der allesumspannende Wolkenhimmel holländischer Meister darüber.

Ein leichter Schwindel. Sein Blick wieder etwas tiefer. Quer zum Kai, mit dem Bug zu den Senkkästen, lag ein mennigerotes Schiff, ein ganz normales häusliches Schiff mit Kajüte, das den Namen *Klazina* trug. Sjoerd drehte sich zu einem Mann in einer grünlichen Lederjoppe um und zog ihn am Ärmel.

»Nein, erst hier«, antwortete der Mann ihm auf seine Frage, warum man nicht unmittelbar, direkt am Meer, den gefährlichen Meeresarm abriegelte.

»Aber warum?«

Der Mann nahm eine etwas bequemere Haltung ein, um Sjoerd Erläuterungen zur Trennung der Überflutungsflächen von Grevelingen und Oosterschelde zu geben. Zum Aufspülen von Millionen Kubikmetern Sand, dem Bau kompletter Asphaltmischwerke vor Ort, einer fremdländischen Drahtseilbahn in unserem Polder- und Wasserland, zu Pfeilern, Caissons, Widerlagern und beweglichen Brücken, Sielen im Haringvliet, deren Schütze einstweilen von siebzig Maschinenhäusern aus gesteuert würden … »Ach, Mijnheer, haben Sie sich eigentlich schon mal überlegt, daß der Alptraum von damals, 53, der Anfang eines verdammt schönen Traumes war?«

»Traum?« Sjoerds Gesicht hatte den bekannten Ausdruck von Schülern und Studenten angenommen, die sich unbedingt den erforderlichen Stoff für eine Prüfung aneignen wollen, während ihr anderweitig heftig in Anspruch genommenes Herz derweil tut, was es will: dumm, schwellend.

Wann begann »Meine Frau versteht mich nicht« erneut in seinem Ohr zu ertönen, wie eine Verszeile? Als sein Blick zu dem kleinen, starken Schiff abschweifte, das gleich einen der Senkkästen ins Schlepp nehmen würde, ein rotes Schiff, mit aufgesetztem Deckshaus und dem Namen, der als einziges Signal in dieser Männerwelt von Frauen sprach, *Klazina*?

»Na, wollen Sie vielleicht mitfahren?«

Der Mann, dem eigentlich schon ein Abschiedsgruß auf den Lippen lag, hatte den Blick des anderen bemerkt.

»Kann ich ... Geht das wirklich?«

»Kriegen wir hin.«

Kurz darauf stand er auf dem Vordeck des kleinen Schleppers. Sjoerd wieder auf dem Wasser, auf dem er in der Vergangenheit schon einmal gewesen war. Bedeutend ruhiger, das Wasser, bedeutend blauer, als es in seine Erinnerung eingegraben war. Dicht hinter ihm waren sie mit Ketten und Winden zugange, stand er nicht im Weg? Nein, die Besatzung ignorierte den langen blonden Kauz, der auf die Wasserfläche schaute wie auf eine Welt, die ihm lange Zeit versagt gewesen war. Immerhin brachte ein Junge ihm Kaffee mit Milch in einem blaßrosa Becher, sagte leise und herzlich: »Bitteschön« und ließ ihn wieder allein mit dem Vibrieren unter seinen Füßen. Er zündete sich eine Zigarette an. Glitzern auf dem Wasser zwischen Bruinisse und Oude Tonge, Spiegelungen, gebrüllte Befehle, Echos: Alles, alles entsprach haargenau, wenn auch auf eine Weise, die man nicht hätte erraten können, den Worten, mit denen er an diesem Morgen wach geworden war!

Lidy, sieh mich an. Weißt du noch, wie wir nach Ouderkerk gegangen sind? Du warst schon Wochen über die Zeit. Aussicht auf die Biegung der Amstel. Standbild des auf die Knie gesunkenen Rembrandt, der diese Aussicht zeichnet. Und du mit deiner Neuigkeit. Weißt du noch, daß ich zu Tode erschrak und du dich umdrehtest, um ein paar Blümchen zu pflücken und zu brummen: »Was ich gern hätte, ist ...«

»Na?«

»Daß du genau so ein Gesicht machst wie damals, als du diesen Hecht gefangen hast.«

Wir haben uns neben dem Eingangstor des Amstelparks auf eine Bank gesetzt.

An diesem Abend traf Sjoerd seine erste ehebrecherische Verabredung, und es ist nicht gesagt, daß das eine – seine Erlebnisse dieses Tages – direkt etwas mit dem anderen zu tun hatte. Es geschah einfach, daß, als er sich in der herrlichen Abendtemperatur in Amsterdam kurz auf die Caféterrasse des Americain setzte, ein Blickkontakt zu einer zufällig vorbeigehenden Frau entstand. Schlank, in einem grünen Kleid. Die einen Augenblick später neben ihm an dem runden Tisch Platz nahm. Große glänzende Tüte auf dem Boden zwischen ihren Stühlen.

»Gut?«

Sjoerd hatte auch für sie ein Glas Clairette bringen lassen. Das Wetter hatte sich schon den ganzen Tag nicht um die Vorhersagen des KNMI gekümmert. Es war warm. Es war himmlisch schwül.

»Mmm.«

Nicht die leiseste Verlegenheit zwischen den beiden. Was hast du heute gemacht? Seine Frage an sie, leicht verengte Augen. Gearbeitet (in irgendeinem Institut), Schuhe gekauft (waren in der Tüte), mit alten Freunden telefoniert (in Wien). Wie eine Frau, die bei der ersten Begegnung ihre Phantasie einschaltet, sah sie ihn nicht direkt an, vielmehr ging ihr Blick wie durch einen Nebel ein Stück durch ihn hindurch.

»Und du?«

Er begann, als hätte er auf die Gelegenheit gewartet, von den Deltawerken zu erzählen, sein Ton war außergewöhnlich feurig. Und sie lauschte, den Arm neben dem seinen auf dem kleinen Tisch, und verdrehte das Handgelenk, weil alles bereits im Begriff war, ihre Hand und seine aufeinander zuzuschieben. (Später würde sie ihm sagen, daß sie auf seine »funkelnde« Begierde abgefahren war, die Männlichkeit ohne auch nur einen Hauch niederländischer Piefigkeit in Blick und Stimme an jenem Abend.)

»Eine Milliarde Kubikmeter Meereswasser, bei jeder Tide!« rief er aus, er erzählte gerade von der Oosterschelde. »Sie riegeln sie mit einem zwölf Meter hohen Damm pottdicht zum Meer hin ab! Denk bloß nicht, das sei so einfach, es geht hier immerhin um ein Ästuar mit einer Mündung von zehn Kilometern Breite! Sie spülen erst drei Inseln auf, dann bauen sie in den wilden Stromrinnen, die dadurch entstehen, dreizehn riesige Türme auf in Stein gepackte Schwellen aus Stahl und Spannbeton!«

Sie verabredeten sich für den nächsten Nachmittag.

Als Sjoerd gegen elf nach Hause kam und ins Wohnzimmer trat, blieb Armanda nicht weit von ihm auf dem Sofa sitzen und starrte mit todtraurigem Gesicht auf ihre Schuhspitzen.

»Was ist denn?«

Er hatte sie schon vormittags von Zeeland aus angerufen, um zu sagen, daß er dorthin gefahren sei, und hatte in gutem Glauben gesagt, er wisse noch nicht, wann er wieder nach Amsterdam zurückfahren werde.

Jetzt also diese Situation. Der reumütige Sjoerd sank halbwegs vor ihr zu Boden und sah ihr ins Gesicht. Armanda legte, bereits ein wenig erwärmt, sofort mit den Worten los, sie habe sich den ganzen Tag das Gebiet vorgestellt, wohin er so unbedingt Knall auf Fall fahren mußte, die Karte, den Plan von Schouwen-Duiveland, umschlossen von den beiden Meeresarmen.

»*Ihren* Plan«, schluchzte sie freimütig. »Verbotenes Terrain für mich!«

Sjoerd hatte seine Arme bereits um ihre Hüften und ihren Hintern gelegt. Jetzt rutschte er neben sie aufs Sofa, drückte das Gesicht an ihren Hals und flüsterte ihr so entgegenkommend »Nein, nein, bist du verrückt« ins Ohr, daß sie sich aufrichtete, lebhaft um sich blickte und ausrief: »Und was sagst du *da*zu?«

Er folgte verdutzt (aber noch immer reumütig) ihrem Blick.

»Was ist das anderes als *ihr* neues Haus, ihre sieben Zimmer, Dachboden, Garten nach Südosten, Schuppen, mach nicht so ein dummes Gesicht, mit funkelnagelneuen Möbeln ganz nach ihrem Geschmack?«

Sie wandte sich ihm zu. Ihr kurzer feindseliger Blick drückte aus: Nur noch einen Moment, gleich schließen wir Frieden. »Oh! Du hast ja nicht die leiseste Ahnung, wie oft ich gedacht habe, es ist *ihr* Leben, das ich ... Okay, ich will nur soviel noch sagen: Es sind ihre Karamellschokoladenriegel, die ich momentan esse, früher mochte ich nur pure, ihre überschüssigen Kilos, die ich loszuwerden versuche – sie war nach Nadjas Geburt verdammt schnell wieder schlank –, es sind ihre Prospekte mit den neuesten Staubsaugermodellen, die ich mir ansehe, und wenn ich dann einen auswähle, ist es einer, der ihrer zarten Öhrchen wegen möglichst wenig Lärm macht. Verstehst du, was ich meine? Wir sind inzwischen in den sechziger Jahren angelangt, die Niederlande werden supermodern. Weißt du, was ich manchmal immer noch denke? Lidy ist nur für einen Tag weg und verläßt sich darauf, daß ich das Leben mal schnell für sie lebe, ordentlich, anständig, wie ich es verdammt noch mal auch tatsächlich tue. Gott, du kennst doch diese alte Beatrijs-Geschichte? Mit der heiligen Maria, die verdammt sportlich die Stellvertreterin spielt, während Beatrijs derweil, ich meine, hör zu …«

Sjoerd hörte zu, ihr ausgeliefert aufgrund dessen, was er am nächsten Tag fest vorhatte zu tun. Er wollte sie gerade, schnell, im Sinne einer allgemeinen Antwort, mit »Sag mal, wollen wir schlafen gehen?« unterbrechen, als sie sich erneut straffte.

»Verstehst du? Nein? Gut, dann sage ich dir auch noch, daß ich manchmal, nein, oft, alle möglichen höchstpersönlichen Erinnerungen, denk mal an unsere Sonntagnachmittagsspaziergänge nach Ouderkerk, denk an unsere Geburtstage, unsere Weihnachtsessen, daß ich das alles wie eine Art Kontrastflüssigkeit, eine Meßlatte, neben diesem ihrem Wasserdrama in ich weiß nicht wie vielen Akten sehe, du schüttelst den Kopf?«

Sjoerd zog ihren Kopf an sich. Stupste seine Nase an ihr Ohr. Sie sagte noch ein paar traurige Dinge und zeigte sich dann einverstanden, ins Bett zu gehen.

Dunkel. Die intime Welt eines Betts mit weichen Decken und Laken. Keine Liebkosungen. Oder?

Na ja, doch. Der gewissenlose oder vielmehr gerade gewissenhafte Sjoerd sah keinen Grund, das Füllhorn von stimulierten Hormonen, Wärme und Zärtlichkeiten einer wieder gutgestimmten Frau (»Ach, was soll's, er versteht es nicht, und er wird es auch nie verstehen«) ungenutzt an sich vorübergehen zu lassen. Danach fiel er, wie es einem richtigen Mann ansteht, sofort in Schlaf. Sie nicht. Sie, Armanda, überdachte noch eine Weile das Menü von Sonntag, wenn die Familie wieder zum Mittagessen zusammenkommen würde, diesmal hier bei ihnen, und sah ihre Tafel bereits vor sich. Vater und Mutter Brouwer, Betsy und Leo mit ihren beiden Jungs, der mittlerweile zweiundzwanzigjährige Jacob mit einem sehr dicken, aber sehr hübschen Mädchen mit milchweißer Haut, Laetitia, und ihre eigene Familie.

Spargel? sinnierte Armanda. Mit glatten gekochten Kartoffeln, dick geschnittenem Schinken, einem Ei und Sauce hollandaise? Dazu ein paar Flaschen leckeren Gewürztraminer. Oder, vielleicht besser: einen Riesling?

3
Das letzte Mittagsmahl

»Nun ja«, würde sie sagen, »bei allem, was ich da erzähle, wie wir an jenem Sonntagmittag dasaßen und aßen, müßt ihr euch das wahnsinnige Geräusch des Sturms dazudenken. Wie ich jetzt mit euch rede, mit meiner normalen Stimme, das ging da nicht. Also denkt euch einfach bei allem, was ich sage, dazu, daß alle die ganze Zeit irrsinnig laut schrien. Es stürmte an diesem Mittag pausenlos weiter, das wiederhole ich jetzt nicht jedesmal.«

Das hätte sie gesagt, wenn in diesem Moment ein Boot von, sagen wir mal, der Wasserschutzpolizei am Dachbodenfenster aufgetaucht wäre, so undenkbar ist das nun auch wieder nicht, und sie später von ihren beklemmenden Stunden hätte berichten können. Es ist ein ziemlicher Unterschied, ob man seine Abenteuer hinterher interessierten Ohren erzählen kann, hier und da ergänzt um ein paar erfundene Dinge sowie Fakten, die man hinterher noch erfahren hat, oder ob die eigene Todesnot unausgeschmückt bleiben muß, unverfälscht, und damit basta.

»Ihr werdet wahrscheinlich denken«, würde sie sagen, »wie konntet ihr unter solchen Umständen nur essen, aber das konnten wir. Als Tisch diente eine Kiste mit einer Decke, es gab ein Messer, ein Brotschneidebrett. Die Bäuerin hatte am Abend zuvor alles mögliche nach oben getragen, darunter auch eine Tüte mit so kostbaren Dingen wie Eier, Butter, Cognac und einen Gewürzkuchen, weil sie vorgehabt hatte, an diesem Sonntag nach dem Gottesdienst in Dreischor eine Wöchnerin zu besuchen. Wie wir da beisammensaßen? Stellt euch elf arme graue Teufel vor auf einem unverkennbar schwankenden Fußboden. Schrecklich kalt natürlich und sehr dunkel, mitten am Tag. Cathrien Padmos mit ihrem Baby im Bett. Schon bald kroch auch der Junge der Padmos, Adriaan, zu seiner Mutter und dem neugeborenen Brüderchen. Es hatte zu schneien begonnen. Wir sahen, wie die Scheibe sich allmählich mit Flokken bedeckte, und das war uns nur recht, keiner hatte mehr Lust, hinauszuschauen. Was konnte man tun? Es mußte noch Ebbe sein, aber das Wasser fiel nur wenig. Gerade genug, daß schräg gegenüber, bei Cau, die Stäbe eines eisernen Gitterzauns aus dem Wasser ragten, und darin verfangen die Leiche von Marien Cau, man konnte erkennen, daß er seitlich am Kopf tiefe Löcher hatte.

Sie briet also Eier, Gerarda Hocke. Sie briet sie von beiden Seiten, mit kaputtem Dotter, kippte sie aus der Pfanne auf eine Scheibe Brot und sagte: »Zesgever?« Oder: »Laurina!« Was? Nein, niemand zeigte auffallende Zeichen von Angst. Woher das kam, weiß ich auch nicht, aber so war es. Wahrscheinlich erlaubte die Kälte es nicht. Wenn dein

Körper erst mal vor Kälte zittert, zittert er nicht noch mal wegen etwas anderem. Ich weiß noch, daß Cornelius Jager von Zeit zu Zeit nach dem Wasserstand sah. Er ließ die Dachbodentür offen, spähte die Treppe hinunter und kehrte wieder zurück. Wir sahen ihn dann gespannt an.

»Na?«

»Ungefähr eine Stufe tiefer.«

Vielleicht weil ich sonst nichts über ihn erfahren habe, erinnere ich mich noch so gut an sein Äußeres. Als ob seine Person nie aus etwas anderem bestanden hätte und auch nie aus etwas anderem bestehen würde als dem Äußeren, das er an jenem Mittag besaß. Abgesehen von diesem Buckel hatte vor allem sein Gesicht etwas Eigenartiges, prononcierte Wangenknochen, der eine näher an der Augenhöhle als der andere, die Iris fast schwarz, und dann dieses vorzeitige Schnurrbärtchen, das Kind war zwölf, also noch ein Jahr jünger als du damals, Jacob. Ein Körper voller Fehler wie eine sehr merkwürdige Holzkohlezeichnung.

Die meisten von uns hatten schon ein paar Schluck Cognac intus. Zwei Gläser machten die Runde. Das steigt ganz schön in den Kopf, alles fängt an, sich zu drehen, wenn man in einer solchen Situation ist wie wir damals. Ich denke, uns allen war bewußt, daß wir zwar noch zur Welt gehörten, aber wie auf einem Berggipfel doch auch ein ordentliches Stück von ihr entfernt waren. Ich sehe noch vor mir, wie Izak Hocke sich eine ganz kleine Zigarette drehte, mit einem Papier, von dem er einen schmalen Rand abriß. Eines seiner Augen war zugeschwollen, die Hälfte seines Gesichts war blauviolett, trotzdem hatte er die ganze Zeit etwas von Rettung ausgestrahlt. Jetzt, in der Geste, mit der er die Selbstgedrehte nach ein paar

Zügen an seinen Vorarbeiter, van de Velde, weitergab, sah ich etwas, was unter diesen Umständen vielleicht auch gar nicht so abwegig war, nämlich eine Art ruhiger Verzweiflung: Daß das Leben eine zeitlich befristete Angelegenheit ist, wissen wir, aber solange wir da sind, sind wir da.

›Die in Den Haag könnten uns doch, verdammt noch mal, ein Flugzeug schicken!‹ brach es irgendwann aus Nico van de Velde heraus. Und wir blickten auf und sahen einen bösen Querulanten, der vergaß, daß die Regierung am Sonntag frei hat.

›Oder einen …‹ ertönte es prompt aus dem Wochenbett, ›oder einen …‹ und wir drehten uns um oder zur Seite und sahen, ja, ich kann es wirklich nicht anders ausdrücken, die Wonne von Cathrien Padmos. Ihre großen, auf uns starrenden Augen glänzten, ihr Gesicht war gerötet von dem leichten Fieber, das jede Frau zu Beginn des Wochenbetts hat. Abgesehen davon, daß alles darauf hindeutete, daß die Welt unterging, befand sie sich in der Verzückung, die ihr von ihren optimistischen, jeden Gedanken an den Tod leugnenden Hormonen eingeredet wurde!

›Oder einen Helikopter …‹

Auf unseren Blick hin schlug sie den ihren nieder. Aber, doch wieder ein Lächeln: Beruhigt stellte sie fest, daß das Kind an ihrer Brust bereits energisch trank. Jetzt nur noch so ein Stück allermodernster Erfindung, muß sie gedacht haben, so ein Helikopter, um uns zu retten. Jetzt aber schnell!

Ja, so war das. Eine unmögliche Situation, die uns alle für immer verändert hat. Ich sehe uns noch dasitzen, in einer Art Kreis, im Uhrzeigersinn in dieser Reihenfolge: Cau, in einem fort mit sich selbst redend, Zesgever, ich, van de Velde, Hocke, seine Mutter, Cornelius Jager und

Laurina van de Velde, die von Zeit zu Zeit aufstand, um zu diesem gottverlassenen Spalt zwischen den beiden Kleiderschränken zu schlurfen, man achtete kaum darauf. Was ist Kummer? Ist das etwas, was man in einem Gesicht sieht? Nur Mevrouw Hocke habe ich dort auch einmal sich hinkauern sehen. Die übrigen … wollten nicht? Bestimmt die Hälfte von ihnen wußte mit ziemlicher Sicherheit, wie es um die eigenen Lieben stand. Was sollten sie also mit diesem einen Todesfall, winzigklein, ganz in der Nähe?

Aber die alte Frau tat es. Ich hätte nie gedacht, daß Gold an sich Licht in sich bergen kann, und doch muß das bei diesen beiden Spiralen links und rechts von ihrer Stirn der Fall gewesen sein. Wie könnte ich mich sonst so genau daran erinnern, wie sie schaute? Ihre Unterkiefermuskeln zuckten, während sie sich über die Stelle beugte, an der Dina lag. Fragte sie sich, ich denke, sie tat es, wohin dieses arme unsichtbare Ding, das sie wohl Seele genannt haben wird, entschwunden war? Sie gehörte der sehr orthodoxen zeeländischen Glaubensrichtung an, also ruft nicht zu schnell: in den Himmel, ich bitte euch! Die Katastrophe war noch voll im Gang, überall stürzten noch Häuser ein, als zwei Tage später bereits wieder gepredigt wurde.

Denkt euch eine klatschnasse Scheune, einen Prediger auf einer umgedrehten Wassertonne. Als die dicht bei dicht stehenden Gläubigen nach einer Stunde wieder auseinandergehen, wissen sie, was sie bereits wußten. Die Flut – sagt das Lehrprogramm von Schuld und Strafe, und sie weichen kein Jota davon ab – ist eine spektakuläre, aber angemessene Antwort Gottes auf eure eigenen Provokationen. Ich frage euch im Ernst (ach Vater, Mutter, ihr schüttelt auf genau die gleiche Weise den Kopf, ihr Lieben!), spricht dies nicht im Grunde für eine sehr stolze

Lebensauffassung? Strafe und Schuld: Interaktion zweier Größen. Wußtet ihr übrigens, daß die Bräute aus Familien, die sich zu diesem Glauben bekennen, in Schwarz heiraten?

»Ja«, würde sie sagen, »es gibt ein Hochzeitsfoto der jungen Gerarda mit ihrem Bräutigam und den beiderseitigen Familienangehörigen. Auf Stühlen ganz vorn sitzen von links nach rechts Cornelia Hocke-Heijboer, Kusine des Bräutigams und Schwägerin der Braut, Sara Heijboer-Bolijn, Schwester der Braut und zweifache Schwägerin des Bräutigams, Anthonie Hocke, der Bräutigam, Gerarda Hocke-Heijboer, die Braut, dann die Mutter der Braut, Lena Heijboer-Koopman, Witwe des Muschelfischers Iman Heijboer, und neben ihr Anna Leendrina Bolijn, Tante des Bräutigams und angeheiratete Kusine der Brautmutter Lena Heijboer. Hinter diesen sechs sitzenden Personen stehen vier Männer, von denen ich nur weiß, daß sie Brüder, Schwäger und Schwippschwäger von entweder der Braut oder dem Bräutigam waren. Es ist herrliches Wetter. Die Hochzeitsgäste haben sich vor der Fassade eines Hauses oder Bauernhofes postiert, über die der Schatten eines blühenden Baums fällt. Sie tragen ohne Ausnahme Schwarz. Die fünf Frauen haben alle die Hände im Schoß, doch der breitbeinig zwischen ihnen sitzende Anthonie Hocke, der Bräutigam, mit blitzeblank gewienerten Schuhen, hält die in dicken Strickhandschuhen steckenden Hände auf den Knien in einer Pose männlicher Energie. Auch Gerarda trägt schwarze Handschuhe. Von allen Frauen ist sie, die Braut, bei weitem am dicksten eingepackt, in einem langen Mantel mit Aufschlägen, darunter ein bis zum Kinn reichendes Kleidungsstück. Im Grunde ist es nur Sara Heijboer, deren zuidbeveländische Tracht ein Tuch mit kurzem Ärmelaufschlag erlaubt, die dem Foto eine Idee von weichen, sich öffnenden Frauenarmen verleiht.

Düster? Nein, aber ernst. Düster ist die Szene schon allein wegen der schneeweißen Hauben der Frauen nicht, die wie eine Lichtbahn die stehenden und sitzenden Hochzeitsgäste, vier Männer und fünf Frauen mit dem Bräutigam in der Mitte, voneinander trennen. Mit Ausnahme der zuidbeveländischen Haube, in der Frauenkopf und -hals wie ein Schalentier in einer aufgeschnittenen Schale eingefaßt ist, wirken die Hauben wie helle, weit abstehende gestärkte Schleier aus heruntergerieseltem Schnee. Wie wunderbar muß es sein, so eine verrückte Haube zu tragen! Allen Ernst und alle Schwerfälligkeit des Lebens stets, rein privat, zur Diskussion gestellt zu hören von so einem weißen, hauchdünnen Gegenstand um den Kopf!

Nicht alle, nein. Nur die beiden jungen Frauen, das heißt, Sara Heijboer und die Braut, tragen dieses Gold an den Schläfen. Und wenn ich das einzige Lächeln auf dem Foto betrachte, das der Brautmutter, und daneben die eingepackte Gerarda, dann denke ich, die kleine Zeremonie hat gerade erst stattgefunden: die Materfamilias, die ihrer Tochter den kostbaren Kopfschmuck wie einen Brautschatz mitgibt. Sie soll ihn tragen, soll gut auf ihn aufpassen und ihn zu gegebener Zeit an eine andere junge Frau in der Familie weitergeben.«

»Wie schon gesagt«, würde sie sagen, »wir befanden uns alle, einer wie der andere, im Bann der Situation. Die Situation, das war der Sturm. Und uns könnte man sehr gut mit dem Auge des Sturms vergleichen, wie wir da saßen. Still, leer, für die Dauer eines endlos langen Moments ohne Charakter und ohne Leidenschaft. Wie oft existieren deine Augen nur, weil sie schauen, und deine Hände, weil sie kalt sind, und wie oft existiert das Haus, in dem du dich aufhältst, einzig und allein, weil es noch steht und das hoffentlich weiterhin tun wird, Gott steh dir bei, bis diese schreckliche Flut wieder abzieht?

Aber hinterher … Ich weiß genau, daß seitdem keiner von uns mehr der ist, der er war!

Und an Simon Cau war an Ort und Stelle bereits einiges zu bemerken. Wer war er? War er ein Gutsherr, ein Deichvogt, der, wohin er auch kommt, sofort einen Kreis Leute um sich hat? Akute Charakterveränderung, das scheint in Wirklichkeit weniger oft vorzukommen als in Büchern. Oh, aber seht euch mal das hier an! Simon Cau steht auf, weil er auf den Eimer muß, hinter der Tür zum Dachgeschoßflur, keine zwei Stufen tiefer schwappt das Meer.

Er steht also auf. Geht zur Tür und zieht sie hinter sich zu, was wegen des verzogenen Holzes nicht ganz gelingt. Es muß gegen vier sein, die Mittagsflut steht erneut sehr hoch. Als er zurückkehrt, hat er den Blick nicht niedergeschlagen, wie sonst immer, sondern er sieht sich suchend um, als hätte er vergessen, wo sein Platz war. Dann holt er aus. Das Tier, die Gans, saß einfach da, wo er die ganze Zeit gesessen hatte, auf einer Art handgeknüpftem Smyrnateppich (Mutter, wir haben das zu Hause auch einmal gemacht, weißt du noch, dieser kleine Läufer aus fester weißer Gaze und die fünf, sechs Zentimeter langen Wollfäden, die wir da durchzogen und auf der Rückseite verknoteten?), aber Cau tritt das Tier weg und steuert auf seinen Stuhl los, als wäre auf dem Fußboden eine Diagonale für ihn gezogen. Er setzt sich und nimmt seine frühere Haltung wieder ein.

Oh. Was dann, eurer Meinung nach? Angst? Außer-sich-Sein? Ich habe vielmehr die Idee, daß er der Ansicht war, die Flut sei sein Werk. Daß er schlichtweg die Verantwortung dafür reklamierte. Nicht nur für das Wasser und dafür, was um Himmels willen es hier anrichtete, sondern auch für die nie dagewesenen meteorologischen Umstände dieses Wochenendes, einschließlich der Astronomie, die damit zusammenhing, *und* der Ozeanologie, denn dieses Wasser kam von sehr, sehr weit her.

Groß gedacht, findet ihr? Aber Angst kann doch auch groß sein? Er kam zu spät, fertig, aus, zu diesem maroden Teil des Grevelingendeichs, über den er wohlgemerkt erst vor kurzem, an einem Nachmittag im Wirtshaus De Galg, mit drei technischen Ingenieuren von der Wasserbaubehörde konferiert hatte, wobei er sich das Hirn zermarterte über die Vorufer, die Steinaufschüttungen und dabei auch noch heftig gegen den Zweifel vorging, dieses fruchtlose Gebet seitens dieser Ingenieure, ob es sich hier nicht doch in erster Linie um eine Reichsangelegenheit handele. Er also kommt zum Deich, als die Sache bereits verloren ist. Könnt ihr euch das vorstellen? Und daß der Wind, der da blies, kein Wind war, sondern die falsche Entscheidung, Esel, der er war, trotz der Einstufung ›gefährlich‹ in den Nachrichten seinen guten Anzug anzuziehen und mit dem Nachbarn ins Hotel Kirke in Zierikzee mitzufahren?

Ursache und Wirkung. Furien sind das, siamesische Schwestern … Dies wäre nicht passiert, wenn. Aber genug von Cau. Ich löste den Blick von ihm, hatte Lust auf einen Schluck Cognac, aber der war alle.

›Hier‹, hörte ich. Es war Albert Zesgever, der mir eine Kippe reichte, an der ich noch gerade, Fingerspitzen an den Lippen, ein paarmal ziehen konnte.

Ich sah ihn voller Sympathie an. Hochgewachsener Mann, ungefähr vierzig. Rotes Gesicht und dunkles Haar, das wie Teer aus dem Nacken heraufzuwachsen schien. Er war ein sehr grober Mensch, ein Wilderer, aber auch jemand, der Kunstdünger so fein und gleichmäßig von Hand ausstreuen konnte, daß Hocke, nur aus diesem Grund, noch immer keinen Tellerstreuer angeschafft hatte. Ich vermute, daß dieser Zesgever für den Rest seines Lebens bestimmt ein anderer geworden ist, wie der mit seiner Frau umsprang, was jeder wußte, und wie das am Abend zuvor völlig aus dem Ruder gelaufen war!«

»Ah, du meinst, am Abend vorher, als ...«

»Ja«, würde sie sagen. »Als der Wind bereits auf Orkanstärke angeschwollen war. Jetzt müßt ihr wissen, bevor ich erzähle, wie es in Naweg 8 in der Nacht vom 31. Januar auf den 1. Februar zugegangen ist, daß Zesgever ein Saufbold war, der, wenn er gesoffen hatte, seine Frau Janna Maria mißhandelte. Es gibt wohl immer Dinge, die einen Mann fuchsen, so auch Albert Zesgever, der im Suff immer blind wußte, durch wessen Zutun das kam.

An jenem Samstagabend also saß Janna Maria daheim mit den Ellbogen auf dem Tisch. Eine weit heruntergedrehte Petroleumlampe beschien ihr Gesicht und zu beiden Seiten davon ihre Hände sowie ein nicht klar zu erkennendes Kleidungsstück, an dem sie etwas geändert hatte. Draußen hinter dem Fenster heulte einer dieser Winterstürme, die man wohl jedes Jahr einmal erwarten konnte. Es ging auf elf zu, die beiden Kinder schliefen in sauberen gestreiften Schlafanzügen, Zesgever war weg. Weil sie wußte, daß ihre Ehe der Teil des Lebens war, der öfter auf eine Tracht Prügel hinauslief, und weil sie wußte, daß sie das manchmal vermeiden konnte, wenn sie sich im Dunklen schlafend stellte, wollte sie gerade nach der Lampe greifen und ebenfalls die Leiter hinaufgehen. Doch plötzlich war er da. Weil ein Stück Dachrinne klapperte, hatte sie die Haustür nicht über den Boden schleifen hören. Sie wandte sich ihm halb zu und sah an der schlaffen Proviantasche, der Büchse schräg über dem Rücken, daß sein Rausch der Rausch eines Mannes war, der nichts geschossen hatte. Die Groden hinter dem Deich beim Zuidlangeweg hatten unter Wasser gestanden. Was der aus seiner Betäubung erwachende Zesgever seinerseits sah, war ein Geschöpf, das Angst ausstrahlte.

Nun wußte er natürlich sehr wohl, daß die ganze Welt, will heißen: der kleine Weiler, sein Fehlverhalten scharf verurteilte. Er selbst konnte seine Wut auch nicht mehr verstehen, wenn er wieder nüchtern und zu sich gekommen war. Dennoch mußte er es dann wegen Janna Marias blauem Auge und ihren kaputten Lippen tage- und manchmal sogar wochenlang ertragen, daß sich die Stimmen von Nachbarn und Bekannten senkten, wenn er sich näherte.

Gut, an diesem Sonntag, so war es abgemacht, sollte sein Schwiegervater zu Besuch kommen. Diesen Deicharbeiter und Ausbaggerer eines nahegelegenen landwirtschaftlichen Hafens, sehr bedächtig und freundlich im Umgang, fürchtete Zesgever zutiefst, und er begegnete ihm stets mit größter Demut. Doch vorläufig ist es noch Samstag. Der Wind weht und nicht zu knapp, sonst ist alles still, Zesgever macht ein paar Schritte, fragt etwas, und Janna Maria gibt eine Antwort, die nichts zur Sache tut und außerdem durch das Heulen und Tosen des Sturms nicht zu verstehen ist. Schon bald fällt Zesgever diesmal Janna Marias weißes, klammes Gesicht auf, und etwas platzt in ihm.

Diesmal dauert es länger als normal, und es geht, vielleicht wegen des schrecklichen Wetters, auch härter zur Sache. Man kann mit der Hand schlagen und man kann mit den Fäusten schlagen. Als er keuchend nach Atem ringt, kann sie nicht mehr aufstehen. Dann übergibt sie sich, während sie noch auf dem Rücken liegt.

Zunächst ist er, als er mit Kleidern und allem unter den Dachbalken ins Bett gekrochen ist, froh über das zunehmende Toben des Nordweststurms. Janna Maria liegt neben ihm, nach oben geschleppt, totenstill, aber noch warm – war das etwa nicht so? das war so, weiß er und nimmt sich vor, daß er das für den Rest seines Lebens wissen wird –, ihr Kopf so nah an seinem Ohr, daß er ihren Atem unter normalen Wetterbedingungen hätte hören müssen. Er streckt sich aus und beginnt seinen Rausch auszuschlafen. Welcher glückliche Gedanke steckt in seinem Kopf, kurz bevor seine Beine schwer werden?

Dieser, eigentlich nicht so schwer zu erratende: Der Alte kommt nicht. Der Alte wird bei diesem Unwetter auf gar keinen Fall von seinem Hafen wegkönnen!«

»Und du?«

»Was, und du?«

»Na, worin hast du dich denn seitdem verändert?«

Und dann würde sie kurz von Armanda weg (denn es wäre Armanda gewesen, die sie das gefragt hätte) ins sonnige Eßzimmer schauen. Neben dem Fenster eine Vase mit purpurnen Tulpen aus dem Garten. Ein schlafender Kater, ein dickes rotes Tier, zwischen einigem Kinderspielzeug auf dem Boden. Von der Küche her zieht der Duft frisch gekochten Kaffees herein.

»Ach je.« Sie würde nach einer von ihrem Mann bereits angezündeten Zigarette greifen. »Meine Güte, keine Ahnung.«

Doch Armanda würde sie interessiert weiter ansehen. So lange, bis sie, leicht schwindlig im Kopf vom Riesling am hellichten Tag, aus dem Stegreif, aber ehrlich antworten würde.

»Wenn ich darüber nachdenke, in allem. In all den Hunderten, Tausenden kleinen Mistdingen, aus denen das Leben besteht und von denen man einfach spürt, seitdem, daß sie insgeheim mit etwas anderem verbunden sind. Etwas Schrecklichem, das nur zu dir gehört und über das du mit niemandem sprechen kannst, weil du allein warst, dort.«

Und es würde nicht viel gefehlt haben, und sie und ihre Schwester wären sich, plötzlich gerührt, um den Hals gefallen.

Die Gegenwart wollte etwas anderes. Punkt halb fünf. Die Dämmerung näherte sich, die Flut stand bereits wieder hoch, und die Wettervorhersagen für diesen Sonntag waren alles andere als zimperlich. Das KNMI in De Bilt warnte nach wie vor sämtliche Kreise vor schwerem Sturm von West bis Nordwest. Auf dem Dachboden von Hockes Hof bedeutete das folgendes. Ein Schlag erschütterte das Haus, ohne die geringste Vorwarnung, es hatte keinen besonders heftigen Windstoß gegeben, doch der Schlag löste eine derartige Druckwelle aus, daß alle spürten, wie ihnen die Ohren zufielen. Das erste, was sie dann, fast im selben Moment, wahrnahmen, waren vier, fünf träge umherschießende Projektile, grau, ohne Ziel. Niemand hatte Zeit zu erkennen, daß es Fledermäuse waren, die ihren Winterschlafplatz unter dem Firstbalken aufgaben: Jeder sah, wie sich in den beiden Seitenwänden ein Netz aus Rissen bildete. Die Fensterscheibe zersprang. Das Dach wurde hochgerissen, ein Teil davon verschwand und machte einem Packen schwarzer Wolken Platz. Das Haus drehte sich und löste sich von seinen Fundamenten.

4
Über Nadja Blaauw

Mit einer Tasse Kaffee in der Hand saß Armanda an dem Tisch im Durchgang vom Wohnzimmer zum Wintergarten, auf den gerade ein Strahl der Morgensonne fiel. Es war elf Uhr. Sie trug eine dünne blaue Hose, weit geschnitten, und eine rote Bluse, deren Ärmel sie aufgerollt hatte. Ihr Haar, noch immer offen über die Schultern fallend, hatte sie, während sie Toilette machte, wieder etwas nachgeschnitten, auch den Pony, mit einer Routine, die schon lange den festen Vorsatz enthielt, diese Frisur bis zu ihrem Tod in Ehren zu halten. Die Farbe würde ebenfalls unverändert bleiben: mittelkastanienbraun, laut der Verpackung der Tönung.

Auf dem Tisch lagen ein Brief und eine Zeitung, beide noch ungelesen. Als ihre Kinder zur Schule aufgebrochen waren, hatte sie beides zugleich von der Matte aufgehoben, wobei ihr Blick nur kurz, unvermeidlich, die sehr fette Zeitungsschlagzeile gestreift hatte. Mittwoch, 11. August 1972, während einer Windhose am Vortag waren auf einem Campingplatz auf Ameland sieben Menschen gestorben. Na, na, na, hatte sie unbestimmt gedacht, während sie den Umschlag mit Nadjas Handschrift betrachtete, und beschlossen, ihn vorerst noch ungeöffnet zu lassen. Neuigkeiten, die man noch nicht gelesen hat, haben sich im Grunde noch nicht ereignet, und Wahrheiten, in weiß der Himmel welcher Stimmung zu Papier gebracht, sind zwar aus dem einen Herzen geflossen, haben das andere aber noch nicht erreicht. Armanda starrte in ihren üppigen verwahrlosten Garten. Sie hatte Nadja wochenlang nicht gesehen.

Es war ihr freier Tag. Während sie kurz darauf die Wäsche auf das Trockengestell im Treppenschacht hängte, sinnierte sie noch ein wenig weiter über ihr und ihrer Tochter Nadja merkwürdiges Schicksal. Nadja war ein lebhaftes Mädchen mit üppiger roter Haarpracht, die an der Universität Amsterdam Geschichte studierte, zuweilen eifrig, allerdings ohne sich zu beeilen. Das Merkwürdige, worüber Armanda nachdachte, bezog sich darauf, daß Nadja, obwohl sie doch eigentlich ein Stiefkind war, ihr mehr am Herzen lag als Violet, ein lieber Teenager, und Allan, der vor allem seit der Scheidung so an seiner Mutter hing, daß er, wenn er zur Schule ging, von außen immer noch kurz an die Scheibe klopfte, um ihr nachdrücklich zuzuwinken.

Armanda schlug die Falten aus einem Kissenbezug und erinnerte sich an den Tag, als Nadja wütend schluchzend bäuchlings auf ihrem Bett gelegen und sie diskret auf einem Stuhl im Halbdunkel danebengesessen hatte. Es mußte November gewesen sein, nach der Schule, es wurde bereits dunkel. Während Nadja ihr mitsamt allen kläglichen Details (sein Bett stand im selben Zimmer wie der Bechsteinflügel) erzählte, es sei aus mit dem Klavierlehrer, hatte sie sich furchtbar anstrengen müssen, das Gefühl zu unterdrücken, daß, als sie aufstand, um Nadja über das

Haar zu streichen, ihre Hand kein Teil ihres eigenen Körpers war, sondern derjenigen, die ruhig auf diesem Stuhl im Halbdunkel sitzen geblieben war, um zuzuschauen, wie sie das machte, mit dieser heranwachsenden Tochter.

Nun gut, Nadja war schon bald wieder aufgestanden, hatte das Licht angeknipst, sich das Gesicht gewaschen und ihr leichthin mitgeteilt, sie wolle wegen mangelnder Genialität doch lieber nicht Musik studieren, sondern Geschichte. »Wart, sieh dir das mal an.« Sie hatte sich umgedreht, um etwas zu suchen.

Ein Bild, ein schönes, aber schreckliches Bild, aus einem Buch herausgerissen, von einem von der Stadt Amsterdam durch Erdrosseln hingerichteten achtzehnjährigen Mädchen, gezeichnet von Rembrandt, das seiner Zimmerwirtin mit einem Beil den Kopf eingeschlagen hatte. Sie und Nadja hatten gemeinsam auf den mit Stricken festgebundenen kleinen Körper geblickt. Die Stimmung im Zimmer mittlerweile: Krise vorbei, das Leben geht weiter. In einem Ton, als wäre das eine Erklärung für irgendwas, hatte Nadja gesagt: »Einer der Schöffen, der sie verhört hat, bevor das Urteil gefällt wurde, hieß Blaauw.«

Es klingelte. Armanda ließ den Korb mit der restlichen Wäsche stehen und ging nach unten, um die Tür zu öffnen. Jan Brouwer machte seinen Vormittagsspaziergang.

»Da mußt du was machen lassen«, sagte der alte Herr und zeigte, mitten auf dem Bürgersteig, auf die Fassade. Die weiße Kletterrose, die sich nach dem gestrigen Unwetter mitsamt Klettergerüst gelöst hatte, hing weit vornüber und enthüllte eine Hauswand, die neu verfugt werden mußte.

»Ich weiß, Vater«, sagte Armanda und drückte einen Kuß auf die frisch rasierte Wange. Beim Hineingehen nahm sie sich vor, am Nachmittag gleich den Bauunternehmer anzurufen. Sjoerd und sie waren jetzt fast dreieinhalb Jahre auseinander. Die Außenarbeiten am Haus waren immer seine Abteilung gewesen.

Ja, jetzt der Brief! dachte sie, als sie sich kurz darauf mit ihrem Vater über das zu normalen Verhältnissen zurückgekehrte Wetter unterhielt (warm; schwacher, an der See mäßiger Südwestwind). Sie blickte vom Umschlag auf dem Tisch zu ihrem Vater, der einzig und allein durch seine Anwesenheit den Inhalt dessen, was da geschrieben stehen mochte, auf wundersame Weise in einen entspannenden Moment Gegenwart umschlagen ließ, zwei Tassen Kaffee, auf der Zeitung eine Schale mit Keksen und auf dem Fußboden ein grandioser Streifen Sonnenlicht, der noch genau auf ein in grauem Sommerflanell steckendes Herrenbein fiel. Vor Monaten hatten sie und Nadja ein Gespräch, in dem Nadja ankündigte, mit einem Mann im Bijlmer, einem Surinamer, ja, zusammenzuziehen, mit einer großen Szene beendet.

»Von Nadja ist ein Brief gekommen. Soll ich ihn vorlesen?«

Oh, der unmittelbar wohlwollende Blick von Opa Brouwer! Er setzte sich bequem hin, um sich anzuhören, wie es seinem lieben ältesten Enkelkind ging.

Liebe Mama,
es ist drei Uhr nachts. Ich sitze mit dem Wintermantel, den er hängengelassen hat, über dem Schlafanzug am Tisch, ich kann nicht schlafen. Du hast tatsächlich recht behalten, glaube ich, er hat mich verlassen. Ohne daß ich es wußte, war die Busfahrt letzte Woche, frühmorgens, durch den Bijlmer, unser Abschied. Da sieht es schrecklich aus, Mama,

unfertige Hochhäuser und ansonsten nur Sand, aber darauf wächst immerhin Klatschmohn und so. Er beugte sich vertraulich zu mir. Ich werde es nie laut sagen, sagte er mir ins Ohr, aber die Niederlande sind schön, ich finde die Niederlande schön. Wir waren auf dem Weg ins VU-Krankenhaus, ich fuhr zur Gesellschaft mit und von dort weiter in meine Vorlesung. Du weißt, oder nein, Du weißt es nicht, ich erzähle es Dir, daß er in Paramaribo Oberkrankenpfleger ist und für eine bestimmte Zeit hierher kam, um im VU-Krankenhaus auf der Intensivstation zu arbeiten. Zur Fortbildung. Woher sollte ich wissen, daß die Zeit um war?

Also bin ich jetzt schon seit sechs Tagen völlig fertig und tue nichts anderes, als mir diesen Mann vorzustellen, noch immer auf so unerträgliche Weise der meine, er ist wirklich pechschwarz. (Wir gingen einmal durch die Warmoesstraat, als ihm einer aus einer Gruppe Antillaner oder Surinamer etwas zurief, irgendein Schimpfwort, das ich nicht verstehen konnte. Sranan, sagte er, als ich ihn fragte, was für eine Sprache das sei, und er erzählte mir breit lachend, was das Schimpfwort bedeutete: schrecklich schwarz!) Einmal machte ich im Bett eine sentimentale Bemerkung über diesen Schwarzweißkontrast bei uns. Während ich mein Bein ostentativ neben seines hielt, schwärmte ich: wie schön … und dachte derweil nur für mich: Das Schwarz ist nicht in erster Linie äußerlich, sondern in ihm, er steckt in der Schwärze. Und im selben Moment überflog ich für mein Gefühl Hunderte von Jahren Westafrika, fuhr mit einem Schiff über den Ozean, das ging blitzschnell, und landete an unserem eigentlichen Begegnungsort, Fort Zeelandia in Surinam, und bei meiner weißen Haut, die man genausogut Kaffee, Baumwolle und Zucker nennen kann oder auch die Westindische Companie in unserem tollen siebzehnten Jahrhundert.

Daß Gedanken Gedanken sind und Worte Worte, ach, das kann man doch allein schon am idiotischen Unterschied ihrer Geschwindigkeit sehen, oder? Denn was ich angesichts all dieser Herrlichkeit nur sagte, war: wie schön. Mehr nicht. Mama, ich hatte es noch nicht ganz ausgesprochen, da schaute ich zur Seite. Was glaubst du? Er war wütend. Ich sah einen plötzlich sehr bösen Mann neben mir auf dem Kissen und Laken, verärgert bis in die Kehle, verkrampft bis in die Schultern. Bin ich dein erster Neger? fragte er.

Du weißt doch noch, daß wir uns auf einem Sightseeingboot kennengelernt haben. Einen besseren Studentenjob gibt es nicht. Du stehst mit einem Mikrophon in der Hand mit dem Rücken zum Kapitän, Grachten, Brücken, rechtzeitig ein Becher Kaffee, und ansonsten erzählst du einfach, was dir netterweise in den Sinn kommt. Er saß ganz hinten. Er sah von den Kaufmannshäusern zu mir, von den Zugbrücken zu mir, von diesem ganzen Labyrinth aus Wasserstraßen und Wassergassen, das sich durch das alte und von dieser Seite aus gesehen oft verblüffend baufällige Amsterdam zieht und schließlich im IJ mündet, sah er immer wieder weg, um, so schien es mir, die Worte zu sehen, die aus meinem Mund kamen. Am Tag darauf saß er wieder da. Ich war zufällig sehr gut drauf und schwatzte und schwatzte von unserer Handelsstadt, der Prunkstadt unserer kleinen verflixten Republik, die einmal in der Weltwirtschaft den Ton angab: erstens, so erklärte ich superenthusiastisch, dank der holländischen Matrosen, die so gern zur See fuhren, daß sie sich nicht um den Lohn kümmerten, zweitens dank der Windmühlen, technisch höchst cleverer Dinger, mit denen man Holz sägen, Korn mahlen, Polder trockenlegen konnte, denk dir was aus, und sie taten es, und drittens, sagte ich kurz, denn was wußte ich schon darüber, dank der Sklaverei.

Am dritten Tag erwiderte ich seinen Blick. Und spürte, ohne auch nur ein Wort meines Routinetextes zu verstehen oder auch nur irgend etwas davon mitzubekommen, wie er auf meinen Mund blickte.

Mama, hab ich Dir mal erzählt, daß ich mich immer sehr wenig zu den Jungs in der Schule hingezogen gefühlt habe und jetzt auch wieder kaum zu denen in diesen Arbeitsgruppen an der Uni? Zu kumpelhaft, zu brüderlich, ich bekam nicht ein einziges Mal Herzklopfen! Nun, nach unserer dritten Fahrt auf der Koningin Juliana *gingen er und ich in die Stadt, aßen an einem kleinen Tisch und fuhren mit dem Bus zu dem Appartement, das er für die Dauer seines Aufenthalts in den Niederlanden von Freunden geliehen hatte. Oh, ich weiß genau, Du kannst das nicht verstehen. Ich geriet völlig aus den Fugen vor Liebe. Wo sie stattfand, meine Brautnacht? In einem Appartement in einer Neubauanlage, die wegen der spielerisch entworfenen Dachlinie schief auf dem flachen Polder zu stehen scheint, wie ein sinkendes Boot, und die mit Genehmigung der Behörden* Gliphoeve *heißt. Irrsinn? Normalerweise hätte ich das vielleicht auch gefunden.*

Als er eingeschlafen war, beugte ich mich über ihn. Sollte es stimmen, daß man sich in erster Linie in ein Gesicht verliebt? Aber kann das dann aus etwas anderem bestehen als aus Augen und Mund? Ich denke, mir war durchaus schon klar, daß er, brav schlafend, möglicherweise glaubte, er hätte sich mich gegriffen (ein Ausdruck von ihm, Du mußt es kernig, aber auch ein bißchen gemütlich aussprechen), daß er in Wirklichkeit aber versucht hat, nach meinem aus Worten gebildeten Gesicht zu greifen. Und ich sehe sie vor mir, festlich in einer Reihe, die Worte der jungen Führerin, aus denen man sich mit ein wenig Verständnis und gutem

Willen eine komplette Handelsflotte erschließen kann, die umständlich gegen den Wind kreuzt, und den Hafen von Hoorn bei Unwetter, und den von Amsterdam, zur Hälfte zugefroren in einem Winter im achtzehnten Jahrhundert, und die Speicher, vollgepackt mit Kolonialwaren, die Kirchen, die Grachtenhäuser mit ihren blitzenden Empfangsräumen und ihren Frauen, die immer und ewig am Fenster stehen und einen Brief lesen. Luxus, Ruhe und reichlich Tee, Mitte Mai konnte man ganz Amsterdam auf Schuten zu den Teepavillons und Sommerhäusern an der Vecht und nach Haarlem ziehen sehen und im Herbst wieder zurück. Ich sage in vollem Ernst, das alles strömte, munter wie ein Fluß, durch mich und strömte jetzt auch durch ihn, er hatte es sich schließlich gegriffen.

Mama, mir liegt etwas auf der Seele. Ich finde es schrecklich, aber einmal konnte ich ein gewisses Mitleid ihm gegenüber nur sehr schwer unterdrücken. Wir kamen nach Hause nach einem späten Kinobesuch. Ob ich Lust auf ein Souper hätte. Und er tanzt bereits in Richtung Küche. Ob ich Lust auf Austern hätte. Na klar. Kehrt er zurück, mir kommen die Tränen, mit einem Glas sauer eingelegten Muscheln, so einem Glas grauer Mistdinger, das er wie eine Trophäe in die Luft streckt. Mein Urwaldkönig. Armer, lieber Schatz. Dann stellt er eine Flasche Weißwein, die schon seit ewigen Zeiten neben der Heizung gestanden hat, auf den Tisch, knipst das große Licht an und macht sich mit dem Korkenzieher an die Arbeit. Ich würde alles dafür geben, wenn ich mich in diesem Moment nicht daran erinnert hätte, wie er erst vor wenigen Nächten im Dunkeln zu mir gesagt hatte: Du rührst an das Schwarze in mir. Und wie ich, unsäglich glücklich darüber, gedacht hatte: Wie gut, diese Selbstverständlichkeit zwischen uns, ohne die Schwächen des anderen zu kennen, die es bestimmt gibt, aber laß sie nur, laß sie nur! Ach, Mama, wundere Dich nicht über meinen Brief, es ist Nacht, und ich bin sehr allein, ich war so hingerissen von diesem Mann!

Hier hob Armanda den Kopf und begegnete dem Blick ihres Vaters. Er war bestürzt, aber unvermindert wohlwollend.

»Soll ich uns noch schnell eine Tasse Tee eingießen?« fragte sie sanft, da sie an die Prüderie ihres Vaters dachte, der sich halsstarrig allen modernen Entwicklungen verschloß.

»Ach, lies den Brief unserer lieben Nadja erst mal zu Ende.«

Seine Stimme, unsicher wie immer, wenn sein Gefühl ohne irgendeine vorherige Warnung in Verwirrung geriet, führte sie kurz zu ihren eigenen Liebesdingen. Es traf sich gut, daß ein Liebhaber heutzutage nicht mehr Liebhaber hieß, sondern, etwas bescheidener, Freund. Ihr Vater mochte den verwilderten Mathematiklehrer gern, einen Kollegen von ihr, den sie schon ein paar Sonntage nach Nummer 77 mitgebracht hatte.

»Na gut.« Sie nahm die Blätter wieder zur Hand, suchte kurz und las weiter. »Jetzt werde ich Dir etwas sagen, was Du damals nicht wissen konntest, was Deine Wut aber vielleicht schon begriffen hatte: Er ist verheiratet, da bei sich zu Hause.«

Ohne aufzublicken sah sie, daß ihr Vater die Arme ausbreitete, und sie wußte, wie erschrocken seine Miene war.

»Mädchen!«

Sie las den Rest des Briefes vor.

Außerdem will ich Dir jetzt etwas erzählen, etwas Merkwürdiges, das ich mit ihm erlebt habe. Es gab ein Fest in der Parkgarage unter unserem Hochhaus. Kommst du mit, fragte er. Dieses Fest, das sei ein winti-pré, ein afrikanisches Götzenfest. Glaubst du denn daran, fragte ich ihn unverblümt. Er sah mich drohend an. Glauben? Meinst du glauben? Doch nicht, oder? Er begann zu lachen, stupste mich mit dem Finger in den Bauch und ging zum Lichtschalter, um mir etwas zu demonstrieren. Gut, die Deckenlampe hier im Zimmer hat drei Birnen, von denen zwei kaputt sind, aber daß er funktionierte, der Lichtschalter, ja, das konnte ich sehen. Frag nicht, wie ... sagte er maliziös und zog mich bereits mit zum Lift. Etage Null.

Wo sind denn die Autos, dachte ich, als wir die Betonhöhle betraten, die den gesamten Raum unter dem Haus einnimmt. Größer als zehn Kirchen. Ein- und Ausfahrten, Säulen, Neonlicht, Zahlen, die die Parkflächen bezeichnen, alles ordentlich, ja, aber nirgendwo Autos. Dafür irgendwo in diesen Katakomben ein gewaltiges unsichtbares Getrommel, wir brauchten den Weg wirklich nicht zu suchen. Der Bijlmer, Mama, das ist etwas Großartiges, das zeugt wirklich von einer Vision! Vor vielleicht zehn Jahren lag hier noch ein Dorf an einem Sandweg zwischen Weesp und Amsterdam. Dann kamen die Architekten und zeichneten ein paar reizende wabenförmige Wohnanlagen, mit Garagen darunter, in einem Paradies aus Weiden und Pappeln, frischen Rasenflächen. Gott, wie schön, das sollte die Stadt werden, in der Wohnen, Arbeiten und am Wochenende frische Luft schnappen lediglich durch ein paar schraffierte Striche voneinander getrennt sind! Aber, du ahnst es nicht: Im Moment steht fast die gesamte Amsterdamer Mittelschicht auf der Warteliste für ein Haus mit Garten in Purmerend. Und was ich *hier zum Getrommel hervorschreiten sah, mit turmhoch gebundenen Tüchern auf dem Kopf …*

Gut, wir kamen also dorthin, wo das Fest im Gange war. Da waren an die hundert Leute, natürlich alle schwarz. Erregung und Getrommel und Getröte einer Band, die Boeing 737 hieß. Sehr passend, finde ich jetzt, denn was sie im Grunde taten, war, ein paar Vorfahren in Irrsinnsgeschwindigkeit aus dem Urwald hierher, in einen Polder südöstlich von Amsterdam, zu transportieren. Wir stellten uns mitten unter die Leute. Mein Liebster machte bereits kleine Schritte vor und zurück. Winti, sagte er, als ich ihn danach fragte, bedeutet: ein Ahnengeist, der so schnell ist wie der Wind. Ganz einfach.

Erst am nächsten Tag bekam ich etwas mehr über diese Geister zu hören, ganz normal meinem Mann zufolge, eine riesige Familie ihm zufolge, zu der auch Voodoo gehört. Oh, aber die sind doch sehr gefährlich, fragte ich. Was? sagte er, die Voodoowintis? Und er erzählte, daß bei ihm daheim auf dem Hof wochenlang ein Leguan mit kreisenden gelben Augen auf einem Baum gesessen habe, ihn wegzujagen hätte keinen Sinn gehabt. Aber es gibt auch sehr gutmütige Exemplare, weißt du, sagte er und nannte irgendeinen Wassergeist. Wenn so ein watra *sich bei einem Fest in jemandem eingenistet habe, frage er oder sie immer als erstes nach einer Flasche Rum und einer Schachtel Zigarren. Man müsse ihn oder sie zum Schluß nachdrücklich wegschicken, so gern wolle dieser auf Geselligkeit erpichte Wassergeist bleiben. Ja, was für ein Wahnsinn, nicht wahr, aber es hat mich interessiert, denn ich dachte: das alles ist er.*

Also, wovon ich Dir erzählen wollte, dieses Fest. Die ganze Bande war am Tanzen. Warm wurde es! Dann ge-

schah, worauf alle gewartet hatten. Ein Wahnsinnsgebrüll. Ein Junge. Noch keine zehn, denke ich. Begann rückwärts zu laufen, versuchte, was zu sagen: ähm, ähm, als fiele ihm ein Name nicht ein. Dann fragt dieses Kind doch mit überwältigender Stimme nach etwas, mit einer sehr schweren Stimme, gut, er bekommt es. Wann werde ich ein Kind je wieder so ein großes Glas Bier weggluckern sehen, die Hände nach einem zweiten ausstrecken und auch das, schwups, runterkippen? Das war so ein watra, *echt wahr, Mama, er stammte, wie er selbst mit Donnerstimme sagte, aus Alkmaar, nein, nein, das ist eine Zuckerrohrplantage von früher, ein riesiges Gelände am Ufer des Commewijne. Jeder gab flüsternd weiter, was er zu sagen hatte, übersetzt von einem Dolmetscher, denn der besessene Junge sprach in einer afrikanischen Sprache, von der er selbst kein Wort verstand. Nie gewußt, daß das sogenannte Faktische ein so dehnbarer Begriff ist. Der Ahne beklagte sich erst mal lauthals über die Nachbarn von der Kaffeeplantage Nijd-en-Spijt und wurde danach fröhlicher, sah sich um, begrüßte die Familie, fragte, wie es gehe.*

Ich könnte Dir nicht sagen, wie das Fest zu Ende ging und ob dieser Geist im Guten verschwunden ist. Ich wollte an die Luft. Dieser watra *verbreitete auch so einen bestimmten Geruch, Formalin, Du weißt schon, wie neue Schultaschen riechen. Was ich dachte, als ich da plötzlich mutterseelenallein im Gras, naß vom Abendtau, stand? Nix, nix! Ich finde, dieses Denken von uns in rationalen Zusammenhängen wird total überschätzt. Das gibt es kaum. Ich jedenfalls mach es ungern und tue es nur, wenn ich für irgendeine Arbeitsgruppe in der Uni etwas zu Papier bringen muß. Ich stand da einfach und blickte auf die Kühle.*

Mein Nacken tut weh. Meine Finger tun weh. Mir ist ein

schreckliches Unglück zugestoßen. Bin ich inzwischen leer genug, um mich ins Bett zu legen?

Ich umarme Dich. Sei nicht mehr böse.

Nadja

P.S. am späten Vormittag, hellichter Tag. Ich dachte an meine Mutter, Mama. Wo sie wohl ist. Ein bißchen sehr früh Ahnin geworden. Und ich dachte nicht nur an sie, ehrlich gesagt, ich habe sie … angerufen. Habe: Mutter! Mutter! geflüstert.

5
Der Untergang des Hauses

Eine Weile schossen sie mit einem Wahnsinnstempo nebeneinander her. Wie zwei Boote, die abgelegt haben, um ein Rennen zu fahren. Sie lag flach auf dem Bauch. Gesicht auf den Armen. Hände um den Rand geklammert. Es war unglaublich schnell gegangen. Wenn ein Haus sich von den Fundamenten löst und das Dach abgerissen wird, fehlt der Verbund. Es hatte noch einen kleinen Bogen auf dem Wasser beschrieben, dann schlug der Wind die Wände weg. Die Böden wurden in Stücken von der Strömung mitgerissen. Es war keine Panik entstanden. Sie hatte kein Schreien gehört. Und auch nicht gesehen, in Augen und Gesichtern.

Es hatte sogar eine Art Abschied gegeben. Sie hatte Izak Hocke zu seiner Mutter blicken sehen und Cathrien Padmos zu ihrem Baby und Laurina und Nico van de Velde zueinander und Zesgever zu dem kleinen Adriaan und

Gerarda Hocke, die schwere Gans an die Brust gedrückt, zum fehlenden Dach ihres Hauses. So etwas geht im Bruchteil dieser einen Schrecksekunde vonstatten. Diese alte Frau weiß, daß sie eine alte Frau ist und dem Tod nahe. Sie sieht, wie der Dachgeschoßfußboden ihres Hauses in zwei Teile zerbricht und die Möbel plötzlich hochschießen. Eine gewaltige Kraft drückt die Sachen an die Oberfläche. Schränke, Tische, sie wird sie Stück für Stück erkannt und auch durchaus gewußt haben, was alles in ihnen war oder was auf ihnen gestanden hat. Das braucht man sich nicht unbedingt bewußt zu machen. Kurz bevor eine Grundsee die beiden Fußbodenteile hochhob und auf einen Schlag gut und gern zehn Meter weiterbeförderte, hatte die alte Frau die Betten, Wasserkannen, die jämmerlich ertrunkenen Federbetten der drei Schlafzimmer im ersten Stock vor ihren Füßen hochstrudeln sehen. Das Haus schwamm da noch halbwegs. Keller und Vorratskammern gehörten schon nicht mehr dazu. Unmenschliche Situation. Welcher alte Mensch überlebt schon sein Haus?

Nur Simon Cau in seinen letzten Augenblicken, an nichts und niemanden denkend. Er wartet nicht einmal ab. Lidy, die ihre ganze Kraft brauchte, um ein paar ausgestreckte Hände zu packen und festzuhalten, hat trotzdem gesehen, daß er sich ins Wasser warf. Grauer Schemen, beugte sich vor, Schaumfetzen.

Jetzt löste sie mit Mühe ihre Finger vom Rand des Holzes, das nicht auf der Wasseroberfläche schwamm, sondern etwa zehn Zentimeter darunter. Sie richtete sich ein wenig auf. Das Floß wurde von einer kräftigen Strömung mitgerissen. Unter ihr war gestern noch ein Sandweg verlaufen, den man den Kapitänsweg nannte. Er führte nach ziemlich vielen Windungen über den Melkdijk zur Landstraße Richtung Zierikzee und schließlich zur Oosterschelde. Im Rückwärtskriechen, das Schauen nur noch auf niedrigster Stufe, nahm sie zur Kenntnis, mit wem sie eigentlich zusammen war, auf diesem Stück Fußboden, auf dem sich noch ganz vor kurzem wie auf einem Planeten mit anderen Zeitgesetzen ein ganzes Leben abgespielt hatte, komplett, voller Bedeutung, dem sie unter Zwang adieu gesagt hatte.

Cornelius Jager. Daß er da war, wußte sie. Als das Haus zerbrach, war ihre Wahrnehmung stehengeblieben. Als wolle das, was geschah, im Grunde nicht geschehen. Danach hatte sie, im Wasser herumzappelnd, nur noch auf sein Gesicht geschaut, dann auf seine Hände. Sie wirklich aufs Floß zu hieven war nicht nötig gewesen, hätte der Junge auch nicht geschafft. Sie war selbst darauf gekrochen, genau bevor diese Grundsee sich hob und die Kleinigkeit, diese allerblödeste Zufälligkeit, die aber immerhin ihr Haus, ihr Obdach gewesen war, auf den Rücken nahm. Jetzt, als sie sich schnell umblickte und dann gleich wieder in Sturmrichtung zurückdrehte, erkannte sie ihre Lage. Ein paar Quadratmeter Treibholz. Darauf als Gesellschaft außer Cornelius Jager auch noch Mutter und Sohn Hocke, ein Gebilde aus Schultern, Armen, Augen, das versuchte, sitzen zu bleiben.

Es begann zu schneien. Nasse Flocken, sie flogen an ihrem Gesicht vorbei nach Süden. Gerüttel und Gewackel, kein anderes Lebensziel, als sich festzuhalten. Lidy, zum erstenmal seit ihrer Geburt ohne Dach über dem Kopf, wollte entschieden am Leben bleiben. Als das Haus auseinanderbrach, war ihre Erschöpfung schlagartig in Schrekken übergegangen, der Schrecken in Aktion und die Aktion dann in den hartnäckigen Vorsatz, diesen Wahnwitz zu überleben. Nichts würde sie von diesem Vorhaben abbringen können. Sie sah eine Menge Zeug vor sich auftauchen, das an einem Pfahl oder Baum hängengeblieben war, und schon wieder vorbeischießen. Sie sah ein paar tote Kühe, ein totes Pferd, einen toten Mann, Petroleumfässer, und dicht hinter sich auf dem Floß wußte sie doch noch eine ganze kleine Familie. Wie ist das möglich. Die alte Frau trug noch immer ihr Gold. Die Bäuerinnen von Schouwen und Duiveland kennen alle möglichen Methoden, ihre Hauben und ihren goldenen Schmuck am Kopf zu befestigen. Gerarda Hocke trug unter ihrer Haube aus weißer Spitze oder feinem gestärktem Leinen, jetzt fortgeblasen, stets eine schwarze gehäkelte Untermütze, die sehr stramm um den Kopf saß und die goldenen Spiralen unverrückbar festhielt.

Der Schnee wurde dichter. Seit die kleine Gemeinschaft auf dem Dachboden auseinandergebrochen war, waren fünf, sechs Minuten vergangen. Sofern Lidy es gewollt hätte, was nicht der Fall war, hätte sie von nun an nicht mehr sehen können, wie es ihren ehemaligen Hausgenossen auf dem anderen Floß erging. Es waren übrigens nur zwei. Nur Laurina und Nico van de Velde hatten sich auf dem anderen Teil des Fußbodens, von dem sofort links und rechts Bretter abgebrochen waren, halten können. Jetzt gerieten sie in einen Sog, kenterten, schafften es, sich erneut hochzuziehen und auf dem Holz auszustrecken, und verschwanden ohne einen einzigen Augenzeugen für immer im Schneetreiben.

Langsam wurde es auch zu dunkel, um etwas zu sehen. Und außerdem schreckte der grauenvoll pfeifende und heulende Orkan von jeder Beobachtung der weiteren Umgebung ab. Was soll man unter solchen Umständen mit den Augen noch zu erfassen suchen? Auf gespreizten Knien, in einem geliehenen schweren Mantel, der völlig durchnäßt war, in groben Schuhen saß Lidy vorgebeugt da und hielt sich an einer Planke fest, die ein kleines Stück vorragte. Was man dann höchstens sieht, sind die eigenen Hände. Dennoch waren gerade in dieser Beinahe-Blindheit ihre anderen Sinnesorgane geschärft. Etwas Lebendiges, jedesmal in anderer Gestalt auf sie zukommend, in Rundungen, in Flügeln, in Schaum, in Spritzern, war die Frage, die alle anderen Lebensfragen betäubte. Allmächtiger Gott, barmherziger Gott …

Glaubte sie wirklich noch daran? Oder ahnte sie, welcher Weg sich jetzt im Eiltempo vor ihr auftat? Was macht es schon aus. Ungeachtet all dessen, was ein vernünftiger Mensch im Prinzip weiß, klammerte sie sich auf die geschickteste, bestmögliche Weise fest, als hätte ihr das jemand einst ein für allemal beigebracht. Daß ihre Finger sehr knochig geworden waren, wußte sie. Vor ein paar Minuten hatte sie gesehen, daß sie ihren Ring, ihren Ehering mit dem kleinen Rubin, verloren hatte. Sie hatte tatsächlich gedacht: ach, wie schade!

Am 1. Februar geht nach Mitteleuropäischer Zeit auf 5° ö.L. die Sonne um 17.27 Uhr unter. Jetzt konnte sie wirklich keine Hand mehr vor Augen sehen. Die Bewölkung war so dicht, daß auch der Mond, in diesem Moment, nicht hindurchschimmerte.

6
Oh, mein Papa

Exakt eine Woche, nachdem ihr Vater gestorben war, und drei Tage nach seiner Beerdigung erwachte Armanda mit dem unbezähmbaren Verlangen, auf der Stelle dem Erstbesten zu erzählen, daß ihr Vater nicht einmal, sondern zweimal gestorben war. Es war ein auffallend schöner Herbsttag, sonnig, mit einem leicht würzigen Nebel. Als sie eine Stunde später auf der Straße stand und die Männer und Frauen aus ihren Häusern treten sah, um sich – auf dem Fahrrad, zu Fuß, der eine oder andere auch mit dem Auto – zur Arbeit zu begeben, wußte sie nicht recht, auf wen sie ihr Verlangen so schnell richten sollte. Alle sahen sehr auf sich selbst bezogen aus, außerdem war sie es nicht gewöhnt, mir nichts, dir nichts ein Gespräch anzufangen. Vor gut einem Jahr war ihr Vater zum erstenmal gestorben. Bösartige Geschwulst an der Bauchspeicheldrüse, sieben Stunden lang operiert, ein wenig erholt, aber wie alle anderen hatte auch er begriffen und akzeptierte es auch, daß seine Erholung nur dazu diente, um, wie es sich gehört, in den Armen von Frau, Kindern und Enkelkindern, Abschied vom Leben nehmen zu können. Abgezehrt und bis zur Förmlichkeit sanftmütig lag er auf dem Sterbebett, betete mit dem Pfarrer, sah jeden seiner Lieben innig an, dankte Nadine mit einem »Du warst meine Welt!«, schloß drei Tage lang die Augen, Puls inzwischen kaum mehr tastbar, und öffnete sie am Tag Nummer vier wieder. Blau, klar, aufmerksam.

Unruhig und ungeduldig schritt sie dahin, Richtung Rijksmuseum, über dem eine schneeweiße Wolke stand. Die sonnige Stadt kam ihr kalt und abweisend vor. Wenn sie um sich blickte, fragte sie sich, welches all dieser Gesichter geeignet sein könnte, angesprochen zu werden. Ihr Vater war eine Woche zuvor aufgedunsen und unter Protest noch einmal gestorben. Er wollte nicht. Und ging, als kein Mensch anwesend war. Sie kam zu der Unterführung am Museum. Noch bevor sie hineinging, schallten ihr bereits die Klänge des Akkordeonspielers entgegen, der dort höchst rührselige deutsche Schlager spielte. Als sie unter der gewölbten Decke stand, war der Klang überwältigend. Sie blieb stehen, warf einen Blick umher und lauschte dem Lied. Sie war neunundvierzig, hatte schon so einigen Verlangen nachgegeben oder widerstanden, wer nicht in dieser letzten Lebensphase, aber nun dies?

Es gibt bestimmt eine bedeutende Ausstellung, überlegte sie. Auf der anderen Seite des Gebäudes stand vor dem Eingang eine ziemlich entmutigende Schlange. Sie schloß sich ihr neben einem gebräunten, ziemlich jungen Typen mit langem blondem Haar und muskulösen Armen in einem T-Shirt an, Typ Wikinger, und sprach ihn an: »Oh, oh, das wird bestimmt 'ne Weile dauern!« Nach ein paar belanglosen Worten hin und her kam sie auf den zweifachen Tod ihres Vaters, Jan Brouwer, zu sprechen, beim zweiten Mal war er sechsundsiebzig gewesen.

»Kein schlechtes Alter«, sagte der Wikinger. Sie waren noch keinen Schritt vorangekommen.

»Vielleicht nicht«, sagte sie. »Und doch rechne ich im Grunde meines Herzens fünfundsiebzig für sein eines Leben und ein Jahr für das andere.«

Der Wikinger sah sie bereitwillig an.

»Also«, sagte sie. »Kannst du dir das vorstellen? Völlig verändert!«

»Wie – verändert?«

In einem Ton, als erläutere sie etwas, was er hätte wissen müssen, sagte sie: »Ich meine, daß mein Vater, Kardiologe im Ruhestand, ein hochintelligenter, vernünftiger, ergebener, auf seine Arbeit und seine Familie konzentrierter Mann war. Es gibt einen Menschenschlag, der von Natur aus ein glückliches Leben führt.«

»Stimmt.«

»Nun, nach seinem ersten Tod hatte sich sein Charakter, sein Verhalten und schon bald auch sein Aussehen total verändert. Ich meine, sogar seine Schnürsenkel band er anders zu, indem er zuerst zwei Schleifen machte und sie erst dann verknotete.«

Der Wikinger starrte sie kurz an und verzog dann das Gesicht zu einem anerkennenden Grinsen.

Die Hand wie eine Brücke über den Augen, die Sonne stieg im Osten höher, sagte sie: »Vater begann zu essen. Nach zwei Monaten war er ein kleiner, korpulenter alter Herr, noch immer sehr freundlich, aber *anders* freundlich, unruhig, mit einem röteren Gesicht und in komischen karierten Hemden. Und er begann, ganz allein Spaziergänge von oft mehreren Stunden zu machen und beim Nachhausekommen kein Wort darüber zu meiner Mutter zu sagen. Wäre er jünger gewesen, dann hätte man sich alles mögliche dabei denken können. Einmal …«

Plötzlich kam Bewegung in die Schlange. So etwas erzeugt bei allen Wartenden immer den starken Wunsch, die Distanz jetzt ganz zu überbrücken. Gespräche verstummen.

»Einmal«, beendete Armanda ihren Satz, »seh ich ihn in der Stadt vor mir gehen, ziemlich eilig für seine Verhältnisse, denn Vater war immer ein Mann, der lieber höflich zur Seite tritt, als sich auf eine Kraftprobe à la Werhat-hier-Vorfahrt-auf-diesem-Bürgersteig einzulassen, aber jetzt sucht er sich einen Weg über die Vijzelgracht nach der Methode, vermute ich, des stur in die Weite vor sich Schauens, kommt auf den Rokin, den Dam, geht den Damrak ganz hinunter bis zum Hauptbahnhof, den er durch den Haupteingang betritt und auf der Rückseite wieder verläßt, und trifft auf der De Ruijterkade, rein zufällig, wie mir scheint, eine kräftige, schlampige Frau, die ihn anspricht, zu Vaters anfänglicher Verlegenheit, scheint mir, ihm dann aber plötzlich, als hätte sie ein Kennwort ausgesprochen, ein sehr vertrauliches Lächeln entlockt und ein bestimmt zehnminütiges freudiges Gespräch. Nun gut, als sie sich mit einem Händedruck verabschiedet haben, will ich einerseits gern auf ihn zugehen und hallo, Vater! sagen, andererseits bin ich wegen der Zufälligkeit der ganzen Geschichte geneigt, mal zu schauen, wohin mein veränderter, vom Tode erwachter Vater seine Schritte auf seinen privaten Spaziergängen denn so lenkt, also folge ich ihm und sehe, wie er eine Minute später die Tür aufstößt ...«

Sie stand vor der Kasse. Das Mädchen sah auf. Armanda sagte über ihre linke Schulter hinweg, auf der Suche nach dem Wikinger, aber der war verschwunden: »... zu der Kneipe, die dort an der Ecke liegt, du weißt schon, so ein auf alt gemachtes Ding, wo sie noch Sand auf den Boden streuen.«

Das Mädchen, die Hand bereits an der Kasse, fragte: »Für die Ausstellung oder nur fürs Museum?«

»Nur für *Die Nachtwache*.«

Während das Mädchen den Preis der Eintrittskarte eintippte, spürte Armanda, wie eine böse Sturheit in ihr aufkam. Es war, als stäche das Gespräch, das sie kurz vor dem zweiten Tod ihres Vaters mit ihm geführt hatte, ihr mit dem Finger bösartig in die Seite. Sie war ebenfalls in De Laatste Stuiver hineingegangen. Er hatte sie sofort gesehen, und obwohl auch sie ihn sofort entdeckt hatte, am Fenster, vor einer grauen Häuserkulisse (es war kurz vor einem Regenschauer), blickte sie sich erst zögernd in der Wirtsstube um. Nun gut, schon bald saßen sie beide vor einem alten Klaren, und ihr Vater erzählte, er sei, sehr frappierend, zum soundsovielten Mal einer ehemaligen Patientin über den Weg gelaufen, der es ausgezeichnet gehe und die ihn auf reizende Weise an die Rezepte erinnert habe, die er ihr vor fünfzehn, zwanzig Jahren ausgestellt habe.

»Aha. Und?« hatte sie gefragt, als man ihnen bereits einen zweiten Genever gebracht hatte, und sie hatte auch bereits gedacht: Wer weiß, vielleicht spiegelt die Art und Weise, wie er jetzt geht, schaut, redet, denkt, nicht seine wahre Natur wider? Nun? Wird es nicht Zeit, daß ich diesen zweitklassigen Vater einfach als *Vater* empfinde?

Er hatte behauptet, er sei alles in allem dahintergekommen, was der Sinn eines Menschentags sei.

»Und was ist das?« hatte sie gedrängt.

Er nippte mit einer für seine Verhältnisse ziemlich extravaganten Bewegung, vogelartig, an seinem Glas. Als er aufsah, hatte er ausweichend begonnen: »Weißt du, diese Patientin, die auf meine Verordnung hin seit zwölf Jahren täglich eine bescheidene Erhaltungsdosis von zwanzig Milligramm Dipyridamol schluckt ...«

Sie hatte ihn unterbrochen.

»Vater, du wolltest etwas anderes sagen! Eine Definition des Kerns des täglichen Lebens, etwas Nettes über dessen Kleinheit, etwas Logisches über diesen ekligen, aber doch angenehmen klebrigen Überzug über der Routine, das ich unbedingt von dir hören will!«

Da hatte er, an die Decke starrend, von Aus-der-Mülltonne-Essen angefangen, von Kühen einen schwarzen Betäubungsbolzen ansetzen, damit sie, ohne einen Mucks von sich zu geben, zusammenbrechen, von an regnerischen Tagen auf einem Stuhl sitzen und zuschauen, wie am Haus gegenüber die Fensterscheiben beschlagen …

Armanda starrte die Kassiererin wie in Trance an. Das Mädchen hielt ihr die Karte hin.

Sie sagte: »Kompletter Unsinn! Natürlich wußte ich inzwischen sehr wohl, daß es Vater zwei war, der sprach!«

»Wovon reden Sie da?« fragte das Mädchen mißtrauisch. »Bezahlen Sie bitte. Sie halten die ganze Schlange auf.«

Kurze Stille, in der nichts geschah. Ach, so entstehen diese Staus also, dachte Armanda dann, während sie in ihrem Portemonnaie nach zwei Zweieinhalbguldenstücken suchte. Dann machte sie, daß sie die Granittreppe hinaufkam, folgte einem Schild mit einem Pfeil und ging wenig später auf die riesige Leinwand zu, die die gesamte Rückwand eines rechteckigen Saals voller Meisterwerke aus dem siebzehnten Jahrhundert einnahm.

»Großer Gott!« murmelte sie, erschlagen vom Format des Kunstwerks.

Neben ihr stand eine alte Dame, klein, aber würdevoll, mit um den Kopf gewundenen grauen Zöpfen, Hornbrille im Mausgesicht. Eine ehemalige Büglerin aus einer der ältesten Reinigungsanstalten hier in der Stadt, erfuhr sie, nachdem sie ins Gespräch gekommen waren, sie hatte eher an eine alte Freifrau gedacht. Noch immer ganz versessen darauf, ihre Geschichte zu erzählen, sah sie die andere vielsagend an und dann wieder zurück zur *Nachtwache*.

»Was für Gestalten, nicht?« sagte sie. »Wenn man sich anschaut, wie stolz und fröhlich sie da beieinanderstehen! Gleich werden sie üben und schießen. Ist es eigentlich nicht zum Heulen, was seitdem aus der Stadtbevölkerung geworden ist?«

»O ja«, antwortete die kleine Dame mit einer Stimme wie eine silberne Tischglocke. »In bestimmten Momenten, solchen, die einen wie eine heiße Dampfwolke überfallen und gleich wieder vorbei sind, denkt man: Was für eine Stadt ist das denn jetzt noch, so ganz ohne heftige, rebellische Wünsche und ohne auch nur *soviel* Klassenkampf.« Sie schnipste mit den Fingern und schob die Brille etwas höher. »Übrigens geht es in diesem Gemälde überhaupt nicht um die Männer von Banning Cocq, es geht um diesen Lichtfleck, dieses bizarre Kind, das da unbedingt aus der Dunkelheit auftauchen muß.«

»Wollen wir uns mal kurz hinsetzen?« schlug Armanda vor.

Ein paar Minuten später waren sie und die alte Dame auf einer blauen Samtbank, frontal vor der Riesenleinwand aufgestellt, sich darin einig, daß man in dieser Stadt nichts so sehr brauchte wie *Die Nachtwache*. Und Armanda hatte im selben Atemzug weiter davon erzählt, was ihr auf dem Herzen lag: »Zweimal! Stellen Sie sich das vor. Und beim zweiten Mal war er wohlgemerkt noch ganz rosig und dick!«

Sie starrten einander prüfend an. »Meiner Mutter«, fuhr Armanda etwas ruhiger fort, »fiel es übrigens sehr viel leichter, in diesem wiederauferstandenen Mann genau das gleiche liebe Wesen von früher zu sehen. Vielleicht weil sie von Natur großmütiger ist als ich, das könnte sein, oder vielleicht weil sie jede Nacht, so oder so, im Dunkeln neben ihm lag und atmete. So etwas hätte sogar, wenn er sich, sagen wir, in einen Hund verwandelt hätte, noch für eine Beziehung gesorgt. Aber in einem bin ich mir ziemlich sicher: daß sie das gleiche Unbehagen empfand wie ich. Und daß dieses Unbehagen bei ihr, genausowenig wie bei mir, wirklich nicht unmittelbar von der, wenn man's recht betrachtet, doch nur ziemlich geringen Verschiebung all dieser Äußerlichkeiten herrührte. Nicht von seinem Aufstehen in aller Frühe, nicht von seinem lauten Gutenmorgengruß bei einem ausgedehnten Frühstück, seiner neuen Aftershavemarke, seinem Wechsel zu Papiertaschentüchern, dem Lippehochziehen, wenn er lachte, er wurde sehr schnell dick, legte sich ohne ihre Hilfe bedauerliche neue Anzüge zu, oh, er blieb ein sehr sympathischer Mensch, wirklich, und ein gutwilliger Ehemann, kaufte samstags Blumen, ging mit ihr auf Besuch zu Verwandten und Freunden, begleitete sie ins Theater, wobei er lediglich nicht berücksichtigte, daß sie es gewöhnt war, daß er ihr an der Garderobe in den Mantel half.«

Die alte Dame räusperte sich und stand höflich lächelnd auf. Armanda blieb sitzen.

»O Gott, nein! Das alles hätte uns absolut nicht gestört. Aber wie soll ich Ihnen das erklären, es war dieses himmelschreiende Unbeteiligtsein bei ihm. Dieses energische, mit voller Kraft lebendig auf seinem Stuhl im Erker Sitzen, Arme und Beine gespreizt, Wanderschuhe noch an den Füßen, während wir, Mutter und ich, im selben Zimmer waren und nicht den geringsten Anteil an dem hatten, was in ihm vorging!«

Ohne sich daran zu stören, daß die Dame sie verlassen

hatte, starrte Armanda jetzt auf *Die Nachtwache*. Die große Leinwand und sie, so kam es ihr vor, befanden sich auf genau demselben *level*. Doch nach einer Viertelstunde hatte sie genug. Ich kauf jetzt noch schnell ein paar hübsche Karten, dachte sie, sich selbst zum Narren haltend, weil sie eigentlich dachte: Ich bin noch längst nicht fertig mit Erzählen!

Im Museumsladen sah sie eine bekannte Gestalt.

»Betsy!«

Wozu sollte sie an dem einzigen, wahren Grund zweifeln, weshalb ihre Freundin und angeheiratete Exschwägerin hierher gekommen war? Betsy drehte sich um, in der Hand die Karte, die sie gerade aus dem Ständer genommen hatte. (*Die jüdische Braut*, sah Armanda einen Augenblick später und dachte gleichzeitig in einem klaren, zusammenhanglosen Gedankenblitz daran, daß Betsy eigentlich, nach ihrer Großmutter Vaz Dias, Rebecca hieß.) Sie begrüßten sich sehr herzlich. »Was wollen wir jetzt machen?« »Hast du Zeit?«

Die Museumscafeteria war ein kirchenartiger Raum, in den zu dieser Tageszeit kein Sonnenlicht durch die Glasmalereifenster fiel. Sie bestellten Kaffee und begannen zu reden, worüber, spielte keine Rolle, sie wußten fast alles voneinander. Die Zwillingssöhne von Betsy und Leo, Wim und Stijn, waren Studenten, die Gott sei Dank mit dreiundzwanzig noch immer Taschen voll schmutziger Wäsche daheim ablieferten. Den Mathematiklehrer, Cees, gab es immer noch in Armandas Leben, aber sie wollte nicht, daß dieser Schönwetterfreund auch bei ihr einzog. Sjoerd hatte 1978 wieder geheiratet, er arbeitete in einer hohen Funktion bei Labouchere in Paris und telefonierte mit seiner geliebten Halbschwester endlos über alles mögliche.

Violet machte ein Praktikum bei einer Bank in London; Allan, der in einem außerordentlich gemütlichen besetzten Haus wohnte, wurde mit jedem Tag einfältiger, und Nadja lebte schon seit Jahren mit einem Bildhauer zusammen.

Blieb noch das wahre Ende von Vater Jan Brouwer.

Wenn Jacob öfter zu Hause gewesen wäre, so spekulierten Betsy und Armanda, hätte er dann gesehen, daß es mit Vater, der jetzt jede medizinische Überwachung ablehnte, trotz seines blühenden Aussehens zum zweitenmal bergab ging? Vielleicht, aber Jacob, der Arzt ohne Grenze, wie er von der Familie genannt wurde, saß schon seit fast einem Jahr in irgendeinem gottverlassenen Winkel der Welt und schaffte es nur knapp zur Beerdigung. Okay, meinte Armanda nun, aber hätte sie dann nicht gewarnt sein müssen, weil sie in den letzten Wochen doch sehr oft von ihm versehentlich Lidy genannt wurde?

Sie senkte den Kopf, um nachzudenken, und überlegte: »Als ob er sich selbst daran erinnern wollte, in Kürze vor allem ...«

»Verdammt«, sagte Betsy, »er hatte sie vergessen, beim erstenmal.«

»Ja. Als ob sie in seinem Herzen schon wer weiß wie lange nicht mehr für ihn existierte. Keinem von uns fiel das damals auf. Es war alles so friedlich. Ich weiß noch, daß ich dachte: Wie schön, die Sitzung so zu schließen, so freundlich, so nett, so ernst. Und für jeden noch ein herzliches Wort. Aber ja, *ein* Name war ausdrücklich nicht gefallen ...«

Armanda und Betsy blickten jetzt melancholisch und still auf die Tassen vor sich auf dem Tisch. Denn beim folgenden, beim Totenbett Nummer zwei, war niemand zugegen gewesen. Unvermeidlich, daß man sich dann alles mögliche vorstellt, ob es nun völlig an der Sache vorbeigeht oder nicht.

Ein Bett war es sowieso nicht gewesen, sondern ein halb zerschlissener Bucharateppich auf einem Fischgratparkett. Jan Brouwer hatte neben seinem Schreibtisch gelegen, im nach wie vor intakten Sprechzimmer im Erdgeschoß, als seine Frau ihn da nach einigem Rufen und Suchen am 20. Oktober 1980 gegen vier Uhr nachmittags fand. Das Licht in seinen Augen war bereits erloschen, doch wegen des so wundersam verlaufenen letzten Jahres konnte sie das nicht ohne weiteres glauben. Sie telefonierte sofort nach Doktor Goudriaan, erreichte ihn nicht und rief Armanda an. Die war niedergekniet und hatte auf den besorgten, Einspruch erhebenden Ausdruck auf dem Gesicht ihres Vaters geschaut, dessen Augen noch immer geöffnet waren, als der Arzt, der als Vertretung kam, ins Zimmer getreten war. Dessen rasche Untersuchung war nicht mehr als ein Ritual gewesen, eine Antwort für Gattin und Tochter.

»Gott, was waren wir durcheinander«, sagte Armanda. »Ich weiß noch, daß wir die ganze Zeit fragten, beide gleichzeitig: Und? Und, was meinen Sie? Muß der Rettungswagen nicht kommen? Sollen wir ihn aufs Sofa legen? Können Sie keine Herzmassage machen, jetzt gleich?«

7
Hinaus auf die Oosterschelde

Derweil trieb das Stück Schilfland weiter. Hocke lag eng an ihren Rücken und ihre Hüften geschmiegt. Er hatte seinen linken Arm um ihren Körper geschlungen und den rechten neben ihrem Arm über ihren Kopf gestreckt. Sie hatte die Schilfhalme losgelassen und ihre Finger mit seinen verflochten. So liegen Liebende. Ihr schwerer schwarzer Mantelärmel war ein Stück zurückgeschoben. Der Sturm toste noch immer auf dieselbe Weise mit Böen von fast einhundertzwanzig Kilometern pro Stunde übers Wasser, er war lediglich im Begriff, ein wenig von Nordwest auf Nordost zu drehen. Der wieder aufgetauchte Mond gab allem diese spezifische Sichtbarkeit, bläulich und ohne Volumen, die bewirkt, daß der Raum eine ganz eigene Perspektive erhält und kaum noch an die allseits akzeptierten Theorien über diese Dimension erinnert. Lidys Handgelenk lag mädchenhaft knochig in einem Hexenkessel der Gewalt. Sie hatte vergessen, was ein Haus ist, eine Ehe, eine Familie, das kann sehr schnell gehen.

In einem Röhricht zu liegen vermittelt einem trotz der Nässe meist doch ein Gefühl von Erde, Land. Doch dieses Stück Landschaft bewegte sich, es bewegte sich ziemlich schnell nach Südosten, was Lidy, die vergessen hatte, was Land war, nicht mehr viel ausmachte. Denn der Raum, in dem sie lebte, schwer mitgenommen und erschöpft, aber immerhin lebte, war eine unbekannte Größe. Das ganze System aus Mittelpunkt, Umrissen und Senkrechten wogte und machte dabei einen ohrenbetäubenden Lärm. Mond, Wolken und Sterne, die, da war sie sich immer mehr als sicher gewesen, zum Firmament gehörten, tauchten schräg, irgendwo von links oder rechts, aus dem wild gewordenen Wasser auf. Doch ihr Herz schlug derweil stetig weiter, ohne nennenswerte Todesangst. Ihre Finger klammerten sich an denen von Hocke fest. Sie hatte nicht vergessen, was Lebenshunger ist.

So verging über eine Stunde. Dämmerung. Zuweilen wieder eine Schneebö. Ungefähr einen Meter von ihr entfernt lag im plattgewehten Schilf noch eine Gestalt. Gerarda Hocke, was Lidy nicht klar war, geschweige denn daß sie sich fragte, ob die alte Frau wohl noch zu den Lebenden gehörte.

Der bucklige Junge war an diesem Punkt schon eine Weile nicht mehr bei ihnen. Als sie ihn verloren, war es stockdunkel gewesen. Das Stück Fußboden, auf dem sie da noch gesessen hatten, wird sich auf Höhe der Sackgasse Paardeweg bei Nieuwerkerk befunden haben, einem Dorf, das in diesem Moment noch straßenzugweise unterging. Der Fußboden schoß über ein überflutetes Netz von Gräben, Neeren und kleinen Brücken, die alle zusammen einen Drehimpuls verursacht haben dürften, nicht mal sehr stark, aber doch weiträumig. Das Schwanken des Floßes verdoppelte sich und verdoppelte sich nochmals, weil es einfach nicht aufhörte. Außerdem konnte man fast nichts sehen. Doch: Als Cornelius Jager vom Floß kullerte, sah Lidy es, und sie sah auch, zum erstenmal, daß das Kind Angst hatte. Augen sind feine Linsen, die nicht nur Licht einfangen, sondern auch ein bestimmtes Licht ausstrahlen. Als der Junge die Fußbodenbretter aus dem Griff verlor, hat er wortlos, aber mit dem gewaltigen Willen, über den er noch immer verfügte, um Hilfe gefleht. Lidy hat ein Paar leuchtend grüner Augen gesehen, kleine Scheiben, nicht gewölbt, sondern flach, an denen kein Vorstellungsvermögen der Welt so etwas wie einen Blick, einen Gesichtsausdruck hätte erkennen können, sondern einzig und allein ein Signal, *Mayday*, Hilfe ... Sie hat sich tatsächlich nach vorn geschmissen.

Ihn retten? Sie? Aktion? Aus dem Glauben heraus, für das Leiden des kleinen Buckligen verantwortlich zu sein, im Bruchteil einer Sekunde abwägen? Keinen Moment später wurde sie selbst aus dem Sattel geworfen.

Halb Wasser, halb Land. Hybride Ufervegetation, die von einer Bucht auf der Nordseite des teilweise am Grevelingen gelegenen Polders Sirjansland stammte. Die Schilfscholle hat eine unvorstellbare Strecke hinter sich. Hochgehoben und danach hilfreich unterstützt von der Flut, hat sie, Luftlinie, nicht mehr als fünfzehn Kilometer zurückgelegt, um drei Ertrinkenden, Hocke, seiner Mutter und Lidy, das Gefühl zu geben, an Land zu kriechen. Einen Halbertrunkenen braucht man nicht daran zu erinnern, was das ist. Land ist Territorium, im Prinzip dazu geeignet, sich darauf auszustrecken. Selbst wenn es sich mit Meeres- und Flußwasser völlig vollgesogen hat und die immer dünner werdende Schlickschicht, Produkt der Nordsee, schon fast nicht mehr von Wurzeln gehalten wird, kann man sich hochziehen, sich auf Knien hinaufarbeiten und sich auf dem Trockenen wähnen. Die alte Frau wurde von einer Welle eigentlich mehr oder weniger hinaufgeworfen. Hocke und Lidy mußten im Dunkel inmitten der herumtreibenden Abfälle des Sturms nacheinander suchen, sich aneinanderklammern, einander zwischen den Kartons, Ästen, Kisten, Kartoffelsäcken, Kleidern, toten Körpern, Flaschen verlieren und schließlich einfach das Beste für den anderen hoffen. Das Stück Schilfland maß immerhin noch ungefähr zwei mal drei Meter, als es seine Fahrt fortsetzte. Lidy, sehr schläfrig jetzt, schloß die Augen. Der Wind dröhnte an ihren Trommelfellen, der Schnee schmeckte salzig. Kaum noch bei sich, wußte sie, daß sie und Hocke, von dicken, nassen Textilschichten eingehüllt, *eine* Gestalt bildeten. Gott, sie waren gerettet!

Dies alles war jetzt eine Stunde her. Aber was ist eine Stunde, wenn man sich so ergeben auf dem Weg in die Unermeßlichkeit befindet? Von jetzt an sollte die Zeit, ein Element, von dem man auch sagt, daß es läuft, für keinen von beiden auch nur einen Pfifferling wert sein. Ein Liebespaar. Eingeschlossen von Himmel und Meer. Eigentlich zwei schöne Menschen. Von der allerersten Sekunde ihrer Begegnung an potentiell verwitwet. Als Junge war Izak Hocke immer davon ausgegangen, zu gegebener Zeit seine große Liebe zu heiraten. Danach war er lange Junggeselle geblieben. Gab es dieses Mädchen denn überhaupt? Lidy dagegen war bereits zwei- oder dreimal schrecklich verliebt gewesen, als ihre Ungeduld – und, natürlich, ihre Ovulation – an einem der letzten Februartage des Jahres 1950 entschied. Was machen sie hier, Körper an Körper? Lidy, unter ihren dunklen Kleidern ein großes weißes Stadtkind, und er, Hocke, ein Bauer?

Sie schlafen nicht. Sie sind mindestens zur Hälfte wach. Er liegt da, die Nase im Haar der letzten Frau seines Lebens. Der Wind saust wie ein Schwert flach über ihre Köpfe, von Liebkosungen zwischen ihnen ist keine Rede. Aber bedeutet das dann auch das Zynischste und Kälteste, das es zwischen einem Mann und einer Frau geben kann: das Fehlen jedes eventuellen »Ich-liebe-dich«? Ihr Bett, die Schilfscholle, kalbt inzwischen gefährlich, vor allem auf Hockes Seite. Nur noch einen Moment, und sie werden ihre *sentimental journey* ohne viel Federlesens abbrechen und auseinandergehen. Lidy spürte ihn zuweilen fest an ihren Rücken gepreßt, und manchmal spürte sie ihn eine ganze Weile nicht. Sich an seinem Lebenshunger festklammern, sich davon nähren und das, gleichgültig ob das Ende aller Zeiten nahe ist oder nicht, einfach weiter tun. Lidy hielt ihre Finger mit den seinen verflochten, weil sie, durch die Kälte verkrampft, schon nicht mehr anders konnte.

So hätten sie eigentlich bleiben müssen. Als hätte jemand eine Glasglocke über dieses Paar gestülpt und angeordnet, daß darunter die übliche Zeit nicht existiere. Die beiden ins Schilf gebetteten Körper sahen auch schon längst nicht mehr aus wie Sterbliche. Sie glichen eher jenen ewig Schlafenden, von denen man gelegentlich liest, Scheintote, die in ihren mit Lehm und Schlick vollgesogenen Kleidern einfach weiterschliefen, weiterträumten, im eigenen Tempo existierten. Später würden sie, ihres grabmalähnlichen Pathos müde, schon wieder auf die Zeit stoßen. Oder?

Währenddessen ließ diese sich keineswegs ausschalten. Zeit bedeutet auch Gezeit, und die war gegen zehn schon wieder kräftig am Strömen. Daß die Schilfscholle auseinanderbrach und das Stück, auf dem Izak Hocke lag, dann zu zerbrechlich war, in der Gewalt des Sogs weiterzuschwimmen, lag in erster Linie am Mond, der dem Wasser einen Zeitplan von sechs Stunden Steigen und sechs Stunden Fallen vorschreibt. Hocke hat seine Finger aus den ihren gelöst. Er mußte sie dazu benutzen, sich an etwas anderem festzuhalten. Es wird Ebbe. Niedrigwasser, günstig, würde man sagen, doch in diesem Fall sieht das anders aus. Das Wasser beginnt sich durch die Deichöffnungen einen Weg zurück zum Meer zu suchen. Die Sintflut dreht und windet sich, wird aber vom Sturm, der sich Zeit läßt, der mit einer hartnäckigen, seit den frühesten Kinderjahren von keinem, der hier wohnt, je erlebten Ausdauer weiterweht, von Norden her aufgefüllt und noch immer in die Höhe gejagt.

Die kleinere Schilfscholle zerbrach und ging unter. Hocke ertrank. Er hat noch ein paar Schwimmschläge gemacht, doch schon bald wurden seine Muskeln zu kalt.

Sie hatte nichts davon gemerkt. Als die Schilfinsel wie verrückt zu schaukeln begann, hatte sie sich herumgeworfen, war weggerollt, weil sie sich noch immer befahl: durchhalten. Sie wurde von einer weichen, wie ein Hase im Lager zusammengekauerten Gestalt aufgehalten, die im schwachen Mondlicht aber doch zu erkennen war. Die alte Frau. Die sie mit unwahrscheinlich konzentrierten Augen über die Schulter hinweg ansah. O Gott, war sie schon wieder in einer Zweierkonstellation aufgegangen! Unvollständig ohne den anderen. Tochter, sieh dort, vor einer atmosphärischen Höllenkulisse, deine Mutter. Sonntag abend, Viertel nach elf: Gerarda Hocke und Lidy Blaauw befanden sich in einer neerartigen Strömung, die sich in Richtung dessen bewegte, was später »Das Loch von Ouwerkerk« heißen sollte, einer der größten Brüche im an dieser Stelle ursprünglich 5,54 Meter hohen Oosterschelde-Deich.

Sie merkten es beide. Ihre Scholle zerbrach und wurde an allen Seiten flüssiger. Als sie auf einem Wellenkamm gegen einen durch einen Querbalken verstärkten Doppelmast knallte, waren sich beide Frauen über die Taktik sofort einig. Bereits auf die Knie hochgekommen, schlangen sie ihre Arme um das felsenfeste Ding. In dem Moment, als die Woge sich zurückzog, war es ihnen gelungen, sich auf den Querbalken hochzuarbeiten, wo sie, plötzlich gut einen Meter oberhalb des Zugriffs des Wassers, sitzen konnten. Dünne Schnüre peitschten ihre Gesichter. Im vorläufig letzten Mondlicht dieser Nacht sahen sie, daß es Drahtstücke waren, abgerissene Telefon- oder Stromleitungen. Lidy griff danach, wand sie um Taille und Schultern der alten Frau und zurrte sie fest. Die nächsten Stunden machten sie zu einem Wesen, das, gegen den Schlaf ankämpfend, versuchen mußte, die Augen offen zu halten, ungeachtet der tiefsten Finsternis ringsum.

Hatte sie doch geschlafen? Oder sich, um das Beste aus der Situation zu machen, einfach mal kurz von der unbestimmten Gegenwart entfernt? Ohne sich daran erinnern zu können, war sie vollkommen im Bann der Stunden gewesen, die merkwürdigerweise von den Wind übertönenden Gesangsfetzen erfüllt waren. Jetzt spürte sie, plötzlich auflebend, daß das Wasser über ihre Knie schwappte. Die Gezeiten und das Wetter hatten ihren Lauf genommen. Die nächste Flut rückte an.

Es gelang Lidy, die alte Frau im Dunkeln wieder loszuknoten. Auf dem Querbalken stehend, spürten sie beide, wie ihnen das 2 bis 3 Grad kalte Wasser über Knie und Hüften hochkroch. Lidy war sich nicht sicher, ob der hohe, wahnsinnige Gesang, der weiterhin zeitweise von rechts heranwehte, Wirklichkeit war. Die Melodien, ihr mehr oder weniger bekannt, schienen dazu geeignet, die folgenden Tatsachen in ihrem Kopf festzuhalten: Der Rumpf in ihren Armen erschlaffte. Gerarda Hocke unternahm keine Anstrengungen mehr. Sie bekam es aber noch fertig, kurz bevor sie davonglitt, der anderen zwei kleine Gegenstände in die Hand zu drücken. Lidys Finger erkannten die goldenen Haubenklammern. Sie steckte sie in eine ihrer Manteltaschen und begriff, daß die alte Frau nicht mehr da war. Es wird gegen halb vier gewesen sein, als inmitten der nach wie vor angeschwemmten Treibholzteile eine Tür nahe genug vorbeitrieb. Lidy stand da bis zu den Schultern im Wasser, dann und wann mußte sie ein Stück hochspringen. Auf dem Dachboden eines Bauernhofes, der etwa hundert Meter entfernt kurz vor dem Einstürzen war, sang noch immer eine große Familie mit aller Macht.

Lidy war nicht unbedingt kirchlich erzogen worden, aber sie liebte Lieder, je schmerzlicher, um so besser. Die getragenen Melodien der Psalmen hatte sie daher ziemlich gut im Kopf und folglich auch, wenngleich nur bruchstückhaft, die Worte, die, wie bei Liedern üblich, lediglich im Rahmen der Noten völlig real, ja, glaubwürdig sind. Die Familie in dem Bauernhof sang schon seit Stunden Psalmen, heftig und darauf bedacht, keine Fehler im Wortlaut zu machen. Sie waren dem Tode geweiht, wußten das wahrscheinlich auch, hielten aber an etwas Schönem fest, was vielleicht sinnlos war, vielleicht auch nicht, das sie aber als feste Gegebenheit in ihr Leben eingebaut hatten, um zu verhindern, einfach Abschaum zu sein. Lidy hat es geschafft, die alte, im Sterben begriffene Frau noch lange an sich zu drücken. Währenddessen erklang, charakteristisch für das, was ihr und der alten Frau widerfuhr, tröstlich und pervers »… Denn er errettet dich aus Vogelfängers Netz … Des Menschen Tage sind wie Gras … Ergreife du nun Schild und Waffen …« Davids Psalmen in einer aus dem achtzehnten Jahrhundert stammenden, seinerzeit von den Pfarrern Frieslands, Gelderlands, Zuid-Hollands, Noord-Hollands, Zeelands, Utrechts, Overijssels und Drenthes sanktionierten Reimform.

Jetzt befand sie sich also auf der Tür. Eine schwere, teure Haustür beförderte sie, auf dem Bauch ausgestreckt, weiter. Es war bereits seit geraumer Zeit Montag. Montag morgen, zweiter Februar 1953, irgendwann zwischen halb vier und halb sechs. Sie hielt die Augen offen. Sie fühlte sich klar, geistesgegenwärtig und zugleich voller Erinnerungen. Was bedeutet »für immer«? Lidy erinnerte sich an den Ort und würde sich, solange sie lebte, an ihn erinnern, wo sie sich plötzlich allein überlassen war: eine unsichtbare, allenfalls leicht bläuliche Stelle, umgeben von Fetzen den Wind überkreischender Musik, mit denen Texte mitkamen, die im Laufe der Zeit so oft gesungen worden waren, daß sie, inzwischen verselbständigt, nichts anderes mehr beinhalteten als genau die richtige Dosis ewig bekannter Wehmut.

Es ist nicht weit von der Gegend um Ouwerkerk bis zur Oosterschelde. Trotzdem brauchte Lidy noch ungefähr eine Stunde dafür. Das Floß prallte alle naslang gegen irgend etwas, drehte sich, bewegte sich nach Westen, nach Osten oder stieß gegen eines der flüchtigen Objekte, ein Stück Scheune, ein Schleusenwärterhäuschen, einen Telefonmast, die aus dem schwarzen Raum herbeitrieben und wieder zurückwichen. Es kümmerte sie nicht. Eigentlich ziemlich langmütig ging sie in den letzten Teil der Nacht.

Hinzu kam, daß alles, was sie, noch immer, erlebte, von den Texten begleitet wurde und sogar genährt zu werden schien, die ihr hartnäckig im Kopf blieben. »Ergreife du nun Schild und Waffen ...« Heftige, schrill gesungene Verszeilen, die das Heulen des Windes keineswegs abschwächten, weiß Gott nicht, aber doch kommentierten. Ein Geschoß prallte auf ihr Bein, sie erschrak, aber es schmerzte nicht sehr. Einmal hatte sie ganz kurz ein überaus scharfes Bild von dem überwältigten Gebiet ringsum, den beiseite geschobenen Deichen und den Resten der Bauernhöfe, aus denen hier und da heftige Hilferufe ertönten. Dann mußte sie wild um sich greifen.

Sie war da. Eine Art Wasserfall zog die Tür abwärts, aber sie fiel, Wunder über Wunder, nicht herunter. Der Deichbruch bei Ouwerkerk war so groß, daß hier nicht mehr von einem Bruch gesprochen werden konnte, es gab einfach keinen Deich mehr. Halb sieben. Die Flut war noch immer hoch, und der Sturm peitschte das Wasser unablässig von Norden her auf. Lidy lag halb auf der linken Seite, das Gesicht auf dem einen Arm, die Beine gespreizt, Füße seitlich abgewinkelt. Ihr kleines Boot, das weder Motor noch Ruder besaß, hatte, der Strömung und dem Wind gehorchend, ohne zu zögern Kurs auf die Oosterschelde genommen, die direkt in die Nordsee führt. Sie zitterte unaufhörlich, hatte schon längst keine Bewußtheit mehr, sich zu fragen, wer sie war, sagte in ihrem Herzen aber noch leise: »Hier. Ich bin hier!«

8
Die Verdrängte

Es war einer dieser plötzlich sehr kalten Dezembermorgen, die ein Land, das damit nicht gerechnet hat, in einen Zustand der Erregung, Ungläubigkeit, Wohligkeit versetzen. Die Wetterberichte zu Wochenbeginn hatten von »trocken«, »düster«, »mild« und von mäßigem Wind aus Südost gesprochen. Die Vorstellung, daß der Tag mit einer eingefrorenen Wasserleitung und mit Eisblumen auf den Scheiben deines Autos beginnt, das sich weigert anzuspringen, ist dann schon ziemlich weit hergeholt. Nadja und Armanda saßen im Zug von Amsterdam über Rotterdam, Roosendaal und Bergen op Zoom nach Goes. Die Stoßzeit war vorbei, sehr voll war es nicht mehr im Wagen. Sie saßen einander gegenüber auf den Fensterplätzen und blickten auf die weiße Fläche und den stillen Himmel, das optische Phänomen, das in ihren Gedanken eine einzigartige Verbindung mit dem Ziel ihrer Reise bildete. Eine Beisetzung, aber nicht von etwas, das man für gewöhnlich unter einem Toten versteht, oder auch nur eines Leichnams. Nach mehr als dreißig Jahren im Schlick bleibt von einem menschlichen Körper kaum mehr als ein paar Knochen, ein Kieferpaar, ein Schädel. Armanda und Nadja starrten auf die dünne frische Schneeschicht, das Produkt eines Tiefs, das nachts über die Nordsee südwärts gezogen war, und ließen ihren Gesprächsstoff noch eine Weile ruhen. Seit Montag der vergangenen Woche wußten sie, daß Lidy – vielleicht – gefunden worden war.

Ihre schockierende Rückkehr auf die bereits so lange verlassene, völlig überwucherte Spur hatte einen Monat zuvor begonnen. An besagtem Montag nachmittag jedoch bekam Armanda einen Anruf von einem Ermittler der Gemeindepolizei, der sie fragte, ob er mit Mevrouw Brouwer spreche. Noch in derselben Stunde hatte ein Mann in Zivil mit sanften grauen Augen und einem Schifferbart an ihrem Tisch Platz genommen. Er informierte sie, wollte sie zumindest darüber informieren, daß sie zunächst nach Mijnheer Blaauw gesucht hätten, dann nach der Familie Brouwer, die mal am Sarphatipark gewohnt habe, schwenkte dann aber rasch auf die brennende Frage auf ihrem Gesicht um. Lidy Blaauw-Brouwer. In der Tat. Sie wollen von mir hören, wo?

Kurze Stille. Anderer Blick: im Schlick in der Nähe des Schelphoek, der Baustelle hinter dem Sekundärdeich am Nordwestufer der Oosterschelde, wo ganz in der Nähe von einer der drei großen Stromrinnen, dem Hammen, die gigantischen Arbeiten am Bau des Sturmflutwehrs seit Jahren im Gang ...

Sie unterbrach ihn. »Wie ...«

Er wartete, bis sie sich gebückt, sich am Fußknöchel gekratzt und ihn dann ohne irgendeine Bewegung angestarrt hatte.

»Wie ist das möglich?«

»Sie haben recht«, hatte er geantwortet. »Eigentlich ist es unmöglich.« Er schien in seinem Kopf nach den Fakten zu suchen. »Sogar vollkommen unmöglich, habe ich gehört.«

Sie beugte sich zur Tischkante vor, der Sache, die also kaum glaubwürdig war, gleichsam einen Schritt entgegenkommend, und wartete. Ein Schaufellader war das erste, was für sie greifbar wurde, und dann sah sie den praktischen kleinen Bobcat vor sich, den ein Erdarbeiter, der sich auf diese Kunst versteht, sehr schnell und wendig manövrieren kann. Das war Mitte des vergangenen Monats gewesen, nachmittags gegen fünf. Aber wird es dann nicht schon dunkel? Es wurde bereits dunkel. Wobei noch hinzukam, daß der Schädel durch den Boden, aus dem er gewühlt wurde, Schlick, schwerer Klei, auch Torf steckt in diesem Boden, sehr dunkel verfärbt war. Ihre Schwester muß, falls es Ihre Schwester ist ...

Sie machte eine Handbewegung. Moment.

»Um fünf Uhr arbeitet doch kein Mensch mehr auf dem Bau?«

Der Polizist hatte sie nachdenklich angesehen und war

dann, durch ihre Frage gebremst, auf den Erdarbeiter zurückgekommen. Der einen Kollegen gerufen hatte, der ebenfalls noch auf der Schlammfläche herumlief, dem unirdischen, schon seit vielen Jahren umgekrempelten Gebiet an der Mündung der Oosterschelde, wo man versuchte, den Meeresarm mal nach dieser, mal nach jener Methode abzuriegeln. Mit Schaufeln haben sie ein paar Skeletteile gesammelt und in der frischen Luft nebeneinandergelegt. Ihr Arbeitstag war zu Ende, doch in der Nähe fanden sie in einer Baubaracke mit Telefon noch einen Bauleiter. Kurz bevor es völlig dunkel wurde, hat die Reichspolizei die Teile in einen Plastiksack gesteckt und mitgenommen, inklusive eines kleinen, angefressenen Eisenteils, eine Art Scharnier oder Spirale, möglicherweise eine Spur, das, wie sich im Blitzlicht des Fotografen zeigte, dort auch noch gelegen hatte.

Ja, genau. Pause. Gegenseitige Musterung. Dann hatte Armanda den Polizisten aus einer kleinen Mappe, die er gleich nach seiner Ankunft neben sich auf den Tisch gelegt hatte, ein Papier nehmen sehen. Er faltete es auseinander und schob es so zwischen sie, daß sie es beide, falls sie es wollten, hätten lesen können. Der Staatsanwalt, begriff Armanda, während sie mit zur Seite gewandtem Kopf auf das Papier starrte, das ihr ein Formular zu sein schien, ein getippter Bericht oder ähnliches, hatte die Genehmigung zum Transport der Leichenteile erteilt. Genehmigung, aha. Den Blick auf das Getippte geheftet, zog sie sich ein wenig aus der Situation zurück, die einerseits vom Ende eines großen, unlösbar gewähnten Rätsels sprach – was immer Verwirrung mit sich bringt –, andererseits vom »Gerichtslabor in Rijswijk, das bei Identifizierungsversuchen gewöhnlich *Leiden* um Unterstützung bittet«. Sie blickte erst wieder auf, als ihr Besucher etwas sagte, das ihr bekannt vorkam.

»Ihre Schwester muß, falls es Ihre Schwester ist, sehr schnell, nachdem sie angespült worden ist, unter einer Schlickschicht begraben worden sein.«

»Ja?«

Es folgten Ausführungen, die ihr die Tatsache näherbrachten, daß seit zehn, ja, seit zwanzig Jahren kein einziger Vermißter von 1953 mehr gefunden worden war. »Das ist ein richtiges Gotteswunder, Mevrouw«, man kann sich gar nicht vorstellen, wie schnell eine Wasserleiche, vor allem im Meer, zerfällt, bis überhaupt nichts mehr von ihr übrig ist. »Fünf, sechs Monate höchstens«, abhängig von verschiedenen Faktoren. Armanda, die zwar eine unvermindert hochinteressierte Miene machte, aber nicht Schritt halten konnte mit dem schwindelerregenden Tempo, in dem dreißig Jahre auf *einen* Schlag reduziert wurden, bekam Wörter wie »niedrige oder hohe Wassertemperatur« zu hören, »verunreinigtes Wasser«, »Krebse und Krabben«, »Schiffsschrauben«. Ohne jeden Zweifel war es den konservierenden Eigenschaften des Schlicks zu verdanken, daß so viel von »möglicherweise Ihrer Schwester« übriggeblieben war.

Aber doch nicht genug.

»Können Sie mir ein Foto von ihr mitgeben?«

Der Polizist stellte diese Frage, nachdem er seine Hand mit kuppelförmig gespreizten Fingern auf das auf dem Tisch liegende Papier gesetzt hatte. Einzig und allein anhand von Röhrenknochen und Becken, erzählte die Hand ihr, hatte *Leiden* geschlossen, daß es sich hier um eine zwanzig- bis fünfundzwanzigjährige Frau handelte, Körpergröße etwa ein Meter fünfundsiebzig, die um 1953 gestorben sein mußte, beziehungsweise deren Knorpelgrenze aufgehört hatte, sich weiter zu verdichten. Armanda stand bereits. Ja, einen Augenblick mal bitte … ja, ein Foto! Ein Foto, das man auf diese dunklen, kalten Röhrenknochen und dieses Becken legen konnte, die das vermutliche Alter so gut bestimmen können! Wurde es außerdem nicht höchste Zeit, ihrem Gast eine Tasse Tee vorzusetzen?

Sie war bereits an der Tür, als der Polizist ihr noch eine Anweisung erteilte. Das Foto mußte ein lachendes Foto sein.

»Lachend«, sagte sie. »Ja, selbstverständlich!«

Sie dachte nach.

»Warum?«

Der Zug näherte sich Rotterdam. Nadja und Armanda erhoben sich wie die meisten Fahrgäste, zogen sich Mantel und Handschuhe an und warteten, die Taschen auf dem Schoß, bis das Gerüttel über den Weichen vorbei war. Auf dem Bahnsteig wurden sie erneut von der Kälte überrascht. Sie gingen zu der Tafel mit den Fahrplänen und sahen, daß der Eilzug nach Vlissingen auf Gleis zehn bereitstehen mußte.

»Sie haben es also nicht mit Sicherheit sagen können«, fing Nadja an, als sie sich in ein leeres Abteil am Ende des Zuges gesetzt und die Tür zugeschoben hatten.

Worte. Die ein gewisses Den-Tatsachen-ins-Auge-Sehen bei ihnen aufkommen ließ. Die zweifelhafte Identität ihrer Toten. An der auch die Zähne auf einem Foto mit dem strahlenden Lachen einer jungen Frau nichts hatten ändern können.

»Was hat er gestern eigentlich dazu gesagt«, fragte Nadja.

»Vorgestern«, sagte Armanda. Nadja nickte. »Ich bin vorgestern hingegangen, um …« sie zögerte, »um das Foto wiederzuholen, wegen heute.«

Das konnte die Wahrheit sein. Sie sah Nadja wieder nicken und nickte auch. Sie war ins Gerichtslabor in Rijswijk gefahren, um das Foto abzuholen, das sie heute heimlich, von Gesetzes wegen sogar widerrechtlich, sei es zu Lidys Gebeinen, sei es zu denen irgendeiner zeeländischen Bäuerin von zwanzig- bis fünfundzwanzig Jahren in den Sarg schieben wollte. Welch ausgezeichnete Idee, sie nahm sich vor, es zu tun, falls sie eine Möglichkeit dazu bekam! In Wirklichkeit hatte sie vorgestern nichts anderes getan, als mit dem Gerichtspathologen zu sprechen. Warum? Nur so. Sein Gutachten war auch nach dem Foto bei dem Fazit geblieben, »Wir können keinen sicheren Aufschluß geben.«

»Och, es war alles höchst kompliziert. Er sagte, der Ossifikationsprozeß der Knochen …«

Sie sahen auf. Was hatte das zu bedeuten? Die Tür ging auf. Neue Mitreisende suchten, obwohl der Zug schon seit mehreren Minuten über die Gleise schoß, einen Platz. Die eine war ein graues Frauchen, das sich in die Ecke am Gang setzte, nachdem es unter dem Arm des anderen, eines großen und in jeder Hinsicht lauten Menschen durchgeschlüpft war.

»So, Leute«, sagte letzterer händereibend, nachdem er seinen Mantel aufgehängt hatte, »das einzige Problem, das sich uns jetzt noch stellt, ist: Wann kommen sie mit dem Kaffee?«

Die Geselligkeit einer Zugfahrt im Winter. Die weichen Sitze, und draußen ist alles weiß, grau, kalt. Das Frauchen in der Ecke starrte wie ein resigniertes Tier vor sich hin, doch der Mann war ein Mann mit beängstigendem Charisma. Binnen einer Viertelstunde, noch vor Dordrecht, wußten Nadja und Armanda, daß er, Hydrodynamikexperte in der Behörde »Deltadienst«, am Bahnhof Rilland-Bath aussteigen würde, und es interessierte sie auch in gewisser Weise. Nach Zeeland, im Gleichtakt des Geratters und Gerumpels der Fahrt. Da ist nichts, absolut nichts mehr wie vor der Sturmflut, sagte der Hydrodynamikexperte, achten Sie mal darauf, wenn wir gleich an Bergen op Zoom vorbei sind. Sind Sie diesen Sommer dagewesen? Nein. Och, das ganze Land hat letztlich wahnsinnig davon profitiert. Hektargroße Flächen, wie hektargroße Flächen auszusehen haben, bis zum Horizont, zum Teufel, und in der Mitte ein nagelneuer Bauernhof, freistehende Scheunen, ferner schnurgerade Wassergräben, Asphaltstraßen sogar auf dem Polder, Kanalisation bis in den letzten Winkel, die die Provinz fast keinen Cent gekostet hat! Schweine im Ortsgebiet? Findet man nicht mehr!

Er schwieg, das Frauchen in der Ecke wahrscheinlich zufällig ansehend, aber es richtete sich auf und reagierte.

»Früher wuchsen herrliche alte Maulbeerbäume auf Schouwen.«

Leise, aber mit einer merkwürdigen Feierlichkeit ausgesprochen, die den Hydrodynamiker böse machte.

»Hören Sie mir doch auf! Natur, wie? Glauben Sie, die Menschen haben heutzutage keine Augen?« Und er gab seiner Begeisterung über die Deltawerke Ausdruck, über die Schönheit, den Mut und das Geld.

Armanda, die sah, daß Nadja den Blickkontakt mit dem Mann weiterpflegte, wandte sich zum Fenster ab. Eine bleiche Sonne stand zwanzig Grad über dem südöstlichen Horizont, parallel zu dem der Zug die Winterlandschaft durchschnitt. Sich vom Schnee abhebende Scheunen und Bäume. Schlafend. Abgekappt. Gehüllt in die typische Frostluft, die in das Abteil zu strömen schien. Ihr Geist war so klar, daß das Gespräch zwischen Nadja und dem Hydrodynamikexperten sich unbekümmert in ihre Nachdenklichkeit fügte. Nach etwa zwanzig Minuten bogen die Gleise fast rechtwinklig nach Westen. Der Zug passierte die Schelde-Rijnkanaal-Brücke und fuhr in das Land, in dem Lidy verschwunden war. Ein Kühlraum, ein Mortuarium.

»Senkkästen mit Stahlgittern in den drei Durchlaßöffnungen, Kostenpunkt 840 Millionen, Bauzeit vier Jahre!«

»Boh.«

»Dann wieder dachte die Kommission an Sperrgitter im Roompot und an Kais, über die das Wasser in die Schaar der Roggenplaat und in den Hammen strömen können muß. Kosten: eine Milliarde!«

Ja, dachte Armanda, letzten Endes gehört alles, was dieses Land betrifft, jetzt für immer zu Lidys Epos.

Die arme Heldin. Und, lieber Gott, ist sie es denn überhaupt, endlich, in dem von Nadja und mir bestellten Rosenholzsarg, in dem auch – wir fanden, das gehöre sich so – dieses kleine Metallding liegt, das gleichzeitig mit den Gebeinen ans Tageslicht befördert wurde? Bei der Untersuchung stellte sich heraus, daß es ursprünglich mit vierundzwanzigkarätigem Gold belegt war. Gehört es dazu oder …? Es kann da doch zufällig und ohne irgendeinen Zusammenhang im Boden gelegen haben, hatte sie in Rijswijk gefragt. Richtig, wer konnte das schon wissen? Und die zur Noord-Beveland- oder Schouwener Tracht gehörende Nadel blieb, formal, ein Element des Problems Lidy: identifiziert oder nicht identifiziert? Wenn nur die Zähne etwas kompletter …

»... sechsundsechzig riesengroße Pfeiler, in denen durchschnittlich siebentausend Kubikmeter Beton verarbeitet wurden. Denken Sie ruhig an die ägyptischen Pyramiden!«

... gewesen wären!

Jetzt starrte sie nach draußen, wie sie früher, als sie jung war, sich im Spiegel angestarrt hatte. Jegliche Sicht auf das Ziel ihrer Reise verschwand. Die Landschaft, Lidys Eigentum, erweiterte sich und schien so nahe zu kommen, daß sie aus nichts anderem mehr bestand als einem grauweißen Untergrund. Ideal für das Trug- oder Traumbild, das sie schon ihr halbes Leben lang regelmäßig heimsuchte: Lidy, die mit gewissenhafter Miene den Deckel von einem Fläschchen mit weißer Farbe schraubt und mit dem an der Innenseite des Deckels befindlichen Pinsel ihre Tennisschuhe zu weißen beginnt, die auf einer Zeitung auf dem Tisch vor einem hohen Fenster stehen. Ort der Handlung ist irgendein herrschaftliches Haus mit Blütenblättern aus Stuck an der Decke, nicht Nummer 77 oder 36, aber ganz ähnlich. Auf dem Fußboden sitzt ein Hund. Hinter dem Fenster schneit es. Sie selbst, Armanda, ist ebenfalls zugegen, allerdings nur in Form einer Beunruhigung. Einer äußersten Besorgnis, die jedenfalls jetzt, in diesem Moment ihrer Reise, so vordringlich war, daß auch als alles da draußen wieder normal zum Vorschein kam, der rot umnebelte Horizont, die Masten, die Zäune und die Schornsteine ihr vorkamen wie die Glieder einer Formel, die sie lediglich zu vereinfachen brauchte, um auf Null zu kommen. Einige Dinge waren nicht passiert. Eine ganze Familiengeschichte konnte, wenn sie sich bemühte, tatsächlich noch korrigiert werden. Nicht Lidy, sie ist es, die in dem ihrem Vater abgebettelten Wagen eine Fahrt nach Zierikzee unternimmt ... logisch, die ursprünglich logische Absicht des Schicksals. Warum dieses Biest auf gefährliche Weise mit einem kleinen Plan, einem kleinen Streich reizen? Die Lokomotive verringerte ihre Geschwindigkeit. Ein Klingeln ertönte.

Der Hydrodynamikexperte war bereits dabei, seinen Mantel zuzuknöpfen. Er streckte seine strammen Arme aus, nahm die Reisetasche von der Ablage und grüßte. Die Abteiltür knallte zu, wurde aber sofort wieder aufgeschoben.

»Das Siel hier im Kanal bei Bath. Steigen Sie auf dem Rückweg mal kurz aus. Das Wasser fällt frei, da ist keine Pumpe im Spiel, phantastischer Anblick. Keine Zeit? Wieso, wieso? Na gut, wie Sie wollen!«

Armanda erwiderte noch einmal seinen Gruß. Nadja legte den Kopf auf die verschränkten Arme auf dem Tischchen am Fenster, die Augen geschlossen. Fünf Minuten später hielt der Zug bei Kruiningen, und auch das Frauchen verließ seine Ecke im Abteil.

Der Zug fuhr langsam weiter.

Dann, in der samtenen Stille einer eingefrorenen Oberleitung, blieb er inmitten von Weiden oder Äckern stehen. Armanda und Nadja, die sich eine Zigarette angezündet hatten, starrten einander an. Wenn wir um Himmels willen bloß rechtzeitig da sind. Wie lang dauert es noch. Dann sprachen sie über Lidys Gebißstatus. Zwölf Plomben. Amalgam. Einflächig, zweiflächig und eine dreiflächige sowohl im ersten großen Backenzahn links oben als auch rechts oben. Ein mittelmäßiges Gebiß, recht gut gepflegt, Röntgenfotos waren nie nötig gewesen.

»Schrecklich schade«, sagte Armanda. »Er hat gesagt, Röntgenfotos hätten es als einziges noch ermöglichen können, eine ...« sie sah Nadja etwas hilflos an.

»Eine Zuordnung«, sagte Nadja, die sich nach einem

Telefongespräch mit Armanda, ein paar Tage zuvor, noch an das Wort erinnerte. Der Gerichtsanthropologe hatte versucht, eine Zuordnung zwischen den im Schlick gefundenen Leichenresten herzustellen, die jetzt nur noch eine Nummer trugen, und einer echten, einen Vor- und einen Nachnamen besitzenden Person. Letztere verfügte bereits über eine ganze Reihe von Merkmalen. Geschlecht, vermutliches Alter, anatomischer Bau, alles inzwischen bekannt und ans Tageslicht getreten. Das mutmaßliche Todesdatum hatte zusammen mit dem Fundort natürlich automatisch zu der über dreißig Jahre alten Liste des Roten Kreuzes geführt, auf der noch immer die Namen von 839 Vermißten standen.

»Mama«, sagte Nadja.

»Ja?«

»Glaubst du wirklich, daß sie es ist?«

Armanda wandte das Gesicht, auf einmal sehr gequält, ihrem Handgelenk, der Uhr, zu.

»Ich habe jetzt schon zwei Nächte lang geträumt«, fuhr Nadja fort, »sehr intensiv und eindringlich geträumt, daß es die andere ist, diese vermißte Bäuerin aus ... aus?«

»Burgh«, sagte Armanda, murmelnd, weil Burgh für sie schon keine Rolle mehr spielte. Die dort – anhand von Merkmalen derselben Rotkreuzliste – ausfindig gemachte Familie akzeptierte den Leichnam nicht, wies ihn zurück aufgrund der lückenhaften Fakten und vor allem wegen des Schmucks, der nie zu ihrer Tracht gehört hatte.

»Aber der kann sich dort sehr gut nur so, ohne irgendeinen Zusammenhang, im Boden befunden haben!« hatte Armanda sich bei ihrem Besuch in Rijswijk noch einmal laut vorgehalten, wobei sie den Pathologen, der ihr Rede und Antwort stand, ziemlich gebieterisch ansah.

Ein Mann von ungefähr fünfzig Jahren. An einem Schreibtisch, und hinter dem Fenster ein Baum. Er schenkte ihr ein bestätigendes Lächeln und blieb dann bei dem Ergebnis, zu dem das Gutachten gekommen war. Die Unbekannte und die Vermißte konnten ein und dieselbe sein, Gewißheit darüber: nein. Nicht einmal die geringste.

Armanda hatte den Blick gesenkt und das Foto von Lidy, ihr Lachen, *ante mortem*, auf dem Schreibtisch liegen sehen. Sie hatte die Hand ausgestreckt und gefragt, was sie mit dem Foto hatten erreichen wollen. Definitiven Ausschluß, war ihr gesagt worden, begleitet von einem plötzlich erschütternd herzlichen Blick, der während der gesamten nachfolgenden Erläuterung anhielt. Das Gebiß der Unbekannten sei, wie sie wahrscheinlich wisse, alles andere als vollständig gewesen, aber die Alveole habe noch gezeigt, wie die Zähne ursprünglich gesessen hätten.

Sie hatte den Ellbogen auf den Schreibtisch gestützt und den Arzt, Faust an der Nase, angestarrt.

»Wenn auf dem Foto beispielsweise ein Spalt zwischen den Zähnen zu sehen gewesen wäre, hätten wir mit Sicherheit sagen können, sie ist es nicht.«

Daraufhin hatte sie einen Hustenanfall bekommen, und der Arzt hatte ihr ein Glas Wasser geholt. Sein Äußeres sollte sich von diesem Moment an in ihrer Erinnerung voll mit dem des Polizeibeamten decken, der bei ihr zu Hause gewesen war, ehrliche graue Augen, kurzgestutzter Schifferbart. Als der Hustenanfall vorbei war, hatte sie, möglicherweise mit Hilfe der Tränen in ihren Augen, wissen wollen, wie Ertrinken genau vor sich gehe und wie schlimm es sei. Sie erfuhr während eines Gesprächs, das sich sehr lange hinzog, daß es verschiedene Arten des Ertrinkens gibt, wobei es manchmal zum Einatmen von

Wasser kommt, aber längst nicht immer, daß, falls Wasser eingeatmet wird, nicht unbedingt Atemnot eintreten muß, weil, zum Beispiel, das Opfer bereits bewußtlos ist, und daß vor allem bei starker Unterkühlung, wovon in diesem Fall mit Sicherheit auszugehen war, dem eigentlichen Tod, wie auch immer, ein Scheintod vorangeht, der Schlummer, der ziemlich lang währen kann und bei dem sich die Stoffwechselprozesse im Gehirn bis zum äußersten verlangsamt haben.

Also – so Armandas Frage – ist es ein sanfter Tod?

»Ja. Ausgesprochen sanft.«

Der Bus, der über die kilometerlange Zeeland-Brücke Richtung Zierikzee fuhr, beförderte nur wenige Passagiere. Vorn saß eine Gruppe schlaffer Jugendlicher, die schon früh schulfrei hatten, und hinten saßen die beiden Frauen, die am Bahnhof Goes eingestiegen waren, auf dem Weg zu einer Beisetzung in Ouwerkerk, für die sie beim Staatsanwalt eine Sondergenehmigung hatten beantragen müssen. Sterbliche Überreste, die in Westerschouwen aufgefunden worden sind, müssen, wenn keine rechtmäßigen Angehörigen gefunden wurden, eigentlich auch in Westerschouwen beigesetzt werden. Das verlangt das Gesetz über das Bestattungswesen, in solchen Fällen kommt der Bürgermeister für die Kosten auf. Die beiden Frauen saßen schweigend dicht nebeneinander und schauten aus dem Fenster. Sie trugen dunkle Mäntel und darüber farbenfrohe Schals. Trotz erster Anzeichen von Plumpheit sah die Ältere der beiden mit ihrem offenen dunkelbraunen Haar, Pony in der Stirn, noch ziemlich jugendlich aus. Der Altersunterschied zu der anderen, rothaarig, zartgliedrig und sehr blaß, schien nicht besonders groß zu sein. Dennoch umschwebte die beiden die undefinierbare Gelassenheit einer Mutter und einer Tochter, die wissen, daß ihre Leben, wie auch immer, zueinandergehören.

Armanda und Nadja, die die Oosterschelde überquerten.

Es war halb zwei Uhr mittags, und die Wintersonne warf ein fast farbloses Licht auf das Wasser. Noch immer offen, noch immer ein direkter Ausläufer der Nordsee. In zwei Jahren würden in der Mündung dieses Meeresarms die Arbeiten am Sturmflutwehr endlich fertig sein. Eingehängte Metallschütze von phantastischen Abmessungen würden, wenn die Höhe des Außenwassers den Alarmpegel erreicht, herabgelassen werden können, in sehr seltenen Fällen, um das Land, das die Gezeiten um keinen Preis missen will, doch besser kurzfristig vom Meer abzuriegeln. Armanda und Nadja blickten auf die Wasserfläche, die in einer Umrahmung der Leere gläsern schimmerte. Sie waren höchst interessiert.

»Denk dran, daß wir in Zierikzee Blumen kaufen«, sagte Nadja. »In Ouwerkerk bekommt man bestimmt keine.«

Der Bus hielt im Zentrum von Zierikzee, wo die Geschäfte wegen der Mittagspause noch geschlossen waren. Armanda und Nadja aßen einen Happen in einer Cafeteria, den Blick auf die Pflanzen hinter dem Schaufenster auf der gegenüberliegenden Straßenseite geheftet.

»Wir schaffen's schon noch«, sagte Armanda.

Sie hatten mit dem Bestattungsunternehmer abgesprochen, sie würden auf dem Friedhof sein, wenn der Leichenwagen mit dem Sarg dort um drei Uhr eintreffe.

»Schau, sie machen auf«, sagte Nadja und hörte auf zu essen.

Viele frische Blumen gab es bei diesem Wetter nicht. Armanda und Nadja kauften Chrysanthemen, zwischen die sie ein paar Eukalyptus- und Tannenzweige stecken ließen, die eigentlich bereits an Weihnachten erinnerten.

»Dürfen wir vielleicht schnell mal nach einem Taxi telefonieren?« fragte Armanda den Ladeninhaber.

Auf der Rückbank des Taxis fuhren sie aus der Stadt, die Blumen auf den Knien. Auch hier zogen sich die Äcker, soweit das Auge reichte, rechtwinklig hin. Die Bäume am Straßenrand waren noch klein. Sie sahen sie an, während sie von der Wahrheit träumten und über sie nachsannen. Armanda spürte sehr wohl, daß Nadja, die sich an sie lehnte, das ganze Unternehmen als ernste Posse empfand, da sie nicht wußte, wer ihre Mutter war, die Adoption dieser toten Bäuerin aber absolut in Ordnung fand. Sie selbst hielt an Lidy fest. So sehr sogar, daß ihr in einem bestimmten Moment das leere weißschwarze Land als Beweis erschien: Viel zu viel von dir hat sich in mir angehäuft, Lidy. Deinetwegen konnte ich nie die sein, die ich war. Das Taxi bog nach links in das Dorf, das ausschließlich aus neuen, modernen Häusern bestand.

Das Friedhofstor war ein schmiedeeisernes Ungetüm zwischen Säulen, die je eine Skulptur aus Engelflügeln trugen. Armanda erkannte sie von der viele Jahre zurückliegenden Trauerzeremonie wieder, als die Region ihre Flutopfer alle gemeinsam neu bestattet hatte. Der Friedhof in der Ebene, noch immer offen bis zum Seedeich, wirkte jetzt sehr gepflegt. Armanda und Nadja gingen zu der Grabstätte im Mittelteil mit den schlichten identischen Gräbern, die nie geräumt werden würden, da man sie zum Mahnmal erklärt hatte. Sie sahen, daß der vierzig mal fünfzig Zentimeter große graue Gedenkstein schon an dem mit einer dünnen Schneedecke überzogenen Erdhaufen bereitstand. Man hatte Armanda bereits erklärt, es ließe sich nichts daran ändern: Die Aneignung der Leichenteile durch sie war von Staats wegen in Ordnung, ihnen den Namen Lidy zu geben im Prinzip auch, doch der Stein mußte, wie die drei anderen hier, namenlos bleiben. Es dauerte nicht lang, bis der Leichenwagen kam. Armanda und Nadja gingen zur Straße zurück.

»Können Sie den Deckel noch mal kurz öffnen?« fragte Armanda den Bestattungsunternehmer, sobald dieser zusammen mit seinem Helfer den Sarg, von normaler Größe, aus dem Auto geschoben und auf eine Bahre auf Rädern gestellt hatte.

Und sie zeigte ihm mit einem Kopfnicken das Foto von Lidy.

Der Bestattungsunternehmer nahm ihr das Foto aus der Hand, blickte von der lachenden Lidy zu Armanda und dann, unter der Krempe seines schwarzseidenen Huts hervor, auf die Reihe der Wohnhäuser am anderen Straßenrand.

»Es ist ganz gegen die Vorschriften«, sagte er in einem Ton, der bedeutete: na gut.

Die Sonne war von der tiefhängenden Bewölkung verdeckt worden, als die kleine Prozession zum Mittelteil des Friedhofs ging. Dort setzte der Bestattungsunternehmer ein Flacheisen am Sarg an und hebelte den Deckel ein kleines Stück weit auf, was ganz leicht ging. Als Armanda das Foto hineinschob, sah sie mit einem schnellen, forschenden Blick lediglich das weiche dunkle Tuch, in das man den Schädel und die Knochen gewickelt hatte, damit sie nicht hin und her rollten. Der Sarg, leicht wie eine Feder, wurde mit Hilfe von Gurten geschickt in die Grube gesenkt. Armanda und Nadja warfen jede eine Schaufel Sand darauf. Sofort danach wurde das anonyme Frauengrab ganz geschlossen.

Der Leichenwagen fuhr davon.

In der Stille blieben Armanda und Nadja noch einen Moment stehen. Sie blickten von dem Stein und dem Chrysanthemenstrauß hinüber aufs Land, das in der Ferne vom Seedeich begrenzt wurde, und gingen dann auch. Armanda hatte sich noch kurz überlegt, ob man von hier aus bei bestimmtem Wind das Meer auch hören konnte. Die Temperatur sank bereits wieder. Für diese Nacht war mäßiger Frost vorhergesagt, doch ein Tiefdruckgebiet über Schottland würde ab morgen voraussichtlich für mildere Luft sorgen, für Regen und Wind.

Wie der Sturmwind die Wolken
Wo das Meer keine Küsten mehr hat
Und der Himmel keine Sterne übrig
Treibt nun der Strom meiner Gedanken
Durch den leeren Raum meines Geistes.
Sie begegnen keinem Widerstand mehr,
Drängen zuhauf – eilen davon.

J. J. Slauerhoff

V
Responsorium

»Wie geht's?«

»Oh, ich hatte eine schreckliche Szene mit einer der Pflegerinnen hier, das Weib wollte mich unter die Dusche stellen, aber ich habe mich an der Tür zum Bad festgeklammert, mit Armen und Beinen, das kommt vor. Jetzt ist alles wieder ruhig. Draußen, dort unten, rattert die Straßenbahn, du weißt doch, Linie 3, die fährt noch immer Richtung Concertgebouw oder, in entgegengesetzter Richtung, nach Amsterdam-Oost. Vor kurzem haben sie mich in die oberste Etage gesteckt. Die Tür zum Gang und zum Lift ist immer abgeschlossen, die meisten, die hier sitzen, sind ja zu abgestumpft, um auch nur ihren Namen zu nennen oder ihn auf Wunsch mal eben aufzuschreiben. Meiner Meinung nach ist es noch Vormittag. Heute nachmittag haben wir Freizeit. Die Leitung hier ist ganz versessen auf das Wort.«

»Du siehst ein bißchen klapprig aus.«

»Ist ja wohl kein Wunder, wenn man vierundzwanzig Stunden am Tag damit beschäftigt ist, seine Gedanken zu sammeln. Du schaust, nehme ich an, in diesem Moment das ordentlich gestrichene Zimmer an, in dem ich untergebracht bin, mit zwei Fenstern nach Norden, zwei Schränken, zwei Stühlen, einem Tisch, einem Bett und einem blauen Plüschsofa, von dem sie hier auf merkwürdige Weise betonen, es sei das Sofa von zu Hause. Von zu Hause, sagten sie anfangs jedesmal, wenn sie reinkamen, und sahen mich bedeutungsvoll an. Setzen Sie sich mal drauf. Nun gut, ich tu's, aber ich persönlich glaube kein Wort davon. Als ich an der Sitzfläche schnüffelte, roch ich alte Pappe und Zigarrenstummel, den charakteristischen Geruch eines abbröckelnden Daseins. Vielleicht kommt es durch diesen Geruch, vielleicht aber auch durch das launische Wetter der letzten Zeit oder die übermäßige Zahl von Stunden, die ich tief schlafe, daß ich mich, unbeweglich auf dem Diwan sitzend, regelmäßig frage, was das eigentlich ist, Leben.«

»Nja. Das weiß keiner.«

»Dieser ganze Kummer, diese kleinen Sorgen, diese Sehnsüchte. Wenn wir um zwölf Uhr im Speisesaal beisammensitzen, an langen Tischen, jeder an seinem festen Platz, halten wir fast alle den Kopf gesenkt, wir sind ernst und still, auch meine Tischgenossen reden dann kaum, aber wenn die Essenswagen hereingefahren werden, blikken wir auf wie eine Strafkolonie, die begnadigt wird. Mit geistesabwesendem Lächeln hebe ich den Deckel von dem in Felder unterteilten Essenstablett, das sie vor mich hingestellt haben. Mein ausgetrockneter Mund kommt von selbst wieder etwas in Bewegung, ich habe nichts dagegen, mein ganzer Organismus sagt ja, nur: wozu? Woher kommt mein morbider Appetit, wenn nicht aus dem Wunsch, mich auf der allerletzten Treppenstufe noch kurz zu behaupten, bevor ich in den Tod torkle?«

»Du bist wirklich miesepetrig, nicht?«

»Miesepetrig, miesepetrig, ich sitze, ich schaue, ich esse. Ich gebe zu, daß ich den Duft von Brot noch immer wunderbar finde. Noch immer haust eine hinterlistige Erkenntnis in mir, die mir vorhält, die Wirklichkeit sei eine begehrenswerte Sache. Im Erdgeschoß, in der Eingangshalle, steht an der Wand neben den Schwingtüren eine Holzbank. Wenn ich mich da nachmittags manchmal für ein Stündchen hinsetze, Schulter an Schulter mit meinen Haus- und Schicksalsgenossen, spüre ich eine träge Mattigkeit, die, nehme ich an, von genau dem gleichen Kaliber ist wie die der zahnlosen Alten auf einem schattigen kleinen Platz in Spanien.«

»Scheint mir auch so. Dieses blaue Sofa übrigens stand jahrelang in dem Zimmer am Ende der kleinen Treppe zum Zwischengeschoß.«

»So? Gut, wird schon stimmen.«

»Ja. Und an der Wand am Kopfende hing eine Lampe mit zwei Schirmen aus welligem orangerotem Mattglas, nicht wirklich dazu geeignet, um für Stunden in russischen und französischen Romanen zu versinken, wie wir es taten. Daneben waren dann die niedrigen Türen zum zweiten, dem kleineren Balkon auf der Rückseite unseres Hauses, auf dem wir im letzten Kriegswinter nachts manchmal den Gewehrschüssen in der Nähe lauschten. Du warst zwölf, ich vierzehn, schrecklich magere Dinger, die sich in einer dieser Nächte wie Katzen vom Balkongeländer in den Garten fallen ließen. Huckel, Löcher, ein paar Hecken, und dann war man in einer Seitengasse. Ich bin mir sicher, daß wir uns von dem Moment an, als wir uns wieder hochzogen, vielleicht eine Stunde später, tagelang mit ein und derselben Frage beschäftigt haben, über die wir uns übrigens nicht austauschten. Wirkliche Fragen stellt man keinem anderen. In einer schmalen Straße mit kerzengeraden hohen Fassaden hatten wir einen erschossenen Mann gefunden, er lag auf dem Rücken, wir beschlossen, weiterzugehen. Eine Stadt, deren Geschäfte und Anbauten halb demoliert sind, wirkt im Dunklen sehr viel sanfter als am Tag. In einem Hauseingang in der Eerste Sweelinckstraat stand ein schmusendes Paar. Der Mann, konnten wir sehen, wollte mehr als die Frau. Meine Güte, was für eine Verzweiflung sprach aus der Gewalt, mit der er das Mädchen an sich drückte, man hätte meinen können, es blieben ihm in seinem Leben nur wenige

Stunden, um das noch mal zu tun. Ist es das, ist es das, wovon die eigene Rettung abhängt? Wir schauten regungslos wie Frösche zu und gingen dann im erbärmlichen Licht der Sterne wieder zu unserem Bett zurück. Du wolltest deine halb erfrorenen Füße in meine Kniekehlen legen.«

»Und, durfte ich das?«

»Aber klar. Du durftest auch die Arme um mich legen. Ach, was für Klappergestelle wir damals waren. Ein Wunder, woher wir die Kalorien nahmen, um unser Feuer auf sechsunddreißig fünf zu halten.«

»Na schön, meinetwegen ist Leben also Wärme und das Bestreben, mit aller Kraft dafür zu sorgen, daß man seine Körpertemperatur hält. Nach Ansicht des Küchenchefs hier geht das am besten mit gekochten und gebratenen Kartoffeln und ordentlichen, mit Thymian gewürzten Koteletts, und darin wird er von einem Bewohnerausschuß unterstützt. Wir haben es seinerzeit auch mit Tulpenzwiebelsirup geschafft. Entschuldige, daß ich das erst jetzt zur Sprache bringe, aber ich schwör's dir, ich stelle mir diese Frage schon seit Ewigkeiten: Ist dir kalt?«

»Kann man wohl sagen, ja. Einfach schrecklich, aber irgendwann macht es einem nichts mehr aus.«

»Wirklich nicht?«

»Wirklich nicht. Ich treibe jetzt unter der Wasseroberfläche, was im Grunde viel bequemer ist als über dem Wasser, auf einem elenden Floß. Es ist verrückt: Solange man sich an ein Stück Holz klammert, klammert man sich auch an die Fragen über das Leben, so kalt und klein geworden die inzwischen auch sind. Laß los, meine Güte, dann bist du die letzten Fragen los und natürlich auch das Tosen um dich herum, das dir nach zwei vollen Tagen wirklich auf die Nerven gegangen ist und das in gewisser Weise immer noch tut.

Der Sturm steckt in meinem System, seine Stöße sind meine Erinnerungen. Meine ganze Person ist in dem Druckgefälle zwischen einem Tief über der Nordsee und einem westlich von Irland verwurzelt. Durch Erfahrung klug geworden, weiß ich: Zum Schluß bist du wirklich nicht mehr du selbst, sondern bestehst nur noch aus dem, was um dich herum ist. Es ist Ebbe. Der gewaltige Pegelstand der Oosterschelde verursacht wahnsinnige Unterströmungen in Richtung Nordsee. Es ist ziemlich ungewöhnlich, daß ich mich hier im Sog nördlich der Roggenplaat befinde, inzwischen sind schon vier, fünf der Fälle, die, wie ich, bei Ouwerkerk in die offene See geraten sind, in der Nähe von Colijnsplaat auf Noord-Beveland angespült worden.«

»Kannst du was sehen?«

»Ich bin müde und alt. Nein, laß das Kopfschütteln. Ich habe Falten am ganzen Körper, aufgesprungene Lippen, von Kälte und Nässe geplagte Knochen, ich nehme an, du kannst dir das vorstellen, kannst das begreifen. Im übrigen braucht man nach einem ungewöhnlich intensiven Leben für seine Wahrnehmungen die Augen wirklich nicht mehr. Ein Schiffshorn tutet. Sie haben einen meiner lieben Hausgenossen mit dem Gesicht nach unten treiben sehen und angeln ihn nun mit einem Bootshaken geschickt heraus. Ach, meine Liebe, ruh nur schön in Frieden, vielleicht weißt du ja, daß ich eigentlich nur auf Besuch gekommen war, aber, wie du gemerkt hast, geblieben bin. Was haben wir alles mitgemacht! Im violetten Dämmerlicht sehe ich die Gesichter jener vor mir, die mir am nächsten stehen, sie klappern wie Besessene mit den Zähnen, sehen mich aber ansonsten frohgemut an. Wenn es uns vergönnt gewesen wäre, einst auf einer Bank nebeneinander Platz zu nehmen, wir hätten es sicherlich getan.«

»Au! Jemine!«

»Was ist?«

»Stich in der Seite. In letzter Zeit habe ich ziemlich viel körperliche Beschwerden, wie sie die Schmerzen und die Erschöpfung hier nennen. Und nach dem Essen kriege ich manchmal urplötzlich Nasenbluten.«

»Daran stirbst du nicht.«

»Doch, oh, oh, wart mal. Doch, ich sterbe!«

»Ich höre, daß du dir das Lachen zu verbeißen versuchst.«

»Von wegen. Ich reibe mir gerade mit beiden Händen die Lendengegend, der Lebensgeist ist dabei zu entfleuchen, alt und dunkel, wie ein Wildschwein, ich weiß es genau. Nun ja, ich habe wirklich genug vom Atmen. Meine Blasebälge haben mehr als genug geleistet. Wie habe ich meine große Schwester in den letzten Jahren nicht um ihre mit Wasser gefüllten Lungen beneidet! Wie habe ich ihr Schicksal bewundert! Und selbst derweil weiterzumachen mit dem ganzen Zeremoniell, von Gott erschaffen, um zu leben, nicht, um zu überleben, diese Edelversion, die Zeit herumzukriegen, war dir vorbehalten. Welch idiotische Menge an Bewegungen habe ich in der Zwischenzeit nicht ausgeführt, was für ein spastischer Tanz, im nachhinein betrachtet, bestehend aus Gehen, Sitzen, Knien, Bücken, Recken, Dinge hinstellen, wieder hochnehmen, wieder hinstellen, wieder hochnehmen. Ich glaube, ich bin immer eher ein auf Aktivität ausgerichteter Mensch gewesen als, beispielsweise, ein guter, geschweige denn edelmütiger. Jetzt wäre ich am liebsten ganz leicht, leicht und frei wie die Ewigkeit. Selbst die Haare würde ich mir am liebsten nur noch kämmen, wenn mir wirklich danach ist. Ich hätte auch gern die Erlaubnis der Leitung, meine Stützstrumpfhose, den Rock und die Wolljacke für immer anzubehalten. Komm, laß uns ein Glas Portwein trinken. Es gibt gelegentlich noch Tage, an denen ich zwanghaft irgendwohin will, aber sobald der diensttuende Pfleger mir das ausgeredet hat, bin ich lammfromm.«

*

»Wie fandst du ihn im Bett?«

»Also, ich bitte dich!«

»Na?«

»Hör mal, ich habe heute nacht hundsmiserabel geschlafen, weil im Zimmer nebenan plötzlich für jemanden die kritische Stunde kam. Ein Gerenne und Gerumse auf der anderen Seite der Wand, als sei da eine Prügelei im Gange, ich weiß nicht, warum das Ende des Fests so verlaufen muß. Und jetzt, wo sie den Kämpen offenbar weggebracht haben und alles hier wieder normal ist, mußt du unbedingt einen Knaller loslassen. Es ist ein dunkler Tag, der Wettermann hat auf weiße Wölkchen mit Schnee- und Graupelschauern gezeigt, er hat erklärt, daß sie aus Island kommen. Was glaubst du wohl? Mein Gedächtnis ist zur Zeit störrisch, es wirft seine Lasten nur noch höchst widerwillig ab. Rückwärts ausschlagend sieht es mich mit schrägem Blick an. Laß mich damit lieber zufrieden. Ich werde noch immer rot, wenn jemand ihn erwähnt. Du weißt doch, nehme ich an, daß er mich verlassen hat?«

»Ja, wer zum Teufel hätte das gedacht.«

»Du nicht, das wird kein Mensch bestreiten, aber ich habe der Sache im Grunde meines Herzens keine Sekunde lang getraut. Er und Frau Blaauw Nummer drei sollen inzwischen auch wieder hier in der Stadt wohnen. Ein altes Ehepaar, das sich, so stelle ich mir vor, in eine komfortable Wohnung auf der anderen Amstelseite zurückgezogen hat.

In der Zeit, als wir noch zusammen waren, dein Mann und ich, konnte er bereits manchmal mit sichtlicher Freude auf die Abenddämmerung schauen, rot, mit ausfächernden Streifen über den Häusern. Ein Fabelmann, groß, mit blond behaarten muskulösen Armen. Ach mein Gott, ich war so glücklich mit ihm! Es kam häufiger vor, daß er etwas später nach Hause kam, als ich gedacht hatte. Das waren immer erwartungsvolle halbe oder ganze Stunden, zu deren krönendem Abschluß dann sein Auto auf der Suche nach einem Parkplatz langsam am Fenster vorbeifuhr, da ist er! Was? O ja, noch zwei, einen Sohn und eine Tochter. Es geht ihnen gut, aber sie können sich wenig um mich kümmern, weil sie beide im Ausland leben. Kinder sind das Schönste, das Allerwichtigste im Leben, darin unterscheidet sich ein aufgeklärter Mensch bestimmt nicht von einem in der Steinzeit steckengebliebenen Papua, der fest damit rechnet, daß seine Familie ihn mit Hilfe von allem möglichen Urwaldgestampfe und -gebrülle auch nach seinem Tod noch am so beneidenswerten *Sein* teilhaben lassen wird. Sie rufen regelmäßig an, ja. Wenn ich die Stimmen meiner Kinder höre, finde ich das wunderbar, und wenn das Gespräch zu Ende ist, ist es mir auch recht. Ich lausche noch kurz dem Summton an meinem Ohr oder gehe zum Fenster und schaue nach unten. Ich stelle fest, daß man vor Kummer wie vor nicht vorhandenem Kummer gleichermaßen schwermütig werden kann.«

»Wie geht's Nadja?«

»Wart mal, ich glaub ...«

»Was ist?«

»Oh, ich dachte, es klopft. Ich dachte, da kommt jemand, um staubzusaugen oder den Papierkorb zu leeren. Hier ist eine Menge zu tun. Jede Woche kommt ein junger Mann zum Fensterputzen. Er nimmt die Blumentöpfe vom Fensterbrett, violette Alpenveilchen, und stellt sie auf den Tisch, wo sie dann sofort zu duften beginnen. Komisch, daß sie normalerweise gar nicht dran denken. Es ist ein sehr netter junger Mann. Er putzt die Fenster und schrubbt für mich. Weil er weiß, daß ich keinerlei Veranlassung zu einem Gespräch sehe, schlug er neulich vor, einfach das Radio einzuschalten. Er hatte den Apparat noch nicht berührt, da füllte eine kräftige Männerstimme bereits mein Zimmer mit der Erklärung, auch sein Vater und Großvater seien bereits Streikführer gewesen und am kommenden Dienstag läge der Hafen lahm. Ja, dachte ich, ja, natürlich, Leben ist Handeln, und ich sah den Jungen an, der mit einer absurd, ja rührend intelligenten Miene nach dem Eimer griff, um im Bad Wasser zu holen. Ich selbst setzte ein neutrales Gesicht auf. Mein Blick ist nach innen gerichtet. Auf der leeren Bühne erscheint bei miesester Beleuchtung dann und wann eine erschrockene Gestalt. Ich betrachte sie befremdet. Nadja ...«

»Ja?«

»Äh, also, das ist im Grunde immer ein unerklärlicher Fall geblieben. Unerklärlich, was aber, Leuten zufolge, die es wissen müssen, nicht heißen will, daß es nicht öfter vorkommt. Das Ziel des Lebens, um das immer so ein Trara gemacht wird, scheint gegenüber dem eigentlichen Antrieb völlig irrelevant zu sein, der das Ganze am Laufen hält, ein erschreckender Egoist, außerordentlich willensstark, der einem allerdings in seltenen Fällen offenbar doch den Kram vor die Füße schmeißen kann. Nadja hat noch um ein Glas Wasser gebeten, und jemand, eine einsame Dame, die mit einem Buch auf einer Bank saß, so wurde mir berichtet, ist in ein Lokal gegangen und hat es ihr gebracht. Sie hatte kein Herzleiden, jedenfalls kein pathologisches, das hat sich bei der Autopsie herausgestellt. Merkwürdig, ja. Der Arzt vor Ort konnte mangels Krankengeschichte keinen natürlichen Tod bescheinigen. Nadja war mit ihrem Auto ins Zentrum des Dorfs gefahren. Nein, schon lange nicht mehr, obwohl sie vor allem, als Mutter noch lebte, ziemlich oft nach Amsterdam kam. Neben ihr auf dem Vordersitz lag eine Zeitung, zur Hälfte gelesen, zusammengefaltet. Als die Schranken heruntergingen und sie anhalten mußte, kann sie einen Blick darauf geworfen haben, aber es will mir nicht in den Kopf, daß ein Veranstaltungskalender für Musik, Kunst und Film Anlaß zum plötzlichen Herztod, *mors subito*, sein kann, egal wie sensibel die betreffende Person auch war. Kurz und gut, die Schranken gingen wieder hoch, und der Verkehr zockelte weiter. Auf einmal frage ich mich, welchen Roman sie gelesen haben mag, diese Dame, als Nadja schwankend ausstieg und alle hinter ihr zu hupen begannen, weil sie mit ihren Autos noch auf den Schienen standen. Diese Bahnlinie verläuft mitten durchs Dorf, es ist eine stark befahrene Strecke, jeden Moment konnte das Signal wieder ertönen. Und sie, die Dame, las unbeirrt unter ihrem Baum, völlig entrückt, herrlich. Man braucht nicht zu handeln und erlebt doch alles mögliche mit, man braucht nichts zu sagen und unterhält sich doch mit verblüffend intelligenten, einem selbst völlig ebenbürtigen Partnern, und sollte man noch nicht gewußt haben, wie man lieben und flirten muß, dann weiß man es jetzt. Ach, gute, alte Lidy, der meergrüne Wandschirm zwischen uns ist mittlerweile völlig fadenscheinig geworden. Die eine bei der anderen auf dem Gepäckträger, sausen wir auf dem Fahrrad im wäßrigen Dämmerlicht die Gracht entlang. Es ist windstill, überall hängen die Fahnen schlaff am Mast. Spielt es noch eine Rolle, wer welches Buch gelesen hat? Wer der anderen welchen Pullover lieh, wer von wem ein Kind und einen Mann erbte? Bei plötzlichen Todesfällen vermutet man, daß eine emotionale Beschädigung, die von der Umgebung nicht einzuschätzen ist, die Herzmuskelkontraktion einfach lahmgelegt hat.«

»Liebe Güte, Manja, gibt's das?«

»Anscheinend ja. Innere Faktoren bringen es manchmal fertig, den Seelenorganismus klammheimlich vollkommen auszuhöhlen, und dann ... tritt man plötzlich ab. Weißt du, wieviel das Herz einer erwachsenen Frau wiegt?«

»Na?«

»Das machen sie nämlich bei der Autopsie, sie wiegen das Herz.«

»Du lieber Himmel! Die Waage, die Waagschale, *die Seelenwaage*!«

»Es wog dreihundert Gramm, was normal ist. Du weißt ja bestimmt, daß Nadja, die verwitwet war, eine neue Liebe erlebte, über die sie mit keinem Menschen reden wollte – oder durfte. Also brauche ich dir auch nicht zu sagen, was es damit auf sich hatte, natürlich: eine heimliche Geschichte, ehebrecherisch, hoffnungslos. Es kam die Zeit, in der sie bleich, aber wirklich nicht hör- oder sichtbar leidend aussah. Gott bewahre uns, mag sie gedacht haben, vor demjenigen, der sich selbst dermaßen bemitleidet, daß die ganze Welt das unbedingt wissen muß. Auffallend war allerdings, daß sie in dieser Zeit fast täglich in die Pflegeabteilung von Haus Tabitha ging, ja, genau, wo ich mich jetzt auch befinde, um ihre Oma, unser dementes, jämmerlich geschrumpftes Mütterchen zu besuchen, das fast dreiundneunzig geworden ist. Wem eine Schweigepflicht auferlegt worden ist, der kann noch immer ein unverständliches

Orakel benutzen, um Zwiesprache zu halten. Als ich sie einmal mit der mitfühlenden Miene einer Insiderin fragte, wie es Oma gehe, berichtete sie: ›Oh, gut, wir haben eine Schubertsonate gehört.‹ Es wird ungefähr zwei Monate nach dem Hinscheiden unseres Mütterchens, früher: unsere Mutter, gewesen sein, als auch Nadja auf die andere Seite ging und die Zugbrücke hinter sich hochzog.«

»Sie war so süß.«

»O Gott, ja.«

»So selbstverloren. Einmal ging ich mit ihr in ein Kinderbekleidungsgeschäft, wo sie einen teddygefütterten Wintermantel anprobieren sollte. Sie konnte schon stehen. Von der Kommode, auf die die Verkäuferin sie gestellt hatte, sah sie mich an, eingezwängt in den dicken, steifen Mantel, der ihre Arme wie Pinguinflügel abstehen ließ, mit einem leeren Blick, dessen Gewicht alle Stupidität in meinem Kopf zum Verstummen brachte. In dem Winter bekam sie Pseudokrupp, und Sjoerd und ich dachten, sie stirbt, weil sie keine Luft mehr kriegte.«

»Ich glaube, du irrst dich. Das war nicht in dem Winter, sondern einen oder zwei Winter später. Aber wirklich, es stimmt, wir erschraken uns zu Tode. Wenn man in dieser Zeit in Amsterdam nachts voller Panik einen Arzt anrief, na, dann kam er auch, das waren Männer …«

»Das sowieso.«

»… die nicht nur das Telefon neben ihrem Bett in Reichweite hatten, sondern auch ihre Socken und Schuhe. ›Natürlich stirbt sie nicht.‹ Er nahm die Kleine, mein Lieblingskind für immer, auf den Arm, ging mit ihr ins Badezimmer und befahl uns, den Warmwasserhahn aufzudrehen. Und ich sag dir, in dem Dampf ging die Schwellung in ihrer Kehle sofort zurück, der Luftweg war wieder frei, und schwuppdiwupp, sie atmete wieder. Beeindruckt lagen Sjoerd und ich danach im Dunklen nebeneinander, wie schmal ist der Grat zwischen der Ratlosigkeit und einem herrlich warmen Bett. Ich streckte die Hand aus. Der Mann meiner Schwester, spürte ich, kann noch nicht schlafen, vielleicht denkt er ja an den Herrgott und bewundert das Kompositionstalent, mit dem dieser Leben und Tod nicht hintereinander, sondern dicht nebeneinander gesetzt hat. Morgens, beim Aufwachen, lag er ganz auf der anderen Bettseite.«

»Wir schliefen immer eng umarmt.«

»Oh, wir meistens auch.«

»Oh, oh, oh, was waren wir verliebt! Liebe auf den ersten Blick, Doppelpunkt, diese, Ausrufezeichen. Für etwas anderes hätte keine Macht der Welt mich entflammen können. Oh, dieses abgöttische, grandiose Ja! Diese Verbeugung vor, na ja, doch eigentlich nichts anderem als der Natur?«

»Ja, deren Trumpf dann in einem, ganz speziellen Moment die unteilbare erste Person Plural ist. Er war auch so ein geiler Mann, nicht wahr? Hatte immer Lust, sogar wenn die Umstände, in körperlicher Hinsicht, nicht unbedingt ideal waren. Weit fortgeschrittene Schwangerschaft, ein Kater, einmal hatten wir beide, wohlgemerkt, eine ordentliche Grippe …«

»Also, mit Grippe habe ich persönlich auch sehr gute Erfahrungen gemacht, es gibt kein besseres Aphrodisiakum als ein oder zwei Grad Fieber, feuchte Laken und ein glühendheißes Kissen. ›Ich habe Thymiansirup und eine Flasche Champagner gekauft‹, sagte er einmal, als ich schon eine Weile im Bett auf einen fürsorglichen Ehemann wartete, und er kroch mit schmerzenden Gelenken, geschwollenen Schleimhäuten und einer wunden Kehle leise fröstelnd zu mir unter die Decke.«

»Die Sonne schien durch die Schlafzimmerfenster, deren oberer Teil aus Bleiglas bestand, und färbte alles um uns herum zinnoberrot. Lose hängender schwarzer Efeu bewegte sich im Wind vor den Fensterscheiben.«

»Aber das Verrückteste, woran ich mich erinnere, war, als er einen Verkehrsunfall gehabt hatte. Vorfahrt nicht beachtet beim Linksabbiegen von der Amstel zur Berlage-Brücke. ›Komm, leg dich bitte schnell zu mir, mir ist noch ganz kalt vor lauter Schreck.‹ Er schlug die Decke zurück, und ich konnte gar nicht verstehen, wie er es ganz allein die drei Treppen hinauf geschafft hatte, und auch nicht, wie sie es in der Ambulanz von Onze Lieve Vrouwe Gasthuis fertiggebracht hatten, ihn gehen zu lassen. Ich zog mich aus und legte mich vorsichtig an seine violettblaue Hüfte, um sein Knie war ein schneeweißer, unerhört beeindruckender Verband. Man fühlt sich dann instinktiv schuldig. Und warum war ich nicht zu Hause gewesen, als er so jämmerlich und verletzt von einem Taxi abgeliefert wurde und an seiner eigenen Haustür klingelte? Schon bald verschwand nicht nur meine Hand, sondern auch mein Kopf unter der Decke: Ich wollte etwas tun, irgendwas. So ist es doch, oder? Etwas tun, blind, egal was, was bedeutet das zunächst einmal anderes als die Rebellion eines Menschen gegen seine himmelschreiende Ohnmacht? Ich küßte seine abgeschürften und geschwollenen Stellen und streckte die Hand aus …«

»Wie jede Frau es automatisch tut.«

»… nach dieser ganz bestimmten lebendigen Schwellung in der Mitte, um mal zu peilen, wie es trotz alledem um den Glauben meines Mannes an die Welt stand. Nun gut, das Ruder meines Mannes entschlossen umfassend, wurde ich, bereits auf dem Weg zur Schleuse, zu einem bestimmten Zeitpunkt doch etwas unruhig. Sollte ich nicht mal schauen, was das Stöhnen des Patienten nun genau bedeutete? Ich rutschte hoch, in seinem Blick blitzte es auf. ›Ich weiß, du magst du-unten-und-ich-oben am liebsten‹, sagten seine Augen. Meine antworteten: ›So ist es.‹ Er: ›Aber dir ist doch klar, daß das im Moment nicht geht.‹ Was, Armanda? Ach so. Was dann? Daß seine halb zugekniffenen Augen in Wirklichkeit funkten, und zwar aus dem Grunde seines Herzens: ›Du bist die einzige begehrenswerte Frau der Welt, und von dieser Meinung werde ich für den Rest meines Lebens nicht abrücken, selbst wenn man mich auf die Folterbank legt‹? Auch gut. Kurz und gut, ich machte also die wohlbekannte Brücke über ihm. In den Bann eines geheimnisvollen, äußerst zerknirschten Vergnügens geraten, begann ich, ihn mit meinen inneren Muskeln raffiniert zu beglücken. Oh Gott, war das Liebe! Wenn ich die Augen schloß, sah ich nur Lichtblitze, und wenn ich sie wieder öffnete, sah ich, wie er dalag und an sich hielt, und daß es keinen Unterschied gab zwischen seinen Qualen, seinem Genuß und meiner Wonne. Ich erschrak einfach über meine Gefühle für ihn. Sjoerd war ein Mann, den man im allgemeinen sehr leicht zufriedenstellen konnte.«

»Brauchst du mir nicht zu sagen! Wenn man zum Beispiel ein supertoll komponiertes Gericht aus Kabeljau, Kartoffelscheiben, Reis, Dill und Senf auf den Tisch stellte, dann konnte er einen mit einer überraschten Miene ›Wie hast du erraten, worauf ich gerade heute den ganzen Tag Appetit hatte?‹ ansehen!«

»Aber diesmal, ich weiß nicht, verlangte er wirklich eine besondere Anstrengung von mir, und du kannst mir glauben, den Gefallen hab ich ihm getan. Bewegungen können sich in Sekunden, Minuten zu etwas auftürmen, wovon man so sicher wie vom Tod weiß, daß es kommt. Die Frage, in der man derweil nach bestem Vermögen Sieger bleiben will, ist im Grunde simpel: wann? Als mein und dein Mann soweit war, an jenem Tag, war ich nur froh, daß sich unser Schlafzimmer im obersten Stockwerk des Hauses befand, im schallsicheren Dachgeschoß, dessen Dach das der Nachbarn nicht berührt, weil die Seitenwalme leicht konisch zulaufen.«

*

»Wie alt bist du jetzt?«

»Ich? Gar nicht mal so steinalt, glaube ich. Frag mich bloß nicht, wieviel Jahre genau. Du weißt ja wohl, daß der Verfall bei manchen schon ziemlich früh beginnt. Vor Jahren ging ich mal auf der Straße und blickte auf meine Füße. Ich sah, daß sie eindeutig, Stiefelette vor Stiefelette, über einen Bürgersteig aus quadratischen Steinplatten gingen, und trotzdem hatte ich nicht das leiseste Empfinden, voranzukommen. Jetzt ist es soweit, dachte ich, ich spüre überhaupt kein Tempo mehr, der Zähler sagt Null, die Welt bewegt sich genauso schnell rückwärts, wie ich vorwärtskommen will. An dem Abend rief ich meine Kinder an und bat sie, mir Bescheid zu sagen, wenn sie merkten, daß ich im Begriff sei, senil zu werden. Sie versprachen es, weil sie implizit wußten, ich würde dann meine Maßnahmen treffen.«

»Sie haben's nicht getan.«

»Natürlich nicht. Bescheid sagen geht nur, wenn es noch keinen richtigen Grund dazu gibt. Es wäre dann auch so herzlos, nicht wahr, so gehässig. Ein bißchen verwirrt dreinschauen, ein paar Namen vergessen, wem passiert das nicht. Aber lacht man erst mal allein vor sich hin und weigert sich, zu erklären, warum, täuscht man Schwerhörigkeit vor, schließt sich ein, dreht das Gas nicht mehr aus und findet, in Schlafanzug und Morgenmantel durch die Stadt radelnd, definitiv den Weg nach Hause nicht mehr, dann sagen deine Kinder bestimmt nicht mehr: ›Mama, wir finden, es ist jetzt soweit.‹«

»Ach, ist ja auch egal.«

»Finde ich auch. Sanft in einem warmen Gebäude eingesperrt, blicke ich, da es keine Vorwärtsbewegung mehr gibt, zurück. Ich bin Armanda, die Schwester einer Frau, die, noch sehr jung, eines Morgens in bester Stimmung zu Hause losfuhr, um leider nie mehr zurückzukehren. Seitdem steckt sie in mir. Glaubst du mir, daß ich schon bald meine Katjes-Lakritze aufgab und Sahnefondants bevorzugte? Gut, mit achtundzwanzig beziehungsweise dreißig Jahren bereicherte ich die Familie meiner Schwester, die bis dahin aus Mann, Frau und kleiner Tochter bestanden hatte, um eine weitere Tochter und einen Sohn. Als die Ehe scheiterte, gehorchte die Welt zu meinem Erstaunen weiterhin einer eingefleischten Gewohnheit. Handlung, Ort der Handlung, Dialoge und Figuren blieben schlichtweg die Domäne meiner Schwester. Ich nenne, um dir mal ein Beispiel zu geben, Lidy, meine nach der Scheidung auftretenden Gelegenheitsliebhaber. Wären sie, was meine verehrte Schwester betraf, und unter Berücksichtigung des Umstands, daß diese gewußt hätte, wieviel lockerer das Leben in den Niederlanden geworden war, akzeptiert worden? Die wahre Natur der Schwester meiner Schwester blieb, kurz und gut: sie. Ich behaupte, daß der einzige, der mich wirklich gekannt hat, Sjoerd war, und daß du, Lidy, das vollste Recht hast, dich persönlich durch die Tatsache gekränkt zu fühlen, daß er unter unsere Ménageà-trois einen Schlußstrich gezogen hat. Tut mir leid, aber ich habe deinen Gatten offenbar nicht gut verwaltet.«

»Ach, meine Liebe, wir sind beide nur Menschen. Ich werfe dir nichts vor. Wieso gähnst du eigentlich immer?«

»Weil ich den Tag vorzugsweise wie eine schlaflose Nacht verbringe. Die durchwachten Stunden eines dem Wesen nach sehr schläfrigen Menschen sind traumlos, glanzlos wie die Rückseite des Mondes. Trotzdem schafft meine mythische Schwester es noch gelegentlich, in Gestalt von beispielsweise drei toten Kühen vorbeizutreiben. Hallo Lidy. Wie bist du gleich noch mal in dieses klatschnasse Chaos geraten? Ich weiß, es gibt Gemeinheiten, die sich nie wiedergutmachen lassen.«

»Ich wollte wahnsinnig gern mal wieder autofahren, das verlernt man so schnell, nicht.«

»Du lügst wie gedruckt.«

»Nei-hein.«

»Do-hoch. Oh, mir brauchst du nichts über das Gedächtnis zu erzählen. Gerade wenn man es verloren hat, erkennt man das Erstaunliche an ihm. Das Gedächtnis eines Menschen, der sich irgendwann mal einen völlig danebengegangenen Scherz erlaubt hat, funktioniert völlig anders als das eines Glückspilzes, der es geschafft hat, gut und brav zu bleiben. Ich weiß deinen edelmütigen Gedanken zu schätzen. Es ist eine Darstellung, auf die ich vor langer Zeit ebenfalls verfallen bin. Oh, was hattest du Lust auf den Wochenendausflug, der eigentlich auf meinen Namen lief, aber nicht in Wirklichkeit! Das allerwichtigste Werkzeug des Gedächtnisses ist das Vergessen. Behalte ein Telefongespräch, behalte notfalls einen Teil des Dialogs, aber vergiß der Einfachheit halber, wer was vorschlug und wer, leise flehend, sagte: ›Oh, bitte!‹ Das Pikante am Vergessen ist, daß es neun von zehn Malen kein Vergessen ist, sondern lediglich ein Schnitt, dazu bestimmt, etwas einzufügen. Wer in Gottes Namen will die verlorene Zeit schon unverschnitten zurück? Ich bin alt. Meine Augen sind schlecht, meine Ohren auch, äußerst unbeholfen stehe ich in der Zeit. Kommt mir doch ein vergessenes Motiv im allerletzten Moment wieder in die Geschichte! Es ging um einen Kuß, Lidy, nichts mehr, aber auf den Tod auch nichts weniger. Ein heißer, offener Kuß, eine Empfindung von Feuer, von dessen Existenz ich trotz meiner neunzehn Jahre keine Ahnung hatte, ist durch die dicke Schicht der Jahre, in der er begraben war, vor meinen Augen wieder aus der Versenkung aufgetaucht. Sein Schauplatz war die Mauer unterhalb der Feuertreppe des *Nausicaä*, eines traurigen, baufälligen Studentenwohnheims in der Zwarte Handsteeg, wo eine Fete im Gange war. Sein Zeitpunkt: Nacht. Ausführende waren Sjoerd, in einer außerordentlich entschlossenen Rolle, er muß den Kuß schon voll ausgearbeitet bei sich getragen haben, und deine Schwester Armanda, die in dem Moment, als ihr Gegenspieler ihr unters Kleid gehen wollte, ziemlich aus dem Konzept geriet, weil ein grimmiger Kerl auf diesem so *film noir*-artigen Innenhof voller Schutt auftauchte, der seinen Hund Gassi führte. Diesen Kuß wollte ich wiederhaben, Lidy, immerfort, in meinem Herzen …«

»Na, das macht doch nichts.«

»Schwach. Deine Stimme klingt schwach, weil du weißt, sehr wohl weißt, wie ich am Montag abend durch mein Zimmer lief und mich mit dem Wunsch abquälte, mit diesem Scheißkuß ins Reine zu kommen. Schritt, noch ein Schritt, noch ein Schritt, eine ganze Weile. So lange bis das magische Zentrum meiner Wanderung, mein Wille als Frau, erreicht war, und ich fühle mich geneigt, dem hinzuzufügen, das Zentrum derer, die ich meiner Ansicht nach im Grunde meines Herzens bin. Ich ging zum Telefon auf dem oberen Flur. Das war ich. Nimm's mir nicht übel, daß ich so ausführlich darauf eingehe, aber wirklich, die Anruferin war ich, und ich bin mir dessen mein Leben lang, in Momenten, die einen wie ein kurzer Stromstoß berühren und, ehe man sich's versieht, wieder verschwunden sind, auch schrecklich bewußt geblieben. Mein überredendes Lächeln konntest du da vielleicht nicht sehen, aber zweifellos hören. Auch mein Geschwatze und Gewisper konntest du verstehen, am Montag gab es noch nicht den leisesten Hauch eines Nordwestwinds, um was auch immer zu übertönen. Ganz schön frühreifes Hausmütterchen, hörst du. Gott, du hast dich nach Kräften gesträubt. ›He, was? Wieso eigentlich? Ich glaub nicht, daß ich Lust dazu habe.‹ Es kostete mich wirklich einige Mühe, die junge Frau Blaauw dazu zu überreden, dem Alltagstrott doch mal zu entfliehen. So ist es gelaufen, es gibt keine Bußübung, die die grundsätzliche Arglistigkeit der Fakten auch nur im Ansatz entkräften kann, leider. Der niederträchtige Plan kreuzte meinen Weg, ich nahm ihn auf die Fußspitze, kannst ruhig böse sein. Mittlerweile stehe ich in der obersten Etage von Haus Tabitha und schaue wie ein Gespenst nach draußen. Vor dem Haus auf der gegenüberliegenden Seite steht eine alte, kahle Ulme, auf ihren Ästen ein Papageienschwarm, ungefähr zehn, sie kakeln drauflos. Merkwürdig. Ich denke, ich leg mich jetzt aufs Bett, um ein bißchen zu dösen.«

»... nei-hein ...«

*

»Bist du noch da?«

»Jaaaa!«

»Wie leicht und interessiert deine Stimme klingt, Lidy, als wolltest du wirklich sehen, wie es mir hier ergeht.«

»Na ja, kommt sicher, weil ich träumte, daß du und ich am Sonntag morgen zum Wasserturm gingen. Auf der anderen Seite der Brücke lagen damals noch botanische Versuchsgärten, hinter einer Mauer verborgen. Frühe Sonne färbte den Himmel darüber perlmuttrosa wie das Innere eines Seeohrs.«

»Das ist gar kein Traum, das ist wirklich passiert. Wir waren noch kleine Kinder. Aber, *kann* man denn träumen, während man ertrinkt?«

»Und ob. Eigentlich tut man nichts anderes. In dem Traum, den du also Leben nennst, gingen wir durch das Gras an den Hausbooten vorbei, schauten auf die Mauer am anderen Ufer und verspürten eine angenehme, gewichtige Art von Heimweh. Heimweh erwacht meist im Freien, besonders gut tut dann immer eine Mauer. Wir kamen auf die Ewigkeit zu sprechen, die Unendlichkeit und dann automatisch natürlich auf das Gottesproblem, du hast einfach nicht kapiert, warum gerade unheimlich vernünftige Menschen darum so ein Trara machten. Du bliebst stehen, um einen deiner durchnäßten weißen Kniestrümpfe hochzuziehen – das Gras war naß, es hatte geregnet –, und überlegtest derweil murmelnd, warum es kein Sein geben sollte, das alles Werden überspannt und lenkt. Dein rotes Lacktäschchen rutschte dir von der Schulter, ›Ich kapier nicht, was daran so problematisch sein soll‹, sagtest du und hingst dir das Täschchen, in dem überhaupt nichts drin war, wieder um. ›Ich auch nicht‹, sagte ich. Du schwiegst. Ich sah, wie sich Nase und Mund bei dir spannten. ›Warum darf ich *Netteke muß zur Kur* nicht lesen?‹ fragtest du schließlich und sahst mich an. ›Du weißt genau, daß das nicht geht‹, antwortete ich und nannte den Namen einer Freundin, der ich hinterherlief, keine richtige Freundin, sondern ein Mädchen, das mir nur während der Schulstunden ihre immer etwas schikanöse Gunst gewährte. Sie hatte mir das Buch unter schrecklich strengen Bedingungen geliehen.

›Schau‹, sagte ich und zeigte, um dich abzulenken, auf das Achterdeck der *Generaal Praag*, gleich neben uns, wo sich ein schwarzer Zwerghahn anschickte, von der Reling zwischen ein paar gesprenkelte Hennen zu springen, die das bereits erstarrt, in einer Art Urschreck, am Ufer erwarteten. Die Morgensonne leuchtete das kleine, mit einem feuerroten Kamm gekrönte Männchen besonders scharf aus, sein zotteliges Gefieder blähte sich wie der Umhang eines Schauspielers. ›Er wartet auf einen Beckenschlag aus dem Orchester‹, sagte ich versöhnlich.

Du schautest mich unerschütterlich an. Du sagtest, wir hätten abgemacht, immer alles zu teilen. Als Antwort fing ich von den beiden weißen Mäusen an, was wirklich das Dümmste war, was ich tun konnte. Sie gehörten dir, ausschließlich dir, insofern war mein *reminder* tatsächlich relevant. Du hattest sie in ein leeres Aquarium gesteckt, eine Schicht Sägespäne ausgestreut und als Deckel unseren Weltatlas daraufgelegt. Und ja, obwohl du eigentlich am liebsten gewollt hättest, daß ich deine Kuscheltiere nicht mal durch das Glas betrachtete, hob ich einmal in deiner Abwesenheit den Weltatlas für einen Blick von oben hoch. Toll, noch keine Sekunde später erlitten sie beide schlagartig einen Genickbruch, als sie, gewitzt hochkletternd, von dem schweren Buch getroffen wurden, das die Schwester ihres Frauchens erschrocken zurückfallen ließ.

›Was ist?‹ fragte ich, denn ich verstand deinen Gesichtsausdruck nicht richtig. Irgendwie schien es, als lauschtest du dem Treiben neben der *Generaal Praag*, der Hahn war gelandet, irgendwie hätte ich es wissen müssen. Gut, du hattest meinen Irrtum bemerkt, natürlich hattest du das.

›Doofe Viecher‹, sagtest du.

Ich nickte und deutete mit den Augen zum Hühnersex im Gras, aber du schütteltest den Kopf. Ein wenig verärgert, schien mir, über meine Einfältigkeit begannst du, deinem Abscheu vor weißen Mäusen Ausdruck zu verleihen, diese Schnäuzchen, Zähnchen, Äuglein, alles doofer als doof, und als Gipfel der Doofheit dann natürlich die Aktion, so ein Pärchen in einem Aquarium zu halten.

›Quelle idée!‹ sagtest du, Mutters Tonfall, und kreuztest die Füße auf eine Weise, die entweder bedeutete, daß du dringend mal mußtest, oder daß du mit irgendwas ins Reine gekommen warst und jetzt gern mal ein wenig vor dich hinträumen würdest. Oh, du warst so ein goldiges, edelmütiges Kind! Du trugst einen karierten Faltenrock an jenem Morgen, eine blitzweiße Bluse und eine gestreifte Strickjacke, die vorher mir gehört hatte. Kinder wie du theoretisieren oft gern und mit größter Unbeschwertheit drauflos. ›Die Menschen sind so phantasielos‹, stießest du klagend hervor. ›Daß es eine Primärfarbe gibt, die wir nicht kennen, geht ja noch, aber daß wir sie uns nicht vorstellen können, ist schon sehr dürftig und betrüblich.‹ Im übrigen weiß ich nicht mehr genau, wer in unseren träumerischen, stockenden Dialogen welchen Part übernahm.

›Die Ewigkeit ist‹, sagtest du oder sagte ich, ›daß man das Leben jedes Menschen, der je gelebt hat und je leben wird, auch leben muß, vom Anfang bis zum Ende.‹

›Mmmm, ja, und so interessant, nicht? Bis ins Detail?‹

›Bis ins Detail, ohne die geringste Abweichung von den Fakten.‹

Es war Winter, diesmal. Wir schlitterten auf Schuhen mit Ledersohlen über Eisbahnen. Wir leckten am Metallgeländer der Mageren Brücke. Die Amstel war zugefroren.«

»Nein, es war Sommer. Wir lagen im Badeanzug am Strand des Langevelder Slag.«

»Wir kreuzten auf Schlittschuhen mit Doppelkufen zwischen den Möwen hindurch, die, zufällig sehr zahlreich in dem Jahr, von der Eisfläche des IJ in die Stadt geflogen waren.«

»Wir schauten, in einer Zufriedenheit, die ich mir zumindest bis zu diesem Moment bewahrt habe – Raum, totenstiller Himmel, Körperwärme plus viel wärmere Sandwärme –, zu einem verschwommenen grauen Schiff, das schauerlich präzise am äußersten Rand der Meeresfläche stand.«

»Radler fuhren auch über den Fluß.«

»Wir dachten an die abgrundtiefe Fallgrube direkt hinter diesem Schiff. Weil eine Tante von unserem Dienstmädchen in der Woche zuvor Selbstmord begangen hatte, sich aufgehängt hatte, was man uns erst jetzt erzählt hatte, waren wir in besinnlicher Stimmung.«

»Wir hatten gehört, daß von Sibirien her eine so schrecklich kalte Kaltfront unterwegs war, daß die Nordsee höchstwahrscheinlich in einem Tag oder so zugefroren sein würde. Die Frage, die uns interessierte, war, ob wir, zusammen mit Kanada und Nova Semlja in den arktischen Kreis aufgenommen, demnächst auch das Nordlicht sehen würden … Ja, doch, es war Winter.«

»Ach, von mir aus.«

*

»Warum liegst du im Bett?«

»Ich liege im Bett, weil ich sterbe.«

»Armanda, du kannst immer so pathetisch sein.«

»Nein, nein. Es stimmt wirklich. Die Kinder sind schon zweimal hier gewesen, um Abschied zu nehmen. Sie haben mein Kopfkissen aufgeschüttelt, mir ein Glas Wasser gegeben, meine Hand gehalten. Ach, ihr Lieben, habe ich gesagt, was mache ich euch doch für Scherereien und Kummer, tut mir einen Gefallen und geht in die Stadt essen, ich bleib schon noch eine Weile wach.«

»Ha, das erinnert mich daran, daß ich dir, du mußtest früher zu Hause eine halbe Stunde vor mir ins Bett, nie erlaubte einzuschlafen, bevor auch ich ins Bett gekrochen war. Um das zu kontrollieren, rannte ich während dieser halben Stunde manchmal nach oben, beugte mich im Dunklen über dich, roch deinen Schlafatem und zischte dir vorwurfsvoll ins Ohr: ›Du schläfst ja!‹ Außerordentlich gut trainiert, auf mich trainiert, verstandst du es, aus tiefem Schlaf heraus so überzeugend ›Tu ich nicht!‹ hervorzustoßen, daß ich mich, obwohl ich genau wußte, daß du logst, trotzdem damit zufriedengeben mußte.«

»Gott ja, ich erinnere mich.«

»Jetzt sind die jungen Leute also in der Stadt. Nutz es aus, würde ich sagen, ergreife die Gelegenheit, dich davonzumachen. Du bist allein.«

»Ja, sofern jemand, in dem sich per definitionem ein anderer eingenistet hat, allein sein kann.«

»Was? Ich hab nicht richtig verstanden. Ein anderer?«

»Jemand, der mein Leben lang zusammen mit mir geschaut und zugehört hat. In gewisser Weise ein großer Vorteil. So ist meine in mir versteckt lebende Schwester zwar älter als ich, aber trotzdem weit weniger vergeßlich. Schöne Augenblicke, die ich erlebt habe, glänzen sogar, wenn sie verblaßt sind, durch sie noch etwas weiter. Bist du gekommen, um Abschied zu nehmen, frage ich sie jetzt, oder um mich zu holen? Der bekannte Bis-daß-der-Tod-uns-scheidet-Blick kreuzt den meinen, wenngleich jetzt doch frösteliger als einst. Die Gesichtsfarbe ist blau, die kriegt man, wenn der Sauerstoffgehalt des Blutes unter den kritischen Punkt gesunken und der Tod sehr nahe ist. Über dieses Detail weiß ich zufällig Bescheid. Trotzdem, merkwürdig, solange *ich* lebe, halte ich automatisch auch sie, die im Sterben liegende Andere, am Leben.«

»Sympathischer, klassischer Gedanke. Sag mal, liegst du bequem?«

»Sehr bequem. Jetzt, wo ich nur noch Haut und Knochen bin, hat man mir ein Schaffell auf meine Matratze gelegt. Im Zimmer ist es behaglich warm. Schon sehr müde, schaue ich durch den Augenspalt. Weil ich fast keine Wimpern mehr habe, werden mir in meinem halb halluzinogenen Zustand die Spinnen und Käfer erspart. Ich denke an das, was mir in den Sinn kommt: ein Gespräch vor vielen Jahren über deine letzten Augenblicke. Wie die ausgesehen haben können. Das Niederländische Gerichtsmedizinische Institut befand sich damals noch in Rijswijk. Keine Ahnung, wie das kommt, aber ich fühle mich durch meinen Ernst und meine Trauer von damals jetzt noch mehr getröstet als seinerzeit. So ein Pathologe weiß viel. Eine große Ruhe ging von ihm aus, während er mir gelassen den Prozeß deines Ertrinkens erklärte. Er hatte graue Augen mit solchen dicken, träge zwinkernden Lidern, du weißt schon. Auf dem Schreibtisch zwischen uns das Foto mit deinem Gesicht, dein absurdes Lachen. Merkwürdigerweise mußte er mir auf eine meiner ersten

Fragen, nämlich ob du, unter Wasser und bereits höllisch unterkühlt, eigentlich immer noch gezittert und mit den Zähnen geklappert hast, wie ein Körper das von Natur aus tut, um noch ein wenig Wärme zu erzeugen, die Antwort schuldig bleiben. Ich weiß, das war eine unsinnige Frage, ohne jeden Nutzen, aber er wußte es nicht.«

»Oh, ich zittere, obwohl ich bewußtlos bin, immer noch wie verrückt.«

»Der Arzt, der sah, daß ich meine Tränen zu unterdrücken versuchte, versicherte mir, daß du nur ein paar Minuten gelitten haben kannst. Das spezifische Gewicht des menschlichen Körpers ist zwar höher als das von Wasser, aber nicht viel, ein bißchen Bewegung, und ein Mensch schwimmt weiter. Ein kleiner Luftvorrat in den Lungen kann dann natürlich nicht schaden, Schreien und Rufen ist nicht vernünftig, ich nehme an, das hast du allein schon vor Erschöpfung gelassen. Ein großer Nachteil war wahrscheinlich, daß zwischen dir und deiner klatschnassen Kleidung keine Luft mehr war, ich gehe davon aus, daß du sofort gesunken bist.«

»Stimmt.«

»Wie aussichtslos Wasser doch ist! Es saugt deine Körperwärme sechsundzwanzigmal schneller aus dir als Luft von derselben Temperatur. Sechsundzwanzigmal! Ist es dann realistisch zu verlangen, daß in dem Wasser, in dem du dich befindest, zwei, höchstens drei Grad warm, dein Herz weiterhin normal schlägt? Dein schnell abkühlendes Gehirn weiter normal denkt? Sogar deine allervernünftigsten Reflexe sind nach eineinhalb Minuten völlig durcheinander. Was mußt du tun, mit Mund und Nase unter Wasser, atmen oder nicht atmen? Dies war dein einziger Moment der Verzweiflung. Unter dem Zwang eines gewaltigen Sauerstoffmangels sagte dein Instinkt schließlich doch ja. Ein kräftiger Schluck Meerwasser gelangte in deine Atemwege.«

»So ist es, und die Atemwege sagten nein. Ich kann dir sagen, Armanda, wenn dein Freund, der Pathologe, meine arme Wasserleiche öffnen würde, dann würde er in meinen Lungen keinen einzigen Tropfen Meerwasser finden. Manchmal empfindet der Kehlkopf diesen Wasserstrom an den Stimmbändern als derart groben Skandal, als so absolut unzulässig, daß er seine Muskeln böse zusammenzieht und den Durchgang verbietet. Das war bei mir der Fall. Einen Augenblick lang bekam ich Panik. Schade schade schade, dachte ich, ich hätte dieses Pfannkuchenrezept mit den unter den Teig gerührten Ingwerstückchen so gern noch ausprobiert. Ich verspürte einen höllischen Schmerz, als würde mein Kopf von einer muskulösen Hand zusammengedrückt, und wollte das rausjammern, was natürlich nicht ging. Ja, ja, wo bleiben nun diese sonnenüberfluteten Tulpenfelder am Ende des Tunnels, von denen man im Zusammenhang mit dem Ertrinken immer hört, dachte ich empört, und ich hatte es noch nicht ganz gedacht, da merkte ich, daß der Schmerz verschwunden war. Ich öffnete die Augen. Kind, du kannst dir nicht vorstellen, wie schön die kältere, gemäßigte See unter der Wasseroberfläche ist! Es ist eine abgedroschene Gewohnheit, beim Tod an ein Entfleuchen nach oben zu denken, meiner Meinung nach geht es nach unten wesentlich leichter. Man wiegt ja nur noch so wenig, nicht wahr. In diesem Moment bewegt sich mein armer Körper mit dem Kopf nach unten spiralförmig zum Grunde der Oosterschelde. Mein Herz schlägt schon nicht mehr, Puls ist keiner mehr da, doch tief in meinem Gehirn ist noch Leben. Würde dein Doktor ein Thermometer durch meine Schädeldecke stecken, dann könnte er dort eine Temperatur von immer noch mindestens achtundzwanzig Grad feststellen.«

»Scheintot. Man träumt, das Denken ist völlig unsinnig geworden. Und doch, wenn jemand dich jetzt sofort herausfischen und richtig wärmen würde, könntest du es durchaus noch schaffen. Ja, die Kälte, die bewirkt, daß deine Organe wie die eines Eisbärs im Winterschlaf nur sehr wenig Sauerstoff brauchen, ist unter dem Gesichtspunkt einer Rettung wieder von großem Vorteil.«

»Gott bewahre! Wenn du sähst, was ich gerade sehe ... Daß sich das Unterwassergebiet bei Schelphoek vor der Küste von Schouwen mit jedem tropischen Aquarium messen könne, hatte ich schon mal in der Quartalszeitschrift der Stiftung *Seegeranie* gelesen. Ich muß der Redaktion recht geben. Ganze Wälder von blaßblauen Seenadeln, lilagelben Trompetenpappeln, gelbroten Röhrenpolypen, wogen wie Gardinen im Sog zwischen den Rinnen und Sandbänken hin und her. Die meisten von uns, Armanda, denken, daß Fische nur schwimmen. Aus der Position, in der ich mich jetzt befinde, sehe ich Dutzende gesprenkelter, gezähnter und gehörnter Exemplare, die das mit starrem Blick auch tatsächlich tun. Doch dicht vor mir sind zwei riesengroße Seehasen mit hochgereckten gelben Kinnen damit beschäftigt, sich zu küssen. Wunderliche Tiere! Währenddessen bewege ich mich langsam auf den Meeresgrund zu. Ein starker Sog wird mich dort in den Schlick ziehen, der mich noch in der nächsten Woche zum Moor hinter dem weggerissenen Deich befördert, wo mein Körper für mindestens dreißig Jahre Halt finden wird. Ich denke an meine Familie. Merkwürdig, daß ich mir ihre Gesichtszüge nur so verschwommen vorstellen kann.«

»Ein paar Männer, ein paar Frauen, ein paar Kinder, lebt wohl! Ob ich euch ausgewählt habe oder ob ihr mir zugewiesen wurdet, ich fühlte mich, wie dem auch sei, am richtigen Platz. In diesem Moment stelle ich nüchtern fest, daß es tatsächlich stimmt, was Schriftsteller und Propheten schon seit Jahrtausenden behaupten: In jener anderen Welt, die übrigens so nahe war, daß man nur den Finger hätte ausstrecken müssen, findest du wieder, wen du wiederfinden willst, und zwar – denn sonst hätte man ja so wenig davon, nicht wahr – in einer dir außerordentlich wohlgesinnten Stimmung. Jetzt, da meine Seele genau so, wie wir es im Allard Pierson Museum auf einer dieser rotfigurigen griechischen Vasen sahen, in Gestalt eines Schmetterlings aus meinem Mund austritt, erkenne ich dein Gesicht. Oval, rundes Kinn. Dein Lächeln rechtfertigt die Erwartung, daß wir uns gleich Geschichten erzählen werden.«

»Oh ja!«

»Alles halb so wild, nicht?«

»Ja, eigentlich nicht schlimm.«

»Nein, nicht schlimm.«

»Oder?«

»Mmmm.«

»Oh, du schläfst!«

»Tu ich nicht.«

»Wirklich nicht?«

»... Ab-so-lut nicht!«

Inhalt

I
Der Wochenendausflug

II
Dies nennt man schlafen

III

Wetter gibt es immer

IV

Familienroman

V